鳥

デュ・モーリア傑作集

ダフネ・デュ・モーリア

六羽，七羽，いや十二羽……鳥たちが，つぎつぎ襲いかかってくる。バタバタと恐ろしいはばたきの音だけを響かせて。両手が，首が血に濡れていく……。ある日突然，人間を攻撃しはじめた鳥の群れ。彼らに何が起こったのか？　ヒッチコックの映画で有名な表題作をはじめ，恐ろしくも哀切なラヴ・ストーリー「恋人」，妻を亡くした男をたてつづけに見舞う不幸な運命を描く奇譚「林檎の木」，まもなく母親になるはずの女性が自殺し，探偵がその理由をさがし求める「動機」など，物語の醍醐味溢れる傑作八編を収録。デュ・モーリアの代表作として『レベッカ』と並び称される短編集，初の完訳。

鳥

デュ・モーリア傑作集

ダフネ・デュ・モーリア
務　台　夏　子　訳

創元推理文庫

THE APPLE TREE
(KISS ME AGAIN, STRANGER)

by

Daphne du Maurier

1952

目次

鳥

デュ・モーリア傑作集

恋人

除隊したあと、しばらくあちこち当たってみたすえ、ぼくはハムステッドのほうで勤め口を見つけた。チョーク・ファーム に近い、ヘイヴァーストック・ヒルのふもとの自動車修理所だ。ぼくにうってつけの職場だった。昔からエンジンをいじるのは好きなほうだし、英国軍電気機械技術部ではそれをやらされていて、そのための訓練も受けた。その手のこと——機械いじりは昔から得意だった。

ぼくにとって楽しみってのは、グリースまみれのつなぎ姿でスパナ片手に乗用車や大型トラックの腹の下にもぐりこみ、機械油の匂いのなかで古いボルトやネジをいじることだ。まわりにゃエンジンを吹かしているやつもいれば、口笛吹き吹き工具をガチャつかせている連中もいる。匂いや汚れなんぞ気にしたこともない。子供のころからいまと同じで、しょっちゅうグリースの缶をいじくりまわしていたんだ。うちのお袋はよく言っていた。「別に害になりゃしないよ。きれいな汚れだもの」エンジンだってそれと同じだ。

修理所のボスは気のいい人だった。呑気で陽気で、ぼくを仕事熱心なやつと見てくれていた。本人はたいして機械に強くないんで修理の仕事はぼくに任せきりだ。ぼくはその点も気に入っていた。

年取ったお袋とは別々に暮らしていた。お袋はずっと遠いシェパトンのほうに住んでいたし、半日がかりで職場と家を往復するのも馬鹿らしいと思ったからだ。便利なところ、いわば現場にいられるほうがいい。そこでぼくは、修理所から歩いて十分くらいのところに下宿した。トンプソンさんっていう夫婦者のうちだ。このふたりはいい人たちだった。旦那のほうは靴直し職人、奥さんは旦那のために食事をこしらえ、店の階上《うえ》の住まいを切り盛りしている。朝夕の食事は、このご夫婦といっしょにしていた。夕食にだっていつもちゃんと火の通ったものが出た（この時代、特に労働者階級は、昼にディナーを取り、夕食は調理せずにすむ簡単なものですませていた）。下宿人はひとりしかいなかったから、ふたりはぼくを家族の一員みたいに扱ってくれていた。

ぼくは、毎日、日課どおりにやっていくたちだ。さっさか仕事をかたづけ、一日が終わると一服しながら新聞を読み、ラジオで音楽やバラエティー番組なんかをちょっと聴いて、あとはぐずぐずせずに寝る。若い娘にはあんまり興味がなかった。軍隊にいたころからだ。戦争中は中東へも行った。ポートサイドとか、いろんなところへ。

トンプソンさんたちとの変わりばえのない毎日に、ぼくは充分満足していた。そう、あの夜までは。あれ以来、すべてが変わってしまった。二度ともとにはもどらないんじゃないだろうか……

その日、トンプソンさんたちは嫁《とつ》いだ娘に会いにハイゲートに行っていた。ふたりは、いっしょに来ないかと誘ってくれたけれど、割りこむ気にはなれなかった。そんなわけで、夜ひとりで家にいてもしかたないし、修理所を出たあと映画館へ行ってみた。ポスターを見ると、映画はカウボーイやインディアンが出てくるやつだった。カウボーイがインディアンの腹にナイフを突き刺している。おもしろそうじゃないかと思った。ぼくは西部劇ファンなんだ。そこで一シリング二ペンス払ってなかへ入り、案内嬢にチケットを渡して「いちばんうしろの席をたのむよ」と言った。頭を仕切り板にあずけて、思いきりうしろにもたれるのが好きだから。

あの娘に気づいたのはそのときだ。映画館の案内嬢ってのは、玉房のついたベルベットの帽子やなんかで飾り立てられ、なんとも滑稽な姿になっていることが多い。でもその娘はちっとも滑稽じゃなかった。髪は銅色。あの髪型は確かページボーイというやつだ。目は、近眼のようでいて実はこっちの思うよりちゃんと見えている類《たぐい》ので、青いんだけれど、夜のせいでほとんど真っ黒に見える。口もとはいかにも不機嫌そうで、もううんざりと言わんばかり。世界を丸ごとプレゼントでもしないかぎり、笑ってもらえそうにない。そばかすはないし、色白とも言えない。でも、桃みたいなその肌の色は白より温かみがあって、自然な感じがした。体つきは小柄で細く、ベルベットの上着――色は青――がぴったり合っているし、頭のうしろのほうに載せた帽子が銅色の髪を引き立てている。

ぼくはプログラムを買い――別にほしかったわけじゃなく、仕切り幕の向こうに入っていく前にもう少しぐずぐずしていたかったから――その娘に話しかけた。「どんな映画なの？」

娘はこっちを見ようともせず、ただ向かい側の壁に虚ろな目を向けていた。「ナイフの使いかたが素人臭いの」彼女は言った。「でも居眠りしてれば見なくてすむわよ」

思わず笑ってしまった。でもそれが冗談じゃないのはわかっていた。彼女には別にぼくとふざけようなんて気はないのだ。

「それじゃ宣伝にならないじゃないか」ぼくは言った。「支配人に聞かれたらどうする?」

するとと娘はぼくを見た。あの青い目がこっちを向く。相変わらずうんざりしきった興味なげなまなざしだったが、同時にそこにはそれまでなかったなにかがあった。そんな目を見るのは初めてだった。ちょうど長い夢から目覚め、そばに気に入った誰かがいるのに気づいて満足しているような、気だるげな目。そういえばネコの目もそんなふうに光ることがある。たとえば誰かになでてもらっているとき。そういうときネコどもは、ゴロゴロ喉を鳴らし、ボールのように丸くなって、なされるがままになっている。娘はしばらくそうやってぼくを見つめていた。その口もとがいまにもほころびそうだ。ぼくのチケットを半分にちぎりながら、娘は言った。

「わたし、宣伝するために雇われているわけじゃないもの。こういう格好して、お客さんたちをなかに誘いこむことでお金をもらっているの」

娘は仕切り幕を引き寄せ、懐中電灯で暗闇を照らした。なかは真っ暗でなにも見えなかった。目が慣れて、座席についた他の人たちの姿が見えてくるまではいつもそんなふうだ。ただスクリーンにはふたつの巨大な顔が映っていて、ひとりの男が別の男にこう言っていた。「泥を吐かねえと、その体をぶち抜くぜ」

「好みに合いそうだよ」ぼくはそう言って、すわるところをさがしはじめた。

「これは本編じゃないの。次週予告」娘は懐中電灯をつけ、最後列の、通路からふたつめの空席を照らしてくれた。

やがて宣伝とニュースが終わった。すると誰かが入ってきてオルガンを演奏しはじめた。スクリーンの幕の色が紫から金色へ、そしてグリーンへと変わっていく。こいつはふつうじゃない。金を取っただけのサービスを、ということか。そう考えてあたりを見まわすと、客の入りは半分程度だった。どうやらあの娘《こ》の言っていたとおり、本編はたいしたことがないらしい。だからこんなにすいているんだ。

もうじき照明が消えるというとき、あの娘《こ》が通路をゆるゆると降りてきた。アイスクリームのトレイを持っていたが、呼び声を出して売りこもうとはしない。まるで眠りながら歩いているみたいだ。そこで娘が別の通路を上りだしたとき、ぼくは合図した。

「六ペンスのある？」

娘はこっちに目を向けた。まるでうっかり踏んづけてしまったなにかの死骸を見るような目つきだ。それから娘は、相手がぼくだということに気づいたらしい。またあのかすかな笑みがもどってきた。それに、あの気だるげなまなざしも。彼女は最後列の座席のうしろを通って、ぼくのところへやって来た。

「ウェハースの？　それともコーンアイス？」

実を言うと、別にどっちもほしくなかった。ぼくはただ、なにか買うのを口実に、その娘《こ》と話していたかったのだ。

「どっちがおすすめかな？」

娘は肩をすくめた。「コーンアイスのほうが長持ちするわ」そう言うなり、考える間も与えず、彼女はぼくの手にコーンアイスを握らせた。

「きみもひとつどう?」ぼくは言った。

「いいえ、結構」娘は答えた。「作っているところを見ちゃったから」

娘は立ち去り、あたりは暗くなった。ぼくはでっかい六ペンスのコーンアイスを片手に、いかにもまぬけな格好で取り残された。いまいましいそいつはコーンのまわりじゅうから垂れてきて、シャツにぽたぽた滴るので、いまに丸ごと膝の上に落ちてくるんじゃないかと心配で、凍ったやつをそのまま大急ぎで口に押しこまなきゃならなかった。ぼくは顔を横に向けていた。誰かがやって来て、通路側の空席にすわったからだ。

ようやくぼくはアイスを食べ終え、ハンカチで汚れをぬぐい、スクリーン上のストーリーに集中しはじめた。それはまさに西部劇だった。大草原を馬車がガタゴト行き、金の延べ棒を満載した列車が乗っ取られ、膝丈のズボン姿のヒロインはつぎの瞬間、イヴニングドレスで登場する。ちっとも現実味がなくて、これぞ映画という感じだ。ところがストーリーを追っているうちに、香水のかすかな香りが気になりだした。なんの匂いなのかも、それがどこから漂ってくるのかもわからない。それでも匂いは確かにした。右隣は男だし、左の二席は空いている。前の列の人たちでは絶対ない。でもずっときょろきょろしながら、くんくんやっているわけにもいかなかった。

別に香水が好きってわけじゃない。安っぽくて不愉快なのが多いから。でもこれはちがっていた。うっとうしくも、息苦しくもなく、きつすぎもしない。ちょうどウェストエンドの大きな花屋で売っている、手押し車に載せる前の花のような、一輪三シリングの香り――金のある連中が女優のために買う花の香りだ。そんな匂いが、紫煙のたちこめる真っ暗な古い映画館のなかを漂ってくる。ぼくはおかしくなりそうだった。

　とうとう真うしろを振り返ってみたとき、その香りの出所がわかった。それはあの娘、あの案内嬢だった。彼女は、ぼくのうしろの仕切りに組んだ腕を載せて、もたれかかっていた。

「そわそわしないの」娘は言った。「一シリング二ペンスが無駄になるわよ。ちゃんとスクリーンを見てらっしゃい」

　ただし他の人に聞こえてはいけないから、小さな声で、ぼくだけに聞こえるように、ささやくようにだ。ぼくは思わずひとり笑った。なんて生意気なやつ！　これで香りの主がわかった。そしてなぜかそのせいで余計映画が楽しくなった。まるであの娘《こ》が隣の空席にすわって同じ映画を見ているような気分だった。

　やがて映画は終わり、照明がついた。ぼくが見ていたのは、最後の回だったらしい。もう十時近かった。誰もが家に帰ろうとしている。そこでぼくは、しばらくそのまますわっていた。やがてあの娘《こ》が懐中電灯を持って現れ、誰かが手袋やバッグを忘れていっていないか座席の下を調べだした。そういうことはままあるものだ。みんな家に着いてから初めて忘れ物に気づくんだ。彼女はもうこっちには目もくれなかった。ぼくなんぞ、誰も拾う気にならないボロ布みたいなものだった。

ぼくは最後列で立ちあがった。誰もいない。館内はもう空っぽだった。あの娘《こ》がこちらへやって来た。「さっさと出て。邪魔よ」そう言って彼女は身をかがめ、懐中電灯でぐるりと周囲を照らした。忘れ物はない。ただプレイヤーズ（英国の紙巻きタバコ）の空き箱がひとつ落ちている。それは、朝、掃除の人が捨てるだろう。娘は身を起こし、頭のてっぺんからつま先までぼくを眺めまわし、すごくよく似合っていたあのおかしな帽子を脱ぐと、それで自分をあおぎながら言った。「今夜はここで寝るつもり？」そして彼女は、低く口笛を吹きながら行ってしまい、仕切り幕の向こうへと消えた。

なんてこしゃくなやつだろう。そんなにも女に心を惹かれたのは初めてだった。ぼくはあとを追って外に出た。でもあの娘《こ》はもう、チケット売場の奥にあるドアの向こうへ消えていた。守衛も扉を閉めて回っている。ぼくは外の通りに出て待った。ちょっと馬鹿みたいな気もした。なぜかと言うと、娘たちはみんなそうだが、あの娘《こ》も他の大勢の仲間といっしょに出てくるにちがいないからだ。チケット売りの娘もいたし、きっと二階席には他の案内嬢もいただろう。それにクローク係もだ。そういう連中がみんな、群れになってくすくす笑いながら出てくるんだから、あの娘《こ》に近づくことなんかできるわけがない。

ところが数分後、さっと扉が開き、あの娘《こ》はたったひとりで出てきた。レインコートを着てベルトを締め、両手をポケットに突っこんでいる。帽子はかぶっていない。彼女はずんずん通りを歩いていった。周囲にはまったく目もくれない。ぼくはあとをつけていった。いまにも彼女が振り返るんじゃないか、追い払われるんじゃないかと不安だった。でもそうはならず、あの娘《こ》はまっすぐ前を見つめたまま、足早に歩きつづけた。内巻きになった銅色の髪が、上下する肩といっしょに弾んでいる。

まもなくあの娘《こ》はちょっとためらってから、通りを渡り、バス乗り場で足を止めた。列には四、五人いたから、ぼくが加わっても彼女は気づかなかった。バスが来ると彼女は真っ先に乗りこんだ。ぼくも同じバスに乗った。どこ行きなのかはさっぱりわからなかったが、そんなことはどうでもよかった。ついていくと、あの娘《こ》は二階へ上がり、いちばんうしろの席にすわってあくびをし、目を閉じた。

ぼくはその隣にすわったが、子ネコみたいに神経質になっていた。こんなことには慣れてないし、なんだか大失策をやらかしそうな気がしたのだ。車掌がどかどかと切符を売りに上がってきた。ぼくは「六ペンスのを二枚ください」と言った。この娘《こ》は終点までは行かないだろうから、それで大丈夫だと思ったのだ。

車掌は眉を上げて——車掌っていう人種には利口ぶったやつが多い——こう言った。「ギア・チェンジのとき、ガクッて来るから気をつけてくださいよ。運転手が免許取り立てなもんでね」そうしてやつは笑いながらステップを降りていった。きっと胸のなかで、まったくおれのジョークは最高だぜ、とかなんとかつぶやいていたんだろう。

車掌の声であの娘《こ》は目を覚まし、眠たげな目でぼくを見、それからぼくの手の切符を見て——六ペンスのだってことは、色でわかったにちがいない——ほほえんだ。その夜、見せてくれた初めての本当の笑顔だ。驚いたふうもなく彼女は言った。「あら、あなたなの」

ぼくは気を落ち着けようとタバコを取り出し、あの娘《こ》にも一本すすめた。でも彼女は受け取ろうとはせず、もう一度目を閉じ、眠りについた。二階にいるのは、ぼくたちと空軍の男ひとりだけ、そして彼は、新聞に読みふけっている。そこでぼくは、あの娘《こ》の頭を自分のほうへ引き寄せ、その肩に腕を回した。すっぽりと、気持ちよく。半分覚悟はできていた。彼女は腕を払いのけ、ぼくは地獄に突き落とされる。ところがそうはならなかった。彼女はただ静かに笑って、まるで肘掛け椅子に収まっているみたいにくつろいでいた。「ただでバスに乗れて、ただで枕を使えるなんて、めったにないことよ。丘のふもとに着いたら起こしてね。墓地の手前で」

　ぼくには、どの丘のことかも、どの墓地のことかもわからなかったが、どのみち起こす気なんてなかった。せっかく六ペンスの切符を二枚買ったんだ。金を無駄にしたくはない。

　こうしてぼくたちは、身を寄せあって心地よくすわり、いっしょにバスに揺られていった。ぼくは思った——間借りの部屋でひとりでフットボールの記事を読んだり、ハイゲートのトンプソンさんの娘さんを訪問したりするより、このほうがずっと楽しい。

　まもなくぼくはもっと大胆になって、あの娘《こ》の頭に頬を寄せ、肩を抱いていた腕にちょっと力を加えた。はっきりとわかるほどじゃなく、ほんとにそっとだ。仮にあのとき誰かが二階に上がってきていたら、ぼくたちを恋人同士だと思ったにちがいない。

　バスが四ペンス分ほど走ったあたりで、ぼくは不安になりだした。このおんぼろバスは、六ペンス分走ったあと、引き返すというわけじゃなさそうだ。きっと終点まで行ったら、それで終わりにちがいない。そうしたら、ぼくたち、つまりこの娘《こ》とぼくとは、帰るバスもなく地の果てのどこかに取り残されるはめになる。ポケットにあるのは六シリング程度。六シリングじゃタクシー代は払えない。チップとかもいるわけだから。第一、タクシーなんて一台も走っちゃいないだろうし。

もっと金を持ってくるんだった。なんて馬鹿だったんだろう。いまさらくよくよしても始まらないけれど、これは全部衝動的にしたことで、こんなことになるとわかっていたら、ぼくだって財布をいっぱいにしてきたのだ。若い女と出かけるなんてめったにあることじゃなし、こういうときスマートにやれないやつにはなりたくない。《コーナー ハウス》でご馳走してもいいし――あそこはこのごろセルフサービスになっていて便利だ――もし彼女がコーヒーやオレンジジュースより強いものを飲みたがったら、もちろん、こんなに遅くなっちゃもうだめだが、家の近くだったら知っているところはある。ボスがよく行くパブでは、ジンをボトルごとたのんで、それを取っておいてもらい、好きなときに行ってそいつで一杯やることもできる。ウェストエンドの一流のナイトクラブも同じやりかたができるそうだ。値段は法外だって話だけれど。

それはさておき、ぼくは行き先のまるでわからないバスに乗っていて、隣にはぼくの彼女がいる(まるで恋人同士みたいに、ぼくは心のなかであの娘《こ》をそう呼んでいた)。ああ、この人を家まで送っていく金さえあったら! ぼくはすっかり落ち着きをなくして、もしや半クラウン硬貨か、うまくすると十シリング札でも出てきはしないかと、あちこちのポケットをさがしはじめた。たぶんそれで目を覚まさせてしまったんだろう、あの娘《こ》が急にぼくの耳を引っ張って言った。「舟を揺らさないでよ」

なんて言ったらいいんだろう……ぼくはすっかり感動してしまった。なぜなのか説明はできない。彼女はまず、ぼくの耳をしばらくつまんでいた。まるでその肌触りが気に入ったみたいに。それから彼女は気だるげにそれを引っ張った。まるで子供扱いじゃないか。それにあの言いかた。あれは、もう何年も前からぼくを知っているみたいな、いっしょにピクニックでもしているみたいな言いかただった。「舟を揺らさないでよ」打ち解けた、なれなれしい言いかた。でももっと別な感情もこもっている。

「ねえ、聞いて」ぼくは言った。「本当にすまないんだけど、恐ろしくまぬけなことをしちまったんだ。ほんとに馬鹿だった。きみの隣にすわっていたいばっかりに終点までの切符を買ったんだけど、終点からはどこへ行くにも何マイルもありそうだし、ぼくのポケットにはたった六シリングしかないんだよ」

「足があるじゃない」あの娘《こ》は言った。

「足があるって？　どういう意味？」

「足は歩くためにあるんでしょ？　わたしのはそうだわ」

それで、こんなことはなんでもないんだとわかった。彼女が怒ってないってことも。夜がまたすばらしいものになった。ぼくはたちまち元気づき、彼女をぎゅっと抱きしめた。その寛大さに感謝を示すために――ふつうの娘なら、ぼくをずたずたに引き裂いていただろうから。ぼくは言った。「ぼくの知るかぎり、まだ墓地は通り過ぎていないよ。あれは大事なことなの？」

「ああ、墓地なら他にもあるでしょ」彼女は答えた。「別に選り好みはしないわ」

どういう意味なのかわからなかった。ぼくは、墓地が最寄りの停留所だから彼女はそこで降りたいんだろうと思っていたのだ。たとえばウルワースの近くに住んでいる人が「ウルワースで降ろしてください」って言うようなもんだろうと。ぼくはちょっと考えこんでから、訊いてみた。「それはどういうこと？　他にもあるって？　このバスの路線に墓地がたくさんあるとは思えないけど」

「別にむずかしい言葉は使ってないつもりだけど」彼女は答えた。「無理におしゃべりしなくてもいいわ。わたし、黙っているあなたがいちばん好き」

ぴしゃりとやられたって感じはしなかった。実際、ぼくには彼女の言っている意味がよくわかった。トンプソンさんみたいな人たちと夕食の席でおしゃべりするのはいいものだ。その日一日どう過ごしたか話しあい、ひとりがちょっと新聞を読みあげ、他のみんなは「へえ、驚いたねえ」なんて言う。そんな具合にあれこれしゃべっているうちに、ひとりがあくびをしはじめ、誰かが言う。「そろそろ寝るとするか」それに、午前の半ばや三時ごろの暇なときにお茶を飲みながら、ボスみたいな人と話すのもなかなか楽しい。「おれの考えを聞かせてやろうか。政府の連中はなにもかもめちゃめちゃにしてやがる。前のやつらとまるでおんなじだよ」すると誰かがガソリンを入れにきて、話は中断されるのだ。ぼくは、実家に帰って年取ったお袋とおしゃべりするのも好きだ。そうしょっちゅう帰るわけじゃないが。お袋は昔ぼくの尻をたたいたことなんかを話してくれる。子供のころみたいに食卓についているぼくの前で、ロックケーキを焼いて、こう言いながら林檎の皮をくれる――「あんたは昔から林檎の皮が大好きだったね」これがおしゃべりってもの、会話ってものだ。

でも彼女とは、おしゃべりしたいとは思わなかった。ぼくはただそんなふうにあの娘《こ》の肩に腕を回し、その頭に顎を載せていたいだけだった。彼女が、黙っているぼくがいちばん好きだと言ったのは、そういう意味だ。ぼくのほうも同じ気持ちだった。

もうひとつだけ、気になっていることがあった。バスが終点で停まり、降りることになる前に、彼女にキスしてもいいものかどうかだ。つまり、ただ腕を回しているのと、キスするのとじゃ大ちがいだから。ふつうの場合、キスに到達するまでには、ちょっと時間をかけなきゃならない。夕方、まだたっぷり時間があるうちに会い、映画かコンサートに行って、それから食べたり飲んだりし、そうやって充分互いに知りあっておけば、最後はちょっとキスしたり、抱きしめたりしてもおかしくないし、娘たちもそれを期待するものだ。正直言って、ぼくはそれほどキスが得意じゃない。軍隊に入る前、実家のほうに、よくいっしょに出かけていた娘《こ》がいた。とても気だてのいい娘《こ》で、好きだったけれど、ちょっと出っ歯だったし、たとえ目をつぶって忘れようとしたって、やっぱり相手が誰かはわかっている。それにその娘《こ》は、ただされるままになっているだけだった。お隣のおしとやかなドリスだから。でも、正反対のタイプはもっと始末が悪い。こっちをとっつかまえて、むさぼり食ってしまいそうな連中だ。軍服を着ていると、そういう手合いにしょっちゅう出くわす。連中はやたらにものほしげで、すごい勢いで迫ってくる。一刻も早く行き着くところまで行っちまいたいって感じなんだ。はっきり言って、そういうのは気分が悪い。むかむかする。正直な話。たぶんぼくってやつは、生まれつき気むずかし屋なんだろう。

でも、その夜のバスではまるでちがっていた。あの娘《こ》のどこがそんなによかったのか、自分でもわからない——あの眠たげな目、あの銅色の髪、ぼくがいることなんかちっとも気にしていないようでいて、でも、ぼくを気に入っているらしいあの態度。あんなのは初めてだ。ぼくは胸のなかでつぶやいた。「思いきってやってみようか、それとも待ったほうがいいんだろうか？」運転手の運転ぶりや車掌が低く口笛を吹いて、降りていく人々に、おやすみなさいと言う様子から、まもなく終点だということはわかっていた。コートの下で心臓がドキドキしはじめ、襟の内側が熱くなった——馬鹿らしい。たかがキスじゃないか。殺されやしないさ——そして……ちょうど、ジャンプ台から水に飛びこむときみたいに、ぼくは心のなかで自分に「さあ行け」と声をかけ、身をかがめ、彼女の顔を自分のほうへ向け、片方の手でその顎を持ちあげると、優しく慎ましくキスをした。

詩的な人間だったら、つぎに起きたことを天啓と呼んだかもしれない。でもぼくは詩的なタイプじゃない。ただ言えるのは、彼女のほうもキスを返してきたってことだけだ。しかもそのキスは長いことつづいたし、ドリスのときとはまるでちがっていた。

そのときバスがガクンと停まり、車掌が抑揚をつけて叫んだ。「みなさん、お降りください」正直なところ、やつの首を絞めてやりたい気分だった。

あの娘《こ》はぼくの足を蹴って言った。「ほら、さっさとして」ぼくは座席からよろめき出て、どかどかとステップを降りていった。彼女もあとから降りてきた。そうしてふたりは通りに降り立った。また雨が降りだしていた。大降りではなく、ああ、降っているなと気がつく程度、コートの襟を立てたくなる程度だった。ぼくたちがいるのは、広い大通りのちょうど行き止まりで、両側に並ぶ店は人気《ひとけ》が絶え、照明も落ちていた。地の果て——ぼくにはそんな感じがした。そして、左手には確かに丘があり、そのふもとには墓地があった。横木を渡した柵の向こうに、白い墓石がいくつも見える。墓地は丘の中腹までずっとつづき、何エーカーも広がっていた。

「驚いたな」ぼくは言った。「きみが言っていたのは、ここのことなの?」

「かもしれない」あの娘《こ》は、なにを見るともなく肩ごしに振り返り、それからぼくの腕を取った。「まずコーヒーを一杯飲まない?」

まず……? これは長々歩いて帰る前に、という意味だろうか? それともここが家なのだろうか? でもまあ、それはどうでもいい。まだ十一時すぎだ。コーヒーなら大歓迎。それにサンドウィッチもだ。道の向こう側には、まだ開いている屋台があった。

ぼくたちはそこへ歩いていった。運転手も車掌も、それにバスの二階でいちばん前にすわっていたあの空軍の男もそこにいた。彼らは紅茶とサンドウィッチを注文していた。ぼくたちも同じようにサンドウィッチを注文し、飲み物だけコーヒーにしてもらった。前から気づいていたけれど、屋台のサンドウィッチというのはなかなかうまい。ぜんぜんしみったれていなくて、白パンは厚く切ってあるし、はさんであるハムも味がいい。コーヒーのほうも熱いのをカップにたっぷり、ちゃんと金の分だけ注《そそ》いでくれる。ぼくは考えた。「六シリングなら充分足りるだろう」

ぼくの彼女は空軍の男を見つめていた。なんだか考えこんでいるような、まるでそいつを前にも見たことがあるような顔つきだ。男のほうも彼女を見た。だからってそいつを責めるわけにはいかなかったし、別に気にもならなかった。恋人を連れて出かけるとき、他の男たちがその娘《こ》に目を留めたら、誇らしくなるのがあたりまえだろう。それに、この娘《こ》に――ぼくの彼女に、気づかない男なんて断じているわけはないんだ。

彼女は空軍の男にゆっくり背を向け、屋台に肘をついてコーヒーをすすりだした。ぼくも彼女と並んでコーヒーを飲んでいた。もちろんふたりだけでくっついていたわけじゃない。ちゃんと感じよく礼儀正しくし、みんなに、こんばんは、と挨拶した。でも誰だって、ぼくたちがいっしょだってこと、ふたり連れだってことはわかったろう。そう思うとうれしかった。おかしなことに、そのせいで、ぼくの心には新しいもの、彼女を守りたいという気持ちが生まれていた。みんなからすれば、ぼくたちは帰宅途中の夫婦であってもおかしくはない。

あの三人と店の人とは、軽口をたたきあっていた。でもぼくたちは、それには加わらなかった。

「気をつけたほうがいいですよ。その軍服を着てるときは」車掌が空軍の男に言った。「うっかりすると、他の連中みたいになっちまいますからね。夜のひとり歩きは危ないし」

みんな笑いだした。ぼくは、その意味がわからず、なにかの冗談なんだろうと思った。

「おれは昔から抜け目ない男でね」空軍の男が言った。「危険な相手はひと目で見破ってやるさ」

「他の連中もおんなじことを言ってたでしょうよ」運転手が言う。「それで結局、あのていたらくですからね。まったくぞっとするね。それにしても、なんだって空軍ばっかりなんですかね。そこんとこが不思議ですよ」

「軍服の色のせいじゃないかな」空軍の男が答える。「これだと暗闇のなかでも見えるから」

そんな具合に、みんなは笑いつづけた。ぼくはタバコに火をつけたが、ぼくの彼女は吸おうとしなかった。

「女どもがおかしくなったのは、戦争のせいですよ」屋台の親爺が、カップをふいて釘に掛けながら言う。「おれに言わせりゃそれでイカレちまったのが大勢いるんだ。いまじゃみんな善悪の区別がつかなくなってる」

「そうじゃないよ。諸悪の根源はスポーツさ」車掌が言う。「女が鍛える必要もない筋肉を鍛えちまってさ。たとえばうちのふたりのガキ。娘のほうがしょっちゅうせがれをのしているんだぜ。チビのくせに性悪なアマでね。頭が痛いよ」

「まったくだ」運転手も同意する。「男女平等とか言うんだろ？　選挙権のせいだな。女に選挙権なんかやるべきじゃなかったんだよ」

「馬鹿言え」空軍の男が言った。「女どもがイカレちまったのは、選挙権をやったからじゃないぜ。連中は昔っからひと皮剝けばああだったのさ。東洋の連中は、女の扱いかたをよく心得ているよ。向こうじゃ女は黙らせとくんだ。それが答えさ。そうすりゃなんの面倒も起きないからな」

「へえ、うちの女房なんて、黙らせようとしたら、なに言いだすかわかったもんじゃないね」

運転手が言い、みんなはまた笑いだした。

あの娘《こ》がぼくの袖を引っ張った。見るともうコーヒーを飲み終えている。彼女は通りのほうへ頭をかしげてみせた。

「もう帰りたい？」ぼくは訊ねた。

馬鹿なやつ。ぼくは他の連中に、ふたりがいっしょに家に帰るんだと思わせたかったのだ。あの娘《こ》はなんとも答えず、ただレインコートのポケットに両手を突っこんで、ずんずん歩いていってしまった。ぼくはみんなにおやすみを言って、あとを追った。ただし、あの空軍の男が紅茶のカップごしに彼女のうしろ姿をじっと見つめているのには、ちゃんと気づいていた。

あの娘《こ》は通りを歩いていく。雨はまだ降りつづいていた。なんとなく気が滅入って、暖炉のそばでぬくぬくとしていたくなるような夜だ。あの娘《こ》は通りを渡って墓地の柵のところまで行くと、立ち止まってこっちを見、ほほえんだ。

「どうするつもり？」ぼくは訊ねた。

「墓石は平らでしょ」あの娘《こ》は言った。「全部とは言わないけど」

「平らならなんだって言うんだい？」ぼくはちょっとまごついて訊ねた。

「上に寝られるじゃない」あの娘《こ》は言った。

彼女は、こっちに背を向け、柵を見ながらそれに沿ってぶらぶら歩いていった。ちょっと行くと、大きくたわんだ横木があり、そのつぎの横木は壊れていた。あの娘《こ》はぼくを見あげて、またほほえんだ。

「いつだってこうよ。よくさがせば必ず隙間はあるの」

あの娘《こ》は、まるでナイフの刃がバターに入っていくようにすばやく、横木の割れ目を通り抜けた。ぼくはただただあっけに取られていた。

「ねえ、待ってくれよ。こっちは体がでかいんだから」

でもあの娘《こ》は、墓石の間をさまよいながら、どんどん行ってしまう。ぼくは割れ目を抜け、息を切らしながらあたりを見まわした。すると、なんとあの娘《こ》は長細い平らな墓石の上に横になっていた。頭の下で両手を組んで、目を閉じて。

ぼくはなにを期待していたわけでもない。ただあの娘《こ》を家まで送っていこうと思っていただけだ。そしてつぎの晩、デートに連れ出そう、と。もちろんもう充分遅いから、いまさらあわてることはない。あの娘《こ》の家の戸口まで着いたら、少しそこでぐずぐずしていてもいいだろう。すぐなかへ入る必要はないはずだ。でもこんなところで、墓石の上に横になっているなんて尋常じゃない。

ぼくは腰を降ろして、彼女の手を取った。

「そんなとこに寝てると濡れちまうよ」たよりないせりふだが、他になんと言えばいいのかわからなかったのだ。

「慣れているから平気」あの娘《こ》は言った。

彼女は目を開けて、ぼくを見つめた。柵の向こうの、割合近いところに街灯があるので、あたりはさほど暗くなかった。それにその夜は雨は降っていても、真っ暗というわけじゃなかった。あのとき、あの娘《こ》の目がどんなだったか、うまく言い表せたらいいんだが。でもぼくは、ロマンチックなことが言えるたちじゃない。暗闇で光る時計をご存じだろうか。ぼくはそういうのを持っている。夜、目が覚めると、その時計は手首のところで光っている。まるで友達のように。ぼくの彼女の目も、ちょうどそんなふうに光っていた。しかもとっても愛らしく。それはもう、気だるそうなネコの目じゃなかった。愛らしくて優しくて、それに悲しげでもあった。

「雨のなかで寝るのに慣れてるって言うのかい?」ぼくは訊ねた。

「そんなふうに育ったの」彼女は答えた。「防空壕では、わたしみたいな子供のための呼び名があったわ。どん底の子供たち《デッド・エンド・キッズ》。戦時中はみんながわたしたちをそう呼んでいたの」

「疎開しなかったの?」ぼくは訊ねた。

「わたしには無理」彼女は言った。「どこへ行っても、じっとしてはいられなかった。いつだって、もどってきてしまったの」

「親御さんたちは生きてるの?」

「いいえ。ふたりとも空襲で死んだ。うちをつぶされたときに」別に悲劇的な口ぶりじゃない。

彼女はごくふつうにそう言ったのだ。

「気の毒に」ぼくは言った。

あの娘《こ》はなんとも答えなかった。ぼくは、早く家に送っていってあげたいと思いながら、すわってその手を握っていた。

「映画館にはもう長く勤めてるの？」ぼくは訊ねた。

「まだ三週間くらい」彼女は答えた。「どこにも長くはいないの。もうじきまた別のところへ行くわ」

「どうして？」

「じっとしていられないたちだから」

彼女はいきなり両手を上げて、ぼくの顔をはさんだ。そう言うと乱暴に聞こえるけれど、実際はとっても優しいしぐさだった。

「あなたって優しそうないい顔をしている。この顔、好きだわ」

奇妙なことに、その言いかたに、ぼくはぼーっとなってしまった。バスに乗っていたとき感じた興奮とはぜんぜんちがう。ぼくは胸のなかでつぶやいた。「そう、きっとこれなんだ。とうとう心底手に入れたいと思う娘に出会ったんだ。でも、ひと晩かぎりのお遊びじゃいやだ。ずっとつきあっていくんでなけりゃ」

「彼はいるの？」ぼくは訊ねた。

「いないわ」

「つまり、つきあっている相手ってことだけど？」

「いないわよ」

墓場でするのにうってつけの会話とはいえない。横たわるあの娘《こ》の姿は、まるで古い墓石に彫りこまれたなにかの彫像のようだった。

「ぼくも彼女がいないんだ」ぼくは言った。「他の男とちがって、その気になれないんだよ。きっと気むずかしいんだろうね。その代わり、仕事はまじめにやってる。自動車の修理所に勤めてるんだ。機械工なんだよ——ほら、修理やなんかをする。金はいいよ。年取った母親に仕送りする以外に、貯金もちょっとしてるしね。住んでるのは下宿なんだ。家主はいい人たちだよ。トンプソンさんっていう夫婦者なんだ。それに修理所のボスも気のいい人だ。これまで淋しいなんて思ったことはないし、いまだって淋しくなんかない。でもきみに会ったせいで、いろいろ考えるようになった。もういままでとおんなじにはやってけないよ」

あの娘《こ》は一度も口をはさまなかった。なんだかひとり言を言っているみたいだった。

「毎日トンプソンさんちで夜を過ごすのもいいもんだよ。文句なしさ」ぼくはつづけた。「ふたりともとっても親切だしね。食事だってうまいんだ。ぼくらは晩めしのあとちょっとおしゃべりしたり、ラジオを聴いたりする。でもいまぼくが思い浮かべているのは、そういうことじゃない。ぼくはあの映画館にきみを迎えにいきたいんだ。最後の回が終わると、きみは仕切り幕のところでお客たちを送り出す。それからぼくに、待ってるようにウィンクして、着替えにいく。そのあと通りに出ていくんだけど、今度はもうひとりじゃない。ぼくと腕を組んで歩いていくんだ。コートを着たくなかったら、ぼくが持ってあげる。きみの荷物ならなんでもだよ。それからぼくらは、《コーナーハウス》かどこか手近なとこへ晩めしを食べにいく。テーブルは予約してあって――店の人たちは、ウェイトレスやなんかもみんな、もうぼくらを知っている。それで、ぼくらのために特別うまいものを取っといてくれるんだ」

ぼくの目にははっきりその光景が見えていた。「予約席」と書かれた札の載ったテーブル。ぼくたちに軽くうなずくウェイトレス。「今夜は卵のカレー料理がありますよ」トレイを取りにいくぼくたち。まるで赤の他人みたいに振る舞うぼくの彼女。胸のなかで笑っているぼく。

「この意味わかるね？　ただの友達ってことじゃない、それ以上のつきあいをしたいんだよ」

ちゃんと聞いているんだろうか。彼女は横たわったままぼくを見あげ、あのおかしな優しいしぐさでぼくの耳や顎に触っていた。ぼくを憐んでいるようにも見えた。

「きみにいろいろ買ってあげたいよ。ときどき花なんかもね。若い女の子がドレスに花をつけているのっていいもんだから。新鮮で清潔感があって。それから、誕生日とかクリスマスみたいな特別なときには、きみが店のウィンドウで見かけて気に入ったんだけど、なかに入って値段を訊く勇気がないようなものをプレゼントする。ブローチか、それとも腕輪がいいかな。なにかきれいな飾り物。きみといっしょじゃないときに、ぼくが行って買ってくる。一週間分の給料より高くたって、かまやしないさ」

包みを開く彼女の表情が目に浮かんだ。彼女はそれを、ぼくが買ってあげたそのアクセサリーを身につける。そしてふたりはいっしょに出かける。彼女はちょっぴりおめかししている。

そのアクセサリーに合わせて。別にすごく派手なものじゃない。ちょっと人目を引く、気の利いたものだ。

「結婚のことなんか持ち出しちゃ、女の人がかわいそうだよね」ぼくは言った。「いまは先行き不安定な時代だから。男は不安定だって平気だけど、女の人にとっちゃそういうのはつらいもんだ。たった二間しかないうちに閉じこめられて、配給をもらうのに並んだりするのはさ。女だって自由でいたいし、仕事を持っていたいんだ。男とおんなじで、縛られるのはいやなんだよ。でも、ついさっき屋台であの連中が言ってたようなことは馬鹿げてる。ほら、若い娘たちが昔みたいじゃないとか、それは戦争のせいだとかいう話。東洋みたいなやりかたで女を扱えなんてさ。あっちでのやりかたなら、ぼくもちょっとばかり見てきたけどね。たぶんあいつは、みんなをおもしろがらせようとしてたんだろう。空軍のやつらはみんな利口ぶっているのさ。でもあの話は、実に馬鹿らしいと思ったね」

彼女は両手を脇に降ろして、目を閉じた。墓石はずいぶん濡れだしていた。ぼくは心配になった。もちろんあの娘《こ》はレインコートを着ていたが、薄いストッキングと靴の中で脚は濡れている。

「あなた、空軍にいたんじゃないでしょうね?」

妙だ。声がひどく険しくなっている。前とちがって鋭くて、まるでなにか心配しているようで、怯えさえ感じられる。

「いいや」ぼくは答えた。「電気機械技術部だったんだ。そこにいたやつらはいい連中だったよ。きざなせりふも、嫌みもなし。正直で率直で、まわりくどいことなんか言わないんだ」

「よかった。あなたって親切ないい人だわ。うれしい」

ぼくは考えた——彼女、前に空軍の誰かと知り合いだったたんだろうか？　そいつのせいでいやな思いでもしたんだろうか？　空軍のやつらは乱暴者ぞろいだ。少なくともぼくが知っている連中はそうだった。そういえば、屋台にいたとき、彼女は、紅茶を飲んでいるあの若者をじっと見ていた。なんだか考えこんでいるような顔つきで。まるで過去を振り返っているように。彼女になんの経験もないとは思えない。こんなにきれいなんだし、両親もなく、あちこちの防空壕をうろついて育ったというんだから。それでもぼくは、彼女が以前誰かに傷つけられたなんて思いたくなかった。

「あの連中がどうかしたの？」ぼくは訊ねた。「空軍になにかされたのかい？」

「連中は、わたしのうちをつぶしたのよ」彼女は言った。

「でもそれはドイツ軍だよ。イギリス空軍じゃないだろ」

「おんなじことよ。連中は殺し屋だわ。そうでしょ？」

ぼくは墓石に横たわっている彼女を見おろした。その声は、もう険しくはなかったけれど、疲れがにじんでいて、悲しげで、妙に淋しそうだった。それを聞いていると、胃が、ちょうどみぞおちのところが妙な感じになって、ぼくは、途方もなく馬鹿なことだけれど、彼女を家に、トンプソンさんのところに連れて帰りたい、トンプソンの奥さんに——あの人はとても親切な人だから、いやがるわけはない——「この人はぼくの恋人なんです。面倒を見てやってください」と言いたい、そんな衝動に駆られた。そうすればぼくの彼女は安全で、なんの心配もない。誰も彼女を傷つけることなんかできない。ぼくが急に心配になったのは、そのこと——誰かが彼女に近づいて、傷つけるんじゃないかってことだった。

ぼくは身をかがめると、あの娘《こ》を両腕にかかえて抱き起こし、引き寄せた。

「ねえ」ぼくは言った。「ひどい雨だよ。家まで送ってあげる。こんな濡れた石の上に寝ていたら、死んじまうからね」

「いいの」あの娘《こ》はそう言って、両手をぼくの肩にかけた。「誰にも送ってもらったことなんかないんだから。あなたは自分の居場所にお帰りなさい。ひとりでね」

「きみをここに置いてくわけにはいかないよ」

「いいえ、そうしてほしいの。いやだなんて言ったら、怒るわよ。わたしを怒らせたくないでしょ?」

ぼくは彼女を見つめた。さっぱりわけがわからない。古ぼけた薄暗い照明に照らし出された彼女の顔は、とても奇妙で、前より青白く、でも本当に美しかった。そりゃあもう、ぼくには表現しきれないくらいに。

「ぼくにどうしてほしいの?」ぼくは訊ねた。

「行ってほしいの。わたしをここに置いて。振り返らずに」彼女は言った。「夢を見ている人みたいに。そう、夢遊病者みたいによ。雨のなかを歩いて帰って。何時間もかかるでしょうけど。でもかまやしない。あなたは若くて丈夫だし、脚も長いもの。どこなのか知らないけど、自分の部屋に帰って、ベッドに入って、眠りなさい。そして朝になったら、目を覚まして、朝食を食べて、仕事に行くの。いつもしているようにね」

「きみは？」

「わたしのことは気にしないで。行って」

「あしたの夜、映画館に行ってもいい？　さっきぼくが言ったみたいになれるかな。つまり……恋人同士にさ？」

あの娘《こ》はなんとも答えず、ただほほえんだ。そして、静かにすわったまま、ぼくの顔をのぞきこみ、それから目を閉じて、顔を上に向けた。「ねえ、もう一度キスして」

ぼくはあの娘《こ》を置いていった。言われたとおり、振り返らずに。そして墓地の柵をくぐり抜け、道路に出た。あたりには人っ子ひとりいなかった。停留所近くのあの屋台ももう閉まっていた。

バスの通ってきた道をぼくは引き返していった。道路はまっすぐに、どこまでもつづいていた。きっと本道だったのだろう。両側には店が立ち並んでいた。そこはロンドン北東部の最果てで、ぼくの来たことのない地域だった。自分がどこにいるのかまるでわからなかったが、そんなことはどうでもよかった。あの娘《こ》の言ったとおり、夢遊病者になったような気分だった。

ぼくはずっとあの娘《こ》のことを考えつづけた。歩いている間も、見えるのはあの娘《こ》の顔だけだった。軍隊にいたころ、その手の話を聞いたことがある。若い女の虜《とりこ》になると、男はまともにものを見ることも聞くこともできなくなり、自分がなにをしているのかもわからなくなるというのだ。ぼくはそんなのは嘘っぱちだと思っていた。それじゃまるで酔っ払いじゃないか、と。ところがいま、それが本当だとわかり、現に自分がそうなっている。あの娘《こ》がどうやって家に帰るのかは、心配しないことにした。あの娘《こ》が心配するなと言ったのだから。きっと彼女は、すぐ近くに住んでいるんだろう。そうでなければ、こんな遠くまでバスに乗ってくるわけはない。もちろん職場からこんなに離れたところに住んでいるなんて、おかしな話だ。でもそのうち、本人が徐々にいろいろ話してくれるだろう。無理に聞き出すつもりはない。ただし、ひとつだけ心に決めていることがあった。ぼくは、明日《あす》の夜、映画館まで彼女を迎えにいく。それはもう決まったことであり、その決心はなにがあっても変わらない。ぼくにしてみれば、午後十時までの時間はただの空白だ。

ぼくは雨のなかを歩きつづけた。しばらくすると、大型トラックがやって来たので、親指を立てて合図した。運転手はかなりの距離を乗せてくれた。やがてトラックが左に曲がることになったので、ぼくはそれを降りて、また歩きだした。家に着いたのは、朝の三時ごろだったと思う。

ふつうのときなら、トンプソンさんをたたき起こしてなかへ入れてもらうのは気が引けただろう。そんなことはそれまで一度だってしたことがなかった。でもそのときのぼくは平気だった。彼女への愛で心がすっかり明るくなっていたせいだ。トンプソンさんはかなり経ってから降りてきて、ドアを開けてくれた。気づいてもらえるまでには、何回か呼び鈴を鳴らさなくちゃならなかった。あの人は、気の毒に、皺くちゃの寝間着姿で寝ぼけまなこで突っ立っていた。「いったいなにがあったんだね？」トンプソンさんは訊ねた。「家内もわたしもえらく心配してたんだよ。あんたが車に轢かれたんじゃないかと思ってね。帰ってきてみりゃ、うちんなかは空っぽだし、晩めしにゃ手をつけてないし」

「映画を見にいっていたんです」ぼくは言った。

「映画だって？」トンプソンさんは廊下に突っ立ったまま、まじまじとぼくを見あげた。「映画は十時に終わるだろうに」

「そうですけど、そのあと散歩してたもんで。すいませんでした。おやすみなさい」

そう言うと、ぼくは二階の自分の部屋へ上がっていった。あとに取り残されたあの人は、なにやらぼやきながら、ドアの錠を降ろしていた。そのあと奥さんが寝室から呼びかける声が聞こえた。「どうしたの？ いまのはあの子？ 帰ってきたの？」

どうやらひどく心配をかけてしまったらしい。本当ならちゃんとふたりのところへ行ってあやまらなくちゃならないところだ。でもうまいせりふなど出てきそうにない。だからぼくは、ただ部屋のドアを閉め、服を脱ぎ捨ててベッドにもぐりこんだ。すると、ぼくの彼女が、その暗闇にいまもいっしょにいるような気がした。

つぎの朝、朝めしの間、トンプソンさんと奥さんは黙りがちだった。ふたりともぼくを見ようとしなかった。奥さんはひとことも言わずにぼくに魚の薫製をよこし、旦那のほうは新聞を眺めつづけた。

ぼくは朝めしを食べながら、こう言ってみた。「ハイゲートはどうでした？　楽しかったですか？」すると奥さんはちょっと口もとをこわばらせて答えた。「ええ、とても。どうもありがとう。わたしたちは十時前に帰ったんですよ」そうして奥さんは軽く鼻をすすり、旦那にもう一杯紅茶をついでやった。

あとは沈黙がつづいた。誰もひとこともしゃべらない。やがてトンプソンさんに「今夜はいっしょに晩めしを食べるのかね？」と訊かれ、ぼくは「いいえ、友達に会う約束なんで」と答えた。するとトンプソンさんは眼鏡のフレームの上からぼくの顔を眺めた。

「もし遅くなるようなら、鍵を渡しといたほうがよさそうだな」

それからあの人はまた新聞を読みつづけた。ぼくがなんの説明もせず、どこへ行くかも言わないんで、ふたりが気を悪くしているのはまちがいなかった。

ぼくは仕事に出かけた。その日、修理所は忙しく、つぎからつぎへと仕事が舞いこんだ。いつもだったら、なんとも思わなかったろう。ぼくは忙しいのが好きだし、残業も始終していた。でもその日は、店屋が閉まる前に修理所を出たかった。あるアイデアが閃いてからというもの、他のことなどなにひとつ考えられなくなっていたのだ。

四時半ごろになると、ボスがやって来て言った。「あのお医者に、オースティンは今夜引き渡すって約束しちまったんだが。七時半までには直せるだろうってな。大丈夫だろ？」

ぼくの心は沈んだ。さっき思いついた計画のために、早く引きあげるつもりだったのだ。でもぼくは、すばやく考えをめぐらせた。いま出かけさせてもらえれば、店屋が閉まる前に買い物をしてきて、オースティンの修理のほうもすませられる。ぼくは言った。「残業をするのはいいんですが、ボスがずっとここにいるなら、いま、一時間半くらい抜けさせてもらえませんか。店屋が閉まる前に買ってきたいものがあるんで」

ボスが一向かまわないと言ってくれたので、ぼくはつなぎを脱ぎ、手や顔を洗い、上着を着て、ヘイヴァーストック・ヒルのふもとの商店街に出かけた。行き先は決まっていた。トンプソンさんが時計の修理をたのんだことのある宝石店だ。その店では、安物なんかじゃなく上等の品――純銀の額縁とか、フォークやナイフを売っているのだ。

もちろん指輪も。それにしゃれた腕輪もいくつかあった。でもそれは、ぼくの好みには合わなかった。陸海軍厚生機関《ナフィ》の娘たちはみんな、小さな飾りのついた腕輪をしていた。あんなのはありふれている。ぼくはウィンドウのなかをさがしつづけ、やがてずっと奥にあった飾り物に気づいた。

それはブローチだった。とっても小さくて、親指の爪ほどの大きさだけれど、きれいな青い石がはめこまれていて、裏に留め金がついている。形はハート形だった。ぼくが気に入ったのは、その形だ。ぼくはしばらくそれを眺めていた。値札はついていない。ということは、ちょっと値の張る品だということだ。それでもぼくはなかに入り、そのブローチを見せてほしいとたのんだ。店主はウィンドウからブローチを取り出すと、ちょっと磨いて、いろんな角度へ向けてみせた。あの娘《こ》のドレスやジャンパースカートの上で美しく光っているそのブローチが目に浮かんだ。これこそ、さがしていたものだ。

「これをもらいます」ぼくはそう言って、店主に値段を訊ねた。

金額を聞いたときは思わず息を呑んだが、それでもぼくは財布を取り出して札を数えた。店主は、ハートのブローチをていねいに綿にくるんで箱に入れ、しゃれたリボンをかけてきれいに包んでくれた。夜、修理所を出るとき、ボスに給料を前借りしなきゃならない。でもボスは気のいい人だから、貸してくれないわけはなかった。

彼女へのプレゼントをしっかり胸ポケットに収めて、宝石店の外に出たとき、教会の時計が五時十五分前を告げた。いまからでもまだ、ちょっと映画館に行って、夜のデートの確認をしてくるだけの時間はある。大急ぎで修理所にもどれば、あのお医者の要望どおりにオースティンの修理は終えられるだろう。

映画館へ着いたとき、ぼくの心臓は大槌のようにガンガンと鳴っていた。唾を呑みこむことさえ、ままならないほどだった。あのベルベットの上着を着、頭のうしろのほうに帽子を載せて、入口の仕切り幕のそばに立つ彼女の姿を、ぼくは何度も思い浮かべた。

映画館の外には、短い列ができていた。ぼくは上演映画が替わっているのに気づいた。カウボーイがインディアンの腹にナイフを突き刺している西部劇のポスターはなくなっていて、その代わり、ダンスをする大勢の娘たちとその前をステッキを持って気取って歩く男のポスターが出ていた。今度の映画はミュージカルなのだ。

ぼくはなかへ入り、チケット売り場へは向かわず、彼女がいるはずの仕切り幕のほうへまっすぐ目を向けた。確かにそこには案内嬢がいた。でもそれはぼくの彼女ではなかった。その娘は、大柄で背が高く、あの衣装のせいで滑稽に見えた。彼女は一度にふたつのことをしようと――手にした懐中電灯を落とさずに、入ってくる人々のチケットをちぎろうとしていた。

ぼくはしばらく待っていた。きっと持ち場が変わり、ぼくの彼女は二階席に行っているんだろう。最後の一団が仕切り幕の奥に消えると、ちょっと間が空き、案内嬢は暇になった。ぼくは近づいていって声をかけた。「失礼、もうひとりの娘さんと話したいんだけど、どこへ行けば会えるかな?」

案内嬢はぼくを見た。「もうひとりの娘さんって?」

「きのうの夜、ここにいた人だよ。銅色の髪をした」

案内嬢は、なんだか疑わしげに、もう一度ぼくを見直した。

「きょうは来てないわ。わたしが代わりをしてるの」

「来てない?」

「ええ、そう。でも変ね。それを訊いたのってお客さんだけじゃないのよ。ちょっと前、警察がここに来たの。支配人や守衛と話をしてったわ。わたしはまだ、誰からもなにも聞いてないけどね。でもなにかあったみたいよ」

心臓がそれまでとはちがったふうに打ちだした。興奮ではなく、不安の鼓動。たとえば誰かが急病になって、病院へ連れていかれたときのような。

「警察だって?」ぼくは訊き返した。「警察がなんの用でここに来たんだい?」

「言ったでしょ、知らないって」案内嬢は言った。「でもなにかあの娘《こ》に関係あることよ。支配人はその警官たちといっしょに警察署に行ったきり、まだ帰ってこないの。こちらへお進みください。二階席は左、一階席は右でございます」

ぼくは途方に暮れて、その場に立ちつくしていた。まるで足もとの床を急にかっさらわれたようだった。

背の高い案内嬢はまた一枚チケットをちぎってから、肩ごしにぼくに言った。「あの娘《こ》、お客さんのお友達?」

「うん、まあ」ぼくは、なんと言ったものかわからず、そう答えた。

「そう、知りたきゃ教えてあげるけど、あの娘《こ》、頭がイカレてるのよ。自殺して死体が見つかったんだとしても、わたしは驚かないわね。いいえ、アイスクリームはニュースのあと、幕間にお売りいたします」

ぼくは外に出て、通りに足を止めた。安い席の列が長くなりだしている。なかには子供もいて、興奮してしゃべりまくっている。ぼくは列をすり抜け、通りを歩きだした。胃のなかが変な感じで気分が悪かった。ぼくの彼女の身になにかがあったのだ。いまそれがわかった。だから昨夜、彼女はぼくを追い払いたがったのだ。だから送ってほしがらなかったのだ。彼女はあの墓地のなかで、死のうとしていた。妙なことを言っていたのも、あんなに青ざめていたのもそのせいだ。そして警察があの娘《こ》を見つけた。あの柵のそばの墓石に横たわっているところを。

もしぼくがあの娘《こ》を置いていかなかったら、こんなことにはならなかったはずだ。もしぼくが馬鹿な言葉に耳を貸さず、もう五分説得しつづけていたら、なんとかあの娘《こ》を説き伏せて、家まで送ってあげられただろう。そしていまごろ、あの娘《こ》は映画館にいて、席の案内をしていたにちがいない。

でも実はそれほど大事《おおごと》じゃないのかもしれない。警察は、記憶をなくしてさまよっていたあの娘《こ》を発見し、保護した。そして連れていって、彼女の勤め先などを調べ、支配人にその確認を取ろうとしている——それだけのことなのかも。警察署に行けば、きっと事情が聞けるだろう。彼女はぼくの恋人なんだ、いつもデートしている仲だと言えばいい。彼女にぼくがわからなくたってかまやしない。そう言い張ればいいんだ。とにかくボスの期待を裏切るわけにはいかないから、あのオースティンの修理だけはやっておかなくては。でもそれがすんだら警察署に行こう。

頭は空っぽになっていた。自分がなにをしているのかほとんどわからないまま、修理所へ帰ると、そこにたちこめているいつもの匂いに初めて胃袋がひっくり返った。ガソリンとグリースの匂い。それに、車をバックさせるときエンジンを思いきりふかしたやつがいて、馬鹿でかい排気ガスの塊が作業場いっぱいに悪臭をこもらせていた。

ぼくはつなぎを着ると、工具を取ってきてオースティンの修理にかかった。その間もずっと、あの娘《こ》の身にいったいなにがあったんだろう、とそればかり考えていた。あの娘《こ》は警察署で、ひとりぼっちで途方に暮れているんだろうか？　それとも、どこかに横たわり……死んでいるのだろうか？　目の前には、ちょうど昨夜と同じように、彼女の顔がずっと浮かんでいた。

オースティンを修理し、ガソリンを入れ、持ち主がすぐ出せるよう通りに向けておくまでにかかった時間は一時間半足らず。でも、そのころにはもう体はくたくたになっていたし、顔は汗びっしょりだった。ぼくはざっと手や顔を洗うと、上着を着て、胸ポケットに触ってみた。あの箱を取り出し、しゃれたリボンのきれいな包装を見つめ、またポケットにもどす。ドアに背を向けていたんで、ボスが入ってきたのには気づかなかった。

「ちゃんと買い物はできたかね？」陽気な笑みを浮かべて、ボスは訊ねた。

この人は気のいい男で、癇癪《かんしゃく》なんか起こしたこともなく、ぼくたちは至極うまくいっていた。

「はい」ぼくは答えた。

でもそのことは話したくない。ぼくはボスに、仕事はすんだから、オースティンはいつでも出せると報告し、作業と残業の記録をつけてもらうためにいっしょに事務室へ行った。デスクに載った夕刊の脇には巻きタバコの箱があった。ボスはそこから一本取り出して、ぼくにすすめた。

「レディーラックが最終レースで勝ったよ」ボスは言った。「今週は二ポンド勝ち越しだ」

彼は、給料がちゃんと支払われるよう台帳にぼくの作業を記録した。

「よかったですね」ぼくは言った。

「なに、複勝に賭けただけさ。馬鹿だったよ。二十五倍だったのに。でも勝負ってのはこういうもんだよな」

ぼくはなんとも答えなかった。酒は別に好きじゃないが、このときばかりはぐいと一杯あおりたい気分だった。ぼくはハンカチで額をぬぐい、ボスがさっさと帳簿つけを終えて、さよならを言い、行かせてくれるよう願った。

「気の毒に、またひとりやられたんだよ」ボスは言う。「この三週間でもう三人目だな。腹を裂かれてさ。他の連中とおんなじだ。今朝、病院で死んだそうだよ。空軍にゃ疫病神がとりついているんだな」

「なんのことです？　飛行機事故ですか？」ぼくは訊ねた。

「飛行機事故だと？　なに言ってるんだい、殺人事件だよ。気の毒にその男、腹を切り裂かれたんだ。きみは新聞を読まんのかね？　この三週間で三人同じ目に遭ってるんだぞ。みんな空軍のやつで、犠牲者はいつも墓場のそばで見つかっている。いまもガソリンを入れにきたお客に話してたとこさ。イカレて変態になっちまうのは、男にかぎったことじゃないんだってな。だがその女ももう終わりだよ。新聞によると、警察は手がかりをつかんでいて、もうじき犯人逮捕に漕ぎつけるってことだから。気の毒な男がもうひとりやられる前にな」

ボスは台帳を閉じて、耳に鉛筆をはさんだ。

「一杯やるかい？」彼は訊ねた。「戸棚にジンがあるよ」

「いえ」ぼくは言った。「ありがとうございます。でもぼくは……デートがあるんで」

「そうかい」ボスはにこにこした。「それじゃ楽しんでおいで」

ぼくは通りを歩いていって、夕刊を買った。その記事は第一面に載っていた。犯行時刻は午前二時ごろと見られている。場所はロンドン北東部、やられたのは空軍の若い兵士だ。その男はよろめきながらもどうにか電話ボックスまでたどり着き、警察に通報した。そしてまもなく警察が到着し、電話ボックスのなかに倒れている彼を発見したのだ。

男は死ぬ前に救急車のなかで、なにがあったかすべて語った。それによると、彼は見知らぬ娘に声をかけられ、ついていったらしい。本人にしてみれば、ちょっとしたお遊びのつもりだった。少し前に、その娘が別の男と屋台でコーヒーを飲んでいるのを見ていたから、彼女が自分を気に入って、そいつを捨ててきたものと思ったのだ。ところが、娘は彼の腹をぐさりとやったのだという。

新聞によれば、その男は犯人の特徴を詳細に語ったとのことだった。また、警察は、その夜、彼が刺される前にその娘といっしょにいた男性に、名乗り出て、女の身元確認に協力するよう呼びかけているという。

そんな新聞はもう持っているのもいやだった。ぼくはそいつを捨てた。それから、へとへとになるまで歩きまわり、トンプソンさんたちがもう寝ている時分になってから、家に帰った。ふたりが郵便受けのなかに紐で吊しておいてくれた鍵を手さぐりで見つけると、ぼくはなかに入り、二階の部屋に上がっていった。

優しいトンプソンの奥さんは、ベッドの上掛けを折り返し、魔法瓶にお茶を入れてくれていた。そしてテーブルの上には遅い版の夕刊が載っていた。

警察は彼女をつかまえていた。午後三時ごろのことだそうだ。ぼくは記事を読まなかったし、そこに載っている名前も見なかった。ベッドにすわって新聞を手に取ると、そこにはぼくの彼女がいて、第一面から、こちらをじっと見あげていた。

ぼくは上着のポケットからあの箱を取り出し、おしゃれなリボンと包み紙をむしり取ると、そこにすわったまま、自分の手のなかの小さなハートのブローチをいつまでも見つめつづけた。

Kiss Me Again, Stranger

鳥

十二月三日、夜のうちに風が変わり、季節は冬となった。そのときまで、秋は優しく穏やかだった。木々の葉は枝についたまま金褐色に輝き、生け垣はなおも青々としていた。鋤《すき》でたがやされた土は豊かだった。

ナット・ホッキンは、傷痍軍人であったため、恩給をもらっており、農場での仕事もフルタイムではなかった。彼は週に三日働き、比較的軽めの仕事——垣根作りや、屋根葺きや、建物の修繕など——を与えられていた。

結婚していて、子供もいたが、元来孤独を好むナットは、ひとりで働くのがいちばん好きだった。堤防造りや門の修理などの仕事で半島の突端へ行くことになると、彼は喜んだ。農場はそこで両側から海にはさまれている。そして昼になると、彼はひと休みして、妻が焼いてくれたパスティー（鳥獣肉、魚肉などを詰めたパイ）を食べ、崖っぷちにすわって鳥たちを見守るのだ。秋は鳥の観察に絶好のとき、春よりもよい季節だ。春、鳥たちは内陸へと飛んでいく。着実に、目的を持って。彼らは自らの行き先を知っている。彼らの生《せい》のリズムと儀式は遅れを許さない。一方、秋は、海を渡らずこの地で冬を越す鳥たちが、それと同じ衝動に駆り立てられ、それでも渡りはできないため、独自の行動パターンを見せる。彼らは大群となって半島に飛来し、落ち着きなく、不安げに動きまわり、消耗していく。空を駆けめぐり、旋回していたかと思うと、掘り返されたばかりの豊かな土に降りて餌をついばみ、そうして食べているときですら空腹も食欲も感じていないようだ。そして彼らは、ふたたび落ち着きなく空へと駆り立てられていく。

黒と白、ニシコクマルガラスとカモメとは、不思議な同盟を結んで群れを成し、決して満たされず、ひとときもじっとせず、自由をさがし求める。ムクドリの群れは、さらさらと絹のような音を立て、同じ衝動に突き動かされて、みずみずしい牧場へと飛んでいく。フィンチやヒバリといったもっと小さな鳥たちは、まるで追い立てられているかのように木から垣根へと散らばっていく。

ナットは小鳥たちを、そして、海鳥たちを見つめた。彼らは眼下の入り江で、潮流の変化を待っている。海鳥たちは他の連中よりも忍耐強い。水際に見られるミヤコドリやアカアシシギやミユビシギ、ダイシャクシギ。寄せては返すゆったりした波が、海草を残し、小石を洗っていく浜を、海鳥たちは駆けめぐる。やがて彼らもあの飛翔への衝動に捉えられ、叫び、鳴き、わめきながら、静かな海をかすめて、海岸をあとにする。急げ、もっと速く、さあ、行け――でもどこへ？　なんのために？　秋の狂おしい欲求、満たされることのない悲しい欲求が、彼らに魔法をかけたのだ。彼らは群れを成し、旋回し、叫ばねばならない。冬が来る前に、いらだちを振り払うために。

「おそらく」崖っぷちでパスティーを食べながら、ナットは考えた。「秋になると、なんらかのメッセージが鳥たちに届くんだろう。一種の警告のようなものが。冬がもうじき来る。連中の多くが死ぬことになる。だからちょうど、寿命が来る前から死を恐れる人間たちが懸命に働いたり、愚行に走ったりするのと同じように、連中もじっとしていられなくなるんだ」

この秋は、鳥たちはいつも以上に落ち着きがなかった。天候が穏やかなため、彼らの焦りは余計鮮烈に感じられた。西の丘陵をガタゴト行くトラクターを見ていると、運転席の農場主のシルエット、機械とそれに乗る男の像が、旋回し、泣き叫ぶ鳥たちの巨大な雲でふっと陰になる。鳥の数はまちがいなく例年より多かった。秋になるといつも、彼らは耕耘機のあとを追ってくるが、通常はこんな大群ではないし、これほど騒がしくもない。

その日、垣根作りを終えて引きあげるとき、ナットは農場主にそのことを話してみた。「まったくだ」農場主は答えた。「今年はいつもよりたくさん鳥がいる。おれも気づいていたよ。それに、なかにゃ度胸のあるのもいて、トラクターを怖がりもしないんだ。きょうの午後も、一、二羽、頭をかすめていって、帽子をはじき落とされるかと思ったよ！　こんな調子じゃまともに働けんな。頭の上にゃ鳥どもがいて、おまけに日差しがぎらぎら目に射しこんでくる。たぶん天候が変わるんだろうよ。今年の冬は寒くなるぞ。だから鳥どもは落ち着かないんだ」

農地を横切り、自宅のコテージに向かって小径《こみち》を歩いていく途中、ナットは、日没の輝きのなか、西の丘陵の上空に、なおも群れている鳥たちを見た。風はない。灰色の海は穏やかで、潮は満ちている。生け垣のマンテマはいまも満開。気温も暖かだった。しかし農場主は正しかった。天候が変わったのはその夜だ。ナットの寝室は東向きである。彼は二時すぎに目を覚まし、煙突のなかで風が唸っているのに気づいた。嵐ではなく、雨をもたらす南西の強風でもなく、冷たく乾いた東風だ。それは煙突内に虚ろな音を響かせ、ゆるんだ屋根板をガタガタ鳴らしていた。ナットは耳をすませた。入り江で海が轟いている。寒さはこの小さな寝室のなかにまで侵入していた。ドアの下から入りこむ隙間風が、ベッドの上に吹きあげてくる。ナットは毛布にしっかりくるまって、眠っている妻の背中に身を寄せると、理由のない不安を感じながら、じっと目を見開いていた。

そのとき彼は、窓をコツコツ打つ音に気づいた。このコテージの壁にはツタの類《たぐい》は這わせていない。だからそれがゆるんで、窓ガラスをたたいているということはありえない。ナットは耳をすませた。コツコツという音はつづき、とうとう彼はいらだってベッドを出、窓辺へ行った。窓を開くと同時に、なにかが手をかすめ、関節を突き、皮膚を裂いた。つづいてはばたく翼が見えた。それは屋根を越えてコテージの裏手へと飛び去った。

鳥だ。種類はわからない。風に追われて、窓枠に避難していたのだろう。

窓を閉めて、ベッドにもどったナットは、関節が濡れているのを感じ、傷を口に当ててみた。血が流れている。おそらく、避難所を求めていたあの鳥は、暗闇のなかで驚きあわて、彼をつついたのだろう。ナットはふたたび眠ろうとした。

ほどなくコツコツという音がまた始まった。今度は前より強く、執拗にだ。妻も目を覚まし、こちらに寝返りを打って言った。「窓を調べて、ナット。ガタガタいっているわ」

「もう調べたよ」ナットは答えた。「鳥がなかへ入ろうとしているんだ。風の音が聞こえるだろう？　東から吹いている。それで鳥が追われてきたんだ」

「追い払ってよ。うるさくて眠れやしないわ」

ナットは再度窓のところへ行った。開けてみると、今度窓敷居にいたのは一羽でなく六羽だった。鳥たちはまっすぐナットの顔めがけて襲いかかってきた。

彼は叫び声をあげ、両手を振りまわして鳥たちを追い散らした。すると最初の一羽と同様、彼らは屋根の向こうへと姿を消した。ナットは急いで窓を降ろし、掛け金をかけた。

「いまのを聞いたかい？」彼は妻に言った。「連中、おれに飛びかかってきた。この日をつつこうとしたんだ」彼は窓辺から外の暗がりに目を凝《こ》らしたが、そこにはなにも見えなかった。妻は半ば眠ったまま、ベッドからぶつぶつ返事をした。

「作り話なんかじゃない」ナットは妻のほのめかしに腹を立てた。「確かに鳥どもが窓にいて、家に入ろうとしていたんだ」

そのとき突然、怯えた泣き声が、子供たちの眠る廊下の向こうの部屋から聞こえてきた。

「ジルだわ」妻が言った。いまやすっかり目を覚まし、ベッドの上に身を起こしている。「行って。どうしたのか様子を見てきて」

ナットはロウソクを灯した。しかし寝室のドアを開けて廊下に出ると、隙間風が炎を消し去った。

またも怯えきった泣き声がした。今度は子供たちの両方からだ。よろよろとふたりの部屋に入っていったナットは、周囲の闇にはばたきを感じた。窓は大きく開け放たれており、そこから鳥がつぎつぎ飛びこんできて、天井や壁にぶつかり、いきなり空中で方向転換して、ベッドの子供たちのほうに突っこんでいく。

「もう大丈夫。父さんが来たよ」ナットが叫ぶと、子供たちは泣き叫びながら、飛びついてきた。その間も鳥どもは、暗闇のなかを舞いあがり、急降下し、襲いかかってくる。

「なんなの、ナット？　どうしたっていうの？」向こうの部屋から妻が叫ぶ。ナットは急いで子供たちを廊下に押し出してドアを閉め、子供部屋は彼と鳥どもだけになった。

彼は手近なベッドから毛布をつかみ取り、それを武器代わりに右へ左へ振りまわした。鳥どもの体がドサッとぶつかる。はばたきが聞こえる。しかしまだ打ち負かされたわけではない。彼らは繰り返し攻撃をしかけてきた。フォークのように鋭い小さなくちばしで、ナットの手をつつき、頭をつつく。毛布は防具へと変わった。彼は頭にそれを巻きつけ、より深まった闇のなかで、素手で鳥どもを殴りつけた。戸口までよろめいていって、ドアを開ける気にはなれない。鳥どもがあとを追ってくるかもしれないのだ。

どれだけの間、闇のなかで闘っていただろう。いつしかはばたきの音は弱まり、遠のいていった。毛布の闇の向こうに光が見える。彼は耳をすませて待った。向こうの寝室から片方の子のむずかる声が聞こえてくる。それ以外はなんの物音もしない。バタバタという翼のはためき、あのはばたきの音はやんでいた。

ナットは頭から毛布を取ると、あたりを見まわした。薄暗いひんやりした朝の光が部屋を照らし出していた。暁と開いた窓とが、生き残っていた鳥たちを呼びもどしたのだ。死んだ連中は床に落ちていた。ナットは衝撃を受け、恐れをなして、散乱した小さな死骸を凝視した。どれもちっぽけな鳥ばかり。五十羽は落ちているだろう。コマドリ、フィンチ、スズメ、アオガラ、ヒバリ、アトリ。自然の法則に則《のっと》って、それぞれ別個の群れを作り、テリトリーを守る鳥たちだ。その彼らがいま、闘争本能によって結ばれ、部屋の壁にぶつかって自らを滅ぼし、あるいは、闘いのなかでナットの手で滅ぼされたのである。格闘で羽を失った者もいる。くちばしに血が、ナットの血がついている者もいる。

気分が悪くなったナットは窓のところへ行き、自宅の庭の向こうに広がる農地を眺め渡した。外気は刺すように冷たく、地面は一面、黒っぽい硬そうな霜に覆われていた。朝日に輝く白い霜ではなく、東風がもたらす黒い霜。海は潮の変化に伴い荒れだしており、白波が立ち、険しい。波が入り江にぶつかり、激しく砕けている。鳥たちはどこにも見当たらない。門の向こうの生け垣でチュンチュン鳴くスズメの姿もなければ、虫をさがして草をつつく早起きのヤドリギツグミやクロウタドリもいない。東風と波の音をのぞけば、あたりはしんと静まり返っていた。

ナットは、まず窓を、それから小さな寝室のドアを閉め、廊下を通って自分たちの寝室へもどった。妻はベッドの上に身を起こしていた。一方の子供がその隣で眠っており、小さいほうの子は、顔にガーゼを当ててもらって、母親の腕に抱かれている。カーテンはしっかり閉ざされ、ロウソクには火が灯されていた。妻の顔は黄色い光に照らされ、不気味に見えた。彼女は首を振って、静かにするよう合図した。

「この子、眠っているの」妻はささやいた。「いまようやく寝ついたのよ。両方の目の縁から血が出ていた。なにかにやられたのね。ジルは鳥だって言っている。目が覚めたら、鳥がたくさん部屋のなかにいたんだって」

妻はナットの顔を見あげ、そこに答えを見出そうとした。すっかり怯え、とまどっているようだ。ナット自身も、ここ数時間の出来事に気が動転し、放心状態だ。しかしそれを彼女に気取られたくはなかった。

「あっちの部屋は鳥の死骸だらけだ」彼は言った。「五十近くも散らばっている。コマドリとかミソサザイとか、この近辺にいる小さな鳥ばかりだよ。まるで東風のせいで、急に気が狂ったみたいだ」彼は妻と並んでベッドにすわり、その手を取った。「天候のせいだな。それにちがいない。このひどい天候のせいだよ。あいつらは、もしかすると、このへんの鳥じゃないのかもしれない。内陸のほうから追い立てられてきたんだろう」

「でもナット」妻がささやく。「天候が変わったのは今夜よ。追い立てられてきたって言うけど、雪だってまだ降っていない。それに、まだ飢えてるはずはないでしょう。野原には餌があるもの」

「天候のせいさ」ナットは繰り返した。「絶対だ。天候のせいだよ」

彼も、妻と同じに、げっそり疲れた顔をしていた。ふたりはしばらくなにも言わずに顔を見合わせていた。

「下に行って、お茶を入れてこよう」ナットは言った。

普段と変わらぬ台所を見ると、気持ちが落ち着いた。食器棚にきちんと並べられたカップとソーサー、テーブルに椅子、編み物が丸めて載せてある妻の柳細工の椅子、隅の戸棚に収まった子供たちのおもちゃ。

彼は暖炉の前に膝をついて、残り火をかき立て、火を熾した。燃え立つ木切れは正常な雰囲気を、湯気を上げるやかんと茶色いティーポットはなぐさめと安心感をもたらしてくれた。彼はお茶を飲み、妻の分を二階へ運んだ。それから彼は流し場で顔を洗い、長靴を履くと、裏口のドアを開けた。

空は荒れ、鉛色をしていた。昨日《さくじつ》まで太陽に照らされて輝いていた茶色い丘陵は、暗く荒れ果てて見える。東風はあたかも剃刀のように木々を裸にし、木の葉は枯れてカサコソいいながら、吹き寄せる風に震え、散らばっていく。ナットは長靴で土を踏みしめた。地面は硬く凍りついていた。こんな急激な変化はこれまで見たこともない。黒い冬が一夜にして降りてきたのだ。

子供たちは目を覚ましていた。二階ではジルがなにかしゃべっており、幼いジョニーのほりはまた泣いている。子供をなだめ、なぐさめる妻の声が聞こえる。ほどなく三人は降りてきた。朝食はすでにナットが用意していた。こうして一日が始まった。

「父さん、もう鳥は追っ払っちゃった?」キッチンの暖炉と、朝と、そして朝食のおかげで落ち着きを取りもどしたジルが訊ねた。

「ああ、もうみんな行ってしまったよ」ナットは答えた。「鳥たちは東風に追われてきたんだよ。怯えて迷いこんだんだ。どこかに逃げこみたかったのさ」

「あの鳥たち、あたしたちをつっつこうとしたよ。ジョニーの目に向かってきたんだから」

「それはひどく怯えていたせいだよ。部屋が暗かったから、自分たちがどこにいるのかわからなかったんだ」

「もう来なければいいんだけどな。窓の外にパンを置いておいたら、それを食べて飛んでいっちゃうかもよ」

ジルは朝食を終え、コートと頭巾と教科書と鞄を取りにいった。ナットはなにも言わなかったが、妻はテーブルごしに彼を見つめていた。無言のメッセージがふたりの間で交わされた。

「あの子をバス停まで送っていこう」彼は言った。「きょうは農場は休みだ」

子供が流し場で顔を洗っている間に、彼は妻に言った。「窓は全部閉めておけよ。ドアもだ。念のためにな。おれは農場へ行ってみる。あの人たちが昨夜なにか変わった音を聞いていないか、確かめてくるよ」それから彼は、小さな娘と連れだって、小径を歩いていった。娘は昨夜のことなどもうすっかり忘れてしまったらしく、落ち葉を追いかけたりしながら、ナットの前を躍るように進んでいく。その顔は寒気に打たれ、とんがり頭巾の下で薔薇色に染まっていた。

「雪が降るの、父さん？」ジルは訊ねた。「ずいぶん寒いよ」

ナットは、風に背中を鞭打たれながら、寒々とした空を見あげた。「いいや、雪は降らないだろう。今年は白い冬じゃなくて黒い冬なんだ」

その間もずっと、彼は鳥がいないかと垣根に目を走らせ、その向こうの草原を眺め渡し、ミヤマガラスやニシコクマルガラスがいつも集まる、農場の上の小さな森のほうまで目を配っていた。鳥は一羽もいなかった。

他の子供たちはもう、バス停の近くに集まっていた。みんなジルと同じようにマフラーを巻き、頭巾をかぶっている。顔は厳しい寒さに青ざめ、ゆがんでいた。

ジルは手を振りながらみんなのところへ駆けていった。「うちの父さんが、雪は降らないって」彼女は叫んだ。「今年は黒い冬になるんだって」

鳥のことはなにも言わなかった。彼女は女の子のひとりとふざけだした。バスがのんびりと丘を登ってくる。ナットは娘が乗りこむのを見届けると、農場へと引き返していった。その日は仕事に出る日ではなかったが、なにも起きていないことを確かめておきたかったのだ。牧童のジムは、裏庭でなにかガチャガチャやっていた。

「ボスはいるかい？」ナットは訊ねた。

「市場へ行ったよ」ジムは答えた。「きょうは火曜だろ？」

彼は重い足音を立て、納屋の角を回って行ってしまった。ジムにはナットの相手などしている暇はないのだ。ナットはみんなから、えらそうなやつとみなされている。本を読んだりする手合いだと。きょうが火曜だということを、ナットは忘れていた。このことからも昨夜の出来事にどれほど動揺していたかがわかる。裏口に回ると、トリッグ夫人がキッチンでラジオに合わせて歌っているのが聞こえた。

「ごめんください、奥さん」ナットは叫んだ。

夫人は戸口に出てきた。にこにこした、恰幅のいい、おおらかな女だ。

「おはよう、ホッキンさん」夫人は言った。「この寒さ、いったいどこから来たんでしょうねえ？　ロシアかしら？　こんなに急に天候が変わるなんて、初めてのことですよ。それに、まだまだ寒くなるんですすって。ラジオで言っていたわ。なんでも北極圏の気候の影響だそうよ」

「うちじゃ今朝はラジオを聴かなかったんです。実を言うと、夜、えらいことがあってね」

「まあ、お子さんになにか？」

「いや……」なんと言ったらいいのだろう？　昼間の太陽の下では、鳥どもとの闘いの話など馬鹿らしく聞こえるにちがいない。

ナットはトリッグ夫人に昨夜のことを話してみた。しかし、その目を見るとわかった。夫人は、彼がただ悪い夢を見ただけだと思っているのだ。

「確かに本当の鳥だったの？」夫人はほほえみながら言った。「ちゃんと羽根やなんかのある鳥？　土曜の夜、パブが閉まったあとに、男の人がよく見る変なやつじゃなかった？」

「ねえ、奥さん」ナットは言った。「いまうちの子たちの寝室の床には、コマドリやらミソサザイやら、五十もの鳥の死骸が落ちているんですよ。そいつらはこのおれに襲いかかってきたんだ。ジョニーの目をつつこうとしたんです」

トリッグ夫人は疑わしげに彼を見つめた。

「まあ、そうなの。それじゃたぶん、この天気のせいね。その鳥たち、寝室に迷いこんでしまって、どこに行っていいかわからなくなったんでしょう。きっとよその土地の鳥だわ。北極圏から来たんじゃないかしら」

「いいや。このへんで毎日見かけるような鳥たちでしたよ」

「変ねえ。わけがわからないわ。《ガーディアン》紙に手紙を書いて問い合わせてみたら？　きっとなにかわかるわよ。それじゃ、わたしは仕事があるから」

にっこりほほえんでうなずくと、夫人はキッチンに引っこんだ。

ナットは納得のいかぬまま、農場の門へ向かった。しかし、寝室の床に鳥たちの死骸が散らばっていなかったら――これからあれを集めてどこかへ埋めねばならないわけだが――彼自身、自分の話を大げさに感じたことだろう。

門のそばにはジムが立っていた。

「あんたは鳥にやられなかったかい？」ナットは訊ねた。

「鳥？　どんな鳥だよ？」

「昨晩、うちに来たんだ。何十羽も、子供部屋に入りこんだんだよ。ひどく凶暴なのがな」

「ほう？」何事もジムの頭に浸透するまでには時間がかかる。「凶暴な鳥の話なんて聞いたことないぜ」しばらくして彼はようやくそう言った。「連中、人に馴れることもあるしな。窓辺にパン屑をもらいにくるやつを見たことがあるよ」

「昨夜の鳥どもは人に馴れたやつじゃなかったんだ」

「そうかい？　じゃあ寒さのせいかな。飢えていたとかさ。パン屑でも撒いてやれよ」

ジムもトリッグ夫人同様、まったく関心を示さなかった。戦時中、空襲があったときと同じだ。国のこちら側では誰も、プリマスの人々がどんな目に遭ったかを知らない。人は、自らその被害を受けないかぎり、何事にも関心を抱かないのだ。ナットは小径をたどり、コテージの前の柵を越えた。妻は小さなジョニーとともにキッチンにいた。

「誰かいた？」彼女は訊ねた。

「トリッグ夫人とジムに会ったよ」ナットは答えた。「おれの話は信じてないみたいだったがね。とにかくあっちでは何事もなかったらしい」

「鳥を運び出してくれないかしら？　そうでないとベッドを整えにいく気もしない。怖いのよ」

「もう怖がることはないさ。みんな死んでるんだ。そうだろう？」

彼は袋をひとつ持って二階へ上がり、硬直した鳥の死骸をつぎつぎなかに入れていった。そう、確かに締めて五十羽だ。どれも垣根でよく見かけるごくふつうの鳥たちで、ツグミほどの大きさもない。あんな行動に出たのは、怯えたせいだったのだろう。アオガラにミソサザイ――昨夜、自分の顔や手をあれほど強くつついたのは、こんな小さなくちばしだったのか。ナットは袋を庭に運び出し、新たな問題に直面した。土が硬すぎて掘れないのだ。地面はがちがちに凍りついている。それでも雪はまだ降りだそうとせず、東風の到来をのぞけば、この数時間は何事も起きていない。これはおかしい。不自然だ。やはり天気予報が正しかったのだろう。この変化は、北極圏の天候の影響にちがいない。

袋を手にしたまま、どうしたものかとその場に立っていると、風が骨まで切りつけてくるようだった。下の入り江では、波頭の白い波が起こり、岸に打ち寄せ、砕けている。ナットは鳥たちを岸まで持っていって埋めることにした。

岬の下の浜まで行くと、風が強くて立っていられないほどだった。息を吸いこむと胸が痛む。手袋をはめていない手は青くなっていた。厳しい冬は何度も経験してきたが、こんな寒さは初めてだ。潮は引いていた。ナットはやわらかい砂地まで霜の上をザクザク進むと、風に背を向け、靴の踵で砂を掘った。鳥の死骸はそこへ埋めるつもりだった。しかし、いざ袋を開けると、風が、彼らを運び去り、ふたたび飛翔しているように舞いあがらせた。凍りついた五十羽の鳥の死骸は、ナットの手もとから浜の彼方へと、羽根のように吹き飛ばされ、放り出され、広がり、散らばっていった。それは奇怪な光景だった。ナットは不快感を覚えた。死んだ鳥たちは風によって、いきなり彼の手から奪い去られたのだ。

「潮が満ちてくれば、波にさらわれていくさ」彼は胸の内でつぶやいた。

ナットは海に目をやり、白い波頭とうねる緑を見つめた。波はそそり立ち、たわみ、崩れ去る。引き潮なのでその轟きは遠くかすかで、満ち潮のときのような大音響ではない。

そのときナットは彼らに気づいた。カモメだ。彼らはそこに、その海に浮かんでいた。

最初ナットが白い波頭だと思ったものは、カモメだったのだ。何百、何千、何万ものカモメたち……浮かびあがっては、波の谷間に沈んでいく。風に顔を向け、錨を降ろした無敵の艦隊のごとく、海面で待機している。東を見ても、西を見ても、彼らはいた。ナットの目の届く範囲いっぱいに広がり、せまい間隔で並び、いくつもの列を成している。海が凪《な》いでいたなら、頭と頭、体と体をくっつけ、ぎっしり並んだ彼らは、白い雲のように入り江を覆いつくしていたことだろう。彼らの姿を隠すのは、海を打ちすえ、白波をかき立てる東風だけなのだ。

ナットは向きを変え、浜をあとにし、急な坂道を家に向かって上っていった。誰かに知らせなくては。この東風と天候のせいで、彼の理解を超えるなにかが起ころうとしている。バス停の近くにある電話ボックスに行って、警察に連絡すべきだろうか？　だが警察になにができるだろう？　結局、誰にもどうすることもできないのでは？　何千、何万ものカモメたちが、嵐のせい、飢えのせいで、入り江の海に浮かんでいる。警察はナットを頭がおかしい男か酔っ払いだと思うだけだ。あるいは、落ち着き払って供述を取るかもしれない。「ありがとうございます。そう、この件はすでに報告されています。ものすごい数の鳥たちが荒天に追い立てられて内陸に向かっているんですよ」ナットはあたりを見まわした。他の鳥たちはやはりどこにもいない。この寒さで、みんな内陸部へ飛んでいってしまったのだろうか？　コテージの近くまで行くと、妻がドアから出てきた。彼女は興奮して叫んだ。「ナット、ラジオであのことを言っていたわよ。たったいまニュース速報が入ったの。書き留めておいたわ」

「なにを言っていたんだ？」ナットは訊き返した。

「鳥のことよ。うちだけじゃなかったの。あちこちで同じことが起きているのよ。ロンドンや、国のいたるところでね。鳥たちになにかが起こったのよ」

ふたりはそろってキッチンに入った。ナットはテーブルの上の書きつけを読んだ。

「きょう午前十一時、内務省から声明が発表されました。全国各地から刻々と鳥の大群による被害が報告されているとのことです。鳥たちは、都市部の町や村、地方の村落の上空で群れを作り、破壊を引き起こし、障害となり、人間にまで攻撃を加えています。これは、まもなくイギリス海峡に流れこむ北極気流によって鳥たちが大挙して南へ移動しはじめ、激しい飢えのために人間を襲いだしたということなのではないかと考えられています。内務省は、各世帯主に窓、ドア、煙突に注意し、子供の安全を守るために適切な対策を講じるよう呼びかけています。後《のち》ほどさらになんらかの声明が発表されるでしょう」

ある種の興奮がナットを捉えた。彼は勝ち誇って妻に目をやった。

「やっぱりな。農場の連中もこいつを聴いてりゃいいんだが。そうすりゃトリッグの奥さんにも、おれの話が本当だったとわかるだろう。本当に決まってるさ。国じゅうで起きているんだから。おれは朝からずっと、こいつは異常だと思ってたんだ。それにいましがた、浜へ行ってみたら、海はカモメだらけだったよ。何千も、いや何万も——針を入れる余地もないくらいぴったりくっつきあっていた——見渡すかぎりカモメだらけさ。連中、海に浮かんで、待っているんだ」

「なにを待っているっていうの？」妻が訊ねた。

ナットは彼女を見つめ、それからもう一度テーブルの書きつけに視線を落とした。

「さあな」彼はゆっくりと言った。「ここには鳥たちは飢えていると書いてあるが」

彼は、大工道具の引き出しへ向かった。

「なにをするつもり、ナット？」

「窓をなんとかするんだ。それに煙突も。ラジオで言っていたようにな」

「窓を閉めておいても、鳥が入ってくるっていうの？　スズメやコマドリみたいな小さな鳥が？　いったいどうやって？」

ナットは答えなかった。彼はコマドリやスズメのことを考えているのではなかった。彼が考えているのは、あのカモメたちのことだ……

ナットは二階へ行き、午前中いっぱいそこで作業をつづけた。寝室の窓には板をはめこみ、煙突の底もふさいだ。きょうが農場に行く日でないのがありがたかった。こうして働いていると、戦争が始まった当時のことが思い出された。そのころのナットはまだ独り身だった。彼はプリマスにある母親の家の窓全部に、明かり漏れを防ぐ覆いを作ったものだ。シェルターも作った。もちろんいざとなったらそんなものはなんの役にも立たなかっただろうが。農場の連中はちゃんとこういう予防策を講じているのだろうか？　いや、そうは思えない。ハリー・トリッグとあの奥さんは、ひどく呑気なたちだから。たぶんふたりは、笑い飛ばすだけだろう。そうしてダンスパーティーかホイストの集《つど》いに出かけてしまうだろう。

「お昼よ」台所から妻が呼んだ。

「わかった。いま行くよ」

彼は自分の腕前に大いに満足していた。板は、小さなガラス窓の枠や煙突の底の穴にぴったりはまっている。

昼食がすみ、妻が洗い物を始めると、ナットは一時のニュースを聴くためにラジオをつけた。前と同じ声明が繰り返された。妻が午前中に書き留めた内容だ。しかしニュース速報はもっと詳しいものになっていた。「鳥の群れは各地に混乱を引き起こしています」アナウンサーは言った。「ロンドンでは、午前十時に空がひどく暗くなりました。まるで町全体が巨大な黒雲に覆われたかのようでした。

鳥たちは屋根、窓の戸当たり、煙突などに止まっています。その内訳は、クロウタドリ、ツグミ、ごくふつうのスズメ、それに大都会ということから予測されるとおり、非常に多くのハトやムクドリ、ロンドン市内の川によく姿を見せるズグロカモメなどです。その光景が実に異様なため、多くの大通りで交通が滞り、商店や事務所では仕事が放棄され、通りは鳥を見ようとする人々でいっぱいになっています」

さらにさまざまな現象が列挙され、寒さと飢えが原因なのではないかという推測が再度述べられ、世帯主への呼びかけが繰り返された。アナウンサーの声は美しくなめらかだ。この男はことさらに、この一件を念の入ったジョークとして扱おうとしているようだった。こういう連中は他にもいるだろう。何百人もだ。彼らには、暗闇で鳥の群れと闘う恐ろしさがわかっていない。今夜ロンドンでは、ちょうど選挙の夜のように、いくつものパーティーが開かれるだろう。人々はあちこちで足を止め、叫び、笑い、酒を飲む。「おい、あの鳥どもを見ろよ!」

ナットはラジオを切ると、立ちあがり、台所の窓をふさぐ作業にかかった。妻は、小さなジョニーを足もとにまとわりつかせながら、彼を見つめた。

「ここの窓までふさいでしまうの?」彼女は言った。「三時にもならないうちに明かりをつけなきゃならなくなるわ。ここまでふさぐ必要はないと思うけど」

「備えあれば憂いなしだ。念には念を入れておきたいんだよ」

「国は軍隊を出して、鳥を撃たせるべきだわ。そうすればすぐ、驚いていなくなるはずよ」

「できるもんか。どんな具合に始めるんだ？」

「だって港湾労働者がストライキをしたときは、波止場に軍隊を出したじゃないの。兵隊たちが船の荷下ろしをしたのよ」

「ああ、そうとも。ところがロンドンの人口は八百万以上なんだ。どれだけ建物があるか、どれだけアパートや家があるか、考えてごらん。全部の屋根の鳥たちを撃ってまわれるほど大勢兵隊がいると思うかい？」

「そんなことわからない。でもなんとかしなくちゃ。国はなにかすべきなのよ」

ナットは胸の内で思った——もちろん国はいまこの瞬間も対策を検討しているだろう。だが、それがどんなものであれ、ロンドンその他の都市での対策は、三百マイル離れたこの土地の人人を救ってはくれまい。みんな自分の家のことはそれぞれ自分でしなければならないのだ。

「食料はどれくらい残っている？」

「まあ、ナット、今度はなんなの？」

「いいから。食料貯蔵庫にはなにがある？」

「知ってるでしょ、買い物の日はあしたなの。生物《なまもの》は悪くなるから、長く置かないようにしているのよ。肉屋はあさってまで来ないわ。明日《あす》買い物に出たとき、なにか買ってくることはできるけど」

妻を怯えさせたくはない。だがナットは、妻が明日町へ行くのは無理かもしれないと考えていた。彼は自分で食料貯蔵庫と、妻が缶詰をしまっている戸棚をのぞきこんでみた。これなら二日は持ちそうだ。パンは残り少なだった。

「パン屋はいつ来る？」

「あした来るわ」

小麦粉はあった。パン屋が来なくても、パンをひとつ焼くことはできる。

「昔のほうがよほどよかったな」ナットは言った。「女が週に二度、パンを焼いて、鰯を塩漬けにしているから、いざとなったら一家で自宅に籠城することだってできたんだ」

「前から子供たちに缶詰の魚を食べさせようとしていたの。でもあの子たち、いやがって」妻は言った。

ナットはキッチンの各窓につぎつぎ板を打ちつけていった。ロウソク。ロウソクも足りない。きっとこれも明日買うつもりだったのだろう。まあ、しかたない。今夜は早く寝るとしよう。だが、もしも……

ナットは立ちあがり、裏口から外に出ると、庭に立って海を見おろした。きょうは朝からずっと日が射していない。そして、まだ三時にもならないというのに、早くも闇が迫っている。空は陰気で重苦しく、塩のように色褪せていた。激しくドーンと岩を打つ波の音が聞こえてくる。ナットは浜のなかほどまで小径を降りていった。それから彼は足を止めた。潮の流れが変わっている。午前半ばに見えた岩がいまは波に覆われている。だが彼の目を捉えたのは、海ではなく、カモメたちだ。彼らは舞いあがっていた。何百、何千ものカモメが、風に向かって翼を広げ、空中に輪を描いている。空を暗くしていたのは、彼らだったのだ。彼らは静かだった。鳴き声ひとつあげず、ただ滑翔し、旋回し、空を駆け上り、駆け下り、風に逆らって自らの力を試している。

ナットは向きを変え、コテージまで小径を駆け上っていった。

「ジルを迎えにいってくる」彼は言った。「バス停で待っているよ」

「いったいどうしたの？」妻が訊ねた。「あなた真っ青よ」

「ジョニーを外に出すんじゃないよ。ドアを閉めておくんだ。すぐ明かりをつけて、カーテンを閉めろ」

「でもまだ三時すぎよ」

「いいから。言ったとおりにするんだ」

ナットは裏口の外にある物置をのぞいた。使えそうなものはない。鋤は重たすぎるし、熊手ではたよりにならない。彼は鍬《くわ》を手に取った。ものの役に立ちそうで、持ち運べるほど軽い道具は、それだけだった。

ナットはときどき肩ごしにうしろを振り返りながら、バス停に向かって小径を上っていった。カモメたちは、さきほどよりもっと高いところを舞っていた。彼らの描く輪は、より広く、より大きくなっている。彼らは巨大な隊列を組み、空に広がっていた。

ナットは急ぎ足で歩きつづけた。バスが丘の頂上に着くのは、四時すぎだ。しかしそうとわかっていても、急がずにはいられなかった。途中、誰にも会わずにすんだのがありがたかった。立ち話をしている暇などないのだ。

丘の頂上で彼は待った。かなり早く着いてしまった。まだ半時間も待たねばならない。東風が高地から原を渡って激しく吹き寄せてくる。彼は足踏みし、両手に息を吹きかけた。遠くに粘土質の丘が見える。重苦しい蒼白な空を背に、白くくっきりと。やがてその向こうから、なにか黒いものが浮かびあがった。最初はあたかも汚れのように、それから徐々に広がり、色を深め、汚れはひとつの雲となり、それがふたたび分かれて五つの雲となり、北へ、東へ、南へ、西へと広がっていった。だがそれは雲などではなかった。鳥たちだ。ナットは、空を渡ってくる彼らをじっと見守っていた。その一団が頭上二、三百フィートのところを通り過ぎていったとき、ナットはそのスピードから鳥たちが内陸をめざしていることを知った。彼らはこの半島の人々には用がないのだ。それはミヤマガラス、カラス、ニシコクマルガラス、カササギ、カケスといった、ふだん小さな生き物を餌にしている鳥たちの一団だった。だがきょうの彼らは、別の使命を帯びている。

「連中の取り分は町なんだ」とナットは思った。「連中は自分たちの役割を心得ている。ここにいるおれたちなんかどうでもいいんだ。おれたちの相手はカモメどもがするんだろう。他の連中は町へ行くんだ」

ナットは電話ボックスに歩み寄り、なかへ入って受話器を取った。交換さえ出ればいい。伝言を伝えてもらおう。

「大通りからかけているんだが」彼は言った。「バス停のそばだよ。知らせたいことがある。鳥の大群が内陸に向かっているんだ。それにカモメも入り江に集まりだしている」

「わかりました」声は、そっけなく、疲れたように答えた。

「まちがいなく関係当局に伝えてくれるね？」

「はい……はい……」相手はうんざりし、いらだっているようだった。信号音が聞こえてきた。

「あの女もおんなじだ」ナットは思った。「ちっとも気にしちゃいないんだ。たぶん一日じゅう電話の交換をさせられているんだろう。きっと今夜は映画でも見にいく気なんだ。あとで、どこかの男の手を握りしめて、空を指差して言うんだろう。『ねえ、見て、あの鳥！』あの女にとっちゃこんなのは取るに足りないことなんだ」

バスがガタゴト丘を登ってきて、ジルを含む数人の子供を降ろし、そのまま町へと向かっていった。

「なんで鍬なんか持っているの、父さん？」

子供たちがまわりに寄ってきて、彼を指差し、笑っている。

「別になんでもない」ナットは言った。「さあ、おいで。家に帰ろう。外は寒いよ。ぐずぐずしててもしょうがない。さあ、きみたちも。原っぱを駆けていくのを見ててあげるよ。どのくらい速く走れるかな」

ナットが声をかけたジルの仲間たちは、それぞれちがう家の子だが、みんな公営住宅から来ている。近道すれば、ちゃんと家までたどり着けるだろう。

「小径でちょっと遊んでいきたいよ」ひとりの子が言った。

「いいや、だめだ。すぐ家に帰らないと、お母さんに言いつけるぞ」

子供たちは目を丸くしてひそひそささやきあったすえ、原っぱを駆けていった。ジルは口をとがらせて、父親を見つめた。

「あたしたち、いつも小径で遊んでるのに」

「きょうはだめなんだ」ナットは言った。「さあ、おいで。ぐずぐずせずに」

カモメたちは野原の上をぐるぐる回りつつ、陸地の奥へ奥へと向かっている。相変わらず静かに。鳴き声ひとつ立てずに。

「見て、父さん。ほら、あそこ。カモメがいっぱい」

「ああ、急ごう」

「あのカモメたち、どこへ飛んでいくの？　どこに向かっているの？」

「内陸のほうだろうな。そっちのほうが暖かいから」

ナットはジルの手をつかみ、彼女を引きずるようにして小径を歩きだした。

「ねえ、父さん、どうなっているの？　あのカモメたち、なにしてるの？」

カモメたちはミヤマガラスやカラスたちとまったく同じことをしていた。隊列を組んで空に広がり、数千羽の大群となって、四つの方角へ分かれていく。

「父さん、どうなっているの？　あのカモメたち、なにしてるの？」

カラスやニシコクマルガラスたちとはちがって、カモメたちははっきり目的地をめざしているわけではなかった。彼らはなおも頭上を旋回しつづけている。それにさほど高く飛んではいない。まるでなにかの合図を、決断が下されるのを待っているようだった。指令はまだ下りていないのだ。

「おんぶしてあげようか、ジル？　さあ」

そうすればもっと速く進めると思ったのだ。だがそれはまちがいだった。ジルは重たいうえ、絶えず背中をずり落ちてくる。それに彼女は泣いていた。ナットの焦り、恐怖が、自然に娘に伝わったのだ。

「あのカモメ、どこかへ行っちゃえばいいのに。あんな鳥、嫌い。小径にどんどん近づいてきてるよ」

ナットはジルを下に降ろした。彼は娘を乱暴に引っ張って走りだした。農場の角に差しかかったとき、農場主がちょうど車をバックさせてガレージを出ようとしているのが目に入った。ナットは彼に呼びかけた。

「ちょっと乗せてもらえませんか？」

「どうしたんだ？」

トリッグ氏は運転席から振り返り、親子を見つめた。それからその陽気な赤ら顔に笑みが浮かんだ。

「なんだかおもしろくなりそうだぞ」トリッグ氏は言った。「あのカモメどもを見たかい？　ジムとおれで、あいつらを撃ちにいこうってことになったんだ。誰も彼も鳥にとりつかれちまって、話すことといやあそればっかりだ。あんたも昨夜、やられたんだってな。銃を貸してやろうか?」

ナットは首を振った。

小さな車は満杯だったが、ジルひとりが、後部座席のガソリン缶の上に縮こまって乗るくらいの余裕はあった。

「銃はいりません」ナットは言った。「でもジルをうちまで送ってもらえるとありがたいんですが。鳥をひどく怖がっているんで」

彼は言葉少なだった。ジルの前で詳しい話はしたくなかったのだ。

「よしきた」農場主は言った。「送っていってやるよ。あんたのほうは、残って射撃の腕くらべに参加していかんかね? 羽根を飛び散らしてやろうぜ」

ジルが乗りこむと、農場主は車の向きを変え、小径を走り去った。ナットはそのあとを追った。トリッグはイカレている。空いっぱいの鳥を相手に銃でなにができるというのだ?

ジルに対する責任から解放されると、周囲をうかがう余裕ができた。鳥たちはなおも野原の上を旋回しつづけている。そのほとんどがセグロカモメだが、なかにはオオセグロカモメも混じっている。この二種は互いに距離を置くのがふつうだ。ところがいま、彼らは団結していた。なんらかの絆が両者を結びつけたのだ。オオセグロカモメは、小さな鳥たち、ときには生まれたばかりの子羊まで襲うという。そうした現場を見たことはないが、空を見あげていると、その話が頭に浮かんだ。彼らは農場に近づいている。より低空に輪を描き、オオセグロカモメを先頭に。では、彼らの狙いは農場なのだ。彼らは農場をめざしているのだ。

ナットは足を速めて、コテージへ向かった。農場主の車が方向転換して小径をもどってくるのが見える。車は近づいてくると、彼のそばでガクンと停まった。

「子供はうちのなかへ駆けこんでいったよ」農場主は言った。「奥さんがちゃんと見てるからもう大丈夫だ。ところで、あんたどう思う？　町じゃこれはロシア人どもの仕業だって言っているよ。連中が鳥に毒を盛ったんだとか」

「でもどうやって？」ナットは訊ねた。

「おれに訊かんでくれよ。噂ってのがどんなもんか知ってるだろう？　ところで射撃に参加するかい？」

「いや、家に帰りますよ。家内が心配しますからね」

「うちの女房は、カモメを食べてみようかって言っているよ」トリッグ氏は言った。「焼いたり、あぶったりしてさ。それに酢漬けにだってできるだろ。まあ、見てなよ。ショットガンで何発かぶちこんで、脅かしてやるから」

「窓に板を打ちつけましたか？」ナットは訊ねた。

「いや。馬鹿らしい。ラジオの報道なんぞただの脅しさ。こっちは忙しいんだ。板なんか打ちつけてまわる暇はないね」

「おれがあんただったら、いますぐやりますよ」

「馬鹿言え。あんた、びくついてるんだな。みんなでうちに泊まりに来るかい？」

「いえ、でもありがとう」

「ようし。また明日の朝にな。カモメ料理の朝めしをご馳走するよ」

農場主はにっこりして、農場の入口へと車を向けた。

ナットは先を急いだ。木立を抜け、古い納屋を通り過ぎ、柵を越えて最後の野原に入る。踏み越え段を飛び越したとき、彼は翼のはばたきを耳にした。オオセグロカモメが彼めがけて空から突っこんできて、狙いをはずし、方向転換し、つぎの急降下のために空に舞いあがった。たちまち他の鳥たちがこれに加わった。六羽、七羽、いや、十二羽ものオオセグロカモメやセグロカモメが入り乱れて、攻撃してくる。ナットは鍬を放り出した。こんなものは役に立たない。両腕で頭をかばい、彼はコテージめざして走りだした。鳥たちは空からつぎつぎ襲いかかってくる。声もなく、ただ、バタバタと恐ろしいはばたきの音だけを響かせて。両手が、手首が、首が、血に濡れていく。急降下してくるくちばしが、彼の肉を切り裂く。だが大事なのは目だ。他のことはどうでもいい。目だけは守り抜かなくては。鳥どもにはまだ、肩にしがみつくだけの知恵はない。服を引き裂いたり、頭や体にいっせいに突っこんできたりする知恵も。だが急降下してくるたびに、攻撃を繰り返すごとに、彼らは大胆になっていく。それにこの連中は身の危険など顧みない。低く突っこんできて、狙いをはずせば、地面に激突し、傷を負い、死ぬだけだ。ナットは、鳥たちの死骸を蹴散らしながら、よろよろと走りつづけた。

ついにコテージにたどり着き、血の流れる両手でガンガンとドアをたたく。窓が板でふさがれているため、なかの光はまったく見えない。なにもかもが黒っぽい。

「入れてくれ」彼は叫んだ。「おれだ。入れてくれ」

カモメたちのはばたきのなかで、自分の声を聞こうとし、ナットは大声をあげていた。そのとき彼は、カツオドリの姿に気づいた。そいつはいまにも急降下しようと頭上の空中に浮かんでいた。突如、その翼が折りたたまれた。鳥は石のように落ちてきた。ナットは悲鳴をあげた。ドアが開いた。なかへ転がりこむと、妻が体ごとぶつかるようにしてドアを閉めた。カツオドリは地面に落ち、ドサリと音を立てた。


ナットは妻の手当てを受けた。傷は深くはなかった。いちばんひどいのは手の甲と、手首だ。帽子をかぶっていなかったら、頭もやられていただろう。それにあのカツオドリ……あいつは彼の頭蓋骨を割っていたかもしれない。

もちろん子供たちは泣いていた。ふたりとも父親の手の血を見てしまったのだ。

「もう大丈夫だよ」彼はふたりに言った。「痛くないんだ。ちょっと引っ掻き傷ができただけだからね。ジョニーと遊んであげなさい、ジル。父さんは母さんに傷を洗ってもらうから」

ナットは、子供たちに見えないよう流し場のドアを半分閉めた。妻の顔は土気色になっていた。彼女はシンクに溜まった水を流しはじめた。

「鳥が空にいるのを見たわ」彼女はささやいた。「ジルがトリッグさんといっしょに駆けこんできたとき、ちょうど集まりはじめたの。それであわてて強く閉めたんでドアがつかえてしまったの。だからあなたがもどったときも、すぐに開かなかったのよ」

「やつらがおれを待っててくれてよかったよ」ナットは言った。「ジルだったら、一羽で襲ってきても、すぐ転んでしまったろう」

妻はナットのうなじと両手にガーゼを当てた。ふたりは子供たちを怯えさせぬようひそひそささやきあっていた。

「連中は内陸部に飛んでいったよ」ナットは言った。「何千羽もだ。ミヤマガラスだのカラスだの、でかい鳥たちがな。バス停で見たんだ。やつら、町に向かっていたよ」

「でも、なにをするつもりなのかしら？」

「攻撃だよ。表に出ている人間みんなを襲うんだ。それから建物の窓や煙突から侵入しようとするだろうよ」

「どうして国はなにもしないの？　なぜ軍隊を出さないの？　機関銃でもなんでも？」

「その暇がなかったんだよ。誰もこんなことは予測していなかったんだからね。六時のニュースでなんと言うか聞いてみよう」

ナットは妻を従えてキッチンにもどった。ジョニーは床にすわりこんで、静かに遊んでいる。ジルだけが不安げな顔をしていた。

「鳥がいるの」彼女は言った。「聞いて、父さん」

ナットは耳をすませた。あちこちの窓から、そしてドアからも、くぐもった音が聞こえてくる。入口をさがして、木の表面をこすり、なで、掻きむしる翼の音。いくつもの体が窓枠の上をカサコソ動きながら、押しあいへしあいする音。ときおりドサリという音もする。急降下してきた鳥が地面に激突しているのだ。「何羽かはああやって死んでくれる」ナットは考えた。「だがそれだけじゃ足りない。まったく足りない」

「大丈夫」彼は声に出して言った。「窓には板をはめこんであるからね、ジル。鳥は入ってこられないよ」

彼は全部の窓をチェックしてまわった。彼の仕事は完璧だった。隙間はすべてふさがれている。それでも彼は念には念を入れることにした。楔《くさび》、古い缶、金属や木の小片をさがしてきて、それを木の板のまわりに詰めて補強したのだ。金槌の音は、鳥たちの立てる音、翼のこすれる音やくちばしでつつく音、そしてそれ以上に不吉な——彼は妻や子供たちにこれを聞かせたくなかった——ガラスの砕ける音を、かき消してくれた。

「ラジオをつけてくれないか」ナットは言った。「ラジオを聴こう」

これもまたあの音をかき消してくれるはずだ。ナットは二階の寝室に上がり、その部屋の窓の補強にかかった。屋根の上には鳥どもがいた。爪で引っ掻く音、すべる音、ぶつかりあう音がする。

ナットは心に決めた。今夜は全員キッチンで寝よう。暖炉を燃やしつづけ、マットレスを二階から降ろして床に並べよう。寝室の煙突は危ない。底に当てた板が壊れないともかぎらない。キッチンは火を焚いているから安全だ。でもこれはあくまでもゲームのように見せかけなくては。子供たちの前では、キャンプごっこのふりをするのだ。最悪、寝室の煙突から侵入されるようなことになっても、ドアが壊れるまでには、何時間も、いや、ことによると何日もかかるだろう。鳥どもは寝室に閉じこめてやればいい。そこにいるかぎり、連中はなにもできない。彼らはぎゅう詰めになり、窒息し、死んでいくだろう。

ナットはマットレスを階下に降ろしはじめた。それを見ると、妻の目は、恐怖のあまり大きくなった。彼女は鳥たちがすでに二階に侵入したものと思ったのだ。

「ようし」ナットは楽しげに言った。「今夜はみんなでキッチンに寝るぞ。暖炉のそばのほうが気持ちがいいからね。それにそうすれば、窓をコツコツやる老いぼれ鳥どものことを心配しなくてすむだろう」

彼は子供たちに家具の並べ替えを手伝わせ、念のため妻といっしょに食器棚を窓の前に移動した。窓はうまくふさがった。これで警備はさらに強化された。それに壁際の食器棚のあったところに、マットレスを並べて置くこともできる。

「これでもう大丈夫」ナットは思った。「ここは居心地いいし、安全だ。空爆用のシェルターにいるようなもんだ。これで持ちこたえられる。残るは食料の問題だ。食料と、暖炉の石炭だな。あと二、三日は大丈夫だが、それ以上は無理だ。そのころまでに……」

しかし、そんな先のことまで考えてもしかたない。それにラジオでなにか指示が出るだろう。一般庶民はどうすればいいのか、ちゃんと教えてもらえるはずだ。そのとき、問題山積のただなかで、ナットは気づいた。さきほどから流れているのはダンス・ミュージックばかりだ。本来なら「子供の時間」のはずなのに。彼はラジオのつまみに目をやった。まちがいない。局はBBCになっている。なのにダンス・ミュージックか。彼は軽番組局に合わせてみた。理由けもうわかっていた。通常の番組はすべて中止となったのだ。こうなるのは例外的なときに限られている。たとえば選挙のときなどだ。ナットは戦時中のことを思い出そうとした。ロンドンが大空襲を受けていたときも、こうだったろうか。だがもちろん、戦時中、BBCはロンドンに局を置いていなかった。番組は他の場所、臨時の局から放送されていたのだ。「ここにいるほうがいい」ナットは考えた。「窓やドアに板を打ちつけて、このキッチンにいるほうが、町なかにいるよりもいい。町に住んでいなくて本当によかった」

六時になるとダンス・ミュージックのレコードはやんだ。時報が鳴った。子供たちを怯えさせることになるとしても、ニュースは聴かなくてはならない。ピーッという音のあとにしばらく間があった。それからアナウンサーがしゃべりだした。その声は厳粛だった。昼間とは大ちがいだ。

「こちらはロンドンです。きょう午後四時、国家レベルの緊急事態宣言が発令されました。現在、国民の生命および財産を守るため、さまざまな対策が講じられていますが、我々が理解せねばならないのは、今回の危機が前例のない予測不可能なものであるため、これらの対策に速効性は期待できないという点です。各世帯主はそれぞれ自分の住居を守るべく警戒に当たらなければなりません。また、アパートや下宿のような数人の人がいっしょに暮らしている場所では、鳥の侵入を防ぐため、協力しあってできるかぎりの対策を講じる必要があります。今夜はすべての人が必ず屋内に留まるようにしてください。街なかであれ、道路であれ、戸外に残っていては絶対にいけません。鳥たちは、大群を成して、目につく人間すべてを襲っており、すでに建物への攻撃も始めています。しかし建物への侵入は、充分な警戒さえしていれば、防ぐことができます。国民のみなさんは、平静を保ち、恐慌をきたさぬよう求められています。この前例のない緊急事態のため、以降、明日午前七時まで、各局の放送はすべて打ち切られます」

国歌がかかった。それ以上はなにもなかった。ナットはラジオのスイッチを切り、妻に目をやった。妻も彼をじっと見つめ返した。

「いまのどういうこと？」ジルが訊ねる。「ニュースはなんて言ってたの？」

「今夜はもうなにも放送がないんだよ」ナットは言った。「BBCで事故があったんだ」

「鳥のせいなの？　鳥がなにかしたからなの？」

「いいや。ただみんながひどく忙しいからなんだよ。それにもちろん、みんな鳥どもを追っ払わなきゃいけないしね。町では、鳥たちがなにもかもめちゃくちゃにしているんだ。まあ、ひと晩くらいラジオなしでもなんとかなるだろう」

「蓄音機があればよかったのに。あれだって、なにもないよりいいのにね」

ジルは、窓に押しつけられた食器棚のほうに顔を向けた。どんなに無視しようとしても、カサコソいう音、コツコツつつく音、執拗なはばたきと翼のこすれる音は耳に入ってくる。

「今夜は早く食事にしよう」ナットは提案した。「なにか特別なご馳走をね。母さんにたのんでごらん。たとえば焼きチーズとか？　うちのみんなが好きななにかがいいんじゃないかな？」

ナットは妻に目くばせし、うなずいた。彼はジルの顔から、怯えを、不安の色を消し去りたかった。

彼は夕食の用意を手伝った。口笛を吹き、歌を歌い、できるだけガチャガチャ音を立てながらだ。カサコソ、コツコツいう音は、いくらか静まってきたようだった。しばらくして二階に上がって、耳をすませてみると、屋根の陣取り合戦の音はもうやんでいた。

「連中もやっとものの道理がわかったんだ」彼は考えた。「ようやくここに侵入するむずかしさを思い知ったわけだ。それでどこか他を試しにいったんだろう。おれたちにかまけて時間を無駄にしたくはないってわけだ」

夕食は滞りなくすんだ。そして、かたづけをしているとき、新しい音、鈍い唸りが聞こえてきた。なじみ深い、彼らみんなが知っていて、理解できる音だ。

妻が顔を輝かせて、ナットを見あげた。「飛行機だわ」彼女は言った。「とうとう飛行機が送り出されたのよ。そうすべきだって、わたしがずっと言っていたでしょう？　これであの鳥たちもおしまいよ。あれは大砲の音じゃない？　ねえ、あの砲撃が聞こえない？」

海で大砲が撃たれているのだろうか。はっきりとはわからなかった。カモメたちが海にいるなら、軍艦の大型砲は役に立つかもしれない。だがカモメたちはいま、陸にいるのだ。そして人間のいる陸に向かって、砲弾を浴びせるわけにはいかない。

「いいものね？」妻は言う。「飛行機の音を聞くのって」ジルは母親の熱狂を感じ取って、ジョニーといっしょにぴょんぴょん飛び跳ねている。「飛行機が鳥をやっつける。飛行機が鳥を撃ち殺す」

そのときだ。二マイルほど離れたところから、衝撃音が聞こえてきた。そして二番目、三番目の衝撃音が。鈍い唸りは遠のいていき、海のほうへと消え去った。

「いまのはなんなの？」妻が訊ねた。「鳥たちに爆弾を落としたのかしら？」

「わからない」ナットは答えた。「でもそうじゃないだろう」

いまのは飛行機の墜落音だ。しかしそれを妻に教えたくはなかった。偵察隊を送り出すのは、当局側の賭けだったにちがいない。だが、それが自殺行為だということは、彼らもわかっていただろう。プロペラや機体に向かって突っこんでくる鳥たちを相手に、飛行機になにができるだろう？　墜落するしかないではないか？　これと同じことがいま国じゅうで試みられているのだろう。そして大きな犠牲が払われる。誰か上のほうの人間が理性を失ったがために。

「飛行機はどこへ行っちゃったの、父さん？」ジルが訊ねた。

「基地にもどったんだよ」彼は言った。「さあ、おいで。ベッドに入る時間だよ」

妻はしばらく、暖炉の前で子供たちの服を脱がせたり、ベッドを用意したりと忙しかった。その間、ナットはコテージをもう一度見てまわり、ゆるんでいる板がないかどうか確認した。飛行機の唸りはもう聞こえない。軍艦の砲撃もやんでいた。「人命と労力の無駄遣いだな」ナットはひとり言を言った。「あんなやりかたじゃ、充分な数をやっつけることはできない。犠牲だって大きすぎる。それよりガスがいい。つぎはガスが撒かれるかもしれないぞ。マスタード・ガスだ。その場合はもちろん、まず住民に警告が出されるだろう。ひとつだけ確かなのは、この国でいちばん優秀なブレーンたちが、今夜はこの問題に当たっているってことだ」

そう考えると、いくらか気が休まった。ナットは、ブレーンと呼ばれる連中、科学者、動物学者、技術者たちが一堂に会しているところを思い描いた。彼らはいまこの問題の解決策を練っている。これは政府の仕事、参謀長の仕事ではない。彼らはただ科学者たちの命令を実行に移すのみだ。

「連中は心を鬼にしなきゃならないな」ナットは思った。「ガスを使うとすれば、運の悪い地域では、さらに多くの人命が危険にさらされることになるわけだから。それに家畜も。それに土壌もだ――なにもかもが汚染されることになる。パニックが起きなければいいんだが。それが問題だ。パニックに陥って取り乱す連中が。そうならないよう警告したBBCは、利口だな」

二階の寝室は静まり返っていた。窓を引っ掻いたりつついたりする音はもうしない。闘いの凪《なぎ》。部隊は再編中。戦時中のニュースでは、確かそんなふうに言われていたっけ。だが風はやんでいない。煙突のなかでゴーゴーと鳴っている。それに波は岸に当たっては砕けている。そのときナットは潮のことを思い出した。いま潮流が変わろうとしている。闘いの凪は潮のせいだ。鳥たちはなんらかの法則に従っている。そしてその法則は、東風と潮の流れに関係しているのだ。

ナットは腕時計に目をやった。八時まであと少し。満潮は一時間前だったにちがいない。それで凪の原因がわかった。鳥たちは上げ潮とともに襲撃してきたのだ。内陸のほうではちがうかもしれない。だが海岸地帯ではそうなっているらしい。ナットは頭のなかでタイムリミットを計算した。あと六時間は襲撃はない。ふたたび潮流が変わったとき、午前一時二十分ごろ、鳥たちはもどってくる……

できることはふたつだ。第一は休息を取ること。妻や子供とともに、真夜中すぎまでできるだけ眠っておくことだ。第二は外に出て、農場の人たちがどうしているか、あそこの電話がまだ通じているか、交換局から情報を入手してはいないか見にいくことだ。

ナットはそっと妻を呼んだ。彼女はちょうど子供たちをベッドに入れ終えたところだった。彼は、階段の半ばまで上ってきた彼女に、小声で計画を話した。

「行かないで」すぐさま妻は言った。「子供たちとわたしを置いていったりしないで。そんなの耐えられない」

「わかったよ」ナットは言った。「大丈夫。朝まで待つことにするから。それに七時にはラジオでニュースが聴けるんだ。でも朝、また潮が引きだしたら、農場へ行ってみるよ。きっとパンやジャガイモやミルクをもらえるからね」

ナットはふたたび忙しく頭を働かせ、非常時の対策を練りだした。今夜、農場の連中に乳搾りなどできたわけはない。牛たちは門のそばに立ち、裏庭で待っている。そしてうちの人たちは、板を打った窓やドアの内側にこもっている。ちょうどこのコテージのナットたちと同じように。もちろんそれも、あの人たちに準備する時間があったならだ。車のなかから自分に笑いかけている農場主トリッグの姿が目に浮かんだ。射撃大会は中止になったろう。今夜は無理だ。

子供たちは眠っていた。妻はまだ服を着たまま、マットレスにすわっている。彼女は不安げなまなざしでナットを見守っていた。

「これからどうするの？」彼女はささやいた。

ナットは、黙っているよう首を振って合図した。静かに、こっそりと、彼は裏口のドアを開け、外を見た。

あたりは真っ暗だった。風は前にも増して激しくなっている。強い風が、やみまなく、冷たく海から吹いてくる。ナットはドアの外のステップを蹴りつけた。その上には鳥が重なりあっていた。鳥の死骸はいたるところにあった。窓の下にも、壁際にも。それは自殺した者たち、急降下した者たち、首の骨を折った者たちだった。どちらを向いても、死んだ鳥がいる。生きている連中の気配はない。彼らは引き潮とともに海をめざして飛び去ったのだ。カモメたちはいま、海に浮かんでいるのだろう。ちょうど昼前にそうしていたように。

はるか彼方、二日前トラクターが動いていた丘の上で、なにかが燃えていた。墜落した飛行機のうちの一機だ。火は風にあおられ、干し草に燃え移っていた。

ナットは鳥たちの死骸に目をやった。これを窓の桟に積みあげれば、つぎの襲撃をいくらか妨害できそうだ。大きな効果はなくても、なにもないよりましだろう。生きた鳥たちは、窓に止まってガラスを攻撃しだす前に、仲間の死骸を引っ掻き、つつき、引きずりおろさねばならない。ナットは暗闇のなかで働きだした。おぞましい作業。死骸に触れるのはひどく不快だ。それはまだ温かく、血みどろだった。血は羽根をねっとり覆っている。胃袋がひっくり返るのを感じながらも、彼は作業をつづけた。ショックなことに、窓ガラスはどれも砕けていた。鳥どもの侵入を防いでいるのは、いまや板だけだ。彼は窓ガラスの割れ目に鳥たちの血だらけの体を詰めこんでいった。

作業を終えると、ナットは家のなかにもどった。彼はキッチンのドアをバリケードし、二重の防御を施した。傷口のガーゼはべたついていた。彼自身の血ではなく、鳥たちの血によってだ。ナットはそれをはがすと、新しい絆創膏を貼った。

妻が作ってくれたココアを、ナットはごくごくと飲んだ。彼は疲れきっていた。

「もう大丈夫」ナットは笑顔で言った。「心配するな。切り抜けられるさ」

彼はマットレスに身を横たえ、目を閉じた。眠りはたちまち訪れた。落ち着かぬ眠り。彼は夢のなかでずっと、忘れてしまったなにかを意識していた。なにかの作業、しておくべきだったのに怠ったこと。よくわかっていながら、講じなかった安全対策。あれはなんだったろう。なにか、丘の中腹で燃えていたあの飛行機と関係のあることなのだが。そう思いながらも、ナットは眠りつづけた。いつまでも目覚めることなく。ようやく目を覚ましたのは、妻にゆすぶられたときだった。

「また始まったわ」彼女はすすり泣いた。「一時間前からよ。もうひとりで聞いているのはいや。それに変な匂いがするの。なにかが燃えているみたいな」

それを聞いて、ナットは思い出した。暖炉を熾すのを忘れていたのだ。火はくすぶり、もう消えかけている。彼はさっと起きあがり、ランプをつけた。窓やドアはふたたびガンガン攻撃されている。しかし、いま心配なのはそのことではなく、焦げた羽根の匂いのほうだ。匂いはキッチンいっぱいに広がっていた。その正体はすぐわかった。鳥たちが煙突を降りてきて、キッチンの暖炉に入りこもうとしているのだ。

ナットは棒切れと紙をつかむと、それを残り火の上に載せ、石油の缶に手を伸ばした。

「退がって」彼は妻に叫んだ。「一か八かだ」

彼は火に向かって石油を浴びせた。炎がゴーッという唸りとともにパイプを駆け上っていった。火の上に焼け焦げた鳥の死骸が落ちてくる。

子供たちが目を覚まして泣きだした。「どうしたの?」ジルが言った。「なにがあったの?」

答えている暇はなかった。ナットは煙突からつぎつぎ死骸を掻き出し、床の上に引きずり出した。炎はなおも轟いている。だが煙突が火事になる危険を冒しても、こうするよりほかなかったのだ。炎は、命拾いした鳥どもを煙突のてっぺんから追い払ってくれるだろう。だが問題は、煙突下部のつなぎ目だ。そこには、火に襲われ、逃げ場を失った連中の焦げた死骸が詰まっている。窓やドアへの攻撃のほうは、さほど気にすることはない。はばたきしようが、くちばしを折ろうが、連中の勝手。命を捨てたければ捨てるがいい。連中には彼の家に押し入ることなどできはしない。この家が小さな窓と頑丈な壁を持つ古いコテージだったことをナットは神に感謝した。こいつは新築の公営住宅などとはわけがちがう。どうか神よ、小径の先の公営住宅の人々をお助けください。

「泣くんじゃない」ナットは子供たちに言った。「なにも怖いことはないんだからね。泣くんじゃないよ」

彼は、つぎつぎ火のなかに落ちてくる焼け焦げた死骸を掻き出しつづけた。「これでやつらも終わりだろう」彼は心のなかでつぶやいた。「いまの爆風と炎とでな。煙突が火事にならないかぎり、おれたちは安全だ。それにしてもこのおれは、撃ち殺されても文句は言えない。これは全部おれのせいだ。寝る前に、ちゃんと火を熾しておくべきだった。なにかやり忘れていると思っていたんだ」

窓の板を引っ掻き、引き裂く音のただなかで、キッチンの時計が突然、実直に時を告げた。午前三時。あと四時間ちょっとだ。満潮がいつなのか、正確にはわからない。だが潮の流れが大きく変わるのは、七時半、いや、七時四十分を過ぎてからだろう。

「携帯用のこんろをつけてくれ」ナットは妻に言った。「お茶を入れて、子供たちにはココアを作ってやるんだ。ただぼんやりすわっていてもしかたない」

これが彼の手だった。妻を忙しくさせておく。子供たちも同様だ。あっちへやりこっちへやり、飲んだり食べたり。常になにかしらやらせておくのがいちばんだ。

ナットは暖炉のそばに待機していた。炎は消えかけている。だが煙突からはもう黒焦げの死骸は落ちてこない。彼は火掻き棒をパイプのなるべく奥まで差しこんでみたが、そこにはなにもなかった。なかは空っぽ。煙突は安全だ。ナットは額の汗をぬぐった。

「さてと、ジル」彼は言った。「父さんのところへ木切れを持ってきてくれないか。思いきり火を燃やそう」ところがジルはそばに来ようとしなかった。彼女は、焦げた鳥の死骸の山をじっと見つめていた。

「そんなもの気にするな」ナットは言った。「暖炉がちゃんと燃えだしたら、そいつは廊下に出すからね」

暖炉の危機は去った。もう二度とこんなことはあるまい。昼も夜も火を燃やしつづけさえすれば。

「朝になったら、農場から燃料をもらってこなくちゃな」彼は思った。「このままじゃ火を燃やしつづけられない。でもなんとかするぞ。引き潮と同時になにもかもかたづければいい。ちゃんとやれるはずだ。潮の流れが変わったら、必要なものを取ってこよう。ただ順応すればいい。それだけのことさ」

彼らはお茶やココアを飲み、牛肉のスープといっしょにパンを食べた。ナットは気づいた。パンの残りはあと半分だ。だが気にすまい。自分たちは持ちこたえられる。

「やめろ」幼いジョニーがスプーンを窓に向けて言った。「やめろ、この老いぼれ鳥」

「そうだそうだ」ナットはほほえんだ。「おれたちは老いぼれのたかり屋なんぞに用はない。そうだろう？　もううんざりだ」

彼らは、特攻隊の鳥たちがドサリと音を立てるたびに、歓声をあげだした。

「まただよ、父さん」ジルが叫んだ。「こいつもやられたね」

「そうとも」ナットは答えた。「ならず者め、死んじまったよ」

立ち向かうにはこれしかない。そう、この意気だ。このままがんばり抜けば、ニュースの入る七時まで持ちこたえれば、そうひどいことにはならないだろう。

「巻きタバコをくれ」ナットは妻に言った。「ちょっと煙を吹かせば、焦げた羽根の匂いを消せるだろう」

「もう二本しか残ってないわ。生協で買ってくるつもりだったんだけど」

「一本だけ吸おう。もう一本はまさかの時のために取っておくよ」

子供たちを寝かせようとしても無駄なのはわかっていた。窓のコツコツ、ガリガリがつづいているかぎり、眠れるわけはない。ナットは一方の腕を妻に、もう一方の腕をジルに回し、毛布の山に囲まれてマットレスにすわっていた。ジョニーは母親の膝の上だ。

「あのたかり屋どもにはほんとに感心するね」ナットは言った。「実に辛抱強いやつらだ。もうそろそろ嫌気が差してもいいころなのに、ぜんぜんあきらめないんだからな」

だが感心しつづけるのはむずかしかった。コツコツたたく音はいつまでもやまない。そのうえ今度は、ギーギーという新たな音がそこに加わった。まるで、これまでのどのくちばしよりも鋭いくちばしが、仲間のあとを引き継いだかのようだった。ナットはさまざまな鳥の名を思い浮かべてみた。この特殊任務にふさわしいのは、どの種類の鳥だろう？　これはキツツキではない。あの音はもっと軽快なはず。この音はそれより深刻だ。ずっとつづけば、木はガラス同様、砕けてしまう。そのとき、ふっとタカのことが頭に浮かんだ。タカがカモメの任務を引き継いだのだろうか？　いま窓の桟にはノスリがいて、くちばしだけでなく鉤爪までも使っているのだろうか？　タカ、ノスリ、チョウゲンボウ、ハヤブサ――ナットはそれまで猛禽類の存在を忘れていた。あの連中の獲物をつかむ力のことを。あと三時間。待っているうちに、木は砕け、鉤爪に引き裂かれていく。

ナットはあたりを見まわした。壊してドアの補強に使えそうな家具はないだろうか？　窓は食器棚でふさいであるから安全だ。だがドアのほうは安心できない。彼は階段を上っていったが、踊り場で足を止め、耳をすませた。子供部屋からかすかにパタパタ音がする。鳥どもが入りこんでいるのだ……彼はドアに耳を当てた。まちがいない。翼のカサコソこすれる音、軽い足音がする。連中が床をさぐって歩いている。もう一方の寝室はまだ大丈夫。彼はそちらに行って、家具を運び出しはじめた。念のための用心だ。子供部屋のドアが破られたときのために、階段の上に積みあげておくつもりだった。たぶん必要ないだろうが。ドアは内側に開くので、家具を寄りかからせてはおけない。とりあえずは階段のてっぺんに積みあげておくしかない。

「降りてきて、ナット、なにをしているの？」妻が呼んだ。

「すぐ行くよ」彼は叫んだ。「ちょっと整理しているんだ」

妻をここに来させたくはなかった。子供部屋をパタパタ歩く足音、ドアをかすめる羽根の音を彼女に聞かせたくはない。

五時半になると、ナットは、朝食にしようと言った。ベーコンと揚げパン。これで、妻の目からつのりゆくパニックの色を消し、びくつく子供たちの気を鎮めることができたら。妻は二階の鳥どものことをまだ知らない。幸運にも子供部屋はキッチンの真上ではない。もしそうだったなら、彼女はトントン板を打つあの音に気づいただろう。それに、特攻隊の鳥どもの立てるドサリという音、無意味で虚しい死の音、寝室に飛びこんできた栄光の男たちが頭から壁にぶつかっていく音にも。そういった連中はセグロカモメにちがいない。長年の経験でわかる。彼らは頭が空っぽなのだ。だがオオセグロカモメはちがう。彼らには分別がある。ノスリやタカもだ……

気がつくと、ナットは時計を見つめていた。文字盤の上を針がのろのろと動いていく。彼の仮説がまちがっていたら、潮流の変化とともに攻撃がやまなかったら、もうおしまいだ。長い一日をこのまま切り抜けることなどできはしない。外の空気も吸わず、睡眠も取らず、燃料もなく……ナットの頭はめまぐるしく回転していた。籠城をつづけるのに必要なものは山ほどある。まだ準備不足だ。このままではだめだ。結局のところ、町にいたほうが安全だったのかもしれない。農場の電話でいとこに伝言をたのめないだろうか。列車で内陸のほうへ行けないだろうか。それとも車を雇おうか。そう、そのほうが早い——凪の間に車をたのんで……

彼の名を呼ぶ妻の声が、突然襲ってきた激しい睡魔を追い払った。

「なんだ？　どうした？」彼は鋭く言った。

「ラジオよ。ずっと時計を見ていたの。もうじき七時だわ」

「つまみをいじるんじゃない」ナットは初めていらだちを見せた。「BBCに合わせてあるんだから。発表はBBCからあるんだよ」

彼らは待った。台所の時計が七時を打った。ラジオからはなんの音も聞こえてこない。チャイムも音楽もなしだ。ふたりは十五分すぎまで待ち、それから軽番組局に変えてみた。そちらもやはり同じだった。ニュース速報は流れてこない。

「聞きちがいだったのかもしれないな」ナットは言った。「放送は八時までないんだろう」

彼らはラジオをつけっぱなしにしておいた。ナットはまたひとつ問題に気づいた。電池はいつまで保《も》つだろう? 充電はいつも、妻が町へ買い物に行っている間にしている。もし電池が切れたら、自分たちは指示を聞き逃してしまう。

「明るくなってきたわ」妻がささやいた。「見えないけど、感じる。それに鳥たちのつつく音も前ほど激しくないわ」

彼女の言うとおりだった。ギーギーいう音、板を引きむしる音は刻々と静まっていく。羽根のこすれあう音、窓枠の陣取り合戦の音も同じだ。潮の流れが変わろうとしている。八時になると音はすっかりやんだ。ただ風だけが吹いている。子供たちはその静けさについに安堵し、眠りに落ちた。八時半、ナットはラジオを切った。

「どうするの? ニュースを聞き逃すわ」妻が言った。

「ニュースはないだろうよ」ナットは答えた。「自力でなんとかしなきゃならない」

彼はドアに歩み寄り、用心しつつバリケードをどけた。かんぬきをはずし、ステップの死骸を蹴りのけながら外に出、冷たい空気を吸いこむ。自由に動ける時間は六時間。体力は有効に使わなくてはならない。食料、明かり、燃料——これが必要なものだ。それさえ充分確保できれば、もうひと晩持ちこたえられる。

彼は庭に出た。生きている鳥どもの姿が目に入る。カモメたちは前と同じく海に浮かんでいた。つぎの襲撃に備え、餌を求め、潮流に乗って体を休めているのだ。陸の鳥たちはちがっていた。彼らは待機し、見張っている。生け垣にも、地面にも、彼らはいた。木々に群れ、外の草原に群れ、ずらりと並んで、なにをするでもなく、ただじっとしている。

ナットは小さな庭の端まで歩いていった。鳥たちは動かない。ただ彼を見つめるばかりだ。

「食料を確保しなくては」彼は思った。「農場へ行ってさがすんだ」

彼はコテージへ引き返し、窓とドアを調べた。それから二階へ行き、子供部屋のドアを開けた。なかは空っぽで、ただ死んだ鳥が床に散らばっているばかり。生きている連中は戸外に、庭や野原にいる。彼は階下に降りた。

「農場へ行ってくる」彼は言った。

妻は彼にしがみついた。開いたドアから生きている鳥たちを見てしまったのだ。「いっしょに連れていって」彼女は懇願した。「わたしたちだけでここにいるなんていや。置いていかれるくらいなら死んだほうがましよ」

ナットは考えをめぐらせ、うなずいた。

「それなら、いっしょにおいで。バスケットを持ってくるんだ。それにジョニーの乳母車も。乳母車ならたくさん荷物が積めるから」

彼らは、刺すような風に備え、手袋をはめ、マフラーを巻いた。妻はジョニーを乳母車に乗せ、ナットはジルと手をつないだ。

「鳥がいるよ」ジルはささやいた。「みんな原っぱに集まってる」

「なにもしやしないさ」ナットは言った。「明るいとこではね」

彼らは、柵をめざして草原を横切っていった。鳥たちは動かない。ただ風に顔を向け、待っているばかりだ。

農場の入口に着くと、ナットは足を止め、子供たちといっしょに生け垣のなかで待っているよう妻に言った。

「でもわたし、トリッグの奥さんに会いたいのよ」妻は抗議した。「あの人たち、きのう市場に行ったかもしれない。だとしたら、いろいろ貸してもらえるわ。パンだけじゃなしに……」

「いいや、ここで待っているんだ」ナットはさえぎった。「すぐにもどってくるから」

牛たちは裏庭を落ち着きなくさまよい、モーモー鳴いている。それに柵は、羊たちに蹴破られていた。連中はその裂け目から、前庭に入りこみ、勝手にうろついているのだ。どの煙突からも煙は出ていない。ナットの胸は不安でいっぱいだった。妻や子供たちを農場に近づかせたくはなかった。

「聞き分けのないことを言わないでくれ」彼は厳しく言った。「おれの言ったとおりにしろ」

妻は乳母車を押して、生け垣のなかへ入っていった。そこにいれば、風からも守られる。

ナットはひとり農場に入っていき、牛たちを押しのけて進んだ。乳の張った彼らは苦しがってモーモー鳴き、さかんに首を振っていた。ナットは門のそばに車があるのに気づいた。ふつうならガレージに入れてあるはずなのに。家の窓は打ち砕かれ、裏庭と家のまわりには、死んだカモメがたくさん散らばっていた。生きている鳥たちは、農場の裏手の木立や屋根の上に止まっている。彼らは身じろぎひとつせず、ナットを見つめていた。

ジムの亡骸は……その残骸は裏庭にあった。鳥どもから解放されたあと、あの男の体は牛に踏みつけられていた。彼の銃はそのすぐかたわらにあった。家のドアは閉まり、かんぬきがかかっていたが、壊れた窓を上げて、なかにもぐりこむのは簡単だった。トリッグ氏は電話のそばに倒れていた。交換につなごうとしていたとき、襲われたのだろう。受話器はだらんと垂れさがり、本体は壁からむしり取られている。トリッグ夫人の気配はない。きっと二階だろう。階上《うえ》に上がってみる必要があるだろうか？　そこになにがあるかはわかっている。ナットは吐き気を覚えた。

「でもよかった」ナットは胸のなかで言った。「子供はいなかったんだ」

彼はいやいや階段を上りはじめたが、半分上ったところで向きを変え、引き返してきた。寝室の開いたドアから、トリッグ夫人の脚が突き出ているのが見えたのだ。そこには、オオセグロカモメの死骸もいくつかあった。それに壊れた傘も。

「もうなにをしたって手遅れだ」ナットは思った。「残り時間はあと五時間、いやそれ以下だろう。トリッグさんたちだってきっとわかってくれる。必要なものを運び出そう」

彼は妻と子供のところへ急ぎ足でもどった。

「車にいろいろ積みこむよ」彼は言った。「まず石炭と、携帯用こんろの石油だ。先にそれだけうちまで運んで、もう一度もどってこよう」

「トリッグさんたちは？」妻が訊ねた。

「きっと友達のところにでも行ったんだろう」

「いっしょに行って、手伝いましょうか?」

「いいや。なかはめちゃめちゃなんだ。牛や羊がそこらじゅうにいてね。待っててくれ。おれが車を取ってくる。三人でそのなかにすわっているといいよ」

彼は不器用に裏庭からバックで車を出し、小径に乗り入れた。そこにいれば妻と子供たちはジムの遺体を見ずにすむ。

「ここにいなさい」ナットは言った。「乳母車のことは気にするな。あとで取りにくればいいんだからな。車に荷物を積みこむよ」

妻の目はずっと彼の目を見つめていた。彼女にはわかっているのだ。そうでなければ、いっしょにパンや日用品をさがすと言うはずだ。

コテージと農場の間を三度往復したすえ、ようやくナットはこれでよしと納得した。いったん考えだすと、必要なものは驚くほどたくさん出てきた。なにより大事なのは、窓に当てる厚板だった。ナットは材木をさがして農場を歩きまわった。コテージの窓の板は全部取り替えたかった。ロウソク、灯油、釘、缶詰。リストはかぎりなくつづく。さらにナットは、三頭の牛から乳を搾った。残りの牛たちは、かわいそうに、苦しがって鳴きつづけるしかなかった。

最後にコテージにもどるとき、彼はバス停まで運転していき、車を降りて、電話ボックスに寄った。受話器をガチャガチャさせ、何分か待ったが、無駄だった。線は切れている。ナットは土手に登って、野や畑を眺め渡した。生き物の気配はまったくない。草原には、鳥どもがいるばかりだ。彼らは待機し、見張っている。なかには眠っている鳥もいる——何羽かはくちばしを羽毛のなかに埋めていた。

「なぜ餌を食わないんだ」ナットはひとりつぶやいた。「なぜあんなふうにじっとしているんだ」

それから彼は思い出した。鳥たちは満腹なのだ。夜のうちに存分に食べておいたから。だからこそ今朝は身動きひとつしないのだ……

公営住宅の煙突からは、ひとすじの煙も立ち上っていない。ナットは前の日の夕方、草原を駆けていった子供たちのことを思った。

「こうなるのはわかっていたんだ」彼は悔やんだ。「あの子たちもいっしょにうちに連れて帰るべきだった」

ナットは頭上をあおいだ。空は色褪せ、灰色になっている。その空を背に、裸の木々は東風に吹かれてたわみ、黒ずんで見えた。草原で待つ鳥たちは、寒さなどまったく平気らしい。

「いまこそやつらをやっつけるときだ」ナットは言った。「いまなら簡単に仕留められるぞ。国じゅうで、やってなけりゃおかしいじゃないか。どうして飛行機を出して、マスタード・ガスをばら撒かないんだ？　兵隊どもはなにをしているんだ？　わかりきったことじゃないか。当然気づくはずじゃないか」

彼は車に引き返し、運転席に乗りこんだ。

「あのふたつめの門は急いで通り抜けて」妻がささやく。「郵便配達人があそこに倒れているの。ジルに見せたくないわ」

ナットはアクセルを踏みこんだ。小さなモーリスは上下に弾みながら、ガタゴト走っていく。子供たちはキャーキャー笑った。

「ガタンゴトン、ガタンゴトン」小さなジョニーが叫ぶ。

コテージに着くと、もう一時十五分前だった。あと一時間しかない。

「昼食は冷たいものですますよ」ナットは言った。「きみと子供たちはなにか温めて食べなさい。あのスープでいいだろう。おれのほうはいまは食べてる暇がないんだ。荷物を全部降ろさなきゃならないからね」

彼は荷物すべてをコテージに運びこんだ。仕分けはあとまわしだ。この先の長丁場、みんなに仕事を与えよう。それよりまず窓やドアの補強をしなくては。

彼はコテージをぐるりと回って、順々に、窓やドアを調べていった。屋根にも上り、キッチン以外の全部の煙突を板でふさいだ。戸外の寒さは耐え難かったが、これだけはやっておかなくてはならない。ときどき彼は、飛行機は見えないかと虚しく空を見あげ、作業しながら、当局の対応の悪さを呪った。

「いつだってこうだ」彼はつぶやいた。「おれたちはいつも裏切られる。最初から行き当たりばったり。無計画で、秩序もなにもない。それに、こんな僻地のことなんぞ連中の眼中にはないんだ。そういうことさ。内陸の住民が最優先。きっとあっちじゃガスを使っているんだろう。飛行機も全部な。おれたちはどんな目に遭っても、ただ待っているしかないんだ」

ナットは、寝室の煙突の処理を終えて手を止め、海を眺めた。なにかが動いている。灰色と白のなにかが、白波の間に。

「われらが海軍だ」彼は言った。「あの連中は絶対期待を裏切らない。海軍が海峡をやって来る。もうじき入り江に入ってくる」

彼は、風のなかで涙を流しながら、海に向かって目を凝らしつづけた。だが結局それは軍艦ではなかった。海軍が来たのではない。カモメどもが海から舞いあがりだしたのだ。草原の大群も、風に羽毛をかき乱されつつ、隊列を組んで舞いあがり、翼を並べ、空に向かって駆けていく。

潮の流れがまた変わったのだ。

ナットは梯子を降り、キッチンに入っていった。家族は食事中だった。時刻は二時を少し回ったところ。ナットはドアにかんぬきを降ろし、バリケードを施し、明かりを灯した。

「夜になっちゃった」小さなジョニーが言う。

妻がもう一度ラジオをつけてみたが、音は流れてこなかった。

「つまみをぐるっと回してみたんだけど」妻は言う。「外国の局にも合わせてみたのよ。でも、どこもなにもやっていなかった」

「たぶんあちこちで同じことが起きているんだろう」ナットは言った。「ヨーロッパじゅうがこうなっているのかもしれないな」

妻は、ナットのために、トリッグ家のスープをよそい、トリッグ家のパンを分厚く切って、そこに肉汁を塗った。

彼らは黙々と食事をした。肉汁がひとすじ、小さなジョニーの顎を伝ってテーブルに滴り落ちた。

「お行儀が悪いわよ、ジョニー」ジルが言う。「ちゃんとお口をふかなきゃ」

窓が、そしてドアが、コツコツと鳴りだした。カサコソいう音、押しあいへしあいして窓枠の場所を争う音がする。第一の特攻カモメが、ステップの上にドサリと落ちた。

「アメリカがなんとかしてくれないかしら」妻が言った。「アメリカはいつだってイギリスの同盟国だったじゃない。きっとなんとかしてくれるわよね?」

ナットは答えなかった。窓に打った板は頑丈だ。そして煙突のほうも。コテージには充分なストックがある。燃料その他のありとあらゆる必需品が数日分。食事がすんだら、かたづけをしよう。品物をきちんと積みあげ、使いやすいように整頓する。妻にも手伝わせよう。それに子供たちにもだ。みんな、いまから引き潮になる九時十五分前まで、疲れ果てるまで働くのだ。それからナットはみんなをマットレスに寝かせ、朝の三時まで心地よくぐっすり眠れるようにする。

窓に関しては、新たな戦略があった。板を有刺鉄線で覆うのだ。彼は、農場から巨大な有刺鉄線のロールを持ってきていた。問題は、その作業を、凪になる九時から三時までの間に、暗闇のなかでしなければならないという点だ。前もってそのことに気づかなかったのが悔やまれる。しかし、妻と子供たちが眠れさえすればいい——それがいちばん肝心だ。

いま窓枠には小さな鳥たちがいる。コッコッつつくくちばしの軽い音、サラサラこすれる翼の音が聞こえる。タカどもは窓を無視し、ドアを集中的に攻撃している。打ち砕かれ、引きさしられる木の音に、ナットは耳をすませ、考えた。いま本能に従い、機械のように着々と人類を滅ぼしつつある彼らの小さな脳のなか、あの鋭く突いてくるくちばし、射るような目の奥には、何百万年分の記憶が蓄積されているのだろうか？

「最後の一本を吸うよ」ナットは妻に言った。「おれも馬鹿だね。タバコだけ、農場から持ってくるのを忘れていたよ」

ナットはタバコの箱を手に取り、音の出ないラジオのスイッチを入れた。彼は空箱を暖炉に投げこみ、それが燃えていくのをじっと見守った。

写真家

ホテルのバルコニーの長椅子に、侯爵夫人は横たわっていた。化粧着だけを身にまとい、ピンがいくつも留まったセットしたてのすべすべの金髪は、瞳と同じ碧の細いリボンでぴったり押さえてある。椅子の脇には小さなテーブルがあり、その上には色の異なるマニキュアの瓶が三つ載っている。

さきほど侯爵夫人は三本の指の爪にそれぞれ色を載せておいた。いま彼女はその手を目の前にかざし、各色の映え具合を見ている。これはだめ、親指のマニキュアは赤すぎる。鮮やかすぎて、侯爵夫人のほっそりしたオリーヴ色の手の上で妙にけばけばしく見える。まるでたったいまできた切り傷から血が滴り落ちたかのように。

人差し指の色は人目を引くピンクだ。これもちがう、いまの侯爵夫人の気分には合っていない。その色は、客間の、あるいは、舞踏会用ガウンのエレガントな濃いピンク——パーティーに出席し、遠くから流れてくるバイオリンの調べのなかで、ダチョウの羽根の扇をゆっくり動かす彼女自身の色だった。

中指の色は絹のような光沢を帯びていた。深紅色でも、朱色でもなく、もっとやわらかくて微妙な、まだ昼の暑さに向かって開く前の、朝露を置いた牡丹のつややかさ。小径《こみち》を縁取る花壇から生い茂る草を見おろす、涼しげな一輪の牡丹。いまは閉じているけれども、正午になれば、太陽に向かって花開く。

そう、この色だ。侯爵夫人はコットンに手を伸ばし、他の指の、気に染まぬマニキュアをぬぐい取ると、選んだマニキュアの瓶にゆっくりと注意深く小さな刷毛を浸し、まるで画家のように巧みにすばやく色をつけていった。

爪がしあがると、侯爵夫人は疲れ果てて長椅子に寄りかかり、両手を宙で振ってマニキュアを乾かした。妙なしぐさ。まるで巫女のよう。侯爵夫人はサンダルの先にのぞいている自分のつま先を見おろし、あとで——もうほんの少ししたら——足の爪も塗ろうと考えた。沈みこんでいるオリーヴ色の手とオリーヴ色の足を、はっと驚かせ、よみがえらせよう。

でも、いますぐではない。いまは休息と安らぎのとき。長椅子の背もたれから身を起こし、東洋風にかがみこんで足を飾るには、暑すぎる。時間はたっぷりある。いや、それどころか、目の前には、長く気だるい一日がだらだらと果てしなく伸びている。

侯爵夫人は目を閉じた。

ホテルの日常の物音が、夢のなかで聞いているように、かすかに聞こえてくる。音はぼーっとしていて、心地よい。心地よいのは、彼女がその毎日の一部でありながら自由だから、もはや家庭という暴君に縛られてはいないからだ。上のバルコニーで誰かが椅子を引く音がした。下のテラスでは、ウェイターたちが、陽気な縞模様の傘を小さなランチテーブルの上に開いている。食堂で給仕長が指示を出している声が聞こえる。ホテルのメイドが、隣のスイートで部屋を整えている。家具が動かされ、ベッドがきしり、ボーイが隣のバルコニーに出てきて、床を麦藁の箒で掃いている。彼らの声が、なにか低くささやきあっている。やがてふたりは行ってしまい、ふたたび静寂がもどってきた。聞こえてくるのは、焼けつく砂をゆるゆると洗う気だるげな波の音だけ。そしてどこか遠くで、神経に触れないくらいかすかに、遊んでいる子供たちの笑い声がする。そのなかには、侯爵夫人の子供たちもいるのだろう。

下のテラスでお客のひとりがコーヒーを注文した。その男の葉巻の煙が、バルコニーまで漂ってくる。侯爵夫人はため息をついた。愛らしい百合のような両の手が、長椅子の両側にだらりと垂れた。これこそが安らぎ、これこそが充足だ。ああ、この瞬間をもう一時間引き延ばせたら……でもなにかが彼女に警告している。このひとときが過ぎたら、おなじみの不満という悪魔、退屈という悪魔がもどってくる。ついに自由になって、休暇を過ごしているというのに。

マルハナバチがバルコニーに飛んできた。ハチは、マニキュアの瓶の上の宙にしばらく浮いていたが、やがて、そのかたわらに置かれていた、片方の子の摘んできた花のなかへと入っていった。ブンブンという羽音がやんだ。侯爵夫人は目を開け、酔っ払ってのろのろ進むハチを見つめた。やがてハチは、ふらふらしながら、ふたたび飛び立ち、ブンブンと去っていった。魔法は破られた。侯爵夫人は、バルコニーの床に落ちていた、夫のエドワルドからの手紙を拾いあげた。「……そういうわけだから、ダーリン、結局、きみと子供たちに合流することはできなくなった。あまりにも仕事が多いし、他の人間に任せておくわけにもいかないからね。もちろん月末にはなんとかきみたちを迎えにいくようにする。それまで海水浴をしたり、ゆっくり休んだりして、楽しんでおいで。海の空気はきみの体にいいにちがいない。わたしのほうはきのう、母とマドレーヌに会いにいった。どうやらあの老司祭は……」

侯爵夫人はふたたび手紙を床に落とした。口の隅の小さなゆがみが大きくなり、すべすべした愛らしい顔を損ない、胸の内を露わにする。またこれだ。いつだって仕事なのだ。地所のこと、農場のこと、森のこと、仕事相手との打ち合わせ、急な旅行、だから彼、侯爵夫人の夫、エドワルドには、愛する彼女のために割《さ》く時間がない。

結婚前、みんなが彼女に、この先どんな生活が待っているか教えてくれた。「侯爵様《ムシュー・ル・マルキ》はまじめなかたなんだからね」彼女は気にも留めなかった。そのとおりだと喜んでいた。だって人生にこれよりいいことがあるだろうか？　侯爵であるうえ、まじめでもある男性だなんて。あのお城や広大な地所ほどすてきなものがあるだろうか？　あのパリの屋敷や、うやうやしくお辞儀をし、彼女を侯爵夫人様《マダム・ラ・マルキーズ》と呼ぶ召使いたちほど胸を躍らせるものが？　勤勉な外科医の父と病身の母を持つ、リヨン育ちの一少女にしてみれば、これは妖精物語の世界だ。侯爵が現れなかったら、きっと彼女は父親の若い助手と結婚し、リヨンで同じことを繰り返す毎日を永遠に送っていたことだろう。

なんてロマンチックな結婚。最初、侯爵の親族は難色を示した。でもまじめなる侯爵は、もう四十すぎ。自分の気持ちはよくわかっている。それに彼女は美しい。それ以上の議論はなく、ふたりは結婚した。夫妻はふたりの女の子に恵まれ、幸せに暮らしている。でもときどき……

侯爵夫人は長椅子から立ちあがり、寝室に入ると、化粧台の前にすわって髪のピンを抜いていった。これだけで彼女は疲れ果ててしまう。侯爵夫人は化粧着を脱ぎ捨て、裸で鏡の前にすわっていた。ときどき彼女はリヨンでの日々を恋しがっている自分に気づく。彼女は思い出す。みんなで笑ったこと、他の少女たちと冗談を言いあったこと、通りすがりの男に見つめられ、声を押し殺してくすくす笑ったこと、秘密を打ち明けあったこと、手紙をやりとりしたこと、友達をお茶に招いて寝室にこもり、ひそひそささやきあったこと。

マダム・ラ・マルキーズとなったいま、彼女には秘密を打ち明けあったり、ともに笑ったりする相手はひとりもいない。周囲の人々は、みんな中年で退屈。果てしなくつづく変化のない生活に根を下ろした人ばかりだ。エドワルドの親戚たちのいつ果てるともしれぬ城への訪問。彼の母、姉や妹たち、兄弟たち、義理の姉や妹たち。パリでの冬もまるで同じだ。新しい顔、見知らぬ人が現れることは決してない。唯一の刺激は、たまに昼食にエドワルドの仕事上の友人が訪ねてくること。彼女が客間に入っていくと、彼らはその美しさにハッとし、一瞬目に感嘆の色を浮かべ、それからお辞儀して彼女の手にキスする。

昼食の間、そういったお客を見つめながら、侯爵夫人は、その男との密会、タクシーで相手のアパートへ向かう自分を夢想する。小さな暗いエレベーターに乗り、ベルを鳴らし、見知らぬ部屋へと消えていく自分を。けれども長い昼食が終わると、夫の友人はお辞儀をし、行ってしまう。そしてあとになって彼女は考える。あの男はたいしてハンサムじゃなかった。歯だって入れ歯だった。でも、すばやく押し殺されたあの感嘆の色——彼女はそれを求めていた。

侯爵夫人は鏡の前で髪を梳《す》き、イメージを変えようと横分けにしてみた。爪と同じ色のリボンが金髪に編みこまれる。そう、これでいい……それから、あとで白いドレスを着て、シフォンのスカーフを、さりげなく肩にあしらおう。そうすれば、ふたりの子供とイギリス人の家庭教師を従えてテラスに出ていき、給仕長がお辞儀をして、隅の小さなテーブル、縞模様の傘の下に彼らを案内するとき、人々は彼女を見つめ、ささやきあうだろう。彼女は、人々の視線を浴びながら、ゆっくりと一方の子に向かって身をかがめ、その巻き毛を慈しみ深い母性的なしぐさでなでてやる。優雅な行為、美しい行為だ。

けれどもいま、目の前の鏡には、裸の体、悲しげにゆがんだ口が映っているばかり。他の女なら愛人を作るだろう。ひそひそささやかれるスキャンダルは、彼女の耳にも入ってくる。エドワルドと彼女とが遠く離れて長いテーブルの端と端にすわる、あの長く重苦しい晩餐のときでさえ、そんな話は飛び出すのだ。彼女の知らない下々の者たちの粋な世界のみならず、彼女の属する上流社会のなかでさえ。「ねえ、噂によると……」そして、眉が上がり、肩がすくめられ、ほのめかしやささやきが人から人へと伝わっていく。

ときどきお茶の会のあと、客人がまだ六時にもならないうちに、他に行くところがあるので、と帰ってしまうことがある。そんなとき侯爵夫人は、残念だわ、と声をあげ、さよならを言いながら、考える。「この人は愛人に会いにいくのかしら?」二十分後に――いや、もしかすると二十分も経たないうちに――この小柄で色の黒い、平凡そのものの伯爵夫人が、身を震わせ、ひそかにほほえみながら、するりと服を脱ぎ捨てるなどということがありうるのだろうか?

リヨンの学生時代の友達で、結婚して六年になるエリーズでさえ、愛人がいる。彼女は決してその男の名前を手紙に書かず、いつも「わたしの友達」と呼んでいる。でもふたりはなんとかして週に二度、月曜と木曜に会っている。その男は車を持っていて、冬でも彼女を田舎へドライブに連れていくのだ。エリーズは侯爵夫人にこんなことを書いてくる。「でもわたしのちょっとした浮気なんて、あなたにしてみれば取るに足りないことなんでしょうね。あなたは大勢の崇拝者に囲まれて、すばらしい冒険をしているにちがいないもの！　どうかパリの話を聞かせてくださいよ。それからパーティーのことや、今年の冬はどんな男性を選んだかもね」侯爵夫人は返事を書く。意味ありげな言葉を並べ、エリーズの質問を笑い飛ばし、そのあと、どこかのパーティーで着たドレスの描写に入る。でもそのパーティーが深夜まで延々つづいたこと、堅苦しくて退屈だったことは決して書かない。パリでの生活など、車に乗って子供たちと出かけ、車に乗ってデザイナーのところへドレスを新調しにいき、車に乗って美容師のところへ髪型を変えにいく以外、なにもないということも。城での暮らしぶりを知らせるときは、たくさんの部屋、大勢のお客たち、荘重な長い並木道、何エーカーもある森林について書き記す。けれども何日もつづく春雨のことや、からからに乾燥した初夏の熱気のことは書かない。そんなとき城は、巨大な白い棺衣のような静寂に包みこまれるのだ。

「おお！　パルドン、外出しておいでかと思いまして……」その男、麦藁の箒を手にしたボーイは、ノックもせずに、いつのまにか部屋に入っていたのだった。彼は遠慮深く部屋から出ていったが、その前に鏡の前の侯爵夫人を見たのは確かだった。もちろんボーイは、夫人がいるのを知っていたのだ。ほんの少し前まで彼女はバルコニーで横になっていたのだから、かんちがいするわけがない。部屋を去るとき、感嘆の色とともにボーイの目に浮かんだあの表情は、憐れみなのだろうか？　あの目はこう言っていたのだろうか――「実に美しい。でもなぜひとりぼっちなんだ？　変わっているな。このホテルは、みんなが楽しみにくるところなのに……」

ああ、なんて暑いんだろう。海風さえ吹いてこない。両腕から体へと汗が伝い落ちていく。侯爵夫人は、涼しげな白いドレスをものうげに着け、もう一度ぶらぶらバルコニーに出ていくと、日除けを上げて、真昼の熱い日差しを全身に浴びた。黒い眼鏡が目を隠す。唇と指先とつま先、そして肩に無造作にかけられたスカーフだけに色がある。黒いレンズが真昼に暗い陰を落とす。薄紫がかった青い海は紫色に、白い砂はオリーヴ色に変わった。テラスのプランターの華やかな花々は、トロピカルな質感を帯びている。侯爵夫人がバルコニーに身を乗り出すと、木の手すりの熱がその両手を焼いた。またも葉巻の匂いが、どこからともなく立ち上ってくる。グラスがチリンチリンと鳴っている。ウェイターがアペリティフをテラスのテーブルへと運んでいるのだ。どこかで女がしゃべっており、男の声がその声に加わり、笑っている。

一匹のシェパードが、舌から汗を垂らしながら、寝そべるのにちょうどいい冷たい石の床を求めて、テラスの壁際のほうへとタッタッと歩いていく。ブロンズ色に日焼けした裸の若者たちのグループが、体についた温かい海の塩もまだ乾かぬまま、砂浜から駆けあがってきて、マティーニをくれと声をあげている。アメリカ人にちがいない。彼らはタオルを椅子にひょいと掛けた。ひとりがあのシェパードに向かって口笛を吹いたが、犬は動こうとしない。侯爵夫人は軽蔑をこめて彼らを見おろした。ただしその軽蔑には、うらやみも混じっていた。彼らは自由にどこへでも行ける。車に乗りこみ、ある場所からつぎの場所へと。彼らは、空虚な浮かれ騒ぎのうちに生き、いつも群れを成している。六、七人はいるだろうか。もちろん、ふたりずつ組になってはいる。カップルになって、互いに体をなでまわして。でも——ここで彼女は存分に軽蔑の念を膨らませる——あの連中の浮かれ騒ぎには、なんの神秘性もない。ああいった開けっぴろげの生きかたには、サスペンスが入りこむ余地はないのだ。半ば閉じた扉の陰で秘かに待っている者はいない。

情事の醍醐味はあんなものではないはずだ。侯爵夫人はそう考えつつ、バルコニーの格子を這う薔薇をひとつ折り取って、ドレスの襟にはさんだ。情事とは静かな行為、ひめやかで、口にはされないもののはず。騒々しい声や爆笑とは無縁。恐れを伴う秘かな好奇心に始まり、恐れが去ったあとはゆるぎない自信に変わるものだ。親しい友人同士のギブ・アンド・テイクではなく、見知らぬ者同士の情熱なのだ……

ひとり、またひとりとホテルの宿泊客たちが砂浜からもどってきた。テーブルがつぎつぎと埋まっていく。午前中、暑くて人気《ひとけ》のなかったテラスが、ふたたび活気づいてくる。見慣れたホテルの宿泊客たちに混じって、昼食だけ取りに車でやって来た人々の姿も見られる。右手の隅には六人のグループ。すぐ下には三人のグループ。ざわめき、おしゃべり、チリンチリンというグラスの音、皿のぶつかりあう音が大きくなり、朝からなによりも大きく聞こえていた打ち寄せる波の音は、主役の座を降り、遠のいたようだった。いまは引き潮で、波は砂を洗いつつ退いていく。

　そこへ家庭教師のミス・クレイとともに子供たちが帰ってきた。子供たちは小さなお人形のようにとことこテラスを横切ってくる。縞柄のコットンのドレスを着たミス・クレイが、海水浴で乱れた巻き毛もそのままに、そのすぐうしろを歩いている。突然、子供たちがバルコニーを見あげ、手を振った。「ママン……ママン」侯爵夫人は身を乗り出して、ふたりににっこり笑いかけた。するといつもどおり、小さな歓呼が、ちょっとした気晴らしをもたらしてくれた。近くの誰かが、子供たちの視線を追って、ほほえみながら顔を上げる。左手のテーブルの男性が、笑って上を差し示す。そして、それは始まった。感嘆の第一波。彼女が下に降りていけば、もっと大きな感嘆の波がやって来る。美しき侯爵夫人と天使のような子供たち。ささやきあう声が、タバコの煙のように、他のテーブルで交わされる会話のように、空気中を漂ってくる。でも、テラスでの昼食が彼女に与えてくれるのはこれだけだ。毎日毎日、感嘆と畏敬のさざなみが起こり、あとには無関心が残る。男たちはみな、それぞれの方角へ去っていく。海水浴に、ゴルフに、テニスに、ドライブに。そして彼女は取り残される。美しく、なにものにもかき乱されぬまま。子供たちやミス・クレイとともに。

「見て、ママン、浜辺でヒトデを見つけたの。おうちに帰るとき、連れていくね」

「だめ。ずるいよ。それはあたしのだもの。あたしが先に見つけたんだもの」

　小さな女の子たちは、頬を紅潮させて言い争っている。

「シーッ、セレストもエレーヌも静かに。頭が痛くなるわ」

「お疲れですか、奥様？」如才ないミス・クレイは、子供たちを叱ろうとして、かがみこんだ。

「誰も彼もがお疲れのようですよ。みんな休んだほうがいいんですわ」

休む……「でも」と侯爵夫人は思う。「わたしはいつだって休んでばかりだ。わたしの毎日は長い長い休みなんだ」休息を取らなくては。休みなさい、きみ。顔色が悪いよ。冬も夏も、彼女はその言葉を耳にする。夫から、家庭教師から、義理の姉や妹から、年取った退屈な友人たちみんなから。人生は長い長い休息の連続、起きては休むことの連続だ。その血色の悪さ、その静かさゆえに、みんなが彼女をひ弱だと思っている。ああ、結婚生活のどれだけの時間を彼女は休んできたことか！　ベッドのシーツは折り返され、鎧戸は閉ざされる。パリの屋敷でも、田舎の城でも。二時から四時までは休息、いつも休息だ。

「疲れてなんかいないわよ」侯爵夫人はミス・クレイに言った。このときばかりは、いつも静かで快い彼女の声が、鋭く、甲高くなっていた。「昼食がすんだら散歩に行ってくるわ。町まで行ってみるつもりよ」

子供たちは目を丸くして母親を見つめた。ミス・クレイは、山羊のような顔をびくっとさせると、さっそく異議を唱えた。

「暑くて死んでしまいますよ。それにお店は何軒かありますけれど、一時から三時まではいつも閉まっているんです。お茶のあとまでお待ちになっては？　そうすればお子さんたちもいっしょに行けますし、わたしはその間にアイロンかけができますわ」

侯爵夫人は答えなかった。彼女はテーブルから立ちあがった。子供たちがぐずぐず食べていたので——セレストはいつも食べるのが遅い——テラスはほとんど空っぽになっていた。彼らがホテルへもどっていく姿を見るのは、どうでもいい人間だけだろう。

侯爵夫人は階上《うえ》へ上がり、もう一度顔に白粉をはたき、口紅を塗り、人差し指に香水を取った。隣の部屋からくぐもった子供たちの声が聞こえてくる。ミス・クレイがふたりをベッドに入れ、鎧戸を閉めている。侯爵夫人は麦藁で編んだハンドバッグを取りあげ、財布とフィルム一個とその他ちょっとしたものをなかに入れると、つま先立って子供部屋の前を通り、ふたたび階下へ降りて、ホテルの敷地から埃っぽい道路に出た。

砂利がたちまちサンダルのなかに入りこんできた。太陽はぎらぎらと容赦なく頭に照りつける。さきほど、ほんの一瞬、おもしろそうに思えたことが、たちまち馬鹿げた無意味なことに思えてくる。道路は人気《ひとけ》がない。砂浜も人気《ひとけ》がない。午前中、彼女がバルコニーでだらだら寝ている間に、遊び、散策していた人々は、ミス・クレイや子供たちのようにそれぞれの部屋で休んでいるのだ。侯爵夫人だけが、太陽に焼かれた道路を小さな町に向かって歩いている。

そしてミス・クレイの警告も当たっていた。店は閉まっていた。日除けはどれも降りている。絶対不可侵のシエスタが、店とそこに住む人々を支配しているのだった。

侯爵夫人は、麦藁のハンドバッグを振りながら、ぶらぶら通りを歩いていった。まどろみ、あくびをするこの世界を歩いているのは彼女ひとり。角のカフェさえ誰もいない。前足の間の地べたに顎を置いて寝そべっていた砂色の犬が、目を閉じたまま、うるさいハエどもに嚙みついた。ハエはいたるところにいた。中身のわからない黒っぽいガラスの薬瓶が、化粧水やスポンジや化粧品と肩を並べる薬局のウィンドウでブンブン羽音を響かせ、サングラスやおもちゃのシャベルやピンクの人形や紐で編んだ靴でいっぱいの店のガラスの内側で躍り、鉄の鎧戸を降ろした肉屋の、血に汚れた肉切り台の上を這いまわっている。肉屋の二階ではラジオが鳴っていたが、そこにいた人が静かに眠りたくなったのだろう、いきなりそのスイッチが切られ、深いため息が聞こえてきた。郵便局までもが閉まっていた。切手を買うつもりだった侯爵夫人は、むなしくガタガタと扉をゆすった。

ドレスのなかを汗が流れていく。華奢なサンダルに包まれた足は、そう長く歩いたわけでもないのにもう痛みだしている。日差しは強烈だ。彼女は誰もいない通りや、店をはさんで立つ家々を見渡した。家はどれも閉ざされ、シエスタの至福の安らぎのなかに引きこもっている。彼女は急に、どこか涼しいところ、暗いところへ行きたいという衝動に駆られた。そう、地下室がいい。蛇口から水が滴っているような。石畳に落ちる水の音は、太陽のせいでとげとげしている彼女の神経をやわらげてくれるだろう。

いらだち、泣きだしそうになりながら、侯爵夫人は二軒の店の間の路地に入っていった。その先には、日陰になった小さな中庭に降りていく階段があった。夫人は、壁に手を押し当て、しばらくその場にたたずんでいた。なんて冷たくて堅いんだろう。横には鎧戸の閉じた窓がひとつあり、彼女はそこに頭をもたせかけた。と、突然、鎧戸が開き、なかの暗い部屋から誰かが顔をのぞかせ、うろたえる彼女を見つめた。

「すみません……」他人の敷地に入りこんでつかまるという馬鹿な立場にいきなり立たされ、彼女は言い訳を始めた。これでは他人の私生活を、店の下のみすぼらしい住まいをのぞき見していたかのようだ。しかし、彼女の声はだんだん小さくなり、ついには途絶えた。まるで馬鹿になったように。というのも開いた窓からこちらを見つめている顔が、めったにないほど優しいものだったからだ。寺院のステンドグラスに描かれている聖人がそのままここに現れたのかと思うほどだった。その顔は黒っぽい巻き毛に囲まれていた。鼻は小さくまっすぐで、口は彫刻されたようにくっきりしており、茶色い目はとても真剣で優しく、カモシカの目そっくりだった。

「いらっしゃいませ、マダム・ラ・マルキーズ」彼は、侯爵夫人が終わりまで言えなかった言葉に答えた。

この人はわたしを知っているんだわ。侯爵夫人は驚いた。前にどこかでわたしを見たんだろう。でもそんなことは、この人の声に比べたら驚きに値しない。がさつでも、荒っぽくもない声。店の下の地下室にいるような人の声じゃなく、カモシカの目によく似合う洗練された快い声だ。

「通りにいるととっても暑くて」彼女は言った。「お店はみんな閉まっているし、わたし、めまいがしてきましたの。それでこの階段を降りてきたんです。本当にごめんなさい。ここが個人のお宅だということはわかっていたのに」

窓から顔が消えた。彼は、それまで彼女が気づかずにいたドアを開けた。気がつくと彼女は部屋のなかにいて、どこからともなく現れた椅子にすわろうとしていた。室内は暗くて涼しく、彼女が思い描いていた地下室そのものだ。そのうえ彼は、陶器のカップに水を入れて差し出している。

「どうもありがとう」彼女は言った。「ほんとにありがたいわ」見あげると、彼も彼女を見つめていた。へりくだり、畏敬の念をこめて、水差しを片手に。そして、静かな優しい声で言った。「他になにかお役に立てることはないでしょうか、マダム・ラ・マルキーズ?」

彼女は首を振ったが、心のなかでは、なじみ深いあの感情、賛美されることによって生まれる秘めた歓びをかき立てられていた。彼が窓を開けて以来初めて、彼女は自分を意識し、ゆったりしたしぐさで、スカーフを肩のほうへ引きあげた。するとあのカモシカの目が、ドレスにはさんであった薔薇へと降りていった。

「どうしてわたしを知っているの?」

「三日前、うちの店にいらしたからです。お子さんたちもいっしょでした。奥様はご自分のカメラに入れるフィルムをお買いになりました」

彼女はとまどってじっと彼を見つめた。ウィンドウにコダックの広告を出していた小さな店でフィルムを買ったことは覚えている。それに、足を引きずって歩く醜い女がカウンターで応対したことも。女がぎくしゃく歩くので、彼女は子供たちが気づいて笑うのではないか、自分までも神経のせいで心ない笑いを漏らすのではないか、と不安になった。彼女はいくつかの品をホテルに送るようたのんで、店をあとにした。

「応対したのはぼくの姉です」彼が説明する。「ぼくは奥の部屋から奥様をお見かけしました。ぼくが接客することはめったにないのです。人や、田舎の風景の写真を撮るのがぼくの仕事ですから。そうやって、出来あがった作品を夏ここに来るお客さんたちに売っているのです」

「そう」侯爵夫人は言った。「わかったわ。そうだったの」

彼女はふたたび陶器のカップから水を飲み、彼の目に浮かぶ賛美をも飲み干した。

「現像してほしいフィルムを持ってきたんだけれど。このバッグに入っているの。やっていただけるかしら？」

「もちろんです、マダム・ラ・マルキーズ。あなたのためならなんでもします。あなたがしてほしいとおっしゃることならなんでも。うちの店にあなたがいらしたあの日以来、ぼくは……」彼は口をつぐんだ。そして、顔を赤らめ、ひどく恥じ入って顔をそむけた。

侯爵夫人は笑いをこらえた。まったく馬鹿げている。こんな男の賛美など。でも不思議だ……それは彼女に自分の力を意識させた。

「わたしがうかがったあの日以来、なあに？」

彼はふたたび目を向けた。「他のことはなんにも考えられなくなったんです。本当になにひとつ」その言いかたはとても激しく、怖くなるほどだった。

侯爵夫人はほほえみ、水のカップを彼に返した。「わたしはごくふつうの女よ。わたしをもっとよく知ったら、きっとあなた、がっかりなさるわ」なんて奇妙なんだろう、と彼女は思った。わたしったら、この状況をとても上手にあしらっている。怒り狂ってもいなければ、ショックを受けてもいない。わたしはこうしてお店の地下室にいて、たったいまわたしを賛美した写真家と話をしている。ほんとにおかしいったらない。でもこの人は、かわいそうに、真剣なんだ。全部本気で言っているんだわ。

「では」彼女は言った。「フィルムをあずかっていただける？」

彼は、彼女から目をそらすことができないようだった。彼女は大胆に真正面から彼を見つめた。すると彼は視線を落とし、また顔を赤らめた。

「さっきの路地を引き返していただけますか」彼は言った。「店を開けますので」今度は侯爵夫人のほうが彼から視線をはずせなくなっていた。ボタンをはずしたベスト、シャツを着ていない上半身、むきだしの両腕、喉、くるくる渦を巻く髪。彼女は言った。「なぜここでフィルムを渡してはいけないの？」

「これは仕事ですから、マダム・ラ・マルキーズ」

侯爵夫人は笑いながら踵《きびす》を返し、あの暑い通りへと階段を上っていった。舗道に立っていると、うしろのドアで鍵がガチャガチャ音を立てた。それからしばらくわざと彼を待たせておいてから、彼女はゆるゆると店に入っていった。涼しくて静かだった地下室とはちがって、店内はごみごみしており、せま苦しかった。

彼はカウンターの向こうにいた。そして、残念なことに、上着を着てしまっていた。店で客の相手をする男なら誰でも着そうなグレイの安っぽい上着だ。それにシャツはひどく堅苦しく、青すぎるほど青い。この男は、カウンターごしにフィルムを受け取る、ごくあたりまえの商店主だ。

「いつ出来あがるかしら?」彼女は訊ねた。

「あしたですね」彼は答え、もう一度もの言わぬ茶色の目で彼女を見つめた。とたんに侯爵夫人は、ありふれた上着や青い堅苦しいシャツのことを忘れ去り、上着の下のベストとむきだしの腕を心の目に浮かべていた。

「写真家だとおっしゃったわね。ホテルに来て、わたしと子供たちの写真をいくつか撮ってくださらないかしら」

「本当にそうご希望なんですか?」

「ええ、もちろん」

ある秘密の表情が彼の目に浮かび、消え去った。彼は紐をさがすふりをして、カウンターの下にかがみこんだ。けれども彼女はひとりほほえみながら考えた。「この人、わくわくしているんだわ。手が震えている」そしてそれと同じ理由で、彼女の心臓の鼓動も速くなっていた。

「承知いたしました、マダム・ラ・マルキーズ。いつでもご都合のいいときに、ホテルにうかがいます」

「午前中のほうがいいと思うわ。十一時にお願いするわね」

さりげなく彼女は店を出た。さよならさえも言わなかった。

彼女は通りを渡った。向かい側の店のウィンドウを目的もなくのぞきこむと、自分の店の戸口に出てきてこちらを見守っている彼の姿がガラスに映った。彼は上着とシャツを脱いでいた。

店はふたたび閉まるのだろう。シエスタはまだ終わっていない。そのとき彼女は初めて気づいた。彼もまた姉と同様、足が不自由なのだ。彼の右脚は長いブーツに包みこまれていた。けれども不思議なことに、姉のときとはちがって、それを見ても不快さはなかったし、神経質な笑いも出てこなかった。彼の長いブーツは、異質で、謎めいており、魅惑的だった。

侯爵夫人は埃っぽい道をホテルまで歩いてもどった。

翌朝、十一時に、ホテルの接客係《コンシエルジエ》から、写真家のムシュー・ポールが下のロビーでマダム・ラ・マルキーズのご指示をお待ちです、とのメッセージが入った。侯爵夫人は、ムシュー・ポールに部屋まで上がってきていただきたいとの指示を送り返した。まもなくノックの音がした。ためらいがちな、おずおずした音だ。

「どうぞ」侯爵夫人は言った。バルコニーでよくするように、ふたりの子供に腕を回して立っているその姿は、まるで彼に見せるためにそこに飾られた一幅の絵だった。きょうの彼女は、黄褐色の平織り絹を身にまとい、髪はきのうのようなリボンをつけた少女風のスタイルではなく、まんなかで分けて、金の耳飾りをつけた耳が見えるようにひっつめにしていた。

彼は入口で立ち止まったまま、動かなかった。子供たちは、恥ずかしがって、あの長いブーツを不思議そうに見つめていたけれども、なにも言わなかった。そのことを口にしてはいけないとあらかじめ母親に言われていたからだ。

「これがうちの子たちよ」侯爵夫人は言った。「では、どんなポーズを取ったらいいか、どこに立ったらいいか、言ってくださいな」

子供たちは、いつもお客様に対してするお辞儀はしなかった。その必要はない、と母親から言われていたからだ。ムシュー・ポールは小さな町の店から仕事をしにくる写真家にすぎないのだ。

「もしよろしければ、マダム・ラ・マルキーズ」彼は言った。「いまお立ちになっているそのままのポーズで一枚撮らせてください。とても美しいので。とても自然で優雅です」

「いいですとも。じっとしているのよ、エレーヌ」

「すみません。カメラのセットにちょっとかかります」

ぎこちなさは消え去った。彼は忙しく商売道具の機械をいじっている。侯爵夫人がじっと見つめる前で、彼は三脚を立て、ベルベットの覆いを広げ、カメラを調整した。器用に、手際よく働く彼の手に侯爵夫人は目を留めた。その手は、職人の手でも商店主の手でもなく、芸術家の手だった。

彼女の視線があのブーツに落ちた。彼の足の障害はあの姉ほど目立っていない。その歩きかたは、見る者がヒステリーを起こしそうになるような、おぼつかないぎくしゃくしたものではなかった。彼の足取りはゆっくりしており、むしろ引きずるようで、侯爵夫人はその不自由さにある種の憐れみを覚えた。ブーツの内側の変形した足が、絶えず彼を苦しめていることはまちがいない。ことに暑い日には、足は締めつけられ、焼けるようだろう。

「では、マダム・ラ・マルキーズ」その声に、侯爵夫人はうしろめたげにブーツから目を離し、子供たちに腕を回して、優雅にほほえみながら、ポーズを取った。

「そうです」彼は言った。「そのまま動かないで。すばらしい」

あのもの言わぬ茶色の目が、彼女の目を捉えた。彼の声は低く、優しい。きのう店にいたときと同じように、歓びが湧きあがってきた。彼はシャッターボタンを押した。小さくカチリと音がした。

「もう一枚」彼は言った。

侯爵夫人は、口もとに笑みを浮かべ、ポーズを保った。今回写真家は、シャッターボタンを押す前にしばらく間を置いた。そして侯爵夫人には、ちゃんとその理由がわかっていた。彼女や子供たちが動いてしまったわけではない。写真家は、撮影上の必要からではなく、彼女を見つめる歓びを味わうためにそうしたのだ。

「では」彼女はポーズを解き、魔法を破ると、小さく鼻唄を歌いながらバルコニーへと歩いていった。

半時間もすると、子供たちは飽きて、そわそわしだした。

侯爵夫人は詫びた。「この子たちを行かせてやってね。こんなに暑いんですもの。セレストにエレーヌ、おもちゃを取ってきて、バルコニーの向こう端で遊んでいらっしゃい」

子供たちはおしゃべりしながら自分たちの部屋に駆けこんでいった。侯爵夫人は写真家に背を向けた。彼は新しい感光板をカメラに差しこんでいた。

「子供というのがどんなものかご存じでしょう？」侯爵夫人は言った。「何分かはめずらしがっているんだけれど、すぐに飽きてしまって、他のことがしたくなるのよ。あなたはよく辛抱してくださったわ、ムシュー・ポール」

彼女はバルコニーの薔薇を折り取ると、お椀のように丸めた両手にそれを載せ、唇を近づけた。

「もしお許し願えるなら」彼は緊張した口調で言った。「こんなお願いはとても畏《おそ》れ多いのですが……」

「なんです？」

「おひとりの写真を一、二枚、撮らせていただけないでしょうか？　お子様たち抜きで？」

侯爵夫人は笑った。彼女はバルコニーから下のテラスへと薔薇を軽く放った。

「もちろんかまわないわ。どうとでもお好きに。別に他に用事もないし」

彼女は長椅子の端に腰を降ろし、クッションに寄りかかって、一方の手で頭を支えた。

「こんなふうでいいかしら？」

彼はベルベットのうしろに消え、カメラを調整したあと足を引きずって前に進み出た。「たいへん恐縮ですが、その手を少し上げて……ええ、そうです。それから頭をほんのこころもち一方へかしげていただけると」

彼は侯爵夫人の手を取って、自分の希望どおりの位置に置き、それからそっと、ためらいがちに手を当てて、彼女の顎を持ちあげた。彼女は目を閉じた。彼は手をどけようとしない。ほとんど感じ取れないくらいそっとその親指が動き、長い首のラインをさまよう。他の指も親指といっしょに動いていく。その感触は羽根のように軽かった。肌に触れる鳥の翼のように。

「このままで」彼は言った。「これで完璧です」

侯爵夫人は目を開いた。彼は足を引きずってカメラのところへもどっていった。

侯爵夫人は子供たちとちがって飽きたりはしなかった。彼女は、一枚、もう一枚、またもう一枚、とムシュー・ポールに写真を撮らせた。子供たちは、彼女の言いつけどおりもどってきて、バルコニーの向こう端で遊んでいた。そのため女の子たちのおしゃべりが写真撮影のバックとなり、その子供同士の会話にほほえむうちに、侯爵夫人と写真家の間には大人の親密さが生まれ、堅苦しい雰囲気は少しずつ薄れていった。

彼は次第に大胆になり、自信を強めていった。彼がポーズを提案すると、彼女はおとなしく従った。一度か二度、いいポーズが取れなかったときは、彼ははっきりそう言った。

「いいえ、マダム・ラ・マルキーズ。そうじゃなく、こんなふうです」

そして彼は、椅子のところまでやって来て、彼女のかたわらに膝をつき、足を動かしたり肩の向きを変えたりする。そんなことを繰り返すたびに、その触れかたはより確かに、力強くなっていく。それでも彼女が強引に目を合わせると、彼は、まるで自分の行為を恥じているかのように、気おくれし、卑屈に顔をそむけてしまった。彼の性格を映し出すその優しい目は、自らの両手の衝動を非難している。彼女は彼の内なる闘いを感じ取り、歓びを覚えた。

やがて、彼が二度目に侯爵夫人のドレスを直したとき、彼女は彼がひどく青ざめ、額に汗を浮かべているのに気づいた。

「暑いわねえ」彼女は言った。「きょうのところはこれで充分じゃないかしら」

「ええ、そうご希望なら」と彼は答えた。「おっしゃるとおりきょうは本当に暑い。もうおしまいにしたほうがいいでしょう」

侯爵夫人は椅子から立ちあがった。涼しげな、くつろいだ態度だった。彼女は疲れてなどいなかったし、面倒がってもいなかった。逆に彼女は活気づき、新たなエネルギーに満ち満ちているのだった。彼が帰ったら、海へ行って泳いでこよう。写真家のほうは、彼女とはまったくちがっていた。彼はハンカチで顔をぬぐった。カメラと三脚をまとめてケースにしまうときも、消耗しきった様子で、前より重たげに長いブーツを引きずっていた。

侯爵夫人は、写真家に現像させた自分の撮ったスナップ写真に目を通すふりをした。

「なんて下手なのかしら」彼女は軽く言った。「きっとカメラの使いかたがなってないのね。あなたからレッスンを受けなくては」

「ちょっと練習すればすぐ上手になりますよ、マダム・ラ・マルキーズ」彼は答えた。「写真を始めたばかりのころ、ぼくもちょうどそんなカメラを使っていました。いまでも外の景色を撮るときは、崖までぶらっと小さなカメラを持って出かけるんですが、大きなのと同じくらいきれいな写真が撮れますよ」

侯爵夫人はスナップ写真をテーブルに置いた。彼は帰り支度をすませ、ケースを手にしていた。

「このシーズンはとてもお忙しいんでしょうね」侯爵夫人は言った。「外の景色を撮る時間はどうやって見つけるの？」

「時間を作るんですよ、マダム・ラ・マルキーズ」彼は言った。「実は、外を撮るほうがスタジオ写真を撮るより好きなんです。人を撮って本当に満足が得られることは、めったにありません。きょうはもちろん別ですが」

侯爵夫人は彼を見つめ、ふたたびその目に崇拝と卑屈さを認めた。じっと視線を注いでいると、彼はどぎまぎして目を伏せた。

「沿岸の風景の美しさはたいへんなものです。もちろんお散歩のときにお気づきになったでしょう。ほとんど毎日、午後になると、ぼくは小さなカメラを持って崖に行っています。海水浴場の右手の、突き出した大きな岩の上のところです」

彼はバルコニーからその場所を差し示し、侯爵夫人は彼の手を目で追った。緑の岬が、強烈な熱さのなかでかすんでゆらめいている。

「きのうぼくがうちにいたのは、めったにない偶然でした。ぼくは地下室で、きょう発つ予定のリゾート客のために写真を現像していたのです。でも普段ぼくは、あの時間には、崖の散歩に出かけています」

「でもとても暑いでしょう？」

「ええ、まあ。でも海の上にいると、そよ風が吹いてきます。それに、なによりすばらしいのは、一時から四時の間は、ほとんど人がいないことです。みんな午後はシエスタに入っていますから。ぼくはあの美しい風景を独り占めできるわけです」

「ええ。よくわかるわ」

ふたりはしばらくの間、無言で立っていた。まるで言葉にならないなにかが、ふたりの間に通いあったようだった。侯爵夫人はシフォンのハンカチをもてあそび、さりげない、気だるそうなしぐさで、それを手首にゆるく結んだ。

「そのうちわたしもやってみなくてはね」ついに彼女は言った。「暑い昼日中《ひるひなか》のお散歩を」

ミス・クレイがバルコニーに出てきて、食事の前になかに入って手を洗うよう子供たちに言った。写真家はうやうやしく一方に寄り、詫びを述べた。侯爵夫人は腕時計に目をやった。驚いたことにもう正午になっていた。下のテラスのテーブルは人でいっぱいで、いつものざわめきとおしゃべりが始まっており、グラスや皿のぶつかりあう音が鳴り響いている。彼女はそのどれにもまるで気づかずにいたのだった。

侯爵夫人は写真家のほうを向いた。撮影はもう終わっている。それにミス・クレイが子供たちを連れにきている。だから彼女は、わざと冷淡な態度で彼を引き取らせた。

「ご苦労様。近いうちに出来あがりを見にお店にうかがうわ。ごきげんよう」

写真家はお辞儀をし、出ていった。務めを果たした雇われ者として。

「きれいに撮れているといいですね」ミス・クレイが言った。「侯爵様がお喜びになるでしょう」

侯爵夫人は答えなかった。彼女は耳飾りを取った。どういうわけか、それはもう彼女の気分にそぐわなくなっていた。昼食には装身具も指輪もなしで行くつもりだった。きょうは彼女自身の美しさだけで充分だ。夫人はそう感じていた。

三日が過ぎた。その間、侯爵夫人は一度もあの小さな町へは行かなかった。一日目、彼女は泳ぎにいき、午後はテニスを観戦した。二日目は、ミス・クレイに休暇を与えて、内陸の古い城壁の町を訪れるバスツアーに参加させ、自分と子供たちとで過ごした。そして三日目、彼女はミス・クレイと子供たちを、写真の見本を取りに町まで行かせた。彼らはきれいに包装された写真を持って帰ってきた。作品はどれもみごとで、ことに侯爵夫人を撮《うつ》したものは、これまでに撮らせたポートレートのなかでも最高の出来映えだった。

ミス・クレイは有頂天になり、イギリスの実家に送りたいからぜひ焼き増しをほしいとせがんだ。「とても信じられませんわ」彼女は叫んだ。「こんな海辺の町の名もない写真家が、こんなすばらしい写真を撮るなんてねえ？　なのにパリではみんな、本物のプロに途方もない金額を払っているんですよ」

「悪くないわね」侯爵夫人はそう言って、あくびをした。「あの人、ずいぶんていねいにやってくれたようね。わたしの写真のほうが、子供たちの写真よりよく撮れているわね」彼女はもとどおり写真を包んで、引き出しにしまった。「ムシュー・ポール自身は出来あがりに満足しているようだった？」

「なんとも言っていませんでしたわ」ミス・クレイは答えた。「奥様がご自分で取りにいかれなかったので、がっかりしているようでしたけれど。写真はきのうからできていたんだそうです。奥様はお元気かと訊ねていましたわ。そしたら子供たちが、ママンは泳ぎにいったんだ、なんてお話ししていました。あの子たち、あの人に対してとっても感じよくしていましたよ」

「町は暑すぎるし、埃っぽいわ」侯爵夫人は言った。

つぎの日の午後、ミス・クレイと子供たちが昼寝を始め、ホテルまでもが強烈な日差しの下でまどろみだすと、侯爵夫人は、飾り気のない袖なしの短いドレスに着替え、小さな箱形カメラを腕にかけて、子供たちを起こさぬようにそっと階下へ降りていった。ホテルの敷地を抜け、砂地に出ると、彼女は細い小径をたどって、緑の芝生を上っていった。日差しは容赦なく照りつけていたが、彼女は気にも留めなかった。勢いよく生い茂る草の上には埃はない。まもなく、崖っぷちに近づくと、密生するシダがむきだしの脚に触れだした。

小径はシダの間をくねくね進み、ときおり崖っぷちぎりぎりまで近づいた。一歩まちがえば、惨事になる。それでも侯爵夫人は、怖がりもせず、疲れも見せず、気だるげに腰を振るあの独特の歩きかたでゆるゆると歩きつづけた。彼女はただひたすら、入り江半ばの岸から突き出た巨大な岩の上をめざした。岬にいるのは、彼女ひとり。見渡すかぎり誰もいない。後方の、はるか下には、ホテルの白い壁があり、海水浴客のための脱衣所が、まるで子供のおもちゃのブロックのようにビーチにずらりと並んでいる。海はとてもなめらかで、静かだ。入り江の、岩の洗われているところにすら、さざなみは残らない。

突然、前方のシダの茂みのなかで、ちらりとなにかが光った。カメラのレンズだ。侯爵夫人は気にも留めなかった。彼女はそちらに背を向け、カメラを調べるふりをしてから、景色を撮すような格好をした。一枚撮り、二枚撮ったとき、さらさらとシダを鳴らして、誰かがこちらにやって来た。

侯爵夫人は振り返り、驚きの声をあげた。「まあ、こんにちは、ムシュー・ポール」

あの安物の堅苦しい上着と目の覚めるようなシャツは脱ぎ捨てられていた。いまの彼は仕事を離れている。これはシエスタの時間、彼が、いわばおしのびで、散歩をするひとときなのだ。身に着けているのは、黒っぽい青のズボンだけ。ホテルで会った朝、侯爵夫人が秘かに軽蔑の目を向けた灰色のスカッシュハットも消えていた。優しい顔は豊かな黒髪に縁取られている。侯爵夫人を見つめるその目がうっとりした表情をたたえているので、彼女は笑いを隠すために顔をそむけなければならなかった。

「あなたのおすすめに従うことにしてね」侯爵夫人は軽く言った。「景色を見にここまで登ってきたのよ。でもこんなカメラのかまえかたじゃだめなんでしょうね。やりかたを教えてくださらない？」

彼は侯爵夫人のかたわらに立ち、カメラを取り、彼女の手を正しい位置へと動かした。

「なるほどね」彼女はそう言うと、軽く笑って彼のそばを離れた。というのも、彼がそばに立ち、手の位置を教えたとき、その心臓の鼓動が聞こえたような気がし、興奮を覚えたから、そしてそのことを彼に知られたくなかったからだ。

「自分のカメラは持っていらした?」侯爵夫人は訊ねた。

「ええ、マダム・ラ・マルキーズ」彼は答えた。「あそこのシダのなかに、上着といっしょに置いてあります。この崖っぷちは、ぼくのお気に入りの場所なんです。春になると鳥を見にきて、その写真を撮っています」

「見せていただける?」

彼は「パルドン」とつぶやきながら、先に立って自分の足がつけた道を歩いていった。ふたりが行き着いたのは、ウエストまで届くシダに囲われた巣のような小さな空き地だった。その前面だけは草もなく、海に向かって大きく開けていた。

「なんてすてきなんでしょう」侯爵夫人はそう言って、生い茂るシダのなかを通って隠れ家に入ると、周囲を見まわし、ほほえみながら、優雅に自然に腰を降ろした。ピクニックに来た子供のように、彼女はカメラの脇に置かれた上着に載っていた本を手に取った。

「本はよくお読みになるの?」

「はい、マダム・ラ・マルキーズ」彼は答えた。「読書は大好きです」侯爵夫人は表紙に目をやり、タイトルを読んだ。安っぽいロマンス小説——昔、学校で、自分や友達が鞄にこっそりしのばせた類《たぐい》の本だ。ふたたび彼女は笑いを隠し、本を上着の上にもどした。

「おもしろい話なの?」

彼は、あのカモシカのような大きな目で、厳かに侯爵夫人を見おろした。

「とても優しい物語ですよ、マダム・ラ・マルキーズ」

優しい……なんて奇妙な表現なんだろう。侯爵夫人はあの写真のことを話しだした。どれをどれより気に入ったかなどといったことを。その間も、ずっと彼女は秘かに勝利を意識していた。自分は実にみごとにこの状況をコントロールしている。なにをすればいいのか、なにを言えばいいのか、いつほほえめばいいのか、いつまじめな顔になればいいのか、彼女にはすっかりわかっていた。そうしていると奇妙にも、子供のころ、友達と「貴婦人ごっこをしようよ」と言いあって、母親たちの衣装で着飾ったときのことが思い出された。彼女はいまも、ごっこ遊びをしている。あのころのように貴婦人のまねをしているのではなく——なんだろう？　はっきりなにとは言えないけれど、本物の貴婦人になって久しいいまの自分ではない誰か、城の客間でお茶を飲み、死の臭いのする古めかしい物や人に取り囲まれている自分とはちがう誰かのまねだ。

写真家のほうはあまり口をきかなかった。彼は侯爵夫人の言葉に耳を傾け、うなずいて同意するか、ただ黙っているかだった。そして彼女は、自分の声が軽やかに流れつづけるのを不思議な気分で聴いていた。急に彼女自身となった利口で魅力的な女性の声にこうして耳を傾けている間、写真家は、無視してもよい傍観者、実体なき者にすぎないのだった。

やがてついにこの一方的な会話が途切れると、写真家がおずおずと言いだした。「ひとつずうずうしいお願いをしてもいいでしょうか？」

「どうぞおっしゃって」

「ここであなたおひとりの写真を撮らせていただけないでしょうか？　この場所を背景に？」

ただそれだけ？　なんておとなしい人なんだろう。それになんて遠慮深い。彼女は笑った。

「お好きなだけ撮るといいわ。ここにすわっているのは、とてもいい気持ちですもの。眠ってしまいそうなくらいよ」

「眠れる森の美女」彼はすばやくそう言ったかと思うと、自分のなれなれしさを恥じるようにまた「パルドン」とつぶやいて、彼女の背後のカメラに手を伸ばした。

今回写真家は、ポーズを取ったり、位置を変えたりすることを求めなかった。彼は、ただすわって草の茎を噛んでいる侯爵夫人を写し、正面像、横顔、七分身と、あらゆるアングルの写真を撮るため自らあちこち動きまわった。

侯爵夫人は眠くなってきた。太陽は、帽子のない頭をぎらぎらと照らしている。華やかな緑や黄色のトンボたちが、飛び交い、目の前の宙に浮かぶ。彼女はあくびをし、シダの上にあおむけになった。

「ぼくの上着を枕になさいますか、マダム・ラ・マルキーズ？」写真家は訊ねた。

返事をするより早く、彼は上着を取り、それをきちんとたたんで小さく丸め、シダの上に置いた。侯爵夫人がそこに横たわると、卑しめられた灰色の上着は、彼女の頭をやわらかく支えた。安楽に、心地よく。

写真家は彼女のかたわらにひざまずいて、熱心にカメラをいじり、フィルムをどうにかしていた。あくびをしつつ、半ば閉じたまぶたの間から見守るうちに、侯爵夫人は、写真家が、長いブーツに包まれた悪いほうの足を脇へ押しやり、一方の膝だけに体重をかけていることに気づいた。彼女はぼんやり考えた――あの足は体重をかけると痛むのだろうか。ブーツはよく磨かれ、左足の革靴よりずっとぴかぴかだった。朝、服を着るとき、念入りにブーツの手入れをする彼の姿が、ふいに目の前に浮かんだ。それをウォッシュレザーの布で――おそらくは、ごしごしと――磨いている姿が。

トンボが一匹、侯爵夫人の手に止まった。それは、羽根をきらめかせ、じっとしている。なにを待っているんだろう？　息を吹きかけると、トンボは飛び去ったが、やがてまたもどってきて、空中に留まり、いつまでもそこに浮かんでいた。

ムシュー・ポールはカメラを脇に置いたが、シダのなかに膝をついたまま彼女のかたわらから動こうとしない。侯爵夫人は、彼が自分を見つめているのに気づいており、胸の内でこうつぶやいた。「もしもわたしが動いたら、この人は立ちあがる。それですべてが終わってしまう」侯爵夫人は、きらめくトンボを見つめつづけた。けれども、あと少ししたら、どこか他へ視線を移さねばならなくなる。さもなければ、トンボが飛んでいってしまうか、緊張が高まり、空気がひどく張りつめてきて、この沈黙を笑いで破らざるをえなくなる。そしてすべては台なしになるのだ。しかたなく彼女は写真家のほうを向いた。彼の大きな目は、ひたむきに、崇拝をこめて、彼女を見つめていた。そこには自らを深く貶《おとし》める奴隷の心があった。

「わたしにキスしたら？」侯爵夫人は言った。そして自分自身の言葉に驚き、衝撃を受け、急に不安になった。

写真家はなにも言わず、身動きもせず、ただじっと彼女を見つめつづけた。彼女は目を閉じた。その手からトンボが飛び立った。

ややあって、写真家は身をかがめ、侯爵夫人に触れたけれども、その触れかたは彼女の思っていたようなものではなかった。いきなり乱暴に抱きしめられたりはしなかった。それはまるで、さっきのトンボがもどってきて、絹のようなあの羽根で、すべすべした彼女の肌をそっとなでたようだった。

立ち去るとき、彼は細やかな心遣いを見せた。彼女をひとりその場に置いていき、ぎこちなさ、気まずさが残らないようにしたのだ。いきなり不自然な会話に入らずにすむように。

侯爵夫人はシダのなかにあおむけになり、両手で目を覆って、いましがた我が身に起きた出来事を考えていた。恥じる気持ちはなかった。頭は明晰に働いており、心も穏やかだった。彼女はホテルまでどう帰るかを考えはじめた。引き返す前にしばらく待って、砂浜のずっと先まで行けるよう彼に時間を与えよう。そうすればホテルの誰かがその姿を見ても、半時間ほどあとから行く自分と結びつけはしないだろう。

侯爵夫人は身を起こすと、ドレスの着くずれを直し、ポケットから白粉のコンパクトと口紅を取り出した。鏡はないので、白粉をはたくときは慎重にその分量を考えた。太陽は威力を失い、涼しいそよ風が海から内陸へと吹いていた。

「天気が保《も》ってくれれば」髪を梳きながら侯爵夫人は考えた。「毎日、同じ時間に、ここに来られる。誰にも気づかれっこない。ミス・クレイと子供たちは、午後はいつも昼寝をするし。

きょうみたいに別々に帰るようにして、シダに隠れたこの場所で会っていれば、見つかるわけはないのよ。休暇はまだ三週間以上ある。大事なのは、この暑い天気がずっとつづくよう願うことだわ。もし雨が降ったら……」

ホテルに向かって歩きながら、侯爵夫人は、天気がくずれたらどうしようかと考えていた。まさか、レインコート姿で崖を歩いたり、雨と風に打たれるシダのなかに横たわったりするわけにはいかない。もちろん店の下の地下室という手もある。でもあそこへ行けば、町の人に見られるかもしれない。それは危険だ。やはり、土砂降りの雨でないかぎり、崖の上がいちばん安全でよさそうだ。

その晩、侯爵夫人は机に向かい、友人のエリーズに手紙を書いた。「……ここはすばらしいところです」と彼女は書いた。「わたしはいつもどおり楽しんでいます。もちろん、夫抜きでね！」けれども彼女は、シダの茂みのこと、暑い午後のことを書くに留め、自分の成功について詳しくは語らなかった。あいまいにしておけば、エリーズが勝手に、妻を置いて、ひとりで遊びにきている金持ちのアメリカ人を想像するだろうと思ったのだ。

翌朝、侯爵夫人は、念入りに着飾り――長いこと衣装箪笥の前で考えたすえ、ふつう海辺では着ない凝《こ》ったドレスを選んだが、これは計算の上でだ――ミス・クレイと子供たちを連れて、あの小さな町へと歩いていった。その日は市《いち》の立つ日で、丸石の舗道も広場も人でにぎわっていた。その多くが周囲の田園地帯からやって来た人々だったが、イギリス人やアメリカ人の観光客もたくさんいて、散策したり、お土産や絵はがきを買ったり、角のカフェにすわってのんびりあたりを眺めたりしていた。

美しいドレスをまとい、帽子はかぶらず日傘を差し、跳びはねるふたりの小さな女の子を連れて、気だるげに歩く侯爵夫人の姿は人目を引いた。人々は振り返って彼女を見た。なかには、その美しさに無意識に敬意を表し、彼女を通すために脇へ寄る者さえいた。彼女は市場をぶらつき、二、三買い物をし、ミス・クレイは持っていた買い物袋にそれを入れた。それから相変わらずのんびりと、子供たちの質問に、楽しげに、のどかなユーモアを交えて答えながら、侯爵夫人はコダックの広告と写真をウィンドウに出している店に入っていった。

店内は順番を待つお客でいっぱいだった。侯爵夫人は、少しも急がず、地元の風景のアルバムを眺めるふりをし、同時に店内の様子を観察していた。ムシュー・ポールとその姉は、ふたりともそこにいた。彼は、例によって堅苦しいシャツを着ていたが、今度はその色は青よりももっとひどい醜悪なピンクで、その上にあの安物のグレイの上着を重ねていた。一方、姉のほうは、カウンターで接客する女たちはみんなそうだが、くすんだ黒に身を包み、肩にショールをかけている。

写真家は侯爵夫人が店に入ってくるのを見ていたにちがいない。彼はすぐさま、列を成すお客たちは姉の手に任せ、カウンターのうしろから出てくると、つつましく、うやうやしく、なんとかお役に立とうと、彼女のかたわらに控えた。その目には、なれなれしさなどなかった。親しげな色などみじんも。侯爵夫人はまっすぐに彼を見つめ、その点をしっかり確かめた。それから彼女は、わざとミス・クレイや子供たちを会話に引き入れながら、イギリスに送る写真をミス・クレイに選ばせたりして、ずっと彼をそばから放さず、高慢に、横柄に振る舞い、写真の何枚かについては苦言を呈しさえした。この写真にはありのままの子供たちの姿が出ていないわ、と彼女は言った。これでは夫に送れないわね。写真家はあやまった。まったくです。奥様のおっしゃる写真には、お子さんたちの真の姿が出ていませんね。またホテルにうかがって、もう一度撮り直しましょう。もちろん追加料金はいただきません。テラスか、庭のなかなら、もっといい写真が撮れるかもしれません。

そうして立っていると、お客がひとりふたりと頭をめぐらせ、侯爵夫人を見た。彼女は自分の美しさをむさぼる彼らの視線を感じながら、なおも高慢な口調で、ひややかに、そっけなく、あれを見せて、これを見せて、と写真家に命じた。すると彼は、侯爵夫人を喜ばせたい一心で大急ぎで言われるままに動くのだった。

他のお客たちは、いらいらしはじめ、順番を待ちながら足をもじもじさせていた。写真家の姉はお客たちに取り囲まれ、みじめに足を引きずってカウンターのこちらからあちらへと移動しながら、ときおり顔を上げて、急に自分を見捨ててしまった弟が助けにもどってきてはくれまいか、と様子をうかがっていた。

ついに侯爵夫人は態度をやわらげた。彼女はすっかり満たされていた。店に足を踏み入れて以来高まりつづけていた甘美でひそやかな心の高揚は、徐々に鎮まり、いまは収まっていた。「午前中、時間が空いている日をお知らせするわ」彼女は言った。「そのときに、ホテルに来て、もう一度子供たちの写真を撮ってもらいましょう。とりあえず、これまでの分をお支払いします。ミス・クレイ、お願いするわね？」

そうして彼女は、写真家にごきげんようとも言わず、ふたりの子供に手を差し出して、店からゆるゆると出ていった。

侯爵夫人は、昼食のときは着替えず、朝と同じ魅惑的なドレスを着ていた。そして彼女には、団体旅行客の到着によりいつにも増して混雑しているホテルのテラスが、自分とその美しさに、隅のテーブルにすわっている自分の生み出す効果に、ざわめいているように思えた。給仕長、ウェイターたち、そしてホテルの支配人までもが、彼女のほうに引き寄せられ、ご機嫌をうかがい笑みを浮かべている。自分の名が人から人へと伝えられるのを、彼女は聞いていた。

ありとあらゆるものが彼女の勝利感を膨らませた。周囲を取り巻く人々、食べ物とワインとタバコの匂い、華やかな鉢植えの花々の香り、照りつける熱い太陽、打ち寄せる波の音。子供たちとともに席を立ち、部屋に上がる侯爵夫人は幸福感でいっぱいだった。こんな気持ちは、拍手喝采を浴びたあとのプリマドンナしか味わえないだろう。

子供たちがミス・クレイといっしょに部屋に引き取ると、侯爵夫人は大急ぎですばやくドレスと靴を替え、つま先立って階段を降りていった。彼女はホテルを出、焼けつく砂地を渡って、あの小径へ、シダの岬へと向かった。

予想どおり、写真家は彼女を待っていた。ふたりはどちらも、今朝、彼女が店に行ったことには触れなかった。そして、彼女が崖に来た理由についても。彼らはすぐさま崖っぷちの小さな空き地に向かい、そこにいっしょにすわった。侯爵夫人は、冗談まじりに、昼食どきの混雑ぶりを語った。あのテラスの雑踏のすさまじさと、それがいかに疲れるものかを。そして、あの人々から逃れて、海の上の岬の澄んだ新鮮な空気を吸うことがどんなにすばらしいかを。

写真家は謙虚に同意を表しつつ、まるでその言葉にありとあらゆる機知が満ちあふれているかのように、月並みなおしゃべりをする彼女を見つめていた。やがて彼は、昨日とまったく同じく、何枚か写真を撮らせてほしいとたのんだ。侯爵夫人は承知した。ほどなく彼女は、シダのなかに横たわり、目を閉じていた。

その長く気だるい午後に、時間の感覚などなかった。前回と同じく、トンボたちはシダのなかを飛び交い、太陽はぎらぎら照りつける。そして侯爵夫人は、この出来事に深い歓びを感じると同時に、自分がなんの情熱もなくこうしていることを知っており、不思議な満足を覚えていた。彼女の理性、彼女の心は、少しもかき乱されていない。彼女は、パリの美容院で、できたばかりの顔の皺を伸ばさせ、髪をシャンプーさせているときと同じようにくつろいでいた。ただ、美容院でのひとときには、気だるい満足があるばかりで、歓びはない。

今回も彼は、ひとことも言わずに彼女を残して立ち去った。気配りを見せ、つつましく、侯爵夫人がひとりで身繕いできるように。そして今回も、彼の姿が見えなくなったころ、侯爵夫人は立ちあがり、ホテルへの長い道のりを歩きだした。

彼女の幸運はつづき、天候はくずれなかった。毎日、昼食がすみ、子供たちが部屋に引き取るなり、侯爵夫人は遊歩道に出かけ、四時半ごろ、お茶の時間にホテルにもどった。最初、夫人の元気さに驚いていたミス・クレイも、やがてその散歩を日課として受け入れるようになった。侯爵夫人が熱い日中に散歩したいというのであれば、文句を言う筋合いはない。確かに散歩は夫人のためになっているらしい。夫人はそれまでより彼女に対して思いやり深くなったし、子供たちに対しては口うるさくなくなった。絶え間ない頭痛も、急に襲いかかってくる偏頭痛も忘れ去られ、侯爵夫人は、ミス・クレイと小さな娘たちだけを相手に過ごす、素朴な海辺での休暇を心から楽しんでいるようだった。

二週間が過ぎると、侯爵夫人は最初のころの歓びと充足感が、徐々に薄れてゆくのを感じだした。ムシュー・ポールが彼女を失望させたわけではない。彼女自身が毎日の儀式に慣れてしまったのだ。最初はすばらしくよく効く注射のように、何度も繰り返すうちにその力は薄れ、鈍り、やがて侯爵夫人は、あの歓びをふたたび味わいたいなら、写真家を、実体なき者、彼女の髪をセットする美容師のような者として扱うのをやめ、自分が傷つけうる感情ある人間として扱うしかないのだと気づいた。彼女は、写真家の容姿の欠点をあげつらうようになった。髪が短すぎるとか、服が安物で仕立てが悪いなどと責め、果ては、あの小さな店の経営のしかたがなっていないとか、現像に使っている薬品や紙の質が悪いとまで言った。

そうやって写真家を責めるとき、侯爵夫人は彼の顔をじっと見つめる。すると、その大きな目に不安と苦痛が表れ、顔が青ざめ、その全存在が落胆の塊と化すのがわかるのだ。彼は、自分がまるで彼女にふさわしくない人間だということ、あらゆる点で劣っているということを思い知る。そしてそんな彼を見たときだけ、侯爵夫人は最初のころの高揚を呼び覚ますことができるのだった。

彼女はわざと逢い引きの時間を切りつめるようになった。シダの茂みに遅れて現れ、例の不安げな顔で待つ彼を見出した。気分が乗らないときは、不承不承なすべきことをかたづけて、追い立てるように彼を帰途につかせ、そのあと、小さな町のあの店に、疲れ果て、みじめな気分で、足を引きずり帰っていく彼の姿を思い描いた。

侯爵夫人はまだ、彼が自分の写真を撮ることは許していた。これも、この情事の重要な部分なのだ。写真を撮り、完璧な彼女を見ることで、彼が苦痛を味わっているのを、侯爵夫人は知っていた。だからこそ彼女はそれを利用し、ときには午前中ホテルに来るよう彼に命じて、美しく着飾り、子供たちと並んで、ホテルの庭でポーズを取った。ミス・クレイは感嘆し、宿泊客たちは各自の部屋やテラスからその様子を見守っていた。

雇われ者の彼が自分の命令次第で、最初はここ、つぎはあっち、と足を引きずって右往左往する朝と、熱い太陽に照らされ、シダの茂みで過ごす親密な午後との落差こそが、第二週目に侯爵夫人が得られた唯一の刺激だった。

やがて、海から冷たい風が吹き寄せてきて、ついに天候はくずれた。その日、侯爵夫人は逢い引きに出かける代わりに、バルコニーで横になって小説を読んで過ごした。そうしていつもの習慣を破るのは、実にいい気晴らしになった。

翌日、天気は回復し、彼女は岬に行くことにした。すると、店の下のあの暗く涼しい地下室でふたりがめぐり会って以来初めて、写真家は彼女を激しくなじった。その声は不安のあまり鋭さを帯びていた。

「きのうは午後じゅうずっと待っていたんだ。いったいなにをしていた？」

侯爵夫人は唖然として彼を見つめた。

「だって天気が悪かったでしょう」彼女は言った。「だからホテルのバルコニーで本を読んでいたのよ」

「あなたが病気になったんじゃないかと心配でたまらなかった」彼は言いつのった。「ホテルに電話して、問い合わせようかと思ったくらいだよ。夕べはほとんど眠れなかった。ひどく気が動転していたから」

写真家は彼女のあとを追って、シダの茂みの隠れ家に入ってきた。その目はなおも不安げで、額には皺が刻まれていた。彼の苦しみを見るのは確かに刺激的だった。けれども同時に侯爵夫人は、身のほどを忘れて彼女の行いを責める彼にいらだちを覚えていた。まるで、パリの美容師かマッサージ師が、彼女が予約どおりに来なかったと言って怒りを表したかのように。

「もし、毎日ここに来るのがわたしの義務だとでも思っているなら、それは大きなまちがいよ。わたしには他にも山ほどすることがあるんですから」

すぐさま写真家はあやまった。卑屈な男。彼は、許してほしいと哀願した。

「ここでのひとときがぼくにとってどんなに大事か、あなたにはわからないだろうね。あなたと知りあってから、ぼくの人生はすっかり変わってしまった。ぼくはこういう午後のためだけに生きているんだ」

彼の屈服に侯爵夫人は満足し、新たな興味をかきたてられた。そして彼がかたわらに身を横たえると、憐れみさえ覚えた。この男はこんなにまで自分をあがめ、子供のように自分にたよりきっているのだ。侯爵夫人は彼の髪に触れ、しばらくの間、慈悲深い、母親のような気分に浸った。かわいそうに。自分に会うために、わざわざここまで悪い足を引きずってきて、ずっとあの刺すような風のなかでひとりみじめにすわっていたなんて。侯爵夫人は友人のエリーズに書く手紙を思い描いた。

「わたし、ポールの心を打ち砕いてしまったんじゃないかと心配でたまりません。彼ったら、このささやかなバカンスの情事をひどく真剣に受け取っているんですもの。でも、わたしになにができるでしょう？　結局、こういうことには必ず終わりが来るものだし。彼のために自分の人生を変えるわけにはいかないわ。でもあの人だって男。ちゃんと乗り越えてくれるはずよね」きっとエリーズは、アメリカ人の美しいブロンドのプレイボーイが、疲れた様子でパッカードに乗りこみ、絶望のうちに見知らぬ土地へと旅立つ姿を思い描くことだろう。

その日、午後のひとときが終わっても、写真家は立ち去ろうとはしなかった。彼はソダのなかで身を起こし、海に向かって突き出した巨大な岩のほうを眺めた。

「この先どうするか決心がついたよ」彼は静かに言った。

侯爵夫人はドラマの予兆を感じ取った。この人は自殺するつもりだろうか？　なんて恐ろしい。もちろん彼は、彼女がホテルを去り、家に帰るまで待ってくれるだろう。彼女には知る必要などないのだから。

「どうするの？」侯爵夫人は優しく訊ねた。

「店のほうは姉がやってくれるだろう」彼は答えた。「あそこはそっくり姉に譲るよ。姉は有能なんだ。ぼく自身は、どこへなりとあなたについていく。パリでも田舎でも。いつでもあなたのそばにいるよ。あなたがそうしてほしいときはいつでも」

侯爵夫人は息を呑んだ。心臓が止まった。

「そんなこと無理だわ。どうやって暮らしていくつもり？」

「ぼくにはプライドなんかないよ。あなたは親切な人だ。生きるのに必要なだけはなんとかしてくれるだろう？　金はほんの少しでいい。でもぼくは、あなたなしじゃ生きていけないんだ。だから、ついていくしかない。この先ずっとね。パリのあなたの屋敷のそばに部屋を見つけるよ。田舎のほうにも。ふたりでなんとか会う方法を考えよう。こんなに愛が強ければ、どんな困難だって乗り越えられるよ」

彼はいつもどおりへりくだった調子で話していたけれども、その声には思いがけぬ力強さがあった。侯爵夫人は悟った。この男にとって、これは見当ちがいのタイミングの悪いドラマなどではないのだ。彼は本当に本気――本当にあの店を捨て、彼女を追ってパリへ、そして田舎の城へも、来るつもりでいるのだ。

「気でも狂ったの？」侯爵夫人は、体裁になどかまっていられず、髪を振り乱したまま身を起こし、荒々しく言った。「ここを発ったら、わたしはもう好きなようにはできないの。あなたに会うのは絶対無理。見つかる危険が大きすぎるわ。あなた、わたしの立場をわかっている？わたしにとってそれがどんなに大事なものかを？」

写真家はうなずいた。その顔は悲しげだったが、決意に満ち満ちていた。「なにもかも考えたよ。でも、ぼくはひかえめな人間だ。その点は心配しなくて大丈夫だよ。ちょっと思いついたんだけど、従僕としてあなたに仕えることはできないかな？　自分の面子なんかどうでもいいんだ。ぼくにはプライドなんかないんだから。でも、いまと同じ程度の関係をつづけることはできるはずだよ。ご主人の侯爵様は、とてもお忙しいかただろうから、昼は始終外出なさる。お子さんたちとあのイギリス人の家庭教師は午後には郊外へ散歩に行くにちがいない。勇気さえ持てば、こんなにことは簡単なんだよ」

侯爵夫人はショックのあまり答えることができなかった。これ以上恐ろしいこと、みじめなことなど想像もつかない。この写真家が従僕として屋敷に上がる？　障害のことは別としても――彼女は、この男が大食堂のテーブルのまわりを足を引きずって歩いている姿を思い浮かべ、ぞっとして身を震わせた――ひどい屈辱ではないか。同じ屋敷のなかに彼がいて、午後になって自分が二階の部屋に引き取るのを待っているなんて。そしてやがて、おずおずとドアをノックし、押し殺した声でささやきかけてくるなんて。堕落したこの――この下層民が――他にはなんとも呼びようがない――あの屋敷のなかで、常に待ちこがれ、常に期待しているなんて。

「申し訳ないけど」侯爵夫人はきっぱりと言った。「あなたの案はまったく実現不可能よ。使用人としてうちに入るのはもちろんのこと、うちにもどったわたしとまた会おうなんて絶対無理。常識で考えればわかるでしょう。あなたといっしょに過ごした午後は、そうね、悪くはなかったけど、わたしの休暇ももうすぐ終わる。数日後には、夫がわたしと子供たちを迎えにくるから、それでなにもかもおしまいよ」

話は終わったというように彼女は立ちあがった。そして、皺になったドレスを払い、髪に櫛《くし》を入れ、鼻に白粉をはたいてから、バッグに手を伸ばして財布をさがした。

侯爵夫人は一万フラン札を数枚取り出した。

「これをお店のために使って。必要な備品にでも。それからお姉さんになにか買ってあげてちょうだい。忘れないで。この先、あなたのことを思うたびに、わたしはとっても優しい気持ちになるでしょう」

驚いたことに、写真家は顔面蒼白になった。それから彼は、顎をがくがくさせながら、立ちあがった。

「やめてくれ」彼は言った。「そんなものを受け取る気はない。金でかたづけようだなんて、あなたは残酷だ。ゆがんでいるよ」そしていきなり、両手で顔を覆い、彼はすすり泣きだした。その肩がこみあげる激情に大きく上下している。

侯爵夫人は、立ち去るべきか留まるべきか迷いつつ、なすすべもなくその姿を見守っていた。写真家があまりにも激しく泣くので、発作を起こすのではないかと怖かった。いったいどうなってしまうのだろう？　侯爵夫人は彼を哀れに思った。かわいそうでたまらなかったけれども、最後の最後に彼のこんな馬鹿げた姿を見せつけられた自分のほうがもっとかわいそうだった。感情に屈する男は情けない。それまでぬくもりと秘密に満ちていると思っていたシダのなかの隠れ家までもが、急にみすぼらしくていかがわしい場所に見えてきた。シダの上に載った彼のシャツは、まるで洗濯女の手で日にさらされた古い敷布だ。その脇には、ネクタイと安物のフェルト製の中折れ帽が置いてある。オレンジの皮とチョコレートの銀紙さえ散らばっていれば、この絵は完璧ではないか。

「いい加減にして」急に怒りに駆られて、彼女は言った。「後生だから、しっかりしてちょうだい」

泣き声がやんだ。写真家は、くしゃくしゃになった顔から両手を離した。彼は、震えながら、苦痛でなにも見えなくなった茶色の目で侯爵夫人を見据えた。「ぼくはあなたを誤解していた」彼は言った。「やっと正体がわかったよ。あなたは不道徳な女だ。あちこちでぼくみたいな罪のない男の人生をめちゃめちゃにしているんだな。なにもかもご主人に話してやる」

侯爵夫人は言葉も出なかった。この男は錯乱している。狂っているんだ……

「そうとも」写真家は、なおも苦しげにあえぎながら、つづけた。「必ずそうしてやる。ご主人が迎えにきたら、なにもかも打ち明ける。この岬で撮った写真を見せて、あなたがどんなに不貞な女か、どんなに悪い人間か、はっきり証明してやるよ。もちろんご主人は信じるさ。信じざるをえないんだ。そのせいでどんな目に遭わされようとかまわない。ぼくにはいま以上の苦しみはありえないからね。でもあなたの人生は、もう終わりだ。必ずそうなるようにしてやるよ。ご主人も、イギリス人の家庭教師も、ホテルの支配人も、知ることになる。あなたが毎日午後をどう過ごしていたか、このぼくがみんなに話してやる」

写真家は上着と帽子を取り、カメラを肩にかけた。侯爵夫人はパニックに襲われた。それは心臓から喉もとへと突きあげてきた。この男は脅したとおりのことをするだろう。ホテルのロビーで、受付カウンターの近くで、エドワルドの到着を待つだろう。

「ねえ、聴いて」侯爵夫人は言った。「なにかいい手があるかもしれない。他の方法でなんとか解決できるかも……」

けれども彼は彼女を無視した。その顔は硬くこわばり、青白かった。彼は崖っぷちまで歩いていくと、開けたところで足を止め、杖を拾いあげようとした。その瞬間、恐ろしい衝動が侯爵夫人のなかに生まれ、抑えようもなく全身に満ちあふれた。両手を伸ばして身を乗り出し、彼女はかがみこんだ写真家の体を押した。彼は叫び声ひとつあげずに、落ちていき、見えなくなった。

侯爵夫人は膝をついてへたりこんだ。体が動かない。彼女はじっと待った。汗が顔から喉へ、体へと伝い落ちていく。両手も汗ばんでいた。彼女はそのまま、空き地にじっとひざまずいていた。ほどなくいくらか落ち着きを取りもどすと、彼女はハンカチを取り出してまず額の汗を、そして顔の汗、両手の汗をぬぐった。

急に冷えこんできたようだった。侯爵夫人は身を震わせた。立ちあがってみると、脚は恐れていたようにくずおれたりはせず、しっかりしていた。侯爵夫人は、シダの茂みごしにあたりを見まわしたが、人影はなかった。いつもどおり、岬にいるのは彼女ひとりだ。五分が過ぎた。彼女は自らに鞭打って崖っぷちまで進み、下を見おろした。潮はもどりつつあった。眼下では波が崖を洗っている。それは大きく打ち寄せては、岩を覆い、引いていき、ふたたび大きく打ち寄せる。岩壁に、彼の遺体は見当たらない。あるわけはない。崖は切り立っているのだ。水のなかにも、それらしきものは見えない。浮かんでいるのなら、そこに、その静かな青い海の上に漂っているはずだ。彼は海に落ち、そのまま沈んでしまったにちがいない。

侯爵夫人は崖っぷちから引き返し、持ち物をまとめた。平らになったシダを起こし、人のいた痕跡を隠そうとしたけれども、隠れ家は長いこと使われてきたので、それはとても無理だった。別に心配することはないのかもしれない。人が崖にやって来てひとときのんびり過ごすことなどめずらしくもないだろう。

突然、膝が震えだし、侯爵夫人はすわりこんだ。彼女はしばらくそのまま待ち、それから腕時計に目をやった。時間を覚えておこう。あとで役に立つかもしれない。三時半すぎ。もし訊かれたら、こう言えばいい。「ええ、三時半ごろなら岬におりました。でもなんの物音も聞きませんでしたわ」これは本当だ。嘘をついていることにはならない。これは本当なのだ。

侯爵夫人は、きょうはバッグに鏡があるのを、安堵とともに思い出した。彼女はこわごわ鏡をのぞいた。そこに映る顔は真っ白で、しみが浮き出し、異様だった。侯爵夫人は慎重に、そうっと白粉をつけた。あまり変わりはないようだった。これではミス・クレイになにかあったと気づかれてしまう。侯爵夫人は頰紅をつけてみた。けれどもそれは、ピエロの顔に丸く塗られた赤い紅のように目立ってしまった。

「方法はひとつしかない」彼女は考えた。「ビーチの脱衣所へまっすぐ行くのよ。そして服を脱いで、水着を着て、海水浴をするの。そうすれば、髪や顔が濡れた状態でホテルに帰っても、少しもおかしくはない。それにわたしは泳いでいたことになるし、本当のこととしてそう言える」

侯爵夫人は崖の道を引き返しはじめたが、まるで何日も病気でふせっていたあとのように脚がふらついた。ようやくビーチにたどりついたときには、いまにも倒れそうなほど体が激しく震えていた。その瞬間、彼女がなにより望んでいたのは、ホテルの寝室にもどり、鎧戸を閉め、ひとり暗闇に身を潜めて、ベッドに横になることだった。それでも彼女は、自らに課した役割をなんとしても果たさなくてはならないのだった。

侯爵夫人は脱衣所へ行って、服を脱いだ。シエスタの時間ももう終わろうとしており、砂浜にはすでに何人かの人が横たわって本を読んだり、まどろんだりしている。侯爵夫人は波打ち際まで歩いていき、紐底の靴を脱ぎ捨てると、水泳帽をかぶった。静かな生ぬるい水のなかを行ったり来たり泳ぎまわり、顔を濡らしながら、彼女は思った。このビーチの何人の人が、ここにやって来る自分に気づき、見つめていただろう？　その人たちはあとになってこう言うのだろうか？「ほら、覚えてない？　午後の半ばに、岬から女の人が降りてきたじゃない？」

侯爵夫人はひどい寒さを感じだしたが、それでも、ぎくしゃくと機械的に手足を動かし、行ったり来たり泳ぎつづけた。だがそれも、犬と遊んでいた小さな男の子が海のほうを指差すのが目に入るまでのこと。犬は、材木とおぼしき黒っぽいものに向かって吠え立てながら走っていく。吐き気と恐怖で、突然、気が遠くなり、侯爵夫人はよろよろと海から上がって脱衣所にもどった。彼女は木の床に横になると、両手で顔を覆った。もしもあのまま泳ぎつづけていたら、彼の死体が自分に向かって漂ってきて、足に触れたかもしれない。

侯爵が、妻と家庭教師と子供たちを車で迎えにきて、家に連れ帰るまでには、まだ四日もあった。侯爵夫人は城にいる夫に電話をかけ、もっと早く来てもらえないかと訊いてみた。ええ、お天気は相変わらずいいわ、と彼女は言った。でもなんだかもうここには飽きてしまったの。このところ人が多くなりすぎてざわざわしているし、食事にももう嫌気が差したわ。早くうちに帰って慣れ親しんだ環境でくつろぎたいの。それにお庭もいまがきれいな盛りだろうし。

侯爵は、もう飽きたという妻をとても気の毒がりつつも、あと四日くらいはなんとか我慢できるだろうと言った。なにもかも手配してしまったから、予定を早めることはできない、いずれにしろ、仕事上の大事な打ち合わせがあるからパリへも行かなくてはならないのだという。木曜日の朝には必ず行く、その日の昼食のあとすぐに発とう。そう侯爵は約束した。「実を言うと」彼は言った。「きみが週末もそこで過ごしたがってくれればと思っていたんだがな。そうすればわたしも海水浴ができるからね。確か部屋は月曜日まで取ってあるんだろう?」

いいえ、もう支配人に木曜に出ると言ってしまったわ、と侯爵夫人は言った。だからホテル側は他の予約を入れてしまったの。ここはとても混んでいるのよ。もうなんの魅力もない。あなたが気に入るはずはないわよ。それに週末になれば、いま以上にひどくなる。だから木曜日には必ず来てちょうだい。昼食を早めにすませて発ちましょう。

侯爵夫人は受話器を置くと、バルコニーの長椅子のところへ行った。本を手に取り、読むふりをしたが、実は彼女は耳をすませ、待っているのだった。いまにもホテルの玄関から、足音が、声が、聞こえてくるのではないか、と。もうじき電話が鳴るかもしれない。きっと支配人からだ。彼はさかんにあやまりながら、オフィスまで降りてきてはいただけまいかと言うだろう。なにぶん、微妙な問題ですので……実はここに警察が来ておりまして、侯爵夫人にご協力願えないかと言っているのです。しかし電話は鳴らなかった。声も聞こえてこない。足音もだ。人生はなんの変わりもなくつづいている。果てしない一日が、一時間ずつのろのろと進んでいく。テラスでの昼食、忙しく行き交い、客の機嫌を取るウェイターたち、テーブルを囲む見慣れた顔や、古顔と入れ替わった新しいお客たち、おしゃべりする子供たち、お行儀よくなさいと言うミス・クレイ。そのなかで、侯爵夫人はずっと耳をすませ、待っていた……

彼女は無理に食べようとした。けれども、口に入れた食べ物はおがくずの味がした。昼食が終わると、侯爵夫人は部屋に上がり、子供たちが休んでいる間、バルコニーの長椅子に横たわっていた。やがて一家はお茶を飲みにまたテラスへ降りた。しかし子供たちが二度目の海水浴に行くとき、彼女はいっしょに行かなかった。少し寒気がするの、と侯爵夫人はミス・クレイに言った。水に入る気はしないわ。そして彼女は、バルコニーにすわりつづけた。

夜、目を閉じて眠ろうとすると、写真家の丸くなった背中の感触が手によみがえった。彼を強く押したときのあの感じもだ。彼が落ちていき、消え去ったあのあっけなさ。いまそこにいたのに、つぎの瞬間はあとかたもない。ふらつく間もなく、叫び声さえあがらなかった。

日中の間、岬のほうに目を凝らすのが侯爵夫人の癖になった。シダの茂みを歩きまわる人影は見えないだろうか？　あれは「警察の非常線」というんだっけ？　けれども岬はぎらぎら照りつける太陽の下でゆらめいているばかり。人影などはひとつもなかった。

ミス・クレイは二度、午前中に町に買い物に行こうと言いだした。だがどちらのときも侯爵夫人は口実を作ってことわった。

「町はいつも人でいっぱいじゃないの。それにひどく暑いし。子供たちの体によくないと思うわ。ホテルのお庭にいるほうがずっと気持ちがいいわよ。裏の芝生は日陰になっていて静かだし」

彼女自身はホテルから一歩も出ようとしなかった。ビーチのことを考えるだけで、あの胃の痛み、あの吐き気がよみがえる。彼女は動こうともしなかった。

「この風邪が治って、だるさが取れたら、もとどおり元気になるわよ」彼女はミス・クレイに言った。

侯爵夫人は、バルコニーに横たわり、もう十回以上読んだ雑誌のページをめくりつづけた。

三日目、昼食の少し前に、子供たちが小さな風車を振りまわしながら、バルコニーに駆けこんできた。

「見て、ママン」エレーヌが言った。「あたしのは赤、セレストのは青なの。あたしたちお茶のあと、砂で作ったお城にこれを刺しにいくのよ」

「どこでもらったの？」侯爵夫人は訊ねた。

「市場で」と娘は言う。「クレイ先生が今朝はお庭で遊ぶ代わりに町に連れていってくれたの。先生は、きょう出来あがることになっていたスナップ写真を取ってきたかったのよ」

衝撃が侯爵夫人の体を貫いた。彼女は身じろぎひとつせずすわっていた。

「さあ、駆けておいき。お昼に行く準備をしていらっしゃい」

やがて、子供たちがミス・クレイにぺちゃくちゃ話しかける声が浴室から聞こえてきた。しばらくすると、彼女が入ってきて、背後でドアを閉めた。侯爵夫人は気力を振りしぼってその顔を見あげた。ミス・クレイの長くて、やや間の抜けた顔には、深刻で気遣わしげな表情が浮かんでいた。

「恐ろしいことが起こったんです」彼女は声を低めて言った。「子供たちの前ではとても話せませんわ。奥様もきっとひどく悲しまれます。あのムシュー・ポールがお気の毒なことになってしまって」

「ムシュー・ポール?」侯爵夫人は訊き返した。平静そのものの声で、なおかつ興味の色も適度に混じえて。

「たのんでおいたスナップ写真を受け取りに、さっきあの店に行ってきたんですの」ミス・クレイは言った。「ところが店が閉まっておりましてね。ドアには鍵がかかっていて、シャッターは上がっていたんです。それでちょっと変だと思って、隣の薬局で、お茶の時間のあとは開くんでしょうかと訊いてみたんですよ。そうしたら、当分無理だ、マドモワゼル・ポールがひどく取り乱していて、親戚の人の世話になっているからって言うじゃありませんか。それでなにがあったのか訊ねたら、事故があって、お気の毒に、ムシュー・ポールの遺体が、三マイル向こうの沿岸で漁師によって発見されたというんですよ。溺死だそうですわ」

ミス・クレイはすっかり色を失っていた。深いショックを受けているのは明らかだ。その様子を見て、侯爵夫人は勇気を得た。

「なんて恐ろしいことなの」彼女は言った。「事故がいつ起きたか、知っている人はいるのかしら？」

「薬局では詳しいことは訊けなかったんですの。子供たちがおりましたからね」ミス・クレイは言った。「でも遺体が見つかったのは、きのうだと思います。ひどい損傷を受けていたそうですよ。海に落ちる前に、あちこちの岩にぶつかったんでしょう。ほんとに恐ろしい。考えただけでもぞっとしますわ。それにお気の毒に、あのお姉さん、この先、あの人なしでどうやってやっていくんでしょう？」

侯爵夫人は片手を上げて彼女を黙らせ、目顔で気をつけるよう合図した。子供たちが部屋に入ってきた。

一家はテラスに降りて昼食を取った。侯爵夫人は昨日やおとといよりたくさん食べられた。どういうわけか食欲がもどってきたのだ。それがなぜなのか、彼女にはわからなかった。もしかすると重荷となっている秘密の一部が取り除かれたためなのだろうか。彼は死に、発見された。このことは世間に知られている。昼食のあと侯爵夫人は、ホテルの支配人と話してみるようミス・クレイに命じた。ミス・クレイは、あの悲しい事故のことを知っているかと支配人に訊ね、侯爵夫人がそのことをとても心にかけ、深く悲しんでいる、と述べることになった。彼女が行ってしまうと、侯爵夫人は子供たちを連れて部屋に上がった。

ほどなく電話が鳴った。恐れていた音。侯爵夫人の心臓は一拍止まった。彼女は受話器を取り、耳をすませた。

それは支配人からだった。たったいまミス・クレイが来た、と彼は言った。ムシュー・ポールの身に降りかかった不幸な事故のことでお心遣いをお見せになるとは、マダム・ラ・マルキーズはなんとお優しいのでしょう。昨日事故のことを聞いたとき、お話ししようかとも思ったのですが、お客様を悲しませるのもいかがなものかと。水の事故の話を海辺のリゾートで聞くのは決して気持ちのいいものではございませんし、みなさん不安を抱かれますので。はい、もちろん、警察は遺体が発見されてすぐに呼ばれました。ムシュー・ポールは海岸ぞいのどこかの崖から転落したらしいのです。あの人は海の写真を撮るのがことのほか好きだったということです。それにもちろん、あのように体が不自由ですから、足をすべらせたとしても不思議はございません。お姉様も始終、注意するよう言っていたようです。いや、実に悲しいことです。本当にいい男でしたのに。みんなに好かれていましたし、敵などひとりもいませんでしたよ。それになかなかの芸術家でした。マダム・ラ・マルキーズは、ムシュー・ポールの撮ったご自分とお子様たちの写真をお気に召したのでしょうか？　それはよろしゅうございました。必ずそのことをマドモワゼル・ポールにお伝えするようにしましょう。それに、マダム・ラ・マルキーズが今度のことでお心遣いをお見せになったということも。ええ、それはもう。お花やお悔やみのカードをお送りになれば、マドモワゼルは深く感謝することでしょう。かわいそうに、あの人はすっかり打ちのめされているのですよ。いいえ、葬儀の日取りはまだ決まっておりません……

ようやく支配人の話が終わると、侯爵夫人はミス・クレイを呼び、内陸へ七マイル行ったところにある町へタクシーで行ってくるよう命じた。その町なら大きな店がある。確か立派な花屋もあったはずだ。お金はいくらかかってもかまわないから、そこで花を買ってきてちょうだい。そう、百合がいいわ。わたしはそれに添えるカードを書きます。もどったら支配人に花とカードを渡して。そうすれば、ちゃんとマドモワゼル・ポールのところへ届くようにしてもらえるから。

侯爵夫人は、ミス・クレイが持っていけるよう、花束に添えるカードを書いた。「この度のご不幸を聞き及び、心よりお悔やみ申しあげます」ミス・クレイは金を受け取ると、出ていった。

しばらくしてから、侯爵夫人は子供たちをビーチへ連れていった。

「お風邪はよくなった、ママン?」セレストが訊ねる。

「ええ、いい子や、ママンもまた水浴びができるようになったのよ」

そして彼女は、従順で温かい水のなかへと入っていき、子供たちとともに水を跳ね返して遊んだ。

明日《あす》になればエドワルドが到着する。明日になれば、エドワルドが車でやって来て、自分たちを連れ去ってくれる。そして、埃っぽい白い道が、自分とホテルとのへだたりをどんどん大きくしていく。もうあのホテルを見ることもなくなる。あの岬も、あの町もだ。そしてこの休暇は、なかったことのように、すっかり忘れ去られるのだ。

侯爵夫人は海を眺めながら考えた。「死んだあと、わたしは罰せられるだろう。自分をだますことはできない。わたしは人の命を奪ったのだ。死んだあと、わたしは神によって糾弾される。そのときが来るまで、わたしはエドワルドのよき妻、セレストとエレーヌのよき母でいよう。これからは、善良な女になるよう努力しよう。親戚にも、友達にも、使用人にも、もっと優しくすることで、自分の犯した罪を償おう」

その夜、侯爵夫人は三日ぶりにぐっすり眠った。

翌朝、まだ朝食を取っている最中に、侯爵が到着した。彼女は夫に会えたうれしさのあまり、ベッドから飛び起きて、彼の首に抱きついた。侯爵はその歓迎ぶりにいたく心を動かされた。

「すると、このお嬢さんはわたしがいなくて淋しかったわけだ」彼は言った。

「まあ、あたりまえじゃないの。もちろん淋しかったわ。だからこそ電話したのよ。早く来てほしくてたまらなかったの」

「そしてなんとしても、きょうの昼食後には発つつもりなんだね？」

「ええ、ぜひ……もうここには耐えられないわ。荷造りもすんでいるの。あとは細かいものをスーツケースに入れるだけ」

夫がバルコニーにすわり、コーヒーを飲みながら、子供たちと笑っている間に、侯爵夫人は服を着、部屋に残っていた自分の持ち物をつぎつぎとしまいこんでいった。丸一ヵ月彼女のものだった部屋は、ふたたびむきだしになり、温かみを失った。熱に浮かされたようにせっかちに、彼女は化粧台や炉棚やナイトテーブルをかたづけ、空っぽにした。さあ、これで終わり。まもなく部屋付きのメイドが、きれいなシーツをたずさえて入ってきて、つぎのお客のためにすべてを新たにする。そのときには、彼女、侯爵夫人は、いなくなっているのだ。

「ねえ、エドワルド」彼女は言った。「なにも昼食までここにいなくてもいいんじゃないかしら？　途中のどこかで食事するほうが楽しくはない？　お勘定をすませたあと、ホテルで昼食を取るのって、ちょっとわびしい感じがするものですもの。チップもなにもかもすませたのに、まだいるなんてね。尻すぼみに終わるのっていやだわ」

「いいとも」侯爵は言った。妻はあんなに大歓迎してくれたのだ。どんな気まぐれでも満足させてやるつもりだった。かわいそうに。彼女は、自分がいなくてひどく淋しかったのだろう。埋め合わせをしてやらなくては。

電話が鳴ったとき、侯爵夫人は浴室の鏡に向かって口紅を塗っていた。

「あなた、出てくださらない？」彼女は夫に呼びかけた。「きっとコンシェルジェからよ。荷物のことでしょう」

侯爵は電話に出、しばらくすると、浴室の妻に向かって叫んだ。

「きみにだよ。マドモワゼル・ポールという人が、会いにきているんだ。ここを出る前に花のお礼を言いたいとのことだ」

侯爵夫人はすぐには答えなかった。寝室に入ってきた妻を見て、侯爵は、この口紅はあまりよくないなと思った。そのせいで彼女はやつれ、老けこんだように見えたのだ。なんと奇妙な。きっと彼女は口紅の色を変えたんだ。今度のは似合わない。

「なんと言ったものかね？」彼は訊ねた。「誰だか知らないが、いまは会いたくないんじゃないかね？　わたしが代わりに行って、追い払ってこようか？」

侯爵夫人は迷い、悩んでいる様子だった。「いいえ」彼女は言った。「いいの、自分で会ったほうがよさそうだわ。実は、とっても悲劇的なことがあったのよ。その人と弟さんは、町で小さなお店をやっていたの――わたしと子供たちも、写真を撮ってもらったわ――そのあと、恐ろしいことが起きたの。その弟さんが溺れ死んでしまったのよ。だから、わたし、ふっと思いついて、お花を送ってあげたの」

「なんと思いやり深い」侯爵は言った。「とても親切な行いだね。だがわざわざ会う必要があるんだろうか？　もう出ようとしているところなんだよ」

「では、そう伝えてちょうだい」侯爵夫人は言った。「もういまにも発とうというところだからと」

侯爵は電話に向き直って、ふたことみことしゃべり、それから送話口を手でふさいで、妻にささやいた。

「彼女、しつこくてね。直接渡したい写真があると言っているんだ。きみのものだそうだよ」

侯爵夫人はパニックに襲われた。写真？　どの写真のことなの？

「でも支払いは全部すんでいるのよ」彼女はささやき返した。「なんのことかわからないわ」

侯爵は肩をすくめた。

「で、なんと言おうか？　彼女、泣いているようだよ」

侯爵夫人は浴室にもどり、もう一度鼻に白粉をはたいた。

「上がってくるように言って。でも、五分後には出るからと念を押しておいてね。あなたは先に降りて、子供たちを車に乗せてちょうだい。ミス・クレイもいっしょに連れていって。その人には、わたしひとりで会うから」

夫が行ってしまうと、彼女は部屋を見まわした。彼女の手袋と彼女のバッグ以外には、なにひとつ残っていない。もうひとがんばりだ。これがすめば、ドアを閉め、エレベーターに乗り、支配人に別れの挨拶をして、自由になれる。

ノックの音がした。侯爵夫人は、両手を組み合わせて、バルコニーを背に立った。

「どうぞ」彼女は言った。

マドモワゼル・ポールがドアを開けた。その顔は、しみが浮き出し、涙でくしゃくしゃになっていた。古めかしい喪服は長くて、床に触れそうだった。彼女はしばしためらったすえ、よろよろと近づいてきた。一歩一歩がひどい苦痛であるかのようなグロテスクな歩きかただ。

「マダム・ラ・マルキーズ……」彼女はそう言いかけると、口をぱくぱくさせ、泣きだした。

「どうか泣かないで」侯爵夫人は優しく言った。「お悲しみ、お察ししますわ」

マドモワゼル・ポールはハンカチを取り出し、はなをかんだ。

「わたしには、あの子しかいなかったんです」彼女は言った。「ほんとにあの子は優しくしてくれた。この先わたしはどうしたらいいんでしょう？　どうやって生きていけばいいんでしょう？」

「ご親戚はおありなの？」

「みんな貧乏人ばかりなんです、マダム・ラ・マルキーズ。たよるわけにはいきません。それにひとりじゃあの店もやっていけない。弟がいなけりゃ。わたしにはそんな力はないんです。昔から体の弱いのが悩みの種なんで」

侯爵夫人はバッグのなかをさぐって、二万フラン紙幣を取り出した。

「たくさんじゃないけれど、少しは助けになるでしょう。うちの夫もこの地方にはたいした伝《つて》はないらしいけれど、でもあとで訊いてみます。たぶんなにかいい案を出してくれるかもしれないから」

マドモワゼル・ポールは紙幣を受け取った。奇妙なことに、彼女は礼を言わなかった。「これで月末まではやっていけます。葬式代の足しになるでしょう」

そして彼女はバッグを開け、三枚の写真を取り出した。

「他にもまだ似たようなのが、店にあるんですよ。きっと、急いでお発ちになるんで、この写真のことはお忘れだったんでしょう。これは、かわいそうな弟の他の写真やネガといっしょに地下室にあったんです。そこは弟がいつも現像をしていた場所でね」

マドモワゼル・ポールは写真を侯爵夫人に差し出した。それを見て、侯爵夫人はぞくりと寒気を覚えた。そう、彼女は忘れていた。というよりも、その存在を意識してさえいなかった。写真は三枚とも、シダの茂みの彼女を撮したものだ。彼女は毎日、あの男の上着を枕に、無頓着に身を投げ出し、半ば眠りながら、カメラがカシャカシャ鳴るのを聞いていた。そしてそれが、あの午後をより刺激的なものにしていたのだ。あの男は、撮った写真の何枚かを彼女に見せた。けれどもこの三枚は見たことがない。

侯爵夫人は写真を受け取り、バッグにしまいこんだ。

「他にもあると言ったわね？」彼女は訊ねた。なんの感情もこもらない声だ。

「そのとおりです、マダム・ラ・マルキーズ」

彼女は強いて相手と目を合わせた。女の目は泣いたせいでまだ腫れていたが、そこには確かにあるきらめきが浮かんでいた。

「わたしにどうしてほしいのかしら？」侯爵夫人は訊ねた。

マドモワゼル・ポールはホテルの寝室を見まわした。床に放り出されたティッシュ・ペーパー、屑入れに投げこまれた雑多なごみ、くしゃくしゃのベッドを。

「わたしは弟を失いました」彼女は言った。「養い手を失い、生きる目標を失ったんです。マダム・ラ・マルキーズは、楽しい休暇を過ごされ、お帰りになろうとしている。もちろん、ご主人やご家族にこういう写真はお見せになりたくないと思いますが？」

「ええ、そのとおりよ。この目で見るのもいやなくらいだわ」

「とすると、二万フランは、マダム・ラ・マルキーズがあんなにもお楽しみになった休暇の代償としては、いかにも少なすぎますわねえ」

侯爵夫人はもう一度バッグをのぞきこんだ。なかには、千フラン札が二枚、百フラン札が数枚あった。

「これで全部よ」彼女は言った。「どうぞみんな持っていって」

マドモワゼル・ポールは、ふたたびはなをかんだ。

「もっと長期的な取り決めをしておいたほうが、お互いのためじゃないでしょうか。かわいそうに、弟はもういないし、いったいこの先どうなるのやら、わたしにはさっぱりわからない。こんな悲しい思い出のあるところには、もういたくないような気もしますしね。どうしても弟がどんな死にかたをしたのか、考えてしまうんですよ。行方不明になる前の日の午後、弟は岬に出かけ、すっかり打ちのめされて帰ってきました。なにかあったのはわかっていましたけれど、わたしはなにも訊きませんでした。たぶん誰か友達に会うつもりで出かけたのに、その人が来てくれなかったんじゃないでしょうかね。つぎの日、弟はまた出かけ、それっきり帰ってきませんでした。警察に届け出て、それから三日後にあの子は遺体となって見つかりました。わたしは、自殺かもしれないなんてことは、ひとことも警察に言わずに、あの人たちの判断どおり、事故だと考えることにしました。でも、弟はとっても繊細な子だったんですよ、マダム・ラ・マルキーズ。心を傷つけられたら、どんなことだってしたでしょうよ。あれやこれやつまらないことを考えているうちに、もしかするとわたし、警察に行こうと思うかもしれません。弟は不幸な情事のすえに自殺したんじゃないかと言いにね。そして警察に、あの子の遺品の写真をさがさせるかもしれませんよ」

苦悶のただなかで、侯爵夫人は、ドアに近づいてくる夫の足音を耳にした。「そろそろ出かけないかね?」侯爵はそう言いながら、さっとドアを開いて入ってきた。「荷物は全部積みこんだよ。子供たちが、早く行こうと騒いでいるんだが」

そして彼は、マドモワゼル・ポールに、おはようと挨拶した。マドモワゼル・ポールはお辞儀した。

「住所をお渡ししましょう」侯爵夫人は言った。「パリのと、田舎のと両方ね」彼女は、死にもの狂いでバッグをかきまわし、名刺をさがした。「一週間ほどしたら連絡をくださいな」

「たぶんもっと早くご連絡いたしますわ、マダム・ラ・マルキーズ」マドモワゼル・ポールは言う。「ここを離れて、ご近所に行くようなことがあったら、お屋敷にうかがって、奥様とあの家庭教師の先生とちっちゃなお子様たちに、ご挨拶させていただきます。そう遠くないところに、友人がおりますのでね。友人はパリにもおりますの。わたし、昔からパリに行ってみたいと思っていたんですよ」

侯爵夫人は、怖いほど明るい笑顔を夫に向けた。

「いまマドモワゼル・ポールに言っていたの。なにかわたしにできることがあったら、いつでも言ってくださいってね」

「ぜひそうしてください」侯爵は言った。「悲しい事故のことを聞いて、わたしも心からお気の毒に思っています。支配人がすっかり話してくれましてね」

マドモワゼル・ポールはふたたびお辞儀をし、侯爵から侯爵夫人へと視線を移した。

「わたしにはあの子しかおりませんでしたの、侯爵様。奥様は、わたしがどんなにあの子を大事に思っていたか、よくご存じです。奥様とお手紙をやりとりできると思うとうれしゅうございますわ。そうなれば、ひとりぼっちだなんて感じずにすむでしょうから。天涯孤独の人間にとって、人生はつらいものです。それでは、マダム・ラ・マルキーズ、よいご旅行を。休暇の楽しい思い出をお忘れなく。心残りなどありませんようお祈りいたします」

マドモワゼル・ポールは再度お辞儀をして、踵を返し、よろよろと出ていった。

「気の毒に」侯爵は言った。「それに体があんなふうとはな。支配人から聞いたんだが、弟のほうも脚が不自由だったそうだね」

「ええ……」侯爵夫人はハンドバッグを閉じ、手袋を取り、サングラスに手を伸ばした。

「不思議なことだが、ああいう特徴は同じ一族によく出るものなんだよ」廊下を歩きながら、侯爵は言った。彼は足を止め、ベルを鳴らしてエレベーターを呼んだ。「きみはまだ、リシャール・デュ・ブレイには会っていなかったね？　わたしの古い友人なんだが？　彼も足が悪いんだよ。たぶんあの気の毒な写真家と同じ程度だろう。それでも彼は、なんの欠陥もないチャーミングな娘と恋に落ちて、結婚したんだ。その後、ふたりには息子が生まれたが、その子も父親と同じで片方の足がまったくだめなんだよ。そういうことは、どうしようもないんだな。血筋に受け継がれていく特徴だからね」

ふたりはエレベーターに乗りこみ、ドアは閉まった。

「本当にいいのかい？　ここで昼食を取っていかなくて？　顔色がよくないようだが。この先かなり長いこと、車に乗っていくんだよ」

「いいの、早く出るほうが」

　ホテルの従業員たちは、侯爵夫人を見送るためロビーで待っていた。支配人も、受付係も、コンシェルジェも、給仕長もだ。

「またお越しください、マダム・ラ・マルキーズ。いつでも喜んでお迎えいたします。この度はお世話をさせていただけて、うれしゅうございました。お発ちになられますと、ホテルも淋しくなります」

「さようなら……さようなら……」

　侯爵夫人は夫の隣に乗りこんだ。車はホテルの敷地を出て、道路に入った。侯爵夫人の背後には、あの岬と、熱い砂浜と、海がある。そして前方には、まっすぐな長い道があり、家へ、安全な場所へとつづいている。安全な……？

The Little Photographer

モンテ・ヴェリタ

後《のち》に彼らは、なにも見つからなかったとわたしに語った。生きた人間にせよ、死体にせよ、人の痕跡はまるでなかった、と。怒りと、そしておそらく恐怖によって無我夢中となった彼らは、ついに、大昔から恐れられ、避けられてきた禁断の壁を打ち破って侵入し——その結果、静寂に迎えられたのだった。いらだち、とまどい、恐れおののき、空っぽになった部屋部屋とがらんとした中庭を見て怒りに駆られ、谷間の人々は野蛮な手段に訴えた。何世紀にもわたり、無知な農民たちの用いてきた手——放火と破壊とに。

おそらく彼らは、それ以外、理解を超える事柄への対処のしかたを知らなかったのだろう。やがて怒りが尽きたとき、彼らは、重要なものはなにひとつ破壊できていないことに気づいたにちがいない。彼らが星明かりの凍てつく暁のなかに見た、くすぶりつづける黒ずんだ壁は、結局、彼らをあざむいていたのだ。

むろん捜索隊も送り出された。彼らの仲間内《うち》でも特に山登りに長《た》けた者たちが、山頂のむきだしの岩にもくじけず、北から南へ、東から西へと、尾根一帯をさがしまわったが、なんの成果も得られなかった。

それがこの物語の結末だ。それ以上のことはなにもわかっていない。

わたしは村の男ふたりの力を借りてヴィクターの遺体を谷まで運び、彼はモンテ・ヴェリタのふもとに葬られた。当時のわたしは、あの地で安らかに眠る彼をうらやんでいたように思う。彼は夢を壊されずにすんだのだから。

わたしのほうは、ふたたびもとの生活にもどらねばならなかった。そして第二の大戦がまたしても世界を混乱に陥れた。齢《よわい》七十に近づいた今日《こんにち》、わたしは幻想などほとんど抱いていない。それでもわたしは、モンテ・ヴェリタについてしばしば考え、真相はどうだったのかと首をかしげる。

わたしが考え出した仮説は三つだ。もっとも、そのどれもがはずれているのかもしれないが。

第一の、もっとも空想的な仮説は、結局ヴィクターの信じていたとおり、モンテ・ヴェリタの人々は不可思議な不滅の命を得ており、そのため、危機に際してパワーを与えられ、いにしえの預言者たちのように天へと消え去ったのだというもの。古代ギリシャ人は彼らの神々がそうなったと信じていたし、ユダヤ人はエリヤが、クリスチャンは自分たちの始祖がそうなったと信じていた。この世には死を超える神性とパワーを獲得しうる者もいるという信念は、宗教的な迷信と盲信の長い歴史を通じて、繰り返し現れる。東洋の国々やアフリカでは特にこうした信仰が根強い。形ある物や血と肉から成る人間が消えることなどありえないと思うのは、われわれ教化された西洋人だけなのだ。

宗教家たちは、善と悪を語るとき、それぞれ異なった見方を示す。ある者にとっての奇跡が、他の者にとっては黒魔術となる。よき預言者は石を投げられたが、その点は呪術師も同じだ。ある時代に冒瀆的とされた言葉が、つぎの時代には聖なる言葉となり、今日の異説は明日《あす》の信条となる。

わたしはもちろん偉大な思想家などではないし、これまでそうであったこともない。だが、かつて登山に明け暮れた日々の経験から、これだけは知っている。人間が自分たちの運命を司《つかさど》る絶対者にもっとも近づくのは、山にいるときなのだ。いにしえの偉大なる説教は、山頂からなされた。預言者たちはみな山々に登った。聖人やメシアが父のもとに呼び集められるとき、それは雲のなかだった。厳粛な気分になると、わたしはこう信じる。あの夜、モンテ・ヴェリタには魔法の手が降りてきて、あの人々を安全な場所に連れ去ったのだと。

忘れてならないのは、わたし自身、山を照らすあの満月を、そして、真昼のあの太陽を見たということだ。わたしが見、聞き、触れたものは、この世のものではなかった。月に照らされたあの岩肌。禁断の壁から漏れてくるあの歌声。ふたつの頂の間の、聖杯のようなあの裂け目。わたしにはいまでも、あの笑い声が聞こえ、太陽に向かって差し伸べられたブロンズ色のむきだしの腕が見える。

そういったものを思い出すとき、わたしは不滅の命を信じる……

しかし――これはおそらく、わたしがもう山登りをしなくなり、山の魔法が、老いた四肢へ及ぼす力のみならず、古い記憶へ及ぼす力をも失いだしたためなのだろうが――わたしは考えなおす。モンテ・ヴェリタの最後の日、わたしが見つめたあの目は、呼吸する生きた人間の目だったではないか。わたしの触れた手は、生身の手だったではないか、と。

語られた言葉もまた、人間のものだった。「どうかわたしたちのことは心配しないで。取るべき道はわかっているから」そして、あの最後の悲劇的な言葉。「ヴィクターの夢を壊さないで」

こうして、わたしの第二の仮説が生まれる。わたしは思い出す――あの夕暮れと星空を。そして、自らにとっても、他の人々にとっても、最善の道を選んだあの人の勇気を。わたしがヴィクターのもとへもどり、谷の人々が襲撃を前に集結しだしたころ、あの信者たちの小グループ、真実を求める者の最後の群れは、頂の間の裂け目へと登っていき、そのまま消えていったのだろう。

第三の仮説は、もっとシニカルで孤独な気分のときに浮かんでくる。たとえば、どうでもよい友人たちとの贅沢な会食のあと、ニューヨークのアパートメントに帰ったときなどに。窓の外は、現実のお伽《とぎ》の国のどぎつい光と色でぎらついている。そこには、なんの優しさも、安らぎもない。それを眺めるうちに、わたしは突然、心の平和、謎の答えがほしくてたまらなくなり、こんなふうに考える――きっとモンテ・ヴェリタの人々はずっと前からあそこを出る準備をしており、あのときにはすでに、いつでも発てる状態だったのだ。彼らは、不滅の国や死に向かって旅立ったわけではなく、男や女のいるこの俗世をめざしたにちがいない。そして、こっそりと誰の目にも触れずに谷に降りて、人々のなかにまぎれこみ、ちりぢりに分かれていったのだ。自分の属する世界の喧騒を部屋の窓から見おろしつつ、わたしは思う――この混雑した通りや地下鉄には、あの人たちの仲間もいるのだろうか？　外に出て、道行く人々の顔を見まわせば、あのなかの誰かが見つかり、疑問の答えもわかるのだろうか？

ときおり、旅行中、見知らぬ人に出会って、こんな気のすることがある――この頭の形や日の表情には、独特のものがある。たちまち心を捉える、不思議なものが。わたしは話がしたくなり、さっそくその人を会話に引きこもうとする。しかし――気のせいかもしれないが――彼らは本能的に危険を察知するらしく、ちょっと間を置き、ためらい、行ってしまう。ときには列車のなか、ときには混雑した大通りで、この世ならぬ美しさ、生身の人間を超えた優雅さを持つ人にふっと気づき、わたしは手を差し伸べて、すばやくこっそり声をかけたくなる。「あなたは、かつてわたしがモンテ・ヴェリタで会った人たちのひとりではありませんか？」しかしそんな暇はない。彼らはすっと消え去り、わたしはひとり、いまだ証明されていない第三の仮説とともに取り残されるのだ。

年を取るにつれて――さきほども言ったとおり、わたしはもう七十に近く、生きながらえれば生きながらえるほど記憶力のほうは衰えている――モンテ・ヴェリタにまつわる出来事は、わたしのなかで次第にぼやけ、リアリティが失われていく。だからこそわたしは、完全に記憶がだめになる前に、ぜひともこの物語を書き留めておきたいと思うのだ。もしかすると、かつてのわたしのように山を愛する誰かがこの物語を読み、その人なりの答え、その人なりの解釈を加えてくれるかもしれない。

ここでひとこと警告を。ヨーロッパには多くの山がある。モンテ・ヴェリタという名の山も数えきれないほどあるだろう。スイスにも、フランスにも、スペインにも、イタリアにも、チロルにも、同じ名の山があるかもしれない。わたしは、我がモンテ・ヴェリタの正確な場所は明かさない。ふたつの世界大戦を経た今日、到達しえない山というものは存在しなくなったようだ。昨今は、どんな山でも登ることができる。用心を怠らなければ、山が危険ということはない。だが、わたしのモンテ・ヴェリタは、その高さや、氷雪のせいで避けられていたわけではない。頂上へ至る道は、丈夫な足を持つ者なら、たとえ晩秋でも、登ることができた。登山家たちを遠ざけていたのは、一般的な意味での危険ではなく、畏《おそ》れと恐怖だったのだ。

むろんいまでは、わたしのモンテ・ヴェリタも、他の山々同様、地図に記されているだろう。山頂近くには休憩用の小屋があり、東側の山腹のあの小さな村にはホテルまで建ち、観光客たちがケーブルカーでふたつの頂へと登っているかもしれない。それでもわたしは、まだその神性が残っていると信じたい。真夜中に、満月が昇るとき、あの山肌は、いまだに何者にも侵されず、かつてのままの姿を見せている、と。冬になり、雪や氷や激しい風や流れる雲が、人間の登頂を阻むとき、モンテ・ヴェリタのあの岩肌、太陽に届くあのふたつの頂は、沈黙と憐れみのうちに無知蒙昧な世界を見おろしているのだ、と。

ヴィクターとわたしは少年時代からのつきあいだった。わたしたちは両方ともマールバラ校の生徒で、同じ年にケンブリッジ大学に進んだ。当時わたしは、彼のいちばんの親友だった。大学卒業後はあまり会うこともなかったが、それはふたりがまるで異なる世界へ入っていったためだった。わたしの仕事は海外出張が多かったし、彼のほうはシュロップシャーの地所の管理に忙しかったのだ。しかし顔を合わせると、わたしたちはなんのギャップも感じず、すぐさま意気投合するのだった。

わたしは仕事に夢中だったし、彼もそうだった。とはいえ、わたしたちには充分な金があった。それに趣味に没頭する時間もだ。ふたりの趣味とは、山登りだった。完璧な装備を持ち、科学に基づく訓練を積んだいまどきの登山家から見れば、わたしたちの遠征など素人芸としか言いようがないだろうし――なにしろこれは、第一次大戦前の牧歌的な時代の話なのだ――いま振り返ってみると、確かにそのとおりだったと思う。カンバーランドやウェールズの山の、岩の出っ張りに両手両足でしがみつき、多少経験を積んでからは、南欧でより危険な登山に挑戦したふたりの若者には、プロフェッショナルなところなどみじんもなかった。

時を経ると、わたしたちはいくらか慎重になり、天気の予想にも長じ、敬意をもって山を扱うこと――征服すべき敵ではなく、勝ち得るべき同盟者として扱うこと――を学んだ。ヴィクターとわたしが山に登ったのは、危険を味わうためでも、登頂の記録を増やしたかったからでもない。わたしたちは、ただ登りたかったから、克服すべき対象を愛していたから山に登ったのだ。

山の気分は、どんな女性の気分より変わりやすく、歓び、恐れ、そしてときには、大きな安らぎをもたらす。どうして登りたくなるのか、あの衝動を説明することはできない。太古の昔においては、それは星に到達したいという願いだったのかもしれない。今日では、そう望むなら誰でも、飛行機に座席を取り、空の覇者となった気分を味わえる。しかしそうしたところで、足もとに岩を、顔に大気を感じることはできない。山だけに訪れるあの静けさを知ることは不可能なのだ。

若かりしころ、山頂で過ごすひとときこそが、わたしの至福の時間だった。エネルギーのすべて、思考のすべてをぶちまけたい、空っぽになりたい、空に溶けこみたいというあの衝動――それを、ヴィクターとわたしは、山の病《やまい》と呼んでいた。ヴィクターの回復はいつもわたしより早かった。彼は、考え深げに慎重にあたりを見まわし、下山のプランを立てはじめる。そのときになってもまだ、わたしのほうは、驚異の念に打たれ、不可解な夢に囚われたまま、茫然としていた。忍耐力は試され、われわれは頂上を極めた。しかしまだ、はっきりなにとは言えないなにかが克服されるのを待っている。わたしの求める体験は、いつもわたしを拒絶した。そしてなにかが、それはおまえ自身の欠陥のせいだと告げているようだった。とはいえ、あれはすばらしい日々だった。わたしにとっては最高の……

ある春のこと、わたしがカナダ出張からロンドンにもどってまもなく、ヴィクターから元気いっぱいの手紙が届いた。彼は婚約し、近々結婚する予定だという。その娘というのが、それはもう可愛らしいんだ。花婿の付き添いになってくれるかい？　わたしは、そういう場合誰もがするように、祝福の手紙を書き送り、ふたりのために最高の幸せを祈った。万年独身のわたしは内心、またひとり友を失った、いちばんの親友が家庭に埋没することになったのだと考えていた。

未来の花嫁はウェールズ人で、シュロップシャーにあるヴィクターの地所から国境を越えてすぐのところに住んでいた。「なのに、信じられるかい」とヴィクターは、二通目の手紙に書いてきた。「彼女、スノードン山に足をかけたこともないんだよ！　これから教育してやらなきゃな」わたしにしてみれば、なんの経験もない若い女を連れて山に登るくらいおぞましいことはなかった。

三通目の手紙は、ヴィクターが、式の準備であわただしいさなかに、婚約者とともにロンドンに来たことを告げるものだった。わたしはふたりを昼食に招いた。あのときわたしは、どんな人を想像していたのだろう？　小柄で、色黒で、がっしりした、目のきれいな女性といったところだろうか？　とにかく、あんな美しい人とは思ってもみなかった。彼女は進み出て、手を差し伸べ、言った。「アンナです」

それはまだ第一次大戦前のことで、当時の若い女性は化粧などしていなかった。アンナの唇にも口紅はなく、金髪は耳の上で大きくカールさせてあった。わたしは、あのとき自分がその驚異的な美しさに、目をそらすことができなかったのを覚えている。ヴィクターはいかにも満足そうに笑った。「言ったとおりだろう？」席につくと、わたしたち三人はすぐにくつろいで、楽しく談笑しはじめた。彼女の魅力のひとつはその内気さだったが、ヴィクターの大親友であるため、わたしは受け入れられ、好意をも抱かれたようだった。

ヴィクターはまちがいなく幸せ者だとわたしは思った。この結婚に抱いていた懸念は、彼女を見たとたんに消え失せていた。ヴィクターとわたしのふたりがそろえば当然だが、話題は、食事が半分も進まぬうちに、もう山と登山のことになっていた。

「するとあなたは、山登りを趣味とする男と結婚しようってわけだ」わたしはアンナに言った。

「なのに、あなた自身はお故郷《くに》ウェールズのスノードン山に登ったこともないんですね?」

「ええ」アンナは答えた。「一度も」

ためらいを含んだその口調を、わたしは不思議に思った。彼女のすばらしく美しいふたつの目の間には、小さな皺が刻まれていた。

「なぜです?」わたしは訊ねた。「ウェールズ人でありながら、その最高峰のことをなにも知らないなんて、ほとんど犯罪じゃありませんか」

ヴィクターが口をはさんだ。「アンナは怖がっているんだ。山登りに誘うたびに、なんだかんだと口実をつけてことわるんだよ」

アンナはさっと彼のほうに目をやった。「ちがうのよ、ヴィクター」彼女は言った。「そうじゃないの。あなたはぜんぜんわかっていない。わたしは山登りが怖いわけじゃないわ」

「それじゃなんなんだ?」ヴィクターは言った。

彼は手を伸ばして、テーブルの上に置かれたアンナの手を取った。わたしには、彼がどんなに彼女を愛しているか、このふたりがどんなに幸せになるかがわかった。アンナはこちらを見た。まるで、その目でわたしに触れたようだった。突然、わたしは直感的に、彼女がなにを言おうとしているかを悟った。

「山はとっても要求が厳しいわ。自分の持つすべてを捧げなければならないの。わたしみたいな人間は、近づかないほうが賢明なのよ」

わたしには、その意味がよくわかった。少なくともそのときはわかったと思った。だがともかく、ヴィクターは彼女を愛しているし、彼女はヴィクターを愛しているのだから、アンナがやがてはこの畏れを克服し、ふたりが共通の趣味を持てれば、こんなすばらしいことはないように思えた。

「でも山は最高ですよ」わたしは言った。「あなたの山に対する態度は、まったく正しいんです。むろん、山には自分の持つすべてを捧げなければならない。しかし、おふたりならやり遂げることができます。ヴィクターは決して無理なことはさせませんよ。この男はぼくより慎重ですからね」

アンナはほほえみ、ヴィクターの手から手を引っこめた。

「あなたがたはどちらも頑固者ね」彼女は言った。「それに、ふたりともわかっていないのよ。わたしは山で生まれたの。自分の言っていることはわかっている」

そこへ、ヴィクターとわたしの共通の友人が紹介してもらおうとやって来たため、それで山の話は終わりになった。

約六週間後、ふたりは結婚した。あとにも先にもアンナほど愛らしい花嫁を、わたしは見たことがない。よく覚えているが、ヴィクターは緊張に青ざめていた。わたしは、彼の肩にかかっている責任の大きさを痛感した。彼は、この娘を一生幸せにしなければならないのだ。

婚約期間の六週間、わたしは始終アンナと顔を合わせていた。そして、ヴィクターはまったく気づいていなかったが、わたしはいつしか、彼と同じくらい彼女を愛するようになっていた。わたしを惹きつけたのは、彼女の持って生まれた魅力でも、その美しささえもなく、そのふたつが不思議に入り混じったもの、ある種の内なる輝きだった。彼らふたりの将来についてわたしが不安を感じた点は、ただひとつ、ヴィクターがあまりにもほがらかで、呑気で、陽気だということ——彼はとても開放的で、単純な人間なのだ——そのため彼女が内にこもってしまうのではないかということだけだった。披露宴のあと——これはアンナの両親がもう亡くなっていたため、彼女の年老いた伯母によって開かれたのだが——車で走り去るふたりは文句なしの似合いのカップルだった。わたしはすっかり感傷的になり、シュロップシャーのふたりの屋敷に泊まりにいったり、彼らの最初の子供の名付け親になったりするのが楽しみだなどと考えたものだ。

その後まもなく、わたしは出張に出ることになり、つぎにヴィクターから連絡をもらったのは、十二月のことだった。彼はクリスマスに来ないかと誘ってくれ、わたしは喜んでその招待を受けた。

ふたりが結婚してからおよそ八カ月が経っていた。ヴィクターは健康そのもので、とても幸せそうだった。アンナは前以上に美しくなったように思え、目をそらすのがむずかしいほどだった。ふたりの大歓迎を受け、わたしは、何度も訪ねてよく知っているヴィクターの古い立派な屋敷での平和な一週間に入っていった。この結婚が大成功だったことは、すぐにわかった。跡継ぎはまだのようだが、時間はこの先たっぷりある。

わたしたちは地所内を散歩し、ちょっとした狩りを楽しみ、晩には読書をした。二人とも、これ以上なにも望めないほど満ち足りていた。

わたしは、ヴィクターがアンナのおとなしい性格に感化されたことに気づいていた。いや、あれは、おとなしさというより、生まれながらの静かさとでも言うべきものだ。それは彼女の奥底から流れ出て、屋敷全体に魔法をかけていた。天井の高い不規則に連なる部屋部屋と、ベリオンで仕切られた窓を持つその屋敷は、昔から居心地がよかったが、どういうわけか、その平穏さはますます強まり深まっていた。まるであらゆる部屋に、不思議な物憂い静寂が吹きこまれたかのようだった。心にはっきり感じ取れるなにか、以前あったごくふつうの安らぎ以上のなにかが。

奇妙なことだが、あのクリスマスを振り返っても、その伝統的な祝いの行事そのものについてはなにひとつ思い出せない。自分たちがなにを食べ、なにを飲んだのか、教会に足を踏み入れたのかどうかも。もちろん教会へは行ったはずだ。ヴィクターは地元の名士なのだから。だが、わたしが覚えているのは、鎧戸が閉ざされ、わたしたち三人が大広間の暖炉の前にすわっている宵のひとときの、なんとも名状しがたい静けさばかりだ。わたしは自分で思っていた以上に出張で疲れていたにちがいない。そうやってヴィクターとアンナの家にすわっていると、ただくつろぎ、この心を癒す至福の静けさに身を委ねる以外なにもしたいとは思わなかった。

屋敷にはもうひとつ別な変化がもたらされていた。はっきり気づいたのは数日経ってからだったが、屋敷は以前よりずっとがらんとしていたのだ。ヴィクターの先祖から受け継がれてきた雑多な品々、さまざまな家具は、消え失せていた。大きな部屋部屋はほとんど空っぽで、わたしたちがすわる大広間も、暖炉の前に細長いテーブルと椅子が残っているばかりだった。これこそ本来の姿だという気はしたが、考えてみると、女性の持ちこむ変化にしてはこれは奇妙だった。ふつう花嫁というものは、新しいカーテンや絨毯を買い、独身男の家に女らしい雰囲気をもたらすものだ。わたしは思いきって、このことをヴィクターに訊ねてみた。

「そうなんだよ」と彼は、なにを見るともなくあたりを見まわした。「ずいぶんいろいろ処分した。これはアンナの思いつきでね。彼女、物を所有することに興味がないんだ。いや、売り払ったとかそういうことじゃないんだよ。ただ全部人に譲ったんだ」

わたしにあてがわれた客用寝室は、昔からいつもわたしが使っていた部屋で、以前とほとんど変わっていなかった。そこでわたしを迎えたのはかつてと同じもてなしだった――湯たんぽ、早朝のお茶、枕元のビスケット、いっぱいに詰まったタバコ入れといった細やかな心遣いすべてだ。

しかし一度、長い廊下を階段へ向かう途中、いつも閉まっているアンナの寝室のドアが開いているのに気づき、通り過ぎしな、ふとなかをのぞくと、昔、ヴィクターの母君が使っていたその部屋からは、屋敷によく調和した、古くて立派な四柱式ベッドも、どっしりした重厚な家具も、なくなっていた。カーテンも、絨毯もない。木の床板はむきだしだった。室内にあるのは、テーブルと椅子がひとつずつ、それに、毛布が一枚かかった、なんのカバーもない長い簡易ベッドだけだった。窓は、深まりつつある黄昏に向かって、大きく開け放たれていた。わたしは目をそらし、階段を降りていった。するとちょうど階段を上ってきたヴィクターと、鉢合わせするはめになった。彼は、わたしが部屋をのぞいたのを見たにちがいない。うしろめたげに見えなければいいのだが。

「のぞき見してしまってすまない」わたしは言った。「でもいま偶然気づいたんだが、あの部屋、母上のころとまるで様子がちがっているね」

「ああ」彼はあっさり言った。「アンナは装飾品が嫌いなんだ。もう夕食に来られるかい？彼女にきみを呼んでくるよう言われたんだが」

わたしたちはそれ以上なにも話さず、いっしょに階下へ降りていった。しかし、どうしたものか、ふかふかで贅沢な自分の部屋と対照的な、がらんとしたあの寝室を忘れることはできなかった。奇妙にもわたしは、劣等感を覚えていた。アンナはわたしを、安楽さと優雅さが必要な人間とみなしているのだ。彼女自身は、なぜか、それなしでも充分満足しているというのに。

その夜、みんなで暖炉のそばにすわっているとき、わたしはじっと彼女を見つめた。ヴィクターは仕事の話で呼ばれ、彼女とわたしはほんのひとときふたりきりになった。するといつもどおり、沈黙とともに、彼女がそこにいるという静かな安らぎが訪れた。わたしはその安らぎに包みこまれ、抱《いだ》かれていた。それは、わたしの平凡な日常生活にあるどんなものともちがっていた。その静けさは、彼女のなかから来るものであり、なおかつ、他の世界から来るものだった。そのことを彼女に言いたかったが、適当な言葉が見つからなかった。ついにわたしは言った。「あなたはこの屋敷になにかをしたんだね。それがなんなのか、ぼくにはわからないけれど」

「本当に?」彼女は言った。「あなたにはわかっているんじゃないかしら。結局、わたしたちはふたりとも、同じものをさがし求めているんだから」

なぜかわたしは恐ろしくなった。静けさは相変わらずそこにあったが、強まり、圧倒的な力を帯びてきたようだった。

「ぼくはなにもさがし求めてはいないよ」

その言葉は愚かしくも宙に流れ出て、消えていった。暖炉のほうへとさまよいだしていたわたしの目は、強要されたかのように、彼女の目に吸い寄せられた。

「そうなの?」彼女は言った。

わたしは急に深い悲しみでいっぱいになった。自分はなんの価値もない、つまらない人間だ――生まれて初めて、そんな気持ちになったのだ。虚しく世界のあちこちを旅して歩き、自分と同じように価値のない他の人間を相手に無意味な取引をし、その目的といえば、ただ死ぬまで気持ちよく食し、服を着、住まうことなのだ。

わたしはウェストミンスターのこぢんまりした我が家のことを思った。長い時間をかけて選び、丹精こめて整えてきた家だ。自分の本や絵や陶器のコレクション、そして、わたしによく仕え、帰宅に備えて常に家を完璧な状態にしておいてくれるふたりのよき使用人の姿が目に浮かぶ。その瞬間まで、家とそこにあるすべてが、わたしにとって大きな歓びだった。ところが急に疑問が湧いた。いったいそんなものに本当に価値があるのだろうか?

「それじゃどうすればいい?」アンナに向かってそう言っている自分の声が聞こえた。「持っている物を全部売り払うべきなのかな?　そうしたとして、そのあとは?」

ふたりの間で交わされたその短い会話を思い返してみると、彼女の言葉のどこを取っても、こんな唐突な質問を突きつける根拠にはならないことがわかる。彼女はただ、わたしがなにかをさがし求めているのではないか、とほのめかしたまでだ。ところがわたしは、その問いかけに直接イエスかノーで答える代わりに、自分は財産のすべてを捨てるべきなのかと訊ねたのだ。そのときのわたしは、このことの重要性に少しも気づいていなかった。わたしにわかっていたのは、自分が深く心を動かされ、ついさっきまで心穏やかだったというのに、いまは悩んでいるということだけだった。

「あなたの答えは、わたしの答えとはちがうかもしれない」彼女は言った。「いずれにせよ、わたしはまだ自分の答えにも自信がないの。いつかわかる時が来るでしょうけど」

「いいや」彼女を見つめながら、わたしは胸のなかでつぶやいた。「彼女は、もう答えを得ているはずだ。この美しさ、この穏やかさ、この知性。これ以上、達成すべきものなんてあるだろうか?　これまでのところ子供はいない。だから満たされないんだろうか?」

やがてヴィクターが広間にもどってきた。わたしには、彼の存在が、その場の空気に現実感と温かみをもたらしたように思えた。彼がフォーマルな黒のズボンの上に着ている着古したスモーキング・ジャケットには、なんとなく心安らぐなつかしい感じがあった。

「外は凍りついているよ」彼は言った。「様子を見に出てみたんだ。温度計を見たら、氷点下だった。美しい夜だけどな。満月なんだよ」彼は暖炉の前に椅子を引き寄せ、いとおしげにアンナにほほえみかけた。「スノードン山で過ごしたあの夜とほとんど同じくらいの寒ささ」彼は言った。「あんなのは、とても忘れられないよな」そしてこちらに顔を向け、彼は付け加えた。「まだ話してなかったな。結局アンナは、いっしょに山に登るのを承知したんだよ」

「いいや」わたしは仰天した。「彼女は絶対行かないつもりなのかと思っていた」

アンナのほうを見ると、その目は妙に虚ろに、無表情になっていた。わたしは本能的に察知した。彼女はこの話題には触れたくなかったのだ。ヴィクターは、鈍感にもまったくそれに気づかず、ぺらぺらとしゃべりつづけた。

「彼女、穴馬だったんだ。実は、山登りのことは、きみやぼくと同じくらいよくわかっていたんだよ。実際、彼女は終始ぼくより先を歩いていたんだからな。こっちは彼女を見失うはめになったんだよ」

彼は笑ったりまじめになったりしながら、その山登りの模様を物語った。わたしの考えでは、それは、季節的に遅すぎる、きわめて危険な登山だった。

朝、出発したとき良好とされていた天候は、昼すぎに変わり、雷と稲妻、そしてついにはブリザードをもたらしたという。そのため、下山途中、急に暗くなり、ふたりはなんの遮蔽物もない場所でひと晩過ごすはめになったのだ。

「さっぱりわからないのはね」とヴィクターは言った。「いったいどうして彼女を見失ったのかなんだよ。ちょっと前まですぐそばにいたのに、つぎの瞬間はもう消え失せていたんだからな。いやはや、あの三時間は実につらかったよ。真っ暗でなにも見えないし、風はすさまじいしさ」

彼が話している間、アンナはひとこともしゃべらなかった。まるで完全に自分の殻に閉じこもってしまったかのようだった。彼女は身動きひとつせず、椅子にすわっていた。わたしは落ち着かない気分になった。不安を覚え、ヴィクターを黙らせたいと思った。

「いずれにせよ」わたしは話を切りあげさせようとして言った。「きみたちは無事下山したわけだ。なによりだったよ」

「そうだよな」彼は悲しげに言った。「朝の五時ごろ、ずぶ濡れになり、怯えきっていたところ、まったく濡れていないアンナが霧のなかからいきなり現れたんだ。彼女、ぼくが怒っているのを知ってびっくりしていた。岩の陰に避難していたんだとさ。まったく首の骨を折らなかったのが不思議だよ。彼女に言ったんだ。次回いっしょに登るときは、ガイドしてくれってね」

「たぶん次回はないんじゃないかな」アンナをちらっと見て、わたしは言った。「もうこりごりだろう」

「いいや、とんでもない」ヴィクターは元気よく言った。「ぼくらはつぎの夏、また登るつもりなんだ。アルプスか、ドロミテか、ピレネーか、まだ目標は決めていないがね。きみもいっしょに来いよ。最高の遠征になるぜ」

わたしは残念がりつつ首を振った。

「そうできればいいんだが、無理なんだ。五月までにニューヨーク入りしなきゃならないんだよ。帰ってくるのは七月以降だろう」

「そんなのずっと先の話じゃないか」ヴィクターは言った。「五月までになにが起こるかわからんだろう。そのころになったら、また相談しよう」

それでもアンナは黙ったままだった。わたしには、なぜヴィクターが彼女の沈黙を不審に思わないのかが不思議だった。彼女は唐突におやすみを言うと、階上《うえ》に上がってしまった。山登りに関するおしゃべりを迷惑がっていたのは明らかだ。わたしはヴィクターを責めたくなった。

「なあ、いいかい」わたしは言った。「休暇の山登りのことは考え直せよ。アンナは気が進まないようじゃないか」

「気が進まないだと?」ヴィクターは驚いた。「だってこれは全部、彼女の案なんだぜ」

わたしはまじまじと彼を見つめた。

「本当かい?」

「本当だとも。いいか、彼女は山に夢中なんだ。山を崇拝しているんだよ。ウェールズ人の血のせいだな。スノードンの夜の件、いまはおもしろおかしくしゃべったが、ここだけの話、彼女の度胸と忍耐力には驚いたよ。こっちは、あのブリザードと彼女の心配で、朝になったときはもうへとへとだった。なのにアンナときたら、霧のなかから別世界の精霊みたいにすーっと出てきたんだぜ。あんな彼女、初めて見たよ。そのあと彼女は、まるでオリンポスで一夜を過ごしてきたみたいに、あの罰当たりな山を下りだした。こっちは、まるで子供みたいに足を引きずってあとを追っていく始末さ。あれはすごい女だよ。わかっているだろうけどな」

「ああ」わたしはゆっくり言った。「まったくだ。アンナはすごい人だよ」

それからまもなく、わたしたちも階上に上がり、寝室に引き取った。服を脱ぎ、暖炉の前で温められていたパジャマを着、眠れないときのためにベッドサイドのテーブルに用意された、温かいミルクの入った魔法瓶に目をやり、ふかふかのスリッパで厚い絨毯の上を歩きまわりながら、わたしはふたたび、アンナの眠る奇妙ながらんとした部屋のこと、あのせまい簡易ベッドのことを考えていた。無意味なことだとわかっていながら、わたしは毛布の上に載っていた重たいサテンのベッドカバーを脇へ放り出し、ベッドに入る前に窓を開いた。

それでも気持ちは落ち着かず、眠りは訪れてくれなかった。暖炉の炎は小さくなり、冷たい空気が部屋を刺し貫いた。使い古しの旅行用の時計が、チクタク夜の時を刻んでいくのが聞こえる。四時になるとわたしは我慢しきれなくなり、魔法瓶のミルクのことを思い出してほっとした。それを飲む前にさらに自分を甘やかし、窓も閉めることにした。

わたしは震えながらベッドを出て、窓辺へ歩み寄った。ヴィクターの言っていたとおり、地面は白く霜に覆われており、空には満月が出ていた。開いた窓の前にしばし立ちつくしていると、暗い木立の間から人影が現れ、すぐ下の芝生に立った。不法侵入者のようにこそこそしてはいない。泥棒のように忍び足でもない。その人影は、月を仰ぎ、あたかも瞑想にふけっているかのように、身じろぎひとつせず立っていた。

突然、わたしは気づいた。それはアンナだった。化粧着をまとい、帯を締め、髪は肩へと流れている。霜に覆われた芝生の上に、彼女はじっと静かにたたずんでいた。彼女が素足なのを見て、わたしはぞっとした。カーテンに片手をかけたまま、立ちつくし、見つめているうちに、急にわたしは、自分にはなんのかかわりもない、きわめて個人的な秘密に立ち入っているような気分になった。そこでわたしは窓を閉め、ベッドにもどった。本能はこう告げていた。いま見たものについては決してヴィクターに話してはならない。そしてアンナ自身にもだ。わたしは胸騒ぎで、いや、恐れでいっぱいになっていた。

つぎの朝は太陽が輝いており、わたしたちは犬どもを連れて出かけた。アンナもヴィクターも特に変わった様子はなく、元気いっぱいだったので、わたしは自分に、昨夜は考えすぎだったのだと言いきかせた。アンナが夜明け前に裸足で散歩したいなら、それは彼女の自由、それをのぞき見するなんて自分のほうがいけないのだ、と。ヴィクターの家での残りの日々は、何事もなく過ぎていった。わたしたちは三人とも幸せで満ち足りており、わたしはふたりのもとを去るのがつらくてならなかった。

数カ月後、アメリカに発つ前に、わたしはほんの短い時間だが、またふたりに会った。大西洋を渡る長旅を前に――タイタニック号の悲劇はまだ記憶に新しく、当時その旅をする者はいくばくかの不安を抱いたものだ――その間に読む本を五、六冊買っておこうとセント・ジェームズ通りの《マップハウス》に入っていくと、そこにヴィクターとアンナがいたのだ。ふたりは、空いている場所いっぱいにいくつもの地図を広げ、それをのぞきこんでいた。

ゆっくり話す時間はなかった。わたしはそのあと約束が立てこんでいたし、彼らのほうも同じだった。だからそれは、挨拶と別れだけの短い出会いだった。

「ちょうどいま、夏休みの準備で大忙しなんだ」ヴィクターは言った。「旅程を組んだよ。気を変えて、いっしょに来いよ」

「無理だね」わたしは言った。「うまくいけば、九月までには帰ってくる。もどったらすぐ連絡するよ。で、どこへ行くことになったんだ？」

「アンナが選んだんだ。何週間も考えたすえ、到底たどり着けそうにない場所を思いついてくれたよ。とにかく、きみとぼくが登ったことのない山だ」

彼は、目の前に置かれた大縮尺の地図を指差した。わたしはその指を追った。アンナはすでに目標地点に小さく×印をつけていた。

「モンテ・ヴェリタ」わたしはその地名を読みあげた。

顔を上げると、アンナがわたしを見つめていた。

「少なくともぼくにとっては、まったく未知なる領域だな」わたしは言った。「出発前に必ず誰かからアドバイスをもらうようにするんだよ。地元のガイドをつかまえるといい。いったいどういうわけで、ここがいいと思ったの？」

アンナにほほえみかけられると、急にわたしは恥ずかしくなった。我が身と彼女を引き比べ、引け目を感じたのだ。

「これは真実の山よ」彼女は言った。「いっしょにいらっしゃい。ぜひ」

だがわたしは首を振り、出張に出かけた。

それにつづく数ヵ月間、わたしはふたりのことをよく考えたし、うらやみもした。彼らは山に登っており、わたしのほうは、愛する山々ではなく、面倒なビジネスのまっただなかにいる。仕事を放り出し、文明社会とそこにある偽りの歓びに背を向け、ふたりの友人とともに真実をさがしに旅立つ勇気があったらどんなによかったろう。わたしを留まらせたのは、単なる因習――自分はすばらしいキャリアを積んでいる、いまこれを中断するのは馬鹿げているという考えだった。わたしの人生はすでに固まっており、変えるにはもう遅すぎた。

イングランドへ帰ったのは、九月だった。帰りを待っていた山のような手紙に目を通し、ヴィクターからただの一通も便りが届いていないのを知って、わたしは驚いた。彼は、自分たちがなにを見、どんなことをしたか、逐一手紙で報告すると約束していたのだ。あのふたりは電話を持っていないので、じかに連絡を取ることはできない。しかしわたしは、仕事関係の手紙の整理がつくと、すぐさまヴィクター宛に一筆書いた。

その二日後、わたしはクラブを出たところで、ある男、ヴィクターとわたしの共通の友人に出くわし、しばらく引き留められて、出張のことをあれこれ訊かれた。そしてまさに階段を降りだしたとき、彼は肩ごしに振り返ってこう声をかけてきた。「気の毒に、ヴィクターのことは、悲劇としか言いようがないな。やつに会いにいくつもりかい？」

「いったいなんの話だい？　その悲劇っていうのは？」わたしは訊ねた。「事故でもあったのか？」

「彼はひどく具合が悪くて、このロンドンの病院にいるんだよ」彼は答えた。「神経症さ。ほら、奥さんに捨てられたろう？」

「まさかそんな」わたしは叫んだ。

「ところが本当なんだ。それが原因なんだよ。やつは完全に打ちのめされてしまった。奥さんに惚れこんでいたからな」

わたしはつまり、ショックで茫然となり、なんの表情もなく相手の顔を凝視していた。

「それはつまり、奥さんがよその男と逃げたってことなのかい？」

「さあ、わからない。たぶんそうなんじゃないか。ヴィクターは誰にもなにも話そうとしなくてね。とにかく、倒れてからもう数週間になるんだよ」

わたしは病院の住所を訊ね、それ以上一刻もぐずぐずせずにタクシーに飛び乗って、そこへ駆けつけた。

受付で訊いてみると、ヴィクターは誰にも会わないと言われたが、わたしは名刺を取り出し、裏に一行走り書きをした。彼がわたしを拒絶するわけがないではないか？　やがて看護婦が現れ、わたしは二階の一室へと案内された。

看護婦の手でドアが開かれ、ガスストーブのかたわらの椅子からこちらを見あげるげっそりした顔を目《ま》の当たりにしたときは、ショックだった。彼はそれほど痩せ衰え、変わっていたのだ。

「やあ、相棒」歩み寄りながらわたしは言った。「五分前に、きみがここにいると聞いて飛んできたんだよ」

看護婦はドアを閉め、わたしたちふたりをそこに残して立ち去った。

痛ましいことに、ヴィクターの目は涙でいっぱいになった。

「いいんだよ」わたしは言った。「ぼくに気を遣うことはない。ちゃんとわかっているからな」

彼は口をきくことができないらしく、ただガウンに包まれた体を丸め、その場にすわっていた。涙がその頰を流れていく。そのときほど自分の無力さを感じたことはなかった。ヴィクターが椅子を指差すので、わたしはそれを彼のそばに引き寄せてすわった。わたしはじっと待っていた。本人が話したくないのなら、無理になにがあったか聞き出すつもりはなかった。わたしはただ、彼をなぐさめ、少しでも力になりたいだけだった。

ついにヴィクターは口を開いたが、その声はとても彼のものとは思えなかった。

「アンナが行ってしまったんだよ。聞いたかい？　彼女は行ってしまったんだ」

わたしはうなずき、彼が三十をすぎた、わたしと同じ年の男ではなく、ふたたび小さな男の子にもどったかのように、その膝に手を置いた。

「ああ、聞いたよ」わたしは優しく言った。「でも大丈夫。いまにきっともどってくる。きみは必ず彼女を取りもどせるさ」

ヴィクターは首を振った。わたしは、それほど深い絶望、それほど強い確信を、それまで見たことがなかった。

「いいや、二度ともどってこないよ。アンナのことはよく知っている。彼女は自分の求めていたものを見つけたんだ」

身に降りかかった災難にそこまで完全に屈服している彼を見ると、哀れでならなかった。いつもあんなにタフで、あんなに冷静沈着なあのヴィクターが。

「そいつは誰なんだ？」わたしは訊ねた。「彼女はその男とどこで出会った？」

ヴィクターはとまどって、まじまじとわたしを見つめた。

「なんのことだい？　彼女は誰とも出会ってないよ。そういうことじゃないんだ。そうだったら、ずっと楽なんだが……」

彼は口をつぐみ、絶望しきった様子で両手を広げた。そして突然、彼はふたたび泣きだした。しかし今度の泣きかたには、弱々しさはなく、もっと恐ろしい、押し殺した怒りがこもっていた。自分より強い者と闘う男の、なんの役にも立たない、無力な怒りが。「彼女をさらったのは、あの山なんだ」彼は言った。「あのおぞましい山、モンテ・ヴェリタだ。あそこにはセクトがある。秘密の組織があるんだよ。連中はあそこに閉じこもって生涯を送る——あの山の上でな。そんなものがあるなんて、ぼくは思ってもみなかった。ぜんぜん知らなかったんだ。彼女はいまそこにいる。あの恐ろしい山に。モンテ・ヴェリタに……」


その午後いっぱい、わたしはヴィクターとともにその部屋で過ごし、ことの次第を少しずつ彼から聞き出した。

彼の話によれば、旅そのものは快適で、なんの問題もなかったという。やがてふたりは、拠点と目していた地点に到達した。モンテ・ヴェリタに至る山地の地形はそこで調べる予定だった。そしてこのとき初めて、ふたりは難関にぶつかった。そこはヴィクターにとって未知の国であり、住人たちは陰気でよそよそしく、過去にわたしたちを歓迎してくれた人たちとはまるでちがっていたのだ。彼らは難解な方言で話すうえ、知性にも欠けていた。

「少なくとも、ぼくの受けた印象ではそうだったよ」とヴィクターは言った。「連中はがさつで、どことなく野蛮だった。前世紀から抜け出てきたような感じなんだ。ぼくらがいっしょに登った山では、地元の人たちが驚くほどよく力になってくれたし、いつだってガイドが見つかったろう？　ところがあの土地では、そうはいかなかった。アンナとぼくがモンテ・ヴェリタへのいちばんいいルートを聞き出そうとしても、連中は教えてくれないんだ。ただ馬鹿のようにぼくらをまじまじ眺めて、肩をすくめるばかりなんだよ。ひとりが、ガイドはいないと言っていた。あの山は――荒れ果てた、未開の山だ、とね」

ヴィクターはここで間を置き、あの絶望の表情でわたしを見た。

「まちがいを犯したのはあのときだな」彼は言った。「ぼくは、この遠征は失敗だ――とにかく、あの山へは登れない、とあそこで悟るべきだった。そしてアンナに、引き返して、別の目標に挑戦しようと言うべきだったんだ。もっと文明に近くて、もっと人が親切なところ、もっとよく知っている国の山にね。ところが、きみならわかるだろう？　山のこととなると、なぜか意地になってしまう。どういうわけか障害があればあるほど、挑戦したくなるんだよ。

「それにモンテ・ヴェリタは……」彼はふと口をつぐんで、目の前の宙を見つめた。まるでふたたび心のなかでその山を見ているように。「知ってのとおり、ぼくは詩的なことを言うほうじゃない。ふたりで登るときは、いつでも実際的なのはぼく、詩人はきみだったよな。美しさという点では、ぼくはモンテ・ヴェリタほどの山は見たことがない。きみとぼくとは、もっと高い山にいくつも登ってきた。それにあれよりはるかに危険な山にもね。だがモンテ・ヴェリタは、なんと言えばいいんだろう……荘厳なところがあったよ」

しばらく沈黙がつづいたあと、彼は話をつづけた。「ぼくはアンナに訊ねた。『どうしようか？』すると彼女は少しも躊躇せずこう答えた。『このまま行かなきゃ』ぼくは反論しなかった。最初から、彼女がそうしたがることは、わかっていたんだ。山がぼくら両方に魔法をかけたんだよ」

ふたりは谷を出発して、登りはじめた。

「すばらしい天気だったよ。ほとんど風もなく、空には雲ひとつなかった。日差しは焼けつくようで——それがどんなか、知っているね？——でも空は澄み渡っていて、涼しいんだ。ぼくは、前回のスノードン登山のことを持ち出して、アンナをからかい、今度はぼくを置いていったりしないと約束させた。彼女は開襟シャツを着て、短い格子縞の巻きスカートを穿いて、髪を垂らしていた。とっても……とってもきれいだったよ」

ゆっくりと静かに、彼が語るのを聞いているうちに、わたしは、やはりなんらかの事故があったにちがいないと感じはじめた。彼の頭はその悲劇によっておかしくなり、アンナの死を拒絶しているにちがいない。アンナは崖から転落したのだ。彼はそれを見ていながら、どうすることもできなかった。そして理性と魂を打ち砕かれ、彼はもどってきた。彼女はまだモンテ・

ヴェリタで生きていると自分自身に言いきかせながら。

「日の入りの一時間前に、ぼくらはある村に着いた」ヴィクターは言った。「そこまで登るのに丸一日かかったよ。頂上まではまだ三時間ほどかかりそうだった。村には、くっつきあって立つ住居が十何軒かあるだけだった。そして、ぼくらがいちばん近くの小屋に向かっていくと、なんとも妙なことが起きたんだ」

彼はちょっと間を置き、宙を見つめた。

「アンナはぼくより少し先を歩いていた」彼はつづけた。「例によって、大股ですたすたとね——きみもあの歩きかたを知っているだろう？ ぼくは、男が二、三人、子供と山羊を連れて、右手の牧場からやって来るのに気づいた。アンナは手を上げて挨拶した。ところが彼女を見ると、男たちはぎくりとして、大あわてで子供たちを抱きあげ、まるで地獄の悪魔どもに追われているみたいに手近なあばら家のほうへ逃げていってしまったんだ。彼らがドアにかんぬきをかけ、窓の鎧戸を閉める音が聞こえた。実に異様だったよ。山羊どもも、同じように怯えて、ちりぢりに逃げていったんだ」

ヴィクターは、すてきな歓迎だ、などとアンナに向かって冗談を言った。アンナは、なぜ彼らが自分に怯えたのかわからず、動揺しているようだったという。ヴィクターはいちばん近くの小屋へ行き、ドアをノックした。

返事はなかったが、なかからはささやきと子供の泣き声が聞こえた。彼はいらいらし、次第に大声になっていった。これは効果があり、しばらくすると男の顔が窓の隙間に現れて、彼を見つめた。ヴィクターは相手を勇気づけるべく、軽く会釈して、ほほえみかけた。男がのろのろと鎧戸を開けると、ヴィクターは彼に話しかけた。最初、相手は首を振ったが、やがて気が変わったらしく、やって来てドアのかんぬきをはずした。男は戸口に立つと、落ち着きなくあたりをうかがい、ヴィクターは無視して、アンナのほうを見た。そして、激しく首を振り、まったく意味不明の言葉をものすごい勢いでまくしたてながら、モンテ・ヴェリタの頂上を指差した。すると小さな部屋の陰から、二本の杖をついて、ひとりの老人が現れた。老人は、怯えている子供たちに脇へどくよう合図し、その前を通ってドアのところまでやって来た。この人だけは、まったくの方言ではない言葉を話した。

「あの女は誰かね?」彼は訊ねた。「いったいどうしてほしいというのかな?」

ヴィクターは、アンナは自分の妻で、自分たちは、あの山に登るため谷からやって来たのだ、と説明した。自分たちは休暇中の旅行者で、ひと晩宿を貸していただければありがたい、と。

すると老人は、アンナへと視線を移した。

「あんたの奥さんだと?」彼は言った。「モンテ・ヴェリタから来たのではないのだな?」

「彼女はぼくの妻です」ヴィクターは繰り返した。「ぼくらはイングランドから来たんです。この国で休暇を過ごしているんですよ。ここにはこれまで来たことがありません」

老人は若いほうの男を振り返り、ふたりはしばらく、なにやらひそひそ話していた。それから若いほうの男が家のなかへ引っこみ、なかからさらに話し声がした。やがて女が顔を出した。彼女は、男以上に怯えており、戸口からアンナのほうを眺めたときなど、文字どおり震えていたという。彼らを動揺させているのは、アンナだったのだ。

「彼女はぼくの妻です」ヴィクターはまた言った。「ぼくらは谷から来ました」

ついに老人が、納得し、身振りで同意を表した。

「あんたを信じるとしよう」老人は言った。「どうぞ、なかへ入りなされ。谷から来たというなら、安心だ。だが、わしらは用心せねばならないのでな」

ヴィクターはアンナに手招きした。彼女はゆっくりと道をやって来ると、ヴィクターと並んで小屋の入口に立った。あの女は相変わらずこわごわ彼女を見つめており、子供たちとともに奥へ退いていった。

老人はお客たちをなかへ招き入れた。居間はがらんとしていたが清潔で、暖炉も燃えていた。

「食べる物は持っています」ヴィクターは、リュックを降ろしながら言った。「マットレスもです。ご迷惑をかけるつもりはありません。ただ、ここで食べさせてもらって、床の上で眠らせてもらえれば、本当に助かるんです」

老人はうなずいた。「いいとも。あんたを信じるよ」

そうして彼は、家族のほうへ引き退がっていった。

ヴィクターとアンナはふたりとも、村人たちの迎えかたにとまどいを覚えていた。最初は異様なまでに怯えた様子を見せていたのに、なぜふたりが谷からやって来た夫婦だとわかると受け入れたのだろう？　ふたりが食事をし、荷を解くと、老人が、ふたりにくれるミルクとチーズを持ってふたたび現れた。女は奥に引っこんだままだったが、若いほうの男は好奇心があるらしく老人について来た。

　ヴィクターは老人にもてなしに対する礼を述べ、これから寝て、翌朝、日の出とともに、頂上へ登るつもりだと話した。

「道は楽ですか？」彼は訊ねた。

「たいしたことはない」老人は答えた。「誰かを供につけてあげたいところだが、行きたがる者がおらんでの」

　心もとなげな様子だった。老人はふたたびアンナに目をやった。

「奥さんはここにいなされば安心だよ。うちでおあずかりしよう」

「妻もぼくといっしょに登るんです」ヴィクターは言った。「ここに残るつもりはありませんよ」

　老人の顔に不安が浮かんだ。

「奥さんはモンテ・ヴェリタには登らんほうがいい。危険だからな」

「なぜわたしが登るのは危険なんでしょう？」アンナが訊ねた。

　老人はますます不安を深めた様子で、彼女を見つめた。

「娘や女たちには危険なのだよ」

「でもどうして？」アンナは重ねて訊ねた。「なぜそうなんです？　夫には道は楽だとおっしゃったでしょう？」

「危険なのは道ではない」老人は答えた。「うちの息子も途中までなら送ってあげられる。危険なのは……」ここで老人は、ヴィクターにもアンナにも理解できない言葉を使ったという。その言葉は、サセルドテッサ、もしくは、サセルドツィオというふうに聞こえたらしい。

「いまのは巫女とか司祭とかいう意味だが」ヴィクターは言った。「それじゃつじつまが合わない。いったいなにを言っているんだろう？」

老人は気遣わしげな、胸を痛めている様子で、ふたりを交互に見比べた。

「あんたなら、無事、モンテ・ヴェリタに登って、また降りてこられる」彼はもう一度ヴィクターに言った。「だが奥さんのほうは無事ではすまない。あの連中には恐ろしい力がある。サセルドテッサたちにはな。この村の者たちも、いつも若い娘らや女たちのことを心配しているのだよ」

ヴィクターは、アフリカ探検の話を聞いているような気がしたという。野蛮な部族の男たちがジャングルから飛び出してきて、女どもをさらっていってしまうというような。

「ぼくにはなんのことなのかわからないけど」ヴィクターはアンナに言った。「きっとなにかの迷信なんだろうよ。きみは興味を引かれるんじゃないかい？　ウェールズ人の血が流れているんだからさ」

ヴィクターは警告を軽く見て、笑った。それからどうしようもなく眠くなり、彼は、暖炉の前にマットレスを並べた。そして老人におやすみの挨拶をすると、彼とアンナは床に就いた。

登山のあとは決まって深い眠りが訪れるものだが、そのときもヴィクターはぐっすり眠り、夜明けの直前に、時を告げる鶏の声でハッと目を覚ました。

彼は、アンナも目を覚ましているだろうか、と寝返りを打った。

マットレスはひっくり返され、むきだしになっていた。アンナは消えていた……

家の者はみな、まだ寝ており、聞こえてくるのは鶏の声だけだった。ヴィクターは起きあがると、靴を履き、上着を着、小屋の外へ出た。

日の出直前の、ひんやりした静かなひとときだった。空を見あげると、最後までまばらに残っていた星も薄れようとしていた。数千フィート下の谷は、雲に覆われている。晴れているのは、山頂に近いそこだけだった。

最初ヴィクターはなんの不安も感じなかった。そのころにはすでに、アンナが自分で自分の面倒を見られるということも、彼と同じくらい、いや、もしかするとそれ以上に健脚だということもわかっていたからだ。彼女が無謀なまねをするわけはない。どのみち、あの老人の言葉によれば、この山登りに危険はないのだ。とはいえ彼は、アンナが自分を待っていてくれなかったことに傷ついていた。彼女は、ずっといっしょに登ろうという約束を破ったのだ。そのうえ、彼には、アンナがどれくらい先に出たのかもわからない。こうなっては、なるべく急いであとを追うよりほかなかった。

ヴィクターは部屋にもどり、その日の分の食料を持った——アンナは食料のことを考えていなかったのだ。リュックは、あとで、降りてきたときに回収すればよい。どうやらもうひと晩、ここに泊めてもらうことになりそうだから。

物音で目を覚ましたのだろう、突然、あの老人が奥の部屋から現れて、ヴィクターのそばにやって来た。その視線がアンナの空っぽのマットレスに落ちた。老人は責めるようにヴィクターの目を見つめた。

「妻は先に出たんです」ヴィクターは言った。「これからあとを追います」

老人は深刻な顔つきになった。彼は開いたドアのところへ行き、そこに立って、村の向こうの山をじっと見あげた。

「奥さんを行かせたのはまちがいだ」老人は言った。「許してはいけなかったのだよ」彼はひどく心を痛めている様子で、右へ左へ首を振り、なにやらつぶやいていた。

「大丈夫ですよ」ヴィクターは言った。「すぐに追いつくでしょうからね。たぶん正午すぎには帰ります」

彼は、安心させようとして老人の腕に手をかけた。

「とても心配だよ。もう手遅れかもしれん」老人は言った。「奥さんはあの連中のところへ行ったのだ。いったんその仲間になってしまえば、二度と帰ってはこないだろう」

老人はふたたびあの言葉を口にした――サセルドテッサ、サセルドテッサたちの力という言葉を。その態度、その心配ぶりは、ヴィクターにまで伝染し、彼もまた焦りを、そして恐怖を感じはじめた。

「モンテ・ヴェリタの頂上に、誰かがいるということなんですか?」彼は訊ねた。「誰か彼女を襲って、傷つける可能性のある人々が?」

老人は早口にしゃべりだした。その口からつぎつぎほとばしり出る言葉を理解するのはむずかしかった。いいや、と老人は言った。サセルドテッサたちは奥さんを傷つけたりはしない。あの連中は決して人を傷つけない。でも連中は、奥さんを仲間にするために連れていくだろう。奥さんは彼女たちのもとへ行く。あの力は強大だから、逆らうことなどできはしない。二、三十年近く前、自分の娘も彼女たちのもとへ行った。それ以来、自分は娘の姿を見ていない。これまでこの村や下の谷では、若い女が何人も、サセルドテッサたちに呼ばれてきた。呼ばれたが最後、女たちは行かなければならない。誰も彼女たちを引き留めることはできない。そして誰も彼女たちには会えなくなる。決して、決してだ。遠い昔からそうだった。自分の父親のころも、父親の父親のころも、それより前も。

サセルドテッサたちが最初にモンテ・ヴェエリタに来たのがいつなのかは知られていない。誰も彼女たちを見たことがない。彼女たちはモンテ・ヴェエリタで、壁のなかに閉じこもって暮らしている。だが彼女たちには、力が、魔力がある。「それを神からの授かりものだと言う者もいれば、いや、悪魔からだと言う者もいる」老人は言った。「だがわしらにはわからない。どちらとも言えないよ。モンテ・ヴェエリタのサセルドテッサたちは、決して年を取らないということだ。連中は永遠に若く美しいままなのだそうだよ。また、連中は月からその力を得ているのだそうだ。連中が崇めているのは月と、それから太陽なんだ」

ヴィクターにしてみれば、そんなめちゃめちゃな話は、ほとんど意味がなかった。これはすべて伝説にちがいない。ただの迷信だ。

老人は首を振って、山道のほうに目をやった。「きのうの晩、奥さんの目にはあの表情があった」彼は言った。「恐ろしかったよ。奥さんは、呼ばれた者たちと同じ目をしておった。前にもあの表情を見たことがあるんだ。わしの娘や、他の女たちの目にな」

そのころになると、家族の他の連中も目を覚まし、代わる代わる部屋を出入りしていた。みんななにが起きたか察しているようだった。若いほうの男、あの女、子供たちまでもが、ヴィクターを不安げに、ある種の憐れみをこめて見つめていた。その雰囲気に、ヴィクターは不安よりむしろ怒りといらだちでいっぱいになったという。これではまるで、ネコと箒と十六世紀の魔法の世界にいるようだ。

眼下の谷では霧が薄れだしていた。雲も消えようとしており、東の山並みの上空には、日の出を告げるやわらかな光が見られた。

老人は若いほうの男になにか言って、杖である方角を差し示した。

「せがれに道案内をさせよう。途中までだが。それより先へは行きたがらんのでな」

ヴィクターはみんなの視線を一身に浴びて出発したという。それも泊めてもらった小屋からの視線だけではない。小さな村のあらゆる小屋の鎧戸の陰から、あるいは、半開きのドアから顔がのぞいているのがわかった。村じゅうが起き出して、魅せられたように一心に彼を見守っているのだった。

案内役の男は、ひとこともヴィクターに話しかけようとしなかった。彼は背中を丸め、ひたすら地面に目を据えて、ヴィクターの前を歩いていた。ヴィクターには、この男が父親の命令でしかたなく来ただけなのがわかった。

道は険しく、岩だらけで、始終途切れていた。ヴィクターの見たところ、それは古くから水が流れている道で、雨が降れば通れなくなるはずだった。夏の真っ盛りのいま、その道をたどるのはそうむずかしくはなかった。一時間登りつづけると、草木、イバラ、灌木の茂みは後方へと消えた。山の頂は頭上で、あたかも裂かれた手のようにふたつに分かれ、まっすぐ空を貫いていた。あの深い谷からも、さきほどの村からも、この裂け目は見えなかった。ふたつの峰は、ひとつのように見えたのだ。

彼らが登るにつれて、太陽も昇り、いまや南東の山肌にさんさんと光を注ぎ、その色を珊瑚色に染めていた。下界は、やわらかくうねる巨大な雲海に覆い隠されていた。案内役の男は、唐突に足を止め、岩の出っ張りが剃刀のように鋭く曲がって南へと消えている前方を指差した。

「モンテ・ヴェリタ」彼は繰り返した。「モンテ・ヴェリタ」

そうしてさっさと向きを変え、いま来た道をよろよろと歩み去っていった。ヴィクターが呼びかけても、彼は答えず、振り返ろうともしなかった。ほどなくその姿は視界から消えた。こうなったら、向こう側でアンナが待っているものと信じ、断崖の出っ張りをひとりで進むしかなかった。

その突き出た山の肩を回りきるのに、さらに一時間かかった。一歩ごとに、ヴィクターの不安は深まっていった。というのも、南側に出てみると、もはや緩やかな斜面などなかったからだ。山は切り立っていた。じきに進めなくなることはまちがいない。

「そのあと」ヴィクターは言った。「断崖にできたせまい溝みたいなところを通り抜けたら、山頂までたった三百フィートの尾根の上に出た。すると目の前に、あの修道院があったんだ。ふたつの峰の間の岩で造られていて、なんの遮蔽物もなく、まったくむきだしの状態だった。切り立った岩の壁がその全体を囲っていて、壁と隣の尾根との間は深さ千フィートの奈落になっている。そして上には、空と、モンテ・ヴェリタのふたつの峰以外にはなにもないんだ」

では、本当だったのだ。ヴィクターは正気を失ったわけではない。その場所は実在する。事故など起きなかったのだ。彼はいまここに――病院の一室のガスストーブの前にすわっている。そして、彼の話は、悲劇の生んだ空想などではなく、すべて実際に起きたことなのだ。

わたしに話をしたおかげで、彼はいくらか楽になったようだった。重荷の大部分が取り除かれたらしく、手の震えも収まっていた。だいぶいつものヴィクターらしくなり、声もしっかりしてきた。

「あれが造られたのは、何世紀も前にちがいないよ」彼はしばらく間を置いてから言った。「造るのにどれだけの月日がかかったのかは、神のみぞ知る、だな。あれほど荒涼としていて、しかも不思議な美しさのあるものは見たことがない。まるで、山と空の間に浮かんでいるようだったよ。壁には、光と空気を通すための、細長い裂け目がいくつもあった。窓なんてものじゃない。少なくともぼくらがふつうにイメージする窓とはちがう。西に向かって塔がひとつ立っていたが、その下は深く落ちこんでいたよ。例の巨大な壁は敷地全体をぐるりと囲っていた。だからあそこは要塞みたいに難攻不落なんだ。入口はひとつも見当たらなかった。生き物のいる気配もない。そこに立って建物をじっと眺めていても、あのいくつものせまい裂け目がこっちを見つめ返してくるばかりだ。アンナが姿を現すのをそこで待つ以外、ぼくにできることはひとつもなかった。つまりぼくは、あの老人の言ったことを信じる気になっていたんだよ。なにが起きたかは、もうわかっていた。そこに住む連中は、あの細い窓からアンナを見て、彼女に呼びかけたにちがいない。彼女は連中といっしょになかにいるんだ。壁の外にぼくがいるのを見ているだろうから、じきに出てくるだろう。そう思ってぼくは一日じゅう待っていた……」

彼は簡潔な言葉で話していた。単純なる事実の叙述。休暇中のある朝、友達の家に出かけた妻を待つ夫の平凡な物語だ。彼は腰を降ろし、しばらくしてから昼めしを食べ、下界を覆う雲が、うねり、流れ、消散し、ふたたび形を成すのを見守っていた。太陽は、夏の力を存分にふるって、モンテ・ヴェリタの裸の山肌を、あの塔やせまい窓を、そして、なんの気配も音も漏らさないあの巨大な壁を照らしていた。

「ぼくは丸一日そこにすわっていた」ヴィクターは言った。「でも彼女は出てこなかった。日差しが焼けつくほど強くて、目がくらみそうだったから、ぼくはあの溝に引き返した。そしてそこで、突き出た岩の陰に横になって、塔と細い窓を見張りつづけたんだ。きみもぼくも山の静けさは知っているよな。でも、あのふたつの峰の間の静けさはまったくちがっていたよ。

「時間はなかなか経たなかったが、ぼくは待ちつづけた。気温はだんだん落ちてきた。不安が増すにつれて、時間は逆に速く過ぎていくようだった。太陽はあっという間に西へ行ってしまった。岩壁の色は変化していく。もうぎらぎら輝いてなんかいなかった。ぼくはパニックに陥りかけて、壁の前へ行き、大声で叫んだよ。両手で壁をさぐっていっても、入口もなにも見つからない。何度叫んでも、こだまが返ってくるだけだ。見あげると、そこにあるのは、無表情な細い窓ばかりなんだよ。あの老人の話が全部疑わしく思えてきた。彼の言ったこと全部がね。ぼくはこう考えた――ここには誰も住んじゃいない、千年来、人が住んだことなんてないんだ。これは遠い昔に造られたもので、いまはただの廃墟にすぎない。アンナはここへ来たわけじゃなく、案内の男が引き返していった道の切れ目の先で、断崖のせまい出っ張りから転落したんだ。南の尾根が始まる山の肩で、深い谷に落ちたんだ。他の女たちも同じだろう。あの老人の娘も、谷に住む娘たちも、みんな転落し、誰ひとり、岩の頂点、このふたつの峰の間まではたどり着かなかったんだ」

もしもヴィクターの声に最初に話しだしたときの苦痛や疲れがよみがえっていたなら、あれほどの息苦しさは感じなかったろう。だが、ロンドンの病院の温かみのない殺風景な一室にすわり、薬の瓶の並ぶテーブルの横で、ウィグモア・ストリートを行き交う車の音をバックに語る彼の声は、時を刻む時計の音のように、ゆるぎなく単調だった。もしも彼がいきなり豹変して叫びだしたなら、あれほど異様な感じはしなかったろうに。

「それでもぼくは引き返す気にはなれなかった」彼は言った。「壁の前で彼女が来るのを待ちつづけずにはいられなかったんだ。雲は灰色に変わり、何層にもなってこっちに向かってきた。おなじみの不吉な夜の影が空に広がりだしていた。一瞬、岩壁と壁と細い窓が黄金色に染まったかと思うと、いきなり日は落ちてしまった。黄昏なんてものはなかった。空気は冷えこみ、

一気になったんだ」

ヴィクターは夜明けまで壁の前にいたという。眠りもせず、体を温めるため行きつもどり歩きまわり、夜が明けるころには、凍え、感覚は麻痺し、空腹のあまりくらくらしていた。食料は昼の分しか持ってきていなかったのだ。

理性は彼に、もう一日ここで待つのは狂気の沙汰だと告げていた。食料と水を補給するため、ひとまず村へもどるべきだ、そしてできれば、協力者を募って、捜索隊を結成すべきだ、と。太陽が昇ると、ヴィクターはやむなく岩壁を離れた。あたりは相変わらず静寂に包まれていた。彼はすでに確信していた。壁の向こうに生きている者はいない。

ヴィクターは山の肩を回って道へともどった。そして、朝霧のなかへ、あの村へと降りていった。

村人たちは彼を待っていたという。まるで彼の来るのがわかっていたようだった。あの老人は小屋の入口に立っており、そのまわりには近所の人々――ほとんど男と子供ばかり――が集まっていた。

ヴィクターは開口一番こう訊ねた。「妻はもどっていますか？」頂上からの帰途、なぜか希望がよみがえり、アンナがあの道を行かなかったような、別の方角へ行き、ちがう道をたどって村に帰っているような気がしていたのだ。

「奥さんは帰ってこんだろうよ」老人は言った。「前にも言ったろう。奥さんは連中のところへ行ったのだよ。モンテ・ヴェリタへな」

ヴィクターには議論に入る前に、食料と水をくれるようたのむだけの良識があった。村人たちはヴィクターの求めに応じた。彼らはそばに立ち、憐れみをこめて彼を見守っていた。ヴィクターによれば、いちばんつらかったのは、アンナのリュック、マットレス、水筒、ナイフ、その他彼女が置いていった雑多な品々を見たときだったという。

人々は、ヴィクターが食事を終えたときもまだ、その場に立って彼が話しだすのを待っていた。彼は老人にすべてを物語った。自分が丸一昼夜待っていたこと。モンテ・ヴェリタの岩壁の細い窓からは物音ひとつ漏れてこず、人のいる気配もなかったこと。老人はときおり、ヴィクターの言葉を近所の人々に通訳した。

ヴィクターが話し終えると、老人は口を開いた。

「わしの言ったとおり、奥さんはあそこにいるのだよ。連中といっしょにな」

ヴィクターは、我慢しきれなくなって大声で叫んだ。

「あそこにいるわけがないじゃありませんか？　あそこに生き物はいないいんです。あれは廃墟です。空っぽなんですよ。何世紀も廃墟のままだったにちがいない」

老人は身を乗り出して、ヴィクターの肩に手をかけた。「いいや、廃墟ではないよ。かつて大勢の者たちが同じことを言っておった。彼らも、ちょうどあんたがしたように、あそこへ行って待ったのだよ。二十五年前、わしも同じことをした。ここにいるこの男、わしの隣人は、ずっと昔、女房が呼ばれていったとき、三カ月もの間、夜となく昼となく待ちつづけたものだ。だが女房はもどらなかった。モンテ・ヴェリタに呼ばれた者は決してもどってこないのだよ」

では、彼女は転落したのだ。もう死んでいるのだ。結局そういうことだ。ヴィクターは村人たちにそう言った。そう主張し、いっしょに行って、遺体をさがしてほしいとたのみこんだ。優しく、憐れむように、老人は首を振った。「以前わしらは、それもやったよ。村には山登りに長けている者もおるでな。その連中は山のあらゆる部分を知っていてな、南側の山腹を、そこを越えたら生きてはおれない大氷河まで降りてみたよ。だが死体などどこにもなかった。女たちは転落などしてはおらんよ。そこで見つからなかったのだからな。みんなモンテ・ヴェリタにいるのだ。サセルドテッサたちといっしょにな」

ヴィクターにはどうすることもできなかった。議論しても無駄だった。まず谷に降り、そこで協力が得られなかったら、この国のもっと慣れ親しんだ地域までもどるしかない。そこでなら、いっしょに来てくれるガイドが見つかるだろう。

「妻の遺体は、この山のどこかにあるはずです」ヴィクターは言った。「どうしても見つけなくては。村のみなさんが力を貸してくれないなら、他を当たってみます」

老人は肩ごしに振り返って、誰かの名を呼んだ。無言で見守る人々の小さな群れのなかから、九歳くらいの女の子が出てきた。老人はその子の頭に手を置いた。

「この子はサセルドテッサたちに会って、話をしたことがある。過去には、やはり他の子供たちも、連中に会っている。ごく稀にだが、子供たちの前になら、連中も姿を見せるのでな。この子があんたに、なにを見たか教えるよ」

女の子は、ヴィクターに目を据えたまま、甲高い一本調子の声で暗誦を始めた。ヴィクターには、少女がその物語を、同じ聞き手に何度も繰り返し語ってきたため、いまや詩歌のごとく空で覚えているのがわかった。だがそのなかに、彼に理解できる言葉はひとつもなかった。

女の子が語り終えると、老人は通訳を始めた。やはり習慣のせいで、子供の語りと同様、それも一本調子の朗々たる詠唱となっていた。

「仲間たちといっしょにモンテ・ヴェリタに行ったときのことです。嵐が来て、仲間たちはどこかへ逃げていってしまいました。わたしは歩いているうちに道に迷い、あの壁や窓のあるところへたどり着きました。わたしは怖くて泣いていました。すると壁のなかから、女の人が出てきました。背の高い、とてもきれいな人です。それにもうひとり、同じように若く美しい人がいました。ふたりはわたしをなぐさめ、やがて塔から歌声が聞こえてきて、わたしはふたりといっしょに壁のなかに入りたくなりました。けれどもふたりは、それは許されないことだと言うのです。十三歳になったら、わたしももう一度あそこに行って、あの人たちといっしょに暮らせるということでした。ふたりは膝まで届く白い衣をまとっていて、脚や腕はむきだしで、髪はとても短く刈りこんでいました。どちらも、この世の人とは思えない美しさでした。ふたりはわたしを、ひとりで村に帰れるところまで連れていってくれました。そして行ってしまったのです。わたしが知っていることは、これで全部です」

老人は語り終えると、ヴィクターの顔をじっと見つめた。ヴィクターは、みんなが子供の話を信じていることに愕然とした。彼にしてみれば、子供が眠りこみ、夢を見、その夢を現実のこととして語っているのは明らかだったのだ。

「申し訳ありませんが」彼は老人に言った。「ぼくにはこの子の話は信じられません。これは単なる空想だと思いますね」

するとふたたびあの子が呼ばれて、なにか言われた。女の子はすぐさま外に駆け出ていった。

「連中はあの子に、モンテ・ヴェリタの石で作った輪をやったのだよ」老人は言った。「あの子の親たちは、それを鍵のかかるところにしまっている。邪悪なものかもしれないのでな。あの子はいま、あんたに見せるために、それを出してもらいにいったのだ」

まもなく子供はもどってきて、ヴィクターの手に、細い腰に巻くか、首にかけるかするのにちょうどよい小さなベルトを載せた。水晶のように見えるその石は、手でカットされ、整形されており、くり抜かれた溝で互いにつながっていた。その技術は優れたものであり、卓越しているといってもよかった。農夫が冬の夜の暇つぶしにする雑な手仕事とはほど遠い。ヴィクターは黙って、女の子に輪を返した。

「きっと山腹で見つけたんでしょう」彼は言った。

「村の者にはこんなものは作れない」老人は言った。「谷の住人たちにもだよ。それどころか、わしが以前にいたような、この国のほうぼうの町でだって無理だろう。あの子は、本人の言っているように、モンテ・ヴェリタに住む者たちからこの輪をもらったのだよ」

ヴィクターは、これ以上なにを言っても無駄だと悟った。村人たちは頑強であり、彼らの迷信はあらゆる常識を跳ね返してしまうのだ。そこでヴィクターはただ、もう一昼夜その家にいさせてもらえないだろうかと訊ねた。

「いつまででも泊まっていくといい」老人は答えた。「真実がわかるまで」

ひとり、またひとりと、近所の者たちはいなくなった。いつもと同じ穏やかな一日が始まったのだ。まるで何事もなかったように。ヴィクターはふたたび出発し、今度は北へと向かったが、さほど進まぬうちに、こちら側の尾根を登るのは、熟練者の協力と装備がなければ不可能だとわかった。仮にアンナがこの方角へ進んだとすると、死に迎えられたことはまちがいない。

ヴィクターは村に引き返した。東側の山腹に位置するため、村ではすでに日が落ちていた。小屋の居間に入っていくと、彼のために食事が用意されており、マットレスは暖炉の前に敷いてあった。

ヴィクターは食べることもできないほど疲れ果てていた。彼はマットレスに身を投げ出して、そのまま眠りこんだ。翌朝は早起きし、もう一度モンテ・ヴェリタに登り、一日じゅうそこにすわっていた。熱い太陽が長時間岩壁を焼きつづけ、やがては西の空へと沈んでいった。ヴィクターは細い窓を見張りながらずっと待っていたが、変わった動きはなにもなく、誰もやって来なかった。

ヴィクターは、かつて三カ月もの間、昼も夜もそこで待ちつづけたという、あの村の男のことを思い出し、自分の限界はいつ来るのだろう、彼もその男と匹敵するくらいねばり強いのだろうか、と考えた。

三日目、日差しのもっとも強い真昼になると、ヴィクターは熱さに耐えかね、例の溝状の道に横になりにいった。突き出た岩の陰は涼しくて心地よかった。つらい見張りと、いまや胸いっぱいに広がっている絶望感とに疲れ果て、彼は眠りに落ちた。

ぎくりとして目を覚ますと、腕時計の針は五時を差しており、溝のなかはすでに冷えこんでいた。彼はそこを出、夕日を浴びて金色に輝く岩壁のほうに目をやった。するとその目にアンナの姿が映った。彼女は壁の前に立っていた。だが、そこは周りが数フィートしかない出っ張りの上であり、その下は千フィート以上もの深さの奈落になっているのだった。

彼女はヴィクターのほうを見つめて、待っていた。彼は叫びながら走った。「アンナ……アンナ……」自分のすすり泣きを耳にし、彼は胸が張り裂けるのではないかと思ったという。近くまで行くと、アンナに手が届かないことがわかった。ふたりの間には、深く巨大な裂け目が開いている。ほんの三メートルのところにいながら、ヴィクターにはアンナに触れることができないのだった。

「ぼくはその場に立って、彼女を見つめた」ヴィクターは言った。「言葉は出てこなかった。なにかが喉に詰まっているみたいでね。自分の頬を涙が流れていくのがわかったよ。ぼくは泣いていた。だって、もう死んだものとあきらめていた彼女が、そうして生きていたんだから。あたりまえの言葉なんか出てきやしない。ぼくはこう言おうとした。『なにがあったんだ？いままでどこにいたんだい？』でも、そんな言葉は本当は無意味だった。彼女を見たとたん、なんの根拠もないのに、ぼくにははっきりとわかったからね。あの老人の言っていたことは全部本当だったんだ。あの子供の言っていたことも。あれは空想なんかじゃない。迷信なんかじゃなかったんだ。ぼくにはアンナの姿しか見えなかったけれど、あたりは急に息づきだしていた。細い窓の向こうからは、いくつもの目がのぞき、ぼくを見おろしていたよ。ぼくは彼らが、壁を隔ててすぐそばにいるのを感じた。不気味で恐ろしくて、とてもリアルな感じだったよ」

ヴィクターの声に緊張がもどってきた。彼の両手はまた震えだしていた。彼は水のグラスを手に取ると、ごくごくとそれを飲んだ。

「彼女は自分の服を着ていなかった」彼は言った。「チュニックのような膝まで届くシャツを着て、あの村の子供が見せてくれたのと同じ石の輪を腰に巻いていたよ。足は素足だった。それに腕もむきだしだった。いちばんショックだったのは、髪がすごく短くなっていたことだ。ぼくやきみと同じくらいの長さだったんだよ。そのせいで彼女には不思議な変化が起きていた。前より若く見えるんだが、なにかひどく厳粛な感じがするんだ。それから彼女はぼくに話しかけた。ごく自然に、まるで何事も起きていないみたいにこう言ったんだ。『家に帰ってちょうだい、ヴィクター。もうわたしのことは心配しないで』」

最初は、彼女がそこに立って本当にそう言っているとは思えなかったという。それは、霊媒が降霊会で死者の親族に伝える、いわゆるサイキック・メッセージを思わせた。ヴィクターにはどう答えたものかわからなかった。彼女が催眠術にかけられ、暗示を受けてしゃべっているものと思ったからだ。

「なぜぼくに帰ってほしいの?」彼は、すでにここの住民たちに破壊されているかもしれない彼女の心に打撃を与えまいとして、とても優しく言った。

「それ以外にすべきことがないから」彼女はそう答えると、まったく正常に、幸せそうに、あたかも家でいっしょになにかの計画を立てているかのように、にっこり笑ったという。「わたしは大丈夫よ、あなた」彼女は言った。「気が狂っているわけでも、催眠術にかかっているわけでもない。あなたが想像しているようなことはなんにもないの。村の人たちはあなたを脅したでしょうし、その気持ちは理解できる。ここにあるものは、一般の人間よりはるかに強いものだから。でもわたしは昔から、それがどこかに存在することを知っていたわ。何年もずっと待っていたのよ。人が修道院に入って、そこに閉じこもってしまうと、その肉親はとても苦しむ。でも時が来れば耐えられるようになるわ。お願いよ、ヴィクター、あなたもそれと同じように耐えてちょうだい。そして、できることなら、理解してほしいの」

彼女はごく穏やかに、また安らかに、ほほえみながら彼を見おろしていた。

「つまりきみは、この先ずっとここにいたいというのかい?」ヴィクターは訊ねた。

「ええ、そうよ」彼女は答えた。「もうわたしには、ほかの生きかたはできない。決して。それを信じなくてはだめよ。どうか家に帰って。これまでと同じように生きていってちょうだい。屋敷や地所の管理をし、誰かを愛するようになったら、結婚して幸せになって。あなたの愛と優しさと献身には感謝しているし、決して忘れない。仮にわたしが死んだとしたら、あなたはわたしが天国で安らいでいると思いたいでしょう? ここはね、わたしにとって天国なの。モンテ・ヴェリタからふつうの世界にもどるくらいなら、いますぐ何百フィートも下の岩に身を投げて死ぬわ」

ヴィクターは、話をする彼女をじっと見つめていたという。そして彼女には、ふたりのもっとも満ち足りた日々にさえ見られなかった輝きがあったという。

「きみもぼくも、聖書でキリストの変容について読んだことがあるよな」ヴィクターはわたしに言った。「彼女のあの顔を言い表すには、その言葉を使うしかない。ヒステリーではない。感動でもない。とにかくそれ――ぼくらのこの世界にはないなにかが、彼女に触れたんだよ。たのみこんでも無駄、力に訴えてもどうにもならない。アンナはこの世界にもどるくらいなら、岩壁から身を投げると言うんだから。ぼくにはどうすることもできないわけだよ」

その絶望感、自分にはなすすべがないという悟りに、ヴィクターは打ちのめされたという。それはまるで、行き先のわからない船に乗りこもうとするアンナとともに波止場に立っているようだった。最後の数分がどんどん過ぎていき、まもなく舷梯の引き上げを告げる汽笛が鳴って、彼女は行ってしまうのだ。

彼はアンナに、必要なものはなにもかもそろっているのか、食べ物や寒さ暑さをしのぐものは充分にもらっているのか、病気になったとき診てもらう施設はあるのか、と訊ねた。自分に送ってあげられるもので、なにかほしいものはないだろうか。すると彼女はほほえみ返し、この壁の内側には必要なものはすべてそろっていると答えた。

ヴィクターは言った。「ぼくは毎年この時期に、きみにもどってくれるようたのみにここへ来るよ。忘れずに必ず来るからね」

彼女は答えた。「そんなことをしたらつらくなるばかりよ。ちょうどお墓に花を供えるようなものだから。ここにはもう来ないほうがいいわ」

「来ないわけにはいかない。きみがこの壁の向こうにいるのを知った以上は」

「わたしはもう二度とあなたの前に出てこられないの。あなたがわたしを見るのはこれが最後。でも覚えていて。わたしの姿はこのままずっと変わらない。それがこの信仰の一部なの。わたしを忘れないでね」

そして彼女は、ヴィクターに立ち去るよう求めたという。彼が行ってしまうまでは、なかへはもどれないのだ、と。太陽は沈みだしており、岩壁にはすでに影が落ちていた。ヴィクターは長いことアンナを見つめていた。それから彼は、突き出た岩に立つ彼女に背を向け、壁の前を離れ、振り返ることもなく溝状の道へと向かった。彼はそこで数分待ってから、もう一度岩壁のほうに目を向けた。突き出た岩の上にはもはやアンナの姿はなかった。見えるのは、あの壁と細い窓、そしてその上の、いまだ影の落ちないモンテ・ヴェリタのふたつの峰だけだった。


わたしは毎日、なんとか三十分程度時間を作って、病院のヴィクターを見舞った。彼は日ごとに力をつけ、もとの彼にもどっていくようだった。わたしは担当医や婦長や看護婦たちとも話をした。彼らによれば、ヴィクターは精神異常をきたしているわけではないという。彼が入院したのは、ひどいショックと神経衰弱のためだったのだ。わたしと会って、話をすることは、すでに非常によい効果をもたらしていた。二週間後、ヴィクターは退院できるまでになり、ウェストミンスターのわたしの家に移ってきた。

その秋の間、わたしたちは毎晩のように今度の出来事を反芻《はんすう》した。わたしはヴィクターに前より詳しくいろいろ訊いてみた。彼は、アンナにはどこもおかしなところはなかったと主張した。ふたりはごくふつうの幸せな結婚生活を送っていたという。確かに、あの物の所有を嫌う傾向やスパルタ的な暮らしかたは変わっていたと彼も認めた。だがそれも、彼の目には異常には映らなかった——それがアンナなのだから。わたしは、霜の降りた庭の芝生に裸足で立つ彼女を見たあの夜のことを話した。ありうるよ、と彼は言った。いかにも彼女のしそうなことだ。でも彼女には胸の内を明かしたがらないところがあって、それを彼は尊重しており、決して立ち入ろうとはしなかったのだという。

わたしは、結婚前の彼女のことをどれくらい知っているのか、ヴィクターに訊ねた。彼は、ほとんどなにも知らないと答えた。彼女は幼いころに両親をなくし、ウェールズの伯母に育てられている。その家庭環境に特別変わった点はなく、戸棚に骸骨を隠しているということもない。彼女の生い立ちは、あらゆる点でまったくふつうなのだった。

「こんなことをしても無駄だよ」ヴィクターは言った。「アンナを説明するのは不可能だ。アンナはただアンナであり、ユニークな存在なんだ。平凡な両親からどうして突如、偉大な音楽家や詩人や聖人が生まれてくるのか、それを説明できないのと同じことだよ。彼らを説明するすべはない。彼らはただ出現するんだ。ぼくにとって、彼女を見つけたのはすばらしい幸運だった。こうして彼女を失ったのは、恐ろしい不幸だがね。でもどうにかして生きていくよ。彼女がそう願っているし。そして年に一度モンテ・ヴェリタを訪ねるよ」

人生の破綻《はたん》を甘受している彼の姿に、わたしは愕然とした。自分ならこんな悲劇に見舞われたら、とても絶望に打ち勝つことはできないと思ったのだ。山腹に住む未知の宗教集団が、ほんの数日のうちに、ひとりの女性——知性も人格もある女性に、そんな影響を及ぼすなど、わたしにしてみれば途方もない話だった。無知な農夫の娘たちが心を操られ、その親族が迷信に惑わされてなんの手も打たないというのなら理解できる。わたしはヴィクターにそう言った。我が国の大使館を通してあの国の政府に働きかけることはできるはずだ、とも。全国的な調査を行ってもいい。マスコミを動かしてもいい。我が国の政府だって支援してくれる。協力するからすぐにも行動を起こそう。いまは中世ではなく二十世紀だ。モンテ・ヴェリタのような場所が、存在を許されるわけがない。国じゅうの注意を喚起し、この件を国際的に取りあげさせよう。

「でもどうして？」ヴィクターは静かに言った。「なんのために？」

「アンナを取りもどすためにだよ」わたしは言った。「それから他の女性たちを解放するためにさ。他の人たちの人生が破壊されるのを防ぐんだよ」

「修道院を破壊してまわることなんかできやしないよ」ヴィクターは言った。「世界中に何百もあるんだからな」

「それとこれとは別だよ」わたしは反論した。「一般の修道院は、信仰を持つ人たちのちゃんとした組織だろう。何世紀も前からあるんだし」

「モンテ・ヴェリタも、まずまちがいなくそうだと思うよ」

「連中はどんなふうに暮らしている？　どうやって食べている？　病気になったらどうなる？　死んだ場合は？」
「わからない。そのことは考えないようにしているんだ。ぼくは、アンナ自身の言葉だけを信じるようにしている。彼女は、さがし求めていたものが見つかった、自分は幸せだと言っていた。その幸せを壊す気はないよ」
それから彼は、不思議そうに、なおかつ、思慮深げに、わたしを見つめた。「きみがさっきみたいなもの言いをするのは妙だな。本来なら、きみのほうがぼくよりアンナの気持ちを理解できるはずじゃないか。山の病にかかるのはいつもきみのほうだった。昔、山登りをしていたころ、夢想にふけっては、こんな言葉を引用して聞かせたのは、きみのほうだろう――

我ら俗世の垢にまみれ、朝な夕なに
稼《と》りては使い、虚しく力費やす」

わたしは、立ちあがって窓辺に行き、霧に包まれた通りの向こうの土手を、なにも言わずに眺めた。ヴィクターの言葉に大きく心を動かされていたのだ。彼の問いかけに答えることはできなかったが、心の奥底では、自分がなぜモンテ・ヴェリタをうとましく思うのか、なぜその破壊を望むのか、わかっていた。それはアンナが彼女の真実を見つけたから、そして、自分がまだそれを見つけていないからだ……

そのときのヴィクターとの会話が、ふたりの友情の分かれ目ではなかったにしろ、転機だったことは確かだ。わたしたちは人生の折り返し地点に至っていた。ヴィクターはシュロップシャーの家に帰り、後に手紙で、いまはまだ学校に行っている幼い甥にいずれ財産を譲るつもりだと知らせてきた。それから数年は、その少年を休暇ごとに泊まりに来させ、地所になじませる予定とのことだった。そのあとどうするかはわからない。彼は計画に縛られる気はないようだった。わたし自身の生活は、変化に富んだものとなりそうな兆を見せていた。仕事で二年間アメリカに住むことになったためだ。

そしてその後、世界は混乱に陥った。翌年は一九一四年だった。

ヴィクターはただちに入隊した。おそらく、これこそ自分の求めているものだと考えたのだろう。おそらく、それで死ねるかもしれない、と。わたしが彼に倣ったのは、アメリカから帰国したあとだ。それがわたしの求めていたものでないことは確かだった。軍隊での月日のあらゆる瞬間を、わたしは嫌悪した。戦争中のヴィクターの消息はまったくわからなかった。ふたりはそれぞれ別の前線で戦っており、休暇のときも会うことはなかった。一度だけ、彼から便りをもらったことがある。内容はつぎのとおりだ。

こんな状況だが、ぼくはどうにか約束を果たし、毎年モンテ・ヴェリタに行っている。いつも、村のあの老人のところにひと晩泊めてもらって、つぎの日、山頂まで登るんだ。あそこはまったく変わっていないよ。がらんとして、静まり返っていてね。ぼくは壁の前にアンナ宛の手紙を置いて、彼女を身近に感じながら、丸一日そこにすわって建物を眺めている。彼女が来てくれないことはわかっていてもだ。その翌日、ぼくはもう一度山頂に登る。そして彼女からの返事の手紙を見つけて大喜びする。だがあれは、手紙とは呼べないかな。返事は平らな石に刻まれているんだよ。たぶんそれが、あそこの人たちにとって唯一の通信手段なんだろう。彼女は、とても元気で幸せだと書いてくる。そして、ぼくの幸せを祈っている、と。それからきみの幸せもね。決して自分のことを心配しないようにと彼女は言っている。それで全部だ。あの病院でも話したが、まるで死者からのメッセージだよ。ぼくはそれでよしとしなければならないし、実際満足している。この戦争を生きながらえたら、たぶんぼくはあの国のどこかに住むことになるだろう。そうすれば、たとえ会えなくても、年に一度、石に書かれるわずかばかりの言葉以外なんの音沙汰もなくても、彼女のそばにいられるからね。

幸運を祈るよ、相棒。きみはどこにいるんだろうか。

ヴィクター

停戦になると、わたしは復員し、正常な暮らしの復旧にかかった。真っ先に手をつけたことのひとつが、ヴィクターさがしだ。わたしはシュロップシャーの彼の住所に手紙を書いた。すると例の甥からていねいな返事が来た。屋敷と地所は彼に受け継がれていた。ヴィクターは負傷したが、重傷ではなく、いまはイングランドを離れ、どこか外国にいるという。イタリアかスペインだが、その甥もどちらなのかはっきりとは知らなかった。だが彼は、叔父は一生そこに住むつもりだろうと考えていた。なにかわかったら連絡する、と彼は書いていた。だがそれっきり連絡は来なかった。わたし自身は、戦後のロンドンもそこに住む人々も好きになれず、家族とも縁を切って、アメリカへ渡った。

ヴィクターと再会したのは、それから二十年近くあとのことだ。

わたしは、ふたりがふたたびめぐり会ったのは偶然ではないと確信している。こういったことは運命なのだ。わたしの考えによれば、人間の人生はひと組のトランプのようなものであり、自分がめぐり会ったり、恋に落ちたりする相手は、いっしょにシャッフルされている仲間なのである。わたしたちは、運命の手に握られたひとそろいのカードのなかで互いを見つける。ゲームが行われ、わたしたちはばらまかれ、手から手へと渡される。第二次大戦の二、三年前、五十五歳のとき、わたしがふたたびヨーロッパへ渡ることになったのは、なにがどう組み合わさった結果なのか、それはこの際どうでもいいことだ。ともかくわたしは行くことになった。

わたしは、ある国の首都から別の国の首都へと飛ぼうとしていた——どこの首都か言う必要はない——そして、わたしの乗っていた飛行機は、荒涼たる山岳地帯のある国に不時着することになったのである。幸い死者は出なかったが、わたしを含む乗客乗員は、二日間、外界との連絡を断たれることになった。わたしたちは、一部破損した飛行機のなかで野宿し、救助を待った。この冒険は、当時、世界中の新聞雑誌に大きく取りあげられ、数日間は、一触即発のヨーロッパ情勢より優先的に報道されたものだ。

この四十八時間の苦難は、さほどのものではなかった。幸い、乗客に女性や子供はいなかったので、わたしたち男はなるべく平気な顔をして救助を待っていた。遠からず助けが来ることはわかっていた。最後の最後まで無線機が通じていたため、通信係はこちらの位置を知らせることができたのだ。あとは忍耐強く待ち、なんとか凍えないようにさえしていればよかった。

ヨーロッパでの務めを果たし、アメリカにも心配して帰りを待つ者などいそうにないいま、こうして突如、昔、あれほど愛していたタイプの土地に投げこまれるとは、不思議なめぐりあわせだった。わたしはすっかり享楽的な都会人になりきっていた。アメリカでの暮らしの躍動感、あのテンポ、あの活気、新世界の息もつかせぬエネルギーが相俟《あいま》って、わたしは、いまなお消えぬ、自分と旧世界とを結ぶ絆のことを忘れ果てていたのだった。

しかし雄大な荒野のなかで、あたりを見まわしたとき、わたしはこの長い年月、なにが自分に欠けていたかに気づいた。わたしはともに旅していた人々のことを忘れ、損傷を受けた飛行機の灰色の機体――何世紀も変わらぬこの荒れ地のただなかで、まったく時代錯誤な存在――のことを忘れた。そしてまた、自分の白髪混じりの髪、重たい体、五十五年分の重荷のすべてを。わたしはふたたび、希望に満ち、熱意にあふれ、永遠への答えを追求する少年にもどっていた。その答えはまちがいなくそこにある。はるかなる峰々の向こうで待っているのだ。風景にそぐわぬ都会人の服装でそこに立っていると、山の病がわたしの血管をふたたび駆けめぐりはじめた。

わたしは、破損した飛行機から、旅の仲間たちのげっそりした顔から、逃げ出したかった。無駄にしてしまったこれまでの年月のことを忘れたかった。ふたたび若くなれるなら、向こう見ずな少年にもどり、あの峰々をめざし、栄光へ登りつめるためなら、わたしはなんでもしただろう。あのはるかな山々の上がどんなふうか、わたしは知っていた。より新鮮でより冷たい空気、より深い静寂。燃えるような、不可思議な氷の感触、刺すように強い日差し。そして、せまい張り出しの上で足をすべらせ、安全を求め、ロープをつかみ、心臓が一拍止まるあの瞬間。

わたしは愛する山々を見あげ、裏切り者の気分を味わった。つまらないもののために、わたしは山々に背を向けたのだ。安楽のため、安全のために。救助隊が来たら、失った時間の埋め合わせをしよう。なにも急いでアメリカへ帰ることはない。ここヨーロッパで休暇を取って、もう一度山登りをしよう。適当な衣類と装備を買い、山に専念しよう。こう決心すると、責任感など吹っ飛び、すっかり心が軽くなった。もうなにもかもどうでもいい。わたしは仲間たちのところへ帰り、残りの時間をずっと飛行機の陰で笑ったり冗談を言ったりして過ごした。

救助隊は二日目に到着した。わたしたちは、明けがたに、数百フィート頭上を飛ぶ一機の飛行機を見かけており、まもなく救助が来るものと確信していた。捜索隊は、本物の登山家やガイドによって構成されていた。荒っぽいが人好きのする連中だ。彼らは着る物や救急用品や食料を持ってきていて、本人たちも認めたが、乗客乗員の全員がそうしたものを使える状態にあることに驚いていた。彼らは、生存者はひとりもいないものと見ていたのだ。

わたしたちは彼らに助けられて、ゆっくりと谷間まで降りた。着いたのは翌日だった。夜は、墜落機から見たときは、あまりに遠く、到底到達できそうには思えなかった大きな尾根の北側でキャンプした。夜明けとともに、わたしたちはふたたび出発した。すばらしくよく晴れた日で、キャンプの下には谷の全貌がくっきりと見渡せた。東の山並みは険しく、わたしの見るかぎり、頂上までは行けそうになかった。雪に覆われた峰はふた股になっている様子で、まぶしい空に向かって握り拳のふたつの関節のように突き出していた。

下山しだしてすぐ、わたしは救助隊のリーダーにこう言った。「ぼくも昔はよく山に登ったもんだよ。若いころにね。このあたりにはまったくなじみがないが、こっち方面に来る登山隊は多いのかい?」

リーダーは首を振り、条件が厳しいのだと言った。彼も仲間たちも少し離れたところから来ているのだという。東の谷の住人たちは頑迷で無知だし、観光客やよそ者のための施設もほとんどない。もし登山がしたいなら、別のところへ案内しよう。そこなら必ず楽しめる。もっとも、山に登るにはもう季節的に遅すぎるが。

それでもわたしは、東の尾根を眺めつづけた。それは遠く、不思議に美しかった。

「あれはなんという名前なのかな」わたしは言った。「あの東にあるふた股の峰は?」

彼は答えた。「モンテ・ヴェリタだよ」

そしてわたしは、自分がなにによってヨーロッパに呼びもどされたのかを悟ったのだった……

わたしは、飛行機が墜落した地点から二十マイルほどのところにある小さな町で、他の旅行者たちと別れ、ひとりあとに残った。そして小さなホテルに部屋を取り、荷物をそこにあずけると、頑丈なブーツ、半ズボン、胴着、シャツ二枚を買った。こうしてわたしは町に背を向け、山に登りはじめた。

あのガイドが言っていたとおり、山登りには遅すぎる季節だった。しかしなぜか気にはならなかった。自分はひとりきりで、ふたたび山の上にいる。孤独がどんなに安らぎを与えるものか、わたしは忘れていた。脚に、肺に、昔の力がよみがえる。冷たい風が全身を打ちすえる。五十五歳のわたしは、いまにも歓声をあげそうだった。喧騒もストレスも、何百万もの人々のうごめきも消えた。光も、味気ない都会の匂いも消えた。あんなにも長い間、あんなものに耐えていた自分は、気が狂っていたにちがいない。

高揚しきった気分のまま、わたしはモンテ・ヴェリタの東のふもとの谷にたどり着いた。そこは、これだけ年月を経ても、戦前、ヴィクターの見た姿をほとんどそのまま留めているようだった。小さな町はせまくて原始的、住人たちは愚かで気むずかしかった。粗末ながら宿はあり――とてもホテルなどという上等な呼びかたはできない――わたしはそこへ行って、一晩泊めてほしいとたのんだ。

わたしは無礼な扱いこそ受けなかったものの、いたって無関心に迎えられた。夕食のあと、モンテ・ヴェリタへの道はこの時期でも通れるのかと訊ねると、カウンターの向こうの情報提供者は――バーとカフェはいっしょになっており、唯一のお客であるわたしはそこで食事をしたのだ――わたしがおごったワインを飲みながら、興味なげにこちらを見た。

「通れるでしょうよ。村まではね。その先のことはわかりませんが」

「山腹の村とこの谷の人たちの間には、しょっちゅう行き来があるのかい？」わたしは訊ねた。

「まあ、たまにはね。この季節はないですが」彼は答えた。

「観光客が来ることはあるの？」

「ほとんどないね。観光客は北へ行くから。北のほうがいいんで」

「明日の晩、村に泊めてもらえるところはあるかな？」

「さあ」

わたしはちょっと黙って、彼の肉づきのよい気むずかしげな顔を見つめ、それから言った。

「で、サセルドテッサたちは？　彼女たちはいまでもモンテ・ヴェリタの頂上の岩壁に住んでいるのかい？」

相手はぎくりとした。彼はこちらにまっすぐ目を向けると、カウンターに身を乗り出した。

「あんた、何者なんだね？　あの連中のなにを知ってるんだ？」

「じゃあ、彼女たちはいまでもいるんだね？」

彼は疑わしげにじろじろわたしを見つめた。過去二十年の間にこの国にはいろいろなことがあった。暴力、革命、父と息子との対立。この僻地でさえ、なにがしかの影響は受けたにちがいない。それゆえ彼らはよけい疑い深くなったのかもしれない。

「いろいろ話は聞いているよ」彼はゆっくりと言った。「おれとしちゃあ、その手のことに巻きこまれたかないがね。危険なんだよ。そのうちきっと面倒が起きる」

「面倒が？　誰に？」

「村の連中や、モンテ・ヴェリタに住んでるやつらに――そいつらのことはなにも知らんがね――それと、おれたち谷の者にさ。よくは知らんよ。知らなければ、巻きこまれずにすむってもんだ」

彼はワインを飲み終え、グラスをすすぐと、布巾でカウンターの上をふいた。なんとかしてわたしを追い払いたいらしい。

「朝の食事は何時に？」彼は訊ねた。

わたしは七時にたのむと言って、自分の部屋に上がった。

わたしは両開きの窓を開いて、せまいバルコニーに出た。小さな町はしんとしていた。暗闇に瞬く明かりもほとんどない。夜の空気は澄んでおり、冷たかった。月が昇っている。明日かあさってには満月になりそうだ。月光は、真正面に見える黒い山の塊を照らしていた。わたしは不思議な感動を覚えた。まるで過去に足を踏み入れたかのようだ。自分が一夜を過ごそうとしているこの部屋は、何年も前、一九一三年の夏に、ヴィクターとアンナが眠ったのと同じ部屋なのかもしれない。アンナもこのバルコニーに立ってモンテ・ヴェリタを見あげたろう。そんな彼女に、ヴィクターは、数時間後に悲劇が迫っているとも知らず、なかから声をかけたろう。

そしていま、わたしも彼らの足跡をたどって、モンテ・ヴェリタにやって来た。

翌朝、わたしは例のカフェ・バーで朝食を取った。主人は不在で、コーヒーとパンを運んできたのはあの男の娘らしき女の子だった。彼女はもの静かで礼儀正しく、いい一日になりますように、と言ってくれた。

「山登りをしようと思ってね」わたしは言った。「天気はよさそうだね。そういえば、モンテ・ヴェリタに登ったことはある？」

少女はどぎまぎして目をそむけた。

「いいえ。わたし、この谷の外へは出たことがないんです」

わたしはいかにも淡々と、さりげなさを装って、しばらく前に――どれくらい前かは言わなかったが――友人たちがここに来たことがあるのだと話した。彼らは頂上へ登って、そこでふたつの峰の間の岩壁を見、壁のなかに閉じこもって暮らしている宗教団体に興味を抱いていた、と。

「その連中は、まだそこにいるのかな？」わたしは、わざと呑気そうに、タバコに火をつけながら訊ねた。

少女は不安げに、立ち聞きされるのを恐れるように、肩ごしにうしろを見やった。

「そういう噂です」彼女は答えた。「父はわたしの前ではその話はしないんです。若い者はその話をしちゃいけないことになっているんです」

わたしはタバコを吸いつづけた。

「ぼくはアメリカに住んでいるんだ。どこでもたいてい同じだが、あそこじゃ、しちゃいけない話ほど若い者の集まりで好まれる話題はないんだよ」

少女はかすかな笑みを浮かべたものの、なにも言わなかった。

「きっときみや友達は、モンテ・ヴェリタでなにがあったかこっそり噂しあっているんだろうな」わたしは言った。

自分の狡猾さが少し恥ずかしかったが、情報を引き出すにはこのやりかたがいちばんに思えたのだ。

「ええ」少女は言った。「そのとおりです。でも大きな声ではなにも言いません。ただ最近なんですけど……」彼女はもう一度肩ごしに振り返ってから、声を落として先をつづけた。「わたしのよく知っている女の子が――彼女、もうすぐ結婚する予定だったんですけど――ある日いなくなって、それっきり帰ってこないんです。みんな、あの子はモンテ・ヴェリタに呼ばれたんだって言っています」

「誰もその子が出かけるのを見ていないの？」

「ええ。夜の間にいなくなったので。書き置きもなにも残っていませんでした」

「まったくちがうところへ行ったとは考えられないかな？　たとえば大きな町とか、観光地とか？」

「誰もそうは思っていません。それに彼女、いなくなる直前から様子が変だったんです。寝言でモンテ・ヴェリタのことをしゃべっていたっていうし」

わたしはしばらく間を置いてから、相変わらず無頓着に、さりげなさを装って、質問をつづけた。

「モンテ・ヴェリタのどこがそんなに魅力的なの？　ひどく厳しい生活を強いられるはずだと思うけど。いや、過酷な生活と言うべきかな」

「呼ばれた人たちにとってはちがうんです」少女は首を振った。「あの人たちは永遠に若いままでいられるんです。決して年を取らずに」

「誰もその人たちを見たことがないのに、どうしてわかるの？」

「昔からそう言われていますから。みんなそう信じています。だからこそ、この谷の人たちは、あの人たちを憎み、恐れ、うらやんでいるんです。モンテ・ヴェリタの人たちは生命の秘密を知っているんですもの」

少女は窓の外の山に目を向けた。その目にはあこがれが浮かんでいた。

「それできみはどうなの？」わたしは訊ねた。「自分もいつか呼ばれると思う？」

「わたしはそれに値しない人間ですから」彼女は言った。「それに、怖いし」

彼女はコーヒーをさげ、果物を持ってきた。

「この前またひとり消えたせいで」少女はさらに声を落とした。「たいへんなことになりそうなんですよ。誰もが怒っているんです。この谷のみんなが。いま男たちが何人かで山腹の村へ行って、村人たちを決起させようとしています。人数を集めて、あの岩を襲撃しようっていうんです。ここの男たちはきっと狂ったようになって、モンテ・ヴェリタの住人たちを殺そうとするでしょう。そうなったら、もっとひどいことになる。軍隊が乗りこんできて、尋問され、罰せられ、銃殺される。恐ろしい結果になるにちがいないんです。だからいまは、町じゅうがいやなムードなんですよ。誰も彼もが不安がって、ひそひそささやきあっていて」

外で足音がした。少女はすばやくカウンターのうしろにもどった。父親が入ってきたとき、彼女はそこで、うつむいて忙しげに立ち働いていた。

主人は疑わしげに、わたしたちふたりを眺めた。わたしはタバコをもみ消すと、テーブルから立ちあがった。

「まだ山登りをする気なのかね？」彼は訊ねた。

「そうだよ」わたしは答えた。「一日か二日でもどるつもりだ」

「それ以上長くいないほうがいいね」

「天気がくずれるってことかい？」

「天気？　そう、天気もくずれる。それに危険かもしれないし」

「どんなふうに危険なんだい？」

「悶着があるかもしれんからさ。いまは不穏な状況でね。男どもが切れちまっているんだよ。連中いったん切れちまうと、わけがわからなくなるからな。よそ者や外国人がひどい日に遭ってもおかしくない。モンテ・ヴェリタに登ろうなんて考えは捨てて、北に向かったほうがいいよ。そっちならもめごとはないから」

「ありがとう。でももう決めたんだ。モンテ・ヴェリタに登るよ」

主人は肩をすくめ、顔をそむけた。

「じゃあ好きにしな」彼は言った。「こっちの知ったことじゃない」

わたしは宿を出て、通りへ入り、山の小川にかかる小さな橋を渡ると、谷を抜けてモンテ・ヴェリタの東側へとつづく道をたどった。

最初のうちは、谷からの音がよく聞こえた。犬の鳴き声、牛のベルの音、互いに呼び交わす男たちの声。そのすべてが鮮明に静かな空気を伝わってくる。やがて家々から立ちのぼる青い煙は混じりあって薄ぼんやりしたひとつの霞となり、谷はおもちゃの町と化した。道はくねくね上に向かい、山の中心部へより深く分け入っていく。正午には谷ははるかな下界へと消えており、わたしは、より高く、上へ上へと登ること以外なにも考えなくなっていた。左手の最初の尾根を越え、それを背後に残して進み、二番目の尾根を征服し、今度はその両方を忘れて、より険しい、日の射さない三番目の尾根をめざす。筋肉は衰えており、肺活量も不充分なため、のろのろとしか進めない。それでもわたしは、浮き立つ心によって先へ先へと歩かされ、疲れるどころかむしろその逆で、そのまま永遠にでも進んでいけそうだった。

やがて村にたどり着いたとき、わたしは一瞬茫然とした。少なくともあと一時間はかかると思っていたのだ。まだ四時にもなっていないところを見ると、すごいペースで登ってきたにちがいない。村はさびれており、ほとんど廃村のようだった。ここに住みつづけている者はもうほとんどいないのだろう。小屋のいくつかは板が打ちつけられている。また、くずれ落ちた小屋、一部壊れている小屋もある。煙が立ちのぼっているのは、ほんの二、三の小屋だけで、見渡すかぎり牧場で働く者の姿もない。痩せ細り、放置された牛が数頭、道ばたの草をはんでおり、その首にかかったベルが静かな空気のなかで虚ろな音を響かせる。それは気の滅入る陰鬱な光景だった。せっかく山登りのおかげで心が浮き立っていたというのに。ここでひと晩過ごすのだと思うと、あまりありがたくはなかった。

わたしは、屋根からうっすら煙が立ちのぼる、いちばん近くの小屋へ行き、ドアをノックした。しばらくするとドアが開き、十四歳くらいの少年が顔を出した。わたしをひと目見るなり少年は肩ごしに振り返って、誰かを呼んだ。すると、わたしと同じ年ごろの、愚鈍そうな顔をした太った男が戸口に出てきた。彼は方言でなにか話しかけた。そして、しばらくまじまじわたしの顔を見つめてから、自分のまちがいに気づき、今度はわたし以上にとつとつとこの国の言葉でしゃべりだした。

「あなたは谷から来たお医者の先生ですか?」彼は言った。

「いいえ」わたしは答えた。「休暇で旅している者です。このあたりの山を登っているんです。できればひと晩泊めてもらえないでしょうか?」

男の顔が沈んだ。彼は、直接わたしの問いには答えず、こう言った。

「うちにはいまひどい病人がいるんです。どうしていいかわからなくてねえ。医者が谷の町から来てくれるはずなんだが。誰にも会いませんでしたか?」

「残念ながら。谷から登ってきたのはわたしだけのようです。どなたが病気なんですか? 子供さんですか?」

男は首を振った。「いやいや、うちには小さな子供はいません」

男は途方に暮れた様子でわたしを見つめつづけた。気の毒だとは思ったものの、わたしにはどうしたものかまるでわからなかった。薬の類《たぐい》は持っていない。あるのは救急用品とアスピリンの小瓶だけだ。熱があるならアスピリンは役に立つかもしれない。わたしはリュックから瓶を出して、男に渡した。

「これが効くかもしれない」わたしは言った。「よかったら試してみてください」

男はなかに入るよう手招きした。「どうか直接渡してやってください」

なかに入って、親戚の誰かが死んでいく光景を見るのは気が進まなかったが、単純に、人情として、ことわることはできなかった。わたしは彼のあとから居間に入った。壁際には粗末なベッドがあり、男がひとり、その上で、二枚の毛布にくるまれ、目を閉じて横たわっていた。その顔は青白く、無精髭が生えており、死期間近の者特有の鋭くとがった感じがあった。わたしはベッドに近づき、男を見おろした。すると彼は目を開いた。一瞬、わたしたちは信じられぬ思いで見つめあっていた。やがて男が手を差し伸べて、ほほえんだ。それはヴィクターだったのだ……

「ああ、ありがたい」彼は言った。

わたしは胸が迫って声も出なかった。ヴィクターは、少し離れて立っていたさっきの男に手招きし、方言でなにか言った。わたしたちが友達だと話したにちがいない。男はパッと顔を輝かせ、部屋を出ていった。わたしはヴィクターの手を握りしめて、ベッドのそばに立ちつくしていた。

「いつからこんな状態なんだい?」ついにわたしはそう訊ねた。

「もう五日近くになるな。肋膜炎なんだ。前にもやったことがあるんだよ。今回はちょっとひどそうだ。もう年だな」

彼はふたたびほほえんだ。瀕死の重体らしかったが、彼はほとんど変わっていなかった。これは昔と同じあのヴィクターだ。

「うまくやっているようだな」彼はほほえみを浮かべたまま言った。「いかにも成功者という感じだぞ」

わたしは、どうして手紙をくれなかったのか、二十年もの間どうしていたのか、と訊ねた。

「ひとり気ままにやっていたさ」彼は言った。「形はちがうかもしれないが、そっちもそうだったんだろう? イングランドには一度も帰っていないよ。そこに持っているものはなんだい?」

わたしはアスピリンの瓶を見せた。

「残念だが、これは役に立ちそうにないね。いちばんいい方法は、今夜はここに泊まって、明日の朝いちばんに、さっきの男や他の何人かに手伝ってもらって、きみを下の谷まで運ぶことだな」

彼は首を振った。「時間の無駄だよ。ぼくはもうだめだ。それくらいわかるさ」

「馬鹿言うな。きみに必要なのは、医者と適切な治療なんだ。ここじゃそれも無理だが」わたしは、暗くて風通しの悪い、粗雑な造りの居間を見まわした。

「ぼくのことは気にしないでくれ」ヴィクターは言った。「もっと大事な人が他にいる」

「誰のことだい？」

「アンナだよ」なんと答えたものかわからず黙っていると、彼はさらに言った。「彼女、いまでもここにいるんだ。あのモンテ・ヴェリタにね」

「つまり、まだあそこに閉じこもっているって言うのかい？　あれから一度も外に出ずに？」

「そうさ、だからこそ、ぼくはここにいるんだ」ヴィクターは言った。「毎年来ているんだよ。あのときからずっとそうしてきた。手紙に書いただろう？　確か戦争のあとだったよな？　ぼくは小さな漁港で暮らしている。人里離れた静かなところだよ。一年じゅうそこにいて、年に一度だけここに来るんだ。今年は病気のせいで遅くなってしまったが」

信じられない話だった。これほど長い年月の間、友もなく、なんの楽しみもなしに、年に一度の虚しい巡礼の時だけを待つ日々に耐えてきたとは、なんという男だろう。

「彼女に会ったことは？」わたしは訊ねた。

「一度もない」

「手紙は書いているのか？」

「手紙は毎年持っていく。それを持って上まで登り、壁の前に置いてくるんだよ。そしてつぎの日、もう一度行くんだ」

「受け取ってもらえるのかい？」

「必ずね。二度目に行くと、同じ場所に、文字の書かれた石の板が置いてあるんだよ。ほんの数語だけの返事だが。ぼくはその石を持ち帰る。どれも全部、いま住んでいる海辺の家にあるよ」

彼のアンナに対する信頼、長い年月を通じて変わらぬその忠実さを思うと、胸が引き裂かれるようだった。

「あの宗教の研究もしてみたよ」ヴィクターは言った。「あれはとても古いものなんだ。キリスト教よりはるか昔までさかのぼれるんだよ。その存在を示唆する古い本もある。ぼくは、そういう本をあれこれ読んでみた。それに、神秘主義や、古代ガリアの古い儀式や、ドルイド教を研究している学者たちとも話してみたよ。そのころの山岳民族の間には強いつながりがあるんだ。ぼくが読んだもの全部に、月の力と、それに従う者がいつまでも若く美しくいられるという教えが力説されていたよ」

「まるできみ自身それを信じているような言いかただな、ヴィクター」

「ああ、信じている。この村の子供たちもそれを信じているよ。残っている子供はほんのわずかだが」

話をしたせいで、ヴィクターは疲れたようだった。彼は枕元の水差しに手を伸ばした。

「ほら」わたしは言った。「アスピリンは害にはならない。熱を下げるだけだから。それに飲めば眠れるかもしれない」

わたしはそれを三錠飲ませ、彼を毛布にくるみこんだ。

「この家に女性はいないのかい？」わたしは訊ねた。

「そうなんだ」彼は言った。「そのことが不思議でね。今回来てみたら、村はほとんどがらがらだった。女や子供は谷に移ったんだ。ここには男や少年が全部で二十人ほど残っているだけなんだよ」

「女や子供がいつここを出たか知っているかい？」

「ぼくが来る二、三日前だと思うよ。この家の男は、以前ここに住んでいたあの老人の息子なんだ。親父のほうは、もう何年も前に死んでしまったんだよ。息子はとにかく頭が悪くて、なんにもわかっていなくてね、なにを訊いてもぽかんとしているだけなんだ。でもあの男にだってできることはある。きみのために食べ物と寝具を用意してくれるだろうよ。それにあのチビはなかなか利口だよ」

ヴィクターは目を閉じた。眠ってくれるようわたしは祈った。なぜ女や子供が村を出たのか、わたしには見当がついていた。谷の町の少女がいなくなったからだ。村人たちは、モンテ・ヴェリタで騒動が起こるかもしれないと警告されたのだろう。しかしヴィクターにそう話す気にはなれなかった。とにかく彼を谷まで運ばなくてはならない。なんとか本人を説得できるようわたしは祈った。

そのころになると、あたりはだいぶ暗くなり、わたしは空腹を覚えていた。奥の小部屋へ行ってみると、そこにいたのはあの男の子だけだった。なにか食べる物と飲む物をくれないかとたのむと、男の子はすぐに理解し、パンと肉とチーズを持ってきてくれた。わたしは、男の子に見つめられながら、居間でそれを食べた。ヴィクターは目を閉じたままで、どうやら眠っているようだった。

「あの人はよくなるの？」男の子が訊ねた。この子の言葉は方言ではなかった。

「よくなると思うよ」わたしは答えた。「谷の医者のところへ運ぶのを誰かに手伝ってもらえればね」

「ぼくが手伝うよ」少年は言った。「友達ふたりといっしょに。あした行こう。そのあとだとむずかしくなるから」

「どうして？」

「あさってからはばたばたするからね。谷から男たちが来る。すごい騒ぎになるよ。ぼくと友達も合流するんだ」

「なにが起こるんだい？」

少年はためらい、はしこそうな目でわたしを見つめた。

「知らない」彼はそう言うと、するりと奥へ逃げていった。

ベッドからヴィクターの声がした。

「あの子はなんて言ったんだい？」彼は訊ねた。「誰が谷から来るって？」

「さあ、わからない」わたしはさりげなく言った。「登山隊かなにかだろう。だが明日なら、きみを運び降ろすのを手伝ってくれるそうだよ」

「ここへは登山隊なんて来ないさ」ヴィクターは言った。「それはなにかのまちがいだ」彼は少年を呼び、ふたたび出てきたあの子に方言で話しかけた。少年はそわそわし、こころもとなげな様子を見せた。質問に答えるのは気が進まないようだった。少年とヴィクターは両方とも、モンテ・ヴェリタという言葉を何回か口にしていた。まもなく少年は奥の部屋へもどっていき、わたしたちはまたふたりきりになった。

「いまの話、少しはわかったかい？」ヴィクターは訊ねた。

「いや」わたしは答えた。

「どうも気に食わんな。なにかおかしい。この数日ここに寝ながら、ずっとそう感じていたんだ。男どもは妙にこそこそしているんだよ。あの子の言うには、谷の町でなにかあって、住民たちがひどく怒っているってことだが。そんなふうな話を聞かなかったかい？」

わたしには、なんと言っていいのかわからなかった。ヴィクターはじっとこちらを見つめている。

「宿の主人は口が重くてね」わたしは言った。「でもモンテ・ヴェリタには行かないほうがいいと忠告していたよ」

「その理由は？」

「特に言わなかった。ただ、なにか面倒に巻きこまれるかもしれないと言っていたよ」

ヴィクターは黙りこんだ。わたしには、彼が一心に考えているのがわかった。

「また谷の町から女性が消えたんじゃないか？」彼は言った。

嘘をついてもしかたない。「娘がひとりいなくなったとかいう話を聞いたよ。でも本当かどうかはわからない」

「きっと本当だよ。とすると、これはそのせいだ」

彼は長いことなにも言わなかった。その顔は陰になっていて見えなかった。部屋には、青白い光を放つランプがひとつあるきりだったのだ。

「明日、モンテ・ヴェリタに登ってアンナに警告してきてくれ」ついにヴィクターはそう言った。

たぶんわたしはその言葉を期待していたのだろう、すぐさま、その方法を彼に訊ねた。

「道順を書いてやるよ」彼は言った。「まちがえっこない。古い小川の跡をまっすぐ登っていくだけだから。ずっと南へ向かっていけばいいんだ。この時期なら、雨で通れなくなっているということもない。夜明け前に出発すれば、丸一日かけられるしな」

「そこに着いたら、どうすればいい?」

「ぼくと同じように、置き手紙をするんだ。そしてその場を離れてくれ。きみがそこにいるかぎり、あの人たちは手紙を取ろうとしないから。ぼくも手紙を書く。アンナに、自分がここでふせっていることや、二十年ぶりにきみが突然現れたことを伝えるよ。ついさっき、きみがあの男の子と話している間、ぼくはずっと考えていたんだ。これはまるで奇跡だってな。なんだかアンナがきみをここに呼び寄せたような気がするよ」

彼の目は、わたしがよく覚えている、あのなつかしい少年のような信念に輝いていた。

「そうかもな」わたしは言った。「アンナか、それとも、きみが昔、山の病って呼んでいたやつかだ」

「そのふたつは同じものなんじゃないか？」ヴィクターは言った。

わたしたちは、その小さな暗い部屋のなかで、沈黙のうちに見つめあった。やがてわたしは目をそらせ、あの男の子に、寝具と枕を持ってきてほしいと声をかけた。その夜は、ヴィクターのベッドのかたわらの、床の上で眠るつもりだった。

夜の間、ヴィクターは落ち着かず、呼吸も苦しそうだった。何度かわたしは起きあがって、彼にアスピリンと水を与えた。彼はひどく汗をかいていたが、それがいい徴候なのか悪い徴候なのかはわからなかった。夜は果てしなく思えた。わたし自身は、ほとんど一睡もできなかった。闇が薄れだしたときには、ふたりとも目を覚ましていた。

「出発の時間だ」ヴィクターは言った。わたしは彼のそばに行き、不安な思いでねっとりと冷たいその肌を見た。まちがいない。彼は悪くなっている。それに前よりはるかに弱っている。

「アンナに伝えてくれ」彼は言った。「谷の連中が来たら、彼女も他の人たちもたいへんな危険にさらされる。これはまちがいない」

「それも全部手紙に書くよ」わたしは請けあった。

「アンナは、ぼくがどんなに彼女を愛しているか、知っている。いつも手紙に書いているからね。でもきみも、もう一度そう書いてくれ。手紙を置いたら、溝の道まで引き返して待て。たぶん二時間か三時間待つことになるだろう。もっとかもしれない。そのあと、壁のところへもどって、返事の石の板をさがすんだ。きっとそこにあるから」

ヴィクターの冷たい手をそっと握ってから、わたしはひんやりした朝の空気のなかへ出ていった。あたりを見まわしたとき、最初の不安が湧きあがった。いたるところに雲がある。昨日《さくじつ》わたしが登ってきた谷からここまでの領域をすっかり覆っているばかりか、この静かな村の家々の屋根までうっすらと取り巻き、さらには、上への小径《こみち》が低木の間を曲がりくねって進み、山腹に消えるところまで広がっている。

雲は、音もなく、そっとわたしの顔に触れ、薄れも消えもせず、流れ去っていく。湿気が髪や手にまとわりつく。それを舌で感じることもできる。わたしは薄暗闇のなかで四方を見まわし、どうしたものか考えた。自己保存の本能は、もどれと命じている。天気がくずれかけているとき出発するのは、わたしの古い山の知識によれば、狂気の沙汰だ。だが、ヴィクターの希望に満ちた辛抱強い目に見つめられながら、この村に留まることなどどうしてできよう? 彼は死にかけており、わたしたちはどちらもそれを知っている。そしてわたしは、この胸ポケットに、彼が妻に宛てた最後の手紙を持っているのだ。

わたしは南に顔を向けた。雲は情け容赦なくモンテ・ヴェリタの頂上から下へ下へと流れてくる。

わたしは登りはじめた……

ヴィクターは、頂上までは二時間だと言っていた。日の出前に出れば、もっと早く着く、と。それにわたしには、ヴィクターがざっと描いてくれた地図もあった。

村を出て一時間後、わたしは自分の過ちに気づいた。その日は太陽など見られそうになかった。雲が、わたしの顔をべっとりと冷たく湿らせて、つぎつぎ通り過ぎていく。この五分登ってきた、蛇行する干あがった小川も雲に覆い隠されている。小川にはすでに山の春が訪れており、土や石をゆるませていた。

高度が変わると、木の根や低木はなくなり、足もとはむきだしの岩となった。もう昼すぎだ。わたしはすっかり気をくじかれていた。そればかりか、もう道もわからない。引き返してみても、ずっとたどってきた小川の跡は見つからなかった。別の川には出たが、それは北東へつづいており、すでに季節の変化を起こして、山腹に激しく水を駆け下らせていた。一歩まちがえば、岩をつかもうとする手をずたずたに引き裂かれながら、流れにさらわれることになる。

昨日の高揚感は消えていた。わたしはもはや山の病の虜《とりこ》ではなく、代わりに、それと同じく鮮明に覚えているあの恐怖感に囚われていた。雲の出現——これは過去に何度となく経験してきたことだ。これほど人を無力にするものはない。来た道のいたるところを知りつくし、引き返せるのならなんとかなるが。いずれにせよ、あのころのわたしは若かった。体を鍛え、山登りに充分な体力もあった。いまのわたしは中年の都会人だ。そして、たったひとりで、初めて登る山にいる。わたしは怯えていた。

流れていく雲を避けて、巨大な丸石の陰に腰を降ろし、わたしは弁当を——谷間の宿で包んでもらったサンドウィッチの残りを——食べ、待った。そのあともさらに、立ちあがり、ぐるぐる歩きまわって暖を取りながら、待ちつづけた。まだ骨身に滲みるほどの寒さはないが、雲が出ているときの習いで、空気はじんわり冷たく、湿気を含んでいた。

暗闇が訪れ、気温が下がれば、雲は上がるだろう――わたしはその点に望みをかけていた。今夜は満月だったはず。これは非常に有利な点だ。雲が月の出のころまで残っていることはめったにない。たいていは分散し、消え去ってしまうのだ。だからわたしは、刺すような寒さの訪れを歓迎した。気温は、はっきり体感できるほど落ちている。きょうは一日、南から雲が流れてきていた。いまその方向に目をやると、十フィート先まで見通すことができた。後方は相変わらず曇っている。厚い霧の壁が下りの道を隠していた。わたしはさらに待ちつづけた。上を見ていると、南へ南へと、見通せる距離が伸びていく。十二フィート、十五フィート、二十フィート。雲はもはや雲でなく、薄れゆく靄にすぎない。そして突然、山が姿を現した。頂上はまだだが、南へ傾斜していく突き出た巨大な肩が。そして、その向こうには、初めて空が垣間見えた。

わたしはもう一度腕時計に目をやった。六時十五分前。モンテ・ヴェリタに夜が来た。

靄がふたたび降りてきて、さきほど見えた澄んだ空をかすませ、それからまた流れ去り、そこに空がまた現れた。わたしは丸一日過ごした避難場所をあとにした。二度目の決断の時だ。登るべきか、下るべきか。登りの道ははっきり見えている。そこには、ヴィクターの言っていた山の肩がある。それに沿って南へ走る尾根までもが見える。それこそ十二時間前、わたしがたどるはずだった道だ。二、三時間すれば、月が昇り、モンテ・ヴェリタの岩壁までたどり着くのに充分な明るさをもたらしてくれる。わたしは、東に――下りの道に目をやった。それは相変わらず雲の壁にすっかり覆い隠されていた。雲が消散しないかぎり、あともどりはできない。方角が不確かだから、三フィート先までしか見えないとなると手も足も出ないのだ。

わたしは先に進むことにした。メッセージを持って、山頂まで登ろう。

雲は足もとだ。活力がよみがえった。ヴィクターの描いた簡単な地図を改めて見直し、わたしは南の肩をめざして出発した。わたしは空腹だった。昼に食べたサンドウィッチをもう一度手にするためなら、なんでもくれてやったろう。もはや残っているのは、パン一個だけだ。それに、タバコがひと箱。タバコは呼吸を苦しくするが、とりあえず空腹をまぎらわす効果はある。

ふたつの峰が見えてきた。空を背に、くっきりと、荒涼たる姿をさらしている。それを見あげると、新たな興奮が湧きあがった。この肩を回りきって、山の南側に出れば、旅ももう終わりなのだ。

わたしはずんずん登りつづけた。南の斜面が視界に広がると、尾根が次第に細くなり、岩壁が切り立ってますます険しくなっていくのがわかった。やがて肩のうしろで、東の靄のなかから月がその大きな顔を少しだけのぞかせた。それを見ると、わたしは新たな孤独感をかきたてられた。まるで足もとにも頭上にも宇宙が広がり、自分だけがただひとり地球の縁を歩いているようだった。わたし以外この空っぽの円盤を歩いていく者はない。そしてこの円盤は、究極の闇に向かって虚空を回転していく。

月が昇るにつれて、それといっしょに登る人間はどんどんちっぽけな、取るに足らない存在となっていった。わたしはもはや自分が何者かを意識してはいなかった。わたしという存在が収まっているこの殻は、なんの感情もなく、月から発せられているように思える不可思議な力に引っ張られ、山頂へと進んでいた。まるで潮の満ち干のように、わたしは動かされていた。自分を促すこの法に背くことはできない。ちょうど呼吸をやめることができないのと同じことだ。これは、わたしの血に通っている山の病などではなく、山の魔法だ。わたしを突き動かしているのは気力ではなく、満月の引力なのだ。

岩はせまくなり、頭上低くかぶさってきて、アーチを――溝を形作った。わたしは身をかがめ、手さぐりで進まなければならなかった。やがてわたしは、闇から光のなかに出た。すると目の前には、銀白色のふたつの峰と、モンテ・ヴェリタの岩壁があった。

生まれて初めて、わたしはすべてをそぎ落とされた美というものを見た。使命は忘れ去られた。ヴィクターを案ずる気持ちも、一日じゅうわたしを捉えていた雲に対する恐れも。これこそが旅の終わり、これこそが充足だ。時間などもうどうでもいい。そんなものは意識に上りもしなかった。わたしはただその場に立ちつくして、月下の岩壁を見つめていた。

どれだけの間そうしていたのか、わたしにはわからない。塔と壁に変化が起きたのがいつなのか、それも覚えていない。ただ気がつくと、そこには、いままでなかったいくつもの人影があった。彼らは壁の上に一列に立っていた。空にそのシルエットが浮かんでいる。まるで岩で作られた石の彫像だ。彼らはそれほど静かで、なんの動きも見せなかった。

距離がありすぎて、彼らの容姿はわからなかった。ひとりは、他から離れて、吹きさらしの塔にいた。この人だけは、頭から足まで衣に包まれている。不意に、ドルイド教について、殺しについて、生け贄についての伝説が頭に浮かんだ。この人々は月を崇めている。そして、きょうは満月だ。もうすぐ犠牲者が下の奈落に投げ落とされる。わたしはそれを目の当たりにすることになるのだ。

それまでの人生にも怖いことはあった。しかしそのときわたしを襲った恐怖は、かつて味わったことのない激しいものだった。わたしは岩陰に膝をついた。月光に照らされて立ったままでいれば、見つかってしまうと思ったからだ。彼らが頭上に両腕を差しあげるのが見えた。それから、つぶやきが聞こえてきた。最初は低く、不明瞭に、そしていつしか、それまでの深い静寂を破って、徐々に大きく膨れあがっていった。音は岩壁にこだまし、高く低く宙をうねる。彼らは全員、満月を振り仰いでいた。生け贄など捧げない。殺しの儀式もない。これは彼らの賛美歌なのだ。

わたしは、未知の祈りの儀式の場に偶然足を踏み入れてしまった者がみなそうであるように、なにもわからず、恥じ入りながら、岩陰に隠れていた。耳のなかで歌声が鳴り響く。怪しく、恐ろしく、それでいて耐えがたいまでに美しい音色だ。わたしは両手で頭を隠し、目をつぶり、額が地面につくまで体を折り曲げた。

それから徐々に、ほんの少しずつ、賛美歌の大合唱は弱まっていった。それはつぶやきとなり、ため息となり、静まり、消え去った。モンテ・ヴェリタはふたたび静寂に包まれた。

それでもまだ、動く勇気は出てこなかった。わたしは両手で頭を隠したまま、顔を地面に伏せていた。自分の恐怖を恥ずかしいとは思わなかった。ふたつの世界の狭間で、わたしは行き場を失っていた。自分の世界は消えた。そして彼らの世界は自分のものではない。わたしはただただ、流れる雲の聖域にふたたび逃げこみたいと願っていた。

ひざまずいたまま、わたしはじっと待っていた。それから、様子をうかがいつつ、そろそろと顔を上げ、岩壁のほうに目をやった。そこにはただ壁と塔があるばかり。人影は消えていた。月は、黒っぽいぎざぎざの雲に覆い隠されている。

わたしは立ちあがったが、まだ動こうとはせず、塔と壁とにじっと目を据えていた。月が隠れてしまったいま、動くものはなにもない。さっき見聞きしたものは、本当は存在しなかったのではないだろうか。あの人影も、あの歌も。きっとあれは、わたし自身の恐怖と想像力の産物なのだ。

わたしは、雲が月を通り過ぎるのを待ってから、勇気を奮い起こして、ポケットの手紙を取り出した。ヴィクターがなにを書いたのかは知らないが、わたし自身の手紙はつぎのとおりだ。

親愛なるアンナ

不思議なめぐりあわせによって、ぼくはモンテ・ヴェリタのあの村を訪れ、そこでヴィクターに出会った。彼は重い病気で、おそらくは死にかけている。彼宛のメッセージがあれば、壁の前に置いてくれ。ぼくが彼に届けよう。それからもうひとつ。警告がある。きみのコミュニティに危険が迫っているようだ。谷の町の娘がいなくなったせいで、住人たちが怯え、怒っているんだよ。連中はもうじきモンテ・ヴェリタにやって来て、破壊をもたらすだろう。

最後に、ヴィクターがずっときみを愛するのをやめなかったことを言っておきたい。彼はいつも、きみのことを考えつづけていた。


手紙の最後にはわたしの署名が入っていた。

わたしは壁に向かって歩きはじめた。近くまで行くと、遠い昔ヴィクターが話してくれたあの細い窓が見えた。その向こうにはこちらを見張る目があるのかもしれない——せまい隙間ひとつひとつの向こうに人がいて、待っているのかも——ふとそんな気がした。

わたしは身をかがめ、壁の前の地面に手紙を置いた。そのとたん、真正面の壁がいきなり内側へ開いた。ぽっかり開いた入口から、何本もの腕が伸びてきて、わたしをつかんだ。手で喉をつかまれ、わたしは地面に倒れた。

意識を失う前、最後に聞こえたのは、少年の笑い声だった。

わたしはぎくりと目を覚まし、まどろみの深い淵から乱暴に現実に引きもどされた。一瞬前まで、自分がひとりでなかったことはわかっていた。誰かがかたわらにひざまずき、わたしの寝顔をのぞきこんでいたのだ。

わたしは身を起こし、あたりを見まわした。体は凍え、麻痺していた。その場所は長さ約十フィートの小部屋で、日の光がうっすらと、石の壁のせまい隙間から射しこんでいた。わたしは腕時計に目をやった。五時十五分前。どうやら四時間以上も意識を失っていたようだ。これは夜明け前のかりそめの光なのだ。

目を覚まして最初に感じたのは、一種の怒りだった。わたしはだまされていたのだ。村人たちは、わたしに、そして、ヴィクターにも、嘘をついていたのだ。わたしをつかんだあのごつごつした手。わたしの聞いたあの少年の笑い声。あれは村人たちのものではないか。あの男とその息子は、先に山道をたどり、わたしを待ち伏せしていたのだ。連中は壁の向こうに入る方法を知っていた。そして、何年にもわたりヴィクターをだましつづけ、今度はこのわたしをもだまそうとしたのだ。動機はまったく不明。盗みであるわけはない。わたしたちはどちらも、着ている服以外なにひとつ持ってはいないのだから。わたしの押しこまれたその小部屋は、がらんとしていた。人の住んでいる形跡は皆無で、寝台さえもなかった。だが不思議なことに——わたしは縛られていなかった。それに小部屋にはドアもない。入口の長い裂け目はただ開いている。ちょうどあの窓と同じだが、人ひとり通り抜けられる幅はあった。

わたしはすわったまま、光が強まるのを、そして肩や腕や脚に感覚がよみがえるのを、待った。本能が動かないよう告げている。いまあの隙間から抜け出れば、薄暗闇のなかでつまずき、転び、通路や階段の迷宮のなかで迷ってしまうかもしれない。

日の光が強まるとともに怒りも強まっていった。そしてまた絶望感も。わたしはなによりも、あの男と息子を引っ捕らえ、脅しつけ、必要とあらば闘いたかった。今度は投げ飛ばされて意識を失ったりはすまい。しかし彼らが、わたしを置いて行ってしまったとしたら——そして、ここから脱出する方法がないとしたら？　では、これがあの連中がよそ者に仕掛けてきた罠なのだろうか？　何年も何年も、連中の前にはあの老人が、あの老人の前には他の者たちが、谷の女たちをたぶらかし、いったんこの壁のなかに入った犠牲者は飢えて死ぬまで放置されていたのだろうか？　不安が湧きあがってくる。考えすぎると、パニックに陥りそうだ。わたしは気を鎮めようと、ポケットのシガレットケースをさぐった。何回か煙を吸いこむと、気分は落ち着いた。その匂いと味は、わたしの知っている世界のものだからだ。

そのときわたしは、フレスコ画に気づいた。次第に強まっていく光が、それを照らし出したのだ。絵は四方の壁いっぱいに描かれ、さらに天井までつづいていた。無教養な農民の稚拙な作業ではなく、宗教画家が深い信仰に突き動かされて描いた聖なる作品でもない。それらのフレスコ画は、生命と活気、生々しさと力強さを備えていた。物語になっているのか、いないのか、それはわからなかった。しかしモチーフは明らかに月への崇拝だった。描かれている人物の何人かはひざまずき、他の者は立っている。そしてその全員が、天井に描かれた月に向かって両手を差しあげている。しかし奇妙なことに、不気味な手法で描かれた賛美者たちの目は、月を見あげているのではなく、わたしを見おろしているのだった。わたしはタバコを吸い、目をそらせた。しかしわたしは、陽光が強まっていく間ずっと、彼らの目が自分を見据えているのを感じていた。まるで、壁の外で、せまい窓の向こうから黙って見つめる人々を意識していたあのときにふたたびもどったようだった。

わたしは立ちあがり、吸い殻を足で踏み消した。なにが起こるにせよ、その小部屋でひとり、壁に描かれた人々に囲まれて、じっとしているよりはましな気がした。わたしは裂け目のところへ行ってみた。するとまたあの笑い声が聞こえた。今度は前よりかすかに、声を押し殺すように、しかしやはり、あざけりを帯びて、若々しく。あのいまいましい坊主め……

わたしは、罵声をあげながら、裂け目から飛び出していった。あいつはナイフを持っているかもしれない。だがそんなことはかまわなかった。少年はそこにいた。壁にぴったり寄りかかり、わたしを待っていた。その目がきらりと光るのが見えた。髪は短く刈りこまれている。わたしは、相手の顔に殴りかかった。拳が空を切る。するりとよけた少年の笑い声が聞こえる。気がつくと、彼はもうひとりではなかった。そのすぐうしろにもうひとりいる。そして三人目も。彼らはいっせいにわたしに飛びかかった。わたしは、まったく力のない者のように、地面に押しつけられた。最初の少年がわたしの胸を膝で押さえつけ、両手を喉に巻きつけた。彼はほほえんでいた。

わたしは息をしようと必死にあえいだ。すると少年は力をゆるめた。三人は例のあざけるような笑みを口もとに浮かべ、わたしを見つめていた。わたしは、三人のなかにあの村の少年がいないことに気づいた。あの父親もいない。それに彼らの顔は、村人たちの顔とも、谷の住人たちの顔ともちがっていた。彼らは、壁のフレスコ画と同じ顔をしていた。

三人の目は、まぶたが厚く、非情につりあがっていた。遠い昔、わたしはそれとそっくりの目を見たことがあった。その目は、エジプトの墓に、あるいは、土と瓦礫に長いこと埋もれ、忘れられていた壺に、描かれていたのだ。彼らはみんな膝まで届くチュニックをまとっており、腕と脚はむきだしだった。そしてその姿には、得も言われぬ厳粛な美しさ、悪魔的な優雅さがあった。わたしは身を起こそうとしたが、喉に手を巻きつけている少年に押しもどされた。わたしは悟った。自分はこの少年にも、その仲間たちにも、到底かなわない。もしそうしたければ、彼らは、あの壁からモンテ・ヴェリタの下の奈落にわたしを投げ落とすこともできる。では、これで終わりなのだ。あとは時間の問題。ヴィクターは、あの山腹の小屋で、ひとり死んでいくだろう。

「さあ、やれ」わたしは観念した。「さっさとすませてくれ」もうなにもかもどうでもよかった。わたしは、あざけるような若々しいあの笑いが返ってくるのを待った。いきなり体をつかまれ、あの細い窓から、暗闇へ、死へと荒々しく突き落とされるのを。わたしは目を閉じ、覚悟を決めて恐怖のときを待った。しかしなにも起こらない。わたしは、あの少年が唇に触れるのを感じた。目を開くと、少年は相変わらずほほえんでおり、その手にはミルクの入ったカップがあった。彼はそれを飲むようわたしを促したが、口はきかなかった。わたしは首を振った。しかし彼の仲間たちがやって来て、かたわらに膝をつき、わたしの肩や背を支えた。わたしは、ぼんやりと、感謝しつつ、子供のように素直にそれを飲んだ。彼らに支えられているうちに、恐怖は消え去った。まるで、彼らの手からわたしの手へと力が伝わってくるようだった。いや、手ばかりでなく、全身へと。

　飲み終えると、最初の少年が、わたしからカップを取りあげ、地面に置いた。それから彼は、わたしの心臓の上に両手を載せ、指を触れた。すると、わたしのなかに、生まれてから一度も経験したことのない感覚が起こった。まるで神の平和が、静かに力強く、わたしの上に降りてきて、少年の手の愛撫とともに、すべての悩みや恐れ、昨夜の疲れや恐怖を取り除いていくようだった。山で雲と霧に囲まれた、ついさきほどの体験も、ヴィクターがひとり淋しく死のうとしていることも、急にどうでもよくなった。新たに知ったこの力強い美しい感覚に比べれば、そんなことは取るに足りない。ヴィクターが死ぬとしても、それがなんなのだろう。彼の体があのみすぼらしい小屋に横たわる抜け殻となっても、その心臓は、いまわたしの心臓が脈打っているように、ここで脈打ち、心はわれわれのもとにやって来るにちがいない。

「われわれのもとに」とわたしは言った。それは、そうやってせまい小部屋にすわっているうちに、自分がそこにいる仲間たちに受け入れられ、その一員になったような気がしたからだ。「これだ」まだ怪しみながらも、とまどい、幸せな気分になって、わたしは思った。死がこんなふうならいいとぼくはいつも思っていた。すべての痛み、悲しみが消え、生《せい》は、理屈っぽい脳からではなく、心から湧き出ている」

少年はなおもほほえみを浮かべたまま、わたしの胸から手をどけたが、あの力強い感覚は消えなかった。少年は立ちあがり、わたしもそれに倣った。わたしは彼と他のふたりのあとにつづいて、小部屋の裂け目を抜け出た。そこにあったのは、蜂の巣状の迷宮でも、曲がりくねった廊下でも、暗い回廊でもない。どの小部屋からも出ていける、天蓋のない広々とした中庭だ。そしてその四角い中庭の一辺は上に向かい、モンテ・ヴェリタのふたつの峰へとつながっていた。氷をかぶった美しい峰はいま、昇りつつある太陽の薔薇色の光を浴びている。氷に刻まれた階段は、頂上へとつづいていた。なぜ、壁の内側が、そしてこの中庭が、これほどまでに静かだったのか、わたしはようやく悟った。他の人々は、その階段の上に並んでいたのだ。どの人も、あの同じチュニックをまとって腕と脚をむきだしにし、ウエストをベルトで締め、髪を短く刈りこんで。

わたしたちは中庭を横切り、彼らの脇を通って階段を上っていった。あたりはしんと静まり返っていた。人々は、わたしに声をかけも、互いに言葉を交わしもせず、ただ最初に会った三人と同じようにほほえんでいた。それは、この世にふつうにある礼儀正しいほほえみでも、優しいほほえみでもなく、不思議な歓喜の表情だった。まるで智恵と勝利と情熱とが渾然一体となったような。彼らには年齢も性別もない。男でも女でもなく、年寄りでも若者でもない。しかしその顔の美しさ、その肉体の美しさは、これまでわたしが見聞きしてきたどんなものよりも、刺激的で心を躍らせた。突然、この人たちの一員になりたい、という強い願いがわたしを襲った。わたしは、この人たちと同じ格好をしたかった。この人たちが愛するように愛し、笑い、祈り、沈黙したかった。

わたしは、自分の上着とシャツ、登山用の半ズボン、分厚いソックスと靴を見おろし、急にそれらに嫌悪と軽蔑を覚えた。まるで死に装束ではないか。わたしは、一刻も早くそこから逃れたくなり、それらを引きむしり、下の中庭に放り捨て、太陽のもとに裸をさらした。決まり悪さも恥ずかしさもなかった。自分がどう見えるかなどまったく意識に上らなかった。わかっているのは、ただ、この世の束縛から逃れたいということ、自分の衣服がかつての自分自身を象徴しているように思えるということだけだった。

わたしたちは階段を上りつめ、頂上に立った。すると目の前に全世界が広がった。霧や雲はどこにもない。峰々は果てしなくつづき、そのはるか下には、われわれとなんのかかわりもなく、ぼんやりかすむ、緑の、じっと動かない、谷や小川や眠れる小さな町がある。やがて振り返ったわたしは、モンテ・ヴェリタのふたつの峰の間に、せまいけれども決して渡ることのできない、巨大な亀裂があるのに気づいた。頂上に立って下を見おろし、わたしは驚きと畏れとともに、自分の目がその深みを見通すことができないのを知った。薄青い亀裂の壁け、なめらかで切り立っており、山の心臓部に永遠に隠された底なしの穴へとまっすぐ落ちこんでいる。峰を照らす真昼の太陽も、満月の光も、その底に触れることはない。しかしわたしには、峰にはさまれたその形が、両手に捧げ持たれた聖杯のように見えた。

頭から足まで白いものに包まれた誰かが、その亀裂の縁に立っていた。顔立ちは、白い衣の頭巾に隠れていて、わからない。しかし、頭をそらせ、両腕を伸ばした、すっくと高いその姿に、わたしの心はいきなり沸き立った。

アンナだ。あんなふうに立つ人は他にいない。わたしはヴィクターを忘れ、自分の使命を忘れた。時も、場所も、これまでの長い年月もすべて忘れた。思い出せるのは、彼女の静かさ、顔の美しさ、そして、わたしにこう語りかけたあの穏やかな声だけだ――「結局、わたしたちはふたりとも、同じものをさがし求めているんだから」そしてわたしは悟った。自分が常に彼女を愛してきたことを。彼女はヴィクターと先に出会い、彼を選んだ。しかしその絆も結婚の儀式も、わたしたちを煩わせはしなかった。これまで一度もだ。ふたりの心は、クラブでヴィクターがわたしたちを引きあわせた瞬間、結びつき、理解しあった。そしてその説明しようのない不思議な絆は、あらゆる障害、あらゆる束縛を打ち破り、いつもふたりを互いのそばにつなぎ留めていた。沈黙のときも、不在のときも、離れていた長い年月の間も。

そもそも彼女をひとりで自分の山をさがしに行かせたわたしがまちがっていたのだ。もしもあの日、《マップハウス》でヴィクターとアンナに誘われたとき、いっしょに行っていたら、わたしは彼女がなにを感じたか直感的にわかったろうし、ともにあの魔法にかかっていたにちがいない。ヴィクターはあの小屋で眠っていたが、わたしならば目を覚まし、アンナとともに出かけただろう。そうなっていれば、アンナとわたしは、わたしがみすみす捨て去った年月、虚しく浪費した年月を、ともにこの山で、俗世から切り離されて過ごしていたはずだ。

わたしはふたたび周囲を、かたわらに立つ人々の顔を見まわし、痛みにも似た飢餓感とともに、ぼんやりと悟った。この人たちは、わたしが一度も味わったことのない愛の歓びを知っているのだ。彼らの沈黙は、彼らを闇へ追いやる誓約ではなく、山が彼らに与えた安らぎなのだ。山は彼らの心を溶けあわせた。ほほえみが、まなざしが、用件や考えを伝えるならば、言葉はいらない。そして笑いは、常に勝利感とともに、心の底から湧き出し、決して抑えられることはないのだ。ここには秘められた法などはない。本能の欲求をすべて否定する、陰鬱で不気味な法などは。ここでの生は濃密だ。満たされ、歓喜に叫んでいる。太陽の高熱は血管に滲みこみ、血潮の一部、生きている肉の一部となる。凍りつく空気は、直射日光と混ざりあい、肉体を浄め、肺に力と強固さをもたらす——あの指が心臓に触れたときわたしが感じたのと同じ力を。

そんなにも短い間に、わたしの価値観は一変していた。怯え、恐れ、憤りつつ、霧に包まれた山を登ってきた、ほんのしばらく前までのあの自分は、もう存在していないようだった。世間の誰かがいまのわたしを見たら、白髪頭の、中年を過ぎた、頭のおかしい男、物笑いの種、愚か者としか思わないだろう。わたしは他のみなとともにモンテ・ヴェリタに裸で立ち、太陽に向かって両手を差しあげていた。それはすでに天に昇って、われわれに光を降り注いでいる。水疱の浮きあがるわたしの肌は、痛みと歓びの混合体だ。熱は、わたしの心臓を、そして肺を駆けめぐる。

わたしはアンナに目を釘付けにしたまま、あまりにも強い愛ゆえに、自分でも気づかぬうちにその名を呼んでいた。「アンナ……アンナ……」そして彼女も、わたしがそこにいるのを知っていた。その証拠に彼女は手を上げて合図した。他の人々は誰ひとり注意を払わない。誰ひとり気にしていない。みんなわたしとともに笑っている。彼らは理解しているのだ。

やがてわれわれのなかから、ひとりの娘が進み出て、歩きだした。簡素な村のドレスを着て、ストッキングと靴を履き、髪は肩に垂らしている。最初その手は、祈りの形に組み合わされているかに見えたが、それはちがった。娘は胸に両手を当て、指を触れているのだった。

娘は、アンナの立つ亀裂の縁へ行った。昨夜わたしは、月の下で、恐怖に捉えられた。しかし今度はちがう。わたしは受け入れられている。彼らの一員なのだ。この頭上の空における時間の広がりからすれば、ほんの一瞬だが、日の光が亀裂の縁に触れ、青い氷が輝いた。われわれはいっせいにひざまずき、太陽を振り仰いだ。賛美歌が始まった。

わたしは思った。「人類は最初、こんなふうに祈ったにちがいない。そして最期の時も、こんなふうに祈るだろう。ここには教義などない。救世主も、神もない。われわれに光と命を与えてくれる太陽があるだけだ。昔から常にそうだったのだ。太古の時代からずっと」

太陽の光は上昇し、移動しつづけた。あの娘は立ちあがり、ストッキングと靴を、そしてドレスを、脱ぎ捨てた。ナイフを手にしたアンナが、娘の髪を切り落とし、短く耳の上まで刈りこんでいく。娘は両手を胸に当てて、その前に立っていた。

「これであの娘は自由だ」わたしは思った。「もう二度と谷の町へは帰るまい。親たちは嘆き悲しむだろう。それにあの娘の恋人もだ。彼女がこのモンテ・ヴェリタになにを見出したか、彼らには決してわかるまい。谷に残っていたなら、結婚の宴や式典、それにダンスもあったろう。そしてそのあと、短いロマンスは退屈な結婚生活へと変わる。家事、育児、心配事、いらいら、病、厄介事。毎日毎日同じことを繰り返しながら老いていく。だがあの娘は、そのすべてから解放された。かつて感じたものは、なにひとつなくなっていない。愛と美は消え去りも、薄れもしない。ここでの生活は厳しい。なぜなら自然は厳しく、非情なものだから。だがこれこそ、あの娘の望んでいたものなのだ。彼女はこのためにやって来たのだ。彼女はここで、いままで知らなかったこと、下界にいるかぎり決して知りえなかったことを、すべて知るだろう。情熱と喜びと笑い。太陽の熱さ。月の引力。激情のない愛。夢に妨げられることのない眠り。だからこそ、あの人たち、あの谷の住人たちは、ここを憎むのだ。だからこそ彼らは、モンテ・ヴェリタを恐れるのだ。この頂には、彼らが持っていないもの、決して持ちえないものがあるのだから。彼らが怒り、妬み、不幸を感じるのは、そのせいなのだ」

やがてアンナは向きを変えた。過去の生活や村の服とともに自らの性をも捨て去り、他の人人と同じく髪を短く刈りこんだあの娘も、裸足で、裸の腕をさらしたまま、あとにつづいた。彼女は喜びに輝き、ほほえんでいた。わたしにはわかった。この先、彼女を悩ますものはなにひとつなくなるのだ。

ふたりは、わたしをひとり頂に残し、中庭に降りていった。わたしは天国の門を前に拒絶されたような気分になった。至福のひとときは、やって来て、去っていった。他の人々はここに属しているが、わたしはちがう。わたしは下界から来たよそ者なのだ。

わたしは、心ならずも正気に返り、ふたたび服を着た。そしてヴィクターのことや自分の使命を思い出し、階段を降りていった。中庭から見あげると、アンナが塔で待っているのが見えた。

他の人々は壁に背を寄せ、道を空けた。わたしは、みなのなかでアンナだけが白の長い衣と頭巾をまとっていることに気づいた。塔は高くそそり立ち、天にさらされている。アンナは、わたしのよく覚えている、かつて大広間の暖炉を前に低いスツールにすわっていたときと同じあの独特の格好で、片膝を立て、肘をついて、塔の階段の最上段にすわっていた。きょうはきのう、きょうは二十六年前となり、わたしたちはふたたびシュロップシャーの領主館でふたりきりになっていた。あのとき彼女がもたらしてくれた安らぎが、いままたわたしにもたらされた。わたしは彼女のかたわらにひざまずき、その手を握りたかった。しかしそうする代わりに、わたしは壁際に立って腕を組んだ。

「じゃあとうとうここを見つけたのね」アンナは言った。「少し時間がかかったわね」

その声は昔と変わらず優しく静かで穏やかだった。

「ぼくをここに連れてきたのは、きみなの？」わたしは訊ねた。「飛行機が墜落したとき、きみがぼくを呼んだのかい？」

彼女は笑った。わたしは一度も彼女から離れていたことなどなかったのだ。モンテ・ヴェリタにおいては、時はじっと動かない。

「わたしはもっとずっと前に来てほしかったのよ」彼女は言った。「でもあなたはわたしに心を閉ざしていた。ちょうど受話器を置いてしまったようなものね。電話をかけるには、ふたりの人が必要でしょう？　いまでもそう？」

「ああ、そうだよ」わたしは答えた。「もっと新しい発明だと、連絡をつけるのに真空管が必要なんだ。でもそんなことはどうでもいい」

「何年もの間、あなたの心はただの箱だった。残念なことだわ――本当なら多くのものを共有することができたはずなのに。ヴィクターは自分の想いを伝えるのに手紙を書かなければならなかった。あなたならその必要もなかったのよ」

わたしの胸に初めて希望が湧いたのは、そのときだと思う。だがここは、慎重に、手さぐりで進まなければならない。

「彼の手紙を読んだんだね？　それに、ぼくの手紙も？　彼が死にかけているのは知っているんだね？」

「ええ。あの人はもう何週間も具合が悪いの。あなたにここに来てほしかったのはだからなのよ。あの人が死ぬとき、そばにいてもらいたかったの。あなたが村にもどって、わたしと話したと言ってくれれば、あの人は安心する。それで幸せになれるのよ」

「どうして自分で行かないの？」

「このほうがいいの。彼の夢を壊さずにすむから」

彼の夢？　どういう意味だろう？　では、モンテ・ヴェリタの人々は全能ではないのだろうか？　アンナは自分たちに危険が迫っていることを理解しているのだろうか？

「アンナ」わたしは言った。「ぼくはきみの言うとおりにするよ。ヴィクターのところへもどって、最期までそばにいよう。でも時間があまりないんだよ。いちばん大きな問題は、きみたちがたいへんな危険にさらされているってことなんだ。明日、いや、今夜かもしれない、谷の連中がモンテ・ヴェリタに登ってくる。ここに押し入って、きみたちを殺すつもりなんだ。連中が来る前に、なんとしても逃げなきゃならない。自分たちでなんとかする方法がないなら、力にならせてくれ。ここだって、それができないほど文明から離れているわけじゃない。谷まで降りて、電話を見つけて、警察か、軍隊か、関係当局に……」

声が途切れた。はっきりしたプランがあるわけではないが、彼女には信頼してほしかった。たよって大丈夫だと感じさせたかったのだ。

「ともかく、これ以上、ここで暮らすのは不可能だよ。仮に今回、襲撃を防げたとしても、来週か来月かに、彼らはきっとやって来る。安全に暮らせる日はもう残り少ないんだ。きみたちは長いことここに閉じこもっていたから、現在の世界情勢はわからないだろう。いまはこんな辺境の地でさえ、疑いによってまっぷたつに引き裂かれている。谷の住人だってもう迷信的な貧しい農民ではないんだよ。連中は近代兵器で武装し、殺戮を望んでいる。モンテ・ヴェリタのきみたちにチャンスはないんだ」

アンナはなんとも答えなかった。彼女は階段にすわって、耳を傾けていた。遠く離れて、静かに、白い衣と頭巾に包まれて。

「アンナ」わたしは言った。「ヴィクターは死にかけている。もう死んでしまったかもしれない。彼にはもうきみを助けることはできない。でもぼくならできる。ぼくはずっときみを愛していたんだ。こんなことは言う必要もないな。きみにはわかっていたはずだから。二十六年前、モンテ・ヴェリタで暮らしはじめたとき、きみはふたりの男を破滅させたわけだよ。でも、もうそんなことはどうでもいい。やっときみが見つかったんだ。文明に手の届かない、遠いところは、まだ他にもあるよ。そういうところにいっしょに住もう。きみとぼくと――それからここにいる他の人たちも、そうしたいならいっしょに来ればいい。ぼくには金がある。なにもかも手配できるよ。きみはなんにも心配しなくていいんだ」

わたしは、実際的な事柄――領事のこと、大使館のこと、パスポートや書類や着るものをどうするかといった問題を語る自分を見つめていた。

心の目には、世界地図も映っていた。わたしは頭のなかで、ふさわしい場所をさがし求めた。南米の山並みからヒマラヤへ、ヒマラヤからアフリカへ。カナダ北部には、いまでも広大な未開の荒れ地が残っている。グリーンランドにもだ。それに世界には、数えきれないほど多くの島がある。淋しい海に洗われる、海鳥以外訪れる者もない、数知れぬ人跡未踏の島々が。山や島、なにも育たない荒野や砂漠、奥深い密林や北極の荒れ地。アンナがどこを選ぼうとかまわない。ただ、こんなにも長いこと会えずに過ごしてきたのだから、これからはずっと彼女といっしょにいたかった。

いまならそうすることができる。彼女に対して権利のあるヴィクターは、死にかけているのだ。わたしは率直だった。真剣だった。彼女にそのとおりに話した。そうして彼女の返事を待った。

アンナは笑った。かつてわたしが深く愛した、なじみ深いあの温かな笑いだ。わたしはそばに行って、彼女を両腕で抱きしめたくなった。その笑いには、それほど命が、喜びと希望がこもっていたのだ。

「どう?」わたしは言った。

アンナは階段から立ちあがって、近づいてくると、とても静かに、わたしのかたわらに立った。

「昔ある男がいたの」彼女は言った。「その男はウォータールー駅の切符売り場に行って、とても熱心に、希望に満ちあふれて、職員にこう言ったのよ。『天国への切符がほしいんですが。

片道切符です。帰りの分はいりません』職員がそんな場所はないって言うと、その男、インク壺をつかんで、それを職員の顔に投げつけたの。警察が呼ばれ、男は連行されて刑務所に入れられたわ。いまあなたが求めているのは、それ――天国への切符なんじゃない？　ここは真実の山。それとはぜんぜんちがったものなのよ」

わたしは傷つき、いらだちさえ覚えた。アンナはせっかくのプランを少しも真剣に取らず、ただわたしをからかっているのだ。

「それなら、どうするつもりなんだい？　連中がやって来て、壁をぶち壊すのを、ここに隠れてじっと待っているのかい？」

「わたしたちのことは心配しないで。取るべき道はわかっているから」

それは、取るに足りないことを話しているような、無頓着な口調だった。わたしは苦悶のうちに、ふたりのために計画した未来が自分の手をすり抜けていくのを眺めていた。

「つまり、きみにはなにか秘密の力があるんだね？」わたしは責めるように訊ねた。「奇跡を起こして、自分と仲間を救うことができるんだね？　でもぼくはどうなるんだ？　いっしょに連れていってくれないのかい？」

「あなたは来たがらないわ」アンナはわたしの腕に手をかけた。「モンテ・ヴェリタを作りあげるのには、長い時間がかかるの。ただ服を脱いで、太陽を賛美すればそれでいいというものではないのよ」

「わかっているさ」わたしは言った。「すべてをやり直す心構えはできているよ。新しい価値を学び、一から始める。これまで自分のしてきたことになんの価値もないことはわかっている。才能も、努力も、成功も、全部無意味だ。でももしきみといっしょにいられるなら……」

「どんなふうに？　わたしといっしょというのは？」彼女は訊ねた。

なんと答えたらよいのだろう？　それは、あまりにも意表をつく単刀直入な質問だった。心のなかでは、自分が、男と女が共有しうるすべてを望んでいることはわかっていた。もちろん最初からではない。だが、そのうちに、ふたりが別の山か、荒野か、どこでもいい、世界から隠れて暮らせる場所を見つけたら。いますべてを詳しく語る必要はない。大事なのは、わたしは、アンナさえそうさせてくれるなら、彼女についてどこへでも行く覚悟だということだ。

「ぼくはきみを愛している。昔からずっと愛していた。それだけじゃだめなのかい？」わたしは訊ねた。

「ええ、それだけではだめ」彼女は答えた。「モンテ・ヴェリタではね」

そして彼女は頭巾をうしろへやり、わたしに顔を見せた。

わたしは慄然として目を据えていた……動くことも、口をきくこともできなかった。まるであらゆる感情が凍りついたかのように。わたしの心臓は冷たくなっていた……彼女の顔の片側は、腐敗し、くずれ、見るも無惨だった。病魔は、額を、頰を、喉を襲い、膚を変色させ、ただれさせている。かつてわたしの愛したあの目は黒ずみ、深く落ちくぼんでいた。

「わかったでしょう？」アンナは言った。「ここは天国ではないの」

わたしは目をそむけたのだろうか。よく覚えてはいない。ただ確かなのは、塔の岩壁にもたれ、下の奈落を見おろしたことだ。しかし下界は巨大な雲の塊に覆いつくされていた。

「他にもこうなった人はいるのよ。みんな死んでしまったけれど。わたしがまだ生きているのは、他の人たちより丈夫だったから。病魔は誰にでも襲いかかる。不滅だと言われているモンテ・ヴェリタの者たちにも。でもそんなことは問題じゃないの。わたしはなにも後悔していない。ずっと昔、わたし、あなたに言ったでしょう——山に登る者はすべてを捧げなくてはならない。それだけのことよ。わたしはもう苦しんではいない。だからわたしのことで苦しむ必要はないのよ」

言葉が出てこない。涙が頬を伝っていく。わたしはそれをぬぐおうともしなかった。

「モンテ・ヴェリタには幻想も夢もない」アンナは言った。「幻想や夢はふつうの世界のものなの。そしてあなたはその世界に属している。もしも、わたしに対して抱いていた夢を壊してしまったのなら、ごめんなさい。あなたはかつて知っていたアンナを失い、その代わり新しいアンナを見つけたの。どちらのアンナをより長く記憶に留めるか、それはあなた次第だわ。さあ、男と女のいるあなたの世界へお帰りなさい。そしてあなた自身のモンテ・ヴェリタを作るのよ」

この世のどこかに、灌木や草やひねこびた木々が生えている。この世のどこかに、土や石や水のせせらぎがある。深い谷には家々があり、男と女がそこに住み、彼らの子供たちを育てている。そこには暖炉の火や、渦巻く煙や、明かりの灯る窓がある。この世のどこかに、道路があり、鉄道があり、町がある。数えきれないほど多くの町、多くの通りが。そしてそのひとつひとつに、人でいっぱいの建物があり、明かりの灯る窓がある。それらすべてが、この雲の下に、モンテ・ヴェリタの下にあるのだ。

「心配したり恐れたりしないで」アンナは言った。「谷の人々は、わたしたちにはなにもできないわ。ひとつだけお願い……」やや間があった。わたしは彼女を見ていなかった。だが彼女はほほえんでいたにちがいない。「ヴィクターの夢を壊さないで」

彼女はわたしの手を取った。わたしたちはいっしょに塔の階段を降りていき、中庭を通り抜け、岩の壁へと歩いていった。他の人々はそこに立って、わたしたちを見守っていた。裸の腕と脚をさらし、髪を短く刈りこんだあの姿で。なかには、谷から来た娘、世を捨てて彼らの一員となったあの改宗者もいた。わたしは、娘が頭をめぐらせ、アンナを見つめるのを見た。そしてその目の表情も。そこには、戦慄も、恐怖も、嫌悪感もなかった。人々はそろってアンナを見つめた。みな、勝ち誇り、歓喜にあふれ、すべてを知り、すべてを理解していた。わたしは悟った。アンナの感じる痛み、耐えている苦しみを、彼らもまた感じ、共有し、受け入れているのだ。彼女はひとりではない。

人々はわたしに視線を移した。彼らの表情が変わった。わたしはそこに、愛と理解ではなく、憐れみを読み取った。

アンナはさよならを言わなかった。彼女はわたしの肩にほんの一瞬手を触れた。そして気がつくと、壁が開き、彼女はいなくなっていた。太陽はもう頭上にはなく、西の空への旅を始めていた。巨大な白い雲の塊が、下界からもくもくと湧きあがってくる。わたしはモンテ・ヴェリタに背を向けた。

村に着いたのは夕方だった。月はまだ出ていなかった。だがまもなく、おそらく二時間足らずのうちに、遠い山々の東の尾根の上に出て、空全体を明るくするはずだった。彼らは——あの谷の住人たちは、待機していた。三百人、いや、それ以上いただろう、小さな集団に分かれて、それぞれ小屋のそばに集まっている。彼らは全員、武装していた。ライフルや手投げ弾、あるいは、もっと原始的につるはしや斧を持っている者もいる。小屋の間を通る村の道には焚き火が焚かれていた。彼らは食料も持ってきていた。みんな火のそばに立つかすわるかして、飲み食いし、タバコを吸い、しゃべっている。なかには、犬をつないだ綱をしっかり握っている者もいる。

いちばん端の小屋の住人は、息子とともに戸口に立っていた。このふたりもやはり武装していた。少年のほうは、つるはしを持ち、ナイフをベルトに差している。あの男は、例のむっつりした愚鈍な顔でわたしを見つめた。

「あんたの友達は死んだよ」彼は言った。「もう何時間も前に死んだんだ」

わたしは男を押しのけて、小屋の居間へと入っていった。ロウソクが燃えていた。一本はベッドの枕元に、もう一本は足もとに。わたしはかがみこんで、ヴィクターの手を取った。あの男の言葉は嘘だった。ヴィクターにはまだ息があった。わたしがその手に触れると、彼は目を開いた。

「彼女に会った？」彼は訊ねた。

「ああ」わたしは答えた。

「そんな気がしたよ。じっと寝ていたら、ふっと、そうなるだろうと感じたんだ。彼女はぼくの妻だし、ぼくは何年もずっと彼女を愛しつづけてきた。なのに彼女に会うのを許されたのは、きみだけだったとはな。だが、もう嫉妬するには遅すぎる。そうだろう？」

ロウソクの光はおぼろだった。彼には戸口の人影は見えていなかったし、外の動きもざわめきも聞こえてはいなかった。

「ぼくの手紙は渡してくれたか？」彼は訊ねた。

「ちゃんと渡したよ」わたしは答えた。「彼女、心配しないようにと言っていた。気をもまないでくれとね。元気にしていたよ。すべてうまくいっているんだ」

ヴィクターはほほえみ、わたしの手を放した。

「じゃあ本当だったんだ」彼は言った。「ぼくがモンテ・ヴェリタについて抱いていた夢はすべて。彼女は幸せで、満たされている。決して年を取らず、あの美しさも失わない。教えてくれ。彼女の髪や目やあの笑顔――ああいうものも、みんな昔のままだったかい？」

「そうだとも」わたしは言った。「アンナはいつまでも、きみやぼくの知るかぎり、いちばん美しい女でありつづけるんだ」

返事はなかった。そのまま彼に付き添っていると、突然、狩猟ラッパが鳴り響くのが聞こえた。つづいて第二のラッパ、第三のラッパの音が。外がにわかにあわただしくなった。男たちが武器をかつぎ、焚き火を踏み消し、いざ出発せんと集まりだしたのだ。犬は吠え、男たちは勇み立ち、興奮して笑っている。彼らが行ってしまうと、わたしは小屋を出て、人気《ひとけ》の絶えた村にひとりぽつんとたたずんだ。暗い谷間から満月が昇ろうとしていた。

林檎の木

最初にその林檎の木に気づいたのは、妻が死んで三ヵ月目のことだった。もちろん以前から、その木があるのは知っていた。そいつは昔から、野に向かって上り坂になっている、家の前の芝生に仲間の木々と並んで立っていた。だがそれまでは、その木と他の木とのちがいを特に感じたことはなかった。強いて特徴を挙げるなら、いちばん左端に立つ三番目の木だということと、仲間たちから少し離れてテラスのほうに傾いているということくらいだろうか。

それはよく晴れた初春の朝だった。彼は開け放った窓のそばで、髭を剃っていた。石鹸の泡だらけの顔で、剃刀を片手に、空気の匂いを吸いこもうと身を乗り出したとき、彼の目はその林檎の木に落ちた。たぶん光のいたずら、森の上に昇った太陽が、たまたまその瞬間、その木を捉えたせいだろう――しかし、そっくりなのは否めなかった。

彼は窓枠に剃刀を置いて、まじまじとそれを見つめた。木はこちらの気が滅入るほど痩せこけており、仲間の木々のごつごつした力強さなどみじんもなかった。梢《こずえ》近くからは枝がほんの数本だけ、長い胴体についた細い腕のように突き出され、まるでこのすがすがしい空気のなかで凍えているかのように、殉教者じみたあきらめのうちに広がっている。根本から幹の半ばまでぐるぐる巻かれたワイヤーは、細い脚を覆う灰色のツイードのスカートそっくりだし、空に突き出しながらもわずかに垂れているいちばん高い枝は、力なくうなだれた頭そのものだ。

こんなふうに元気なく立っているミッジの姿を、彼は何度見たことだろう。庭にいるときも、家のなかにいるときも、いや、町で買い物をしているときであっても、彼女は、自分がつらい人生を送っていることをほのめかすように、うなだれていた。自分は、到底背負いきれない重荷を背負わされている、それでも最後まで愚痴ひとつこぼさず耐え忍ぶつもりだ、とでも言いたげに。「なあ、ミッジ、ひどく疲れた顔をしているよ。後生だからすわって、ひと休みしてくれないか!」そう言っても、彼女は肩をすくめ、ため息をつくばかり。「誰かが働かなきゃならないんだもの」そして彼女は背筋を伸ばし、自らに課している、まるでする必要のない、退屈な日々の仕事に取りかかる。来る日も来る日も、果てしなく、変わりなく、長年そうしてきたとおりに。

彼は林檎の木を眺めつづけた。殉教者じみた前かがみの姿勢、垂れた梢、くたびれた枝、そして、前の冬の雨や風にも吹き飛ばされず、いまは春風のなかでひと握りの髪のように震えているわずかばかりのしおれた葉――そのすべてが、自分を見おろす庭の主を声もなく責めているようだった。「わたしがこうなったのは、あなたのせい、あなたにほったらかしにされたせいですよ」

彼は窓から顔をそむけ、髭剃りをつづけた。せっかく永遠の自由を手に入れたばかりなのに、空想をたくましくして、頭のなかに幻を作りあげることもあるまい。彼は風呂に入り、服を着、朝食に降りていった。ベーコン・エッグが温かい皿の上で待っていた。彼はそれを食卓の、自分ひとりだけのために用意された席へと運んだ。そこには、皺もなくきちんと折りたたまれたきょうの《タイムズ》が置いてあった。ミッジが生きていたころは、昔からの習慣で、彼はまず妻に新聞を渡した。すると、朝食後、彼女から返ってきて、書斎に持っていけるようになるころには、そのページは決まって狂っているうえ、折り目もゆがみ、読む楽しみは半減してしまうのだった。ニュース自体も、妻がその最悪の部分を声に出して読みあげたあとなので、気の抜けたものとなっていた。それは、妻が自らの義務と心得ていた朝の習慣だった。そのうえ彼女は、読みあげた内容について、いちいち独自の暗い見解を付け加えた。共通の友人に娘が誕生したとあれば、必ず舌打ちして、ぷいと横を向く。「かわいそうに、また女の子だなんてねえ」それが男の子なら「いまどき男の子を教育してやったたってねえ」といった具合。かつて彼は、これには心理的要因があるのだろうと考えていた。妻が新しい命の誕生をうらめしく思うのは、自分たちに子供がないせいなのだろう、と。ところが、時が経つとともに、明るい出来事、喜ばしい事柄のすべてがこうした扱いを受けるようになっていった。まるで瑕瑾《かきん》のない幸せなどありえないとでもいうように。

「今年のお休みは例年より出足が多かったんですってよ。みんなちゃんと楽しめたんならいいけどねえ」しかし本当にそう願っているとは到底思えない。その言いかたにはさげすみしか感じられないのだった。こうして朝食を終えると、妻は椅子をうしろへ引いて言う。「ああ、やれやれ……」決して最後までは言わない。ただ、ため息をつき、肩をすくめ、痩せた長い背中をかがめてサイドテーブルの皿を——通いのメイドに面倒をかけずにすむようにと——かたづける。そのどれもが、彼に向けられたたゆみなき非難の一部、長年にわたりふたりの生活を台なしにしてきたものなのだった。

なにも言わず、気を利かせて、彼は妻のためにキッチンのドアを開けてやる。彼女は、自分で運ぶ必要などまるでない、満杯の盆の重みに背を曲げて、えっちらおっちら彼の前を通り過ぎていく。しばらくすると、半開きのドアごしに、食料貯蔵室の水道から水の流れる音が聞こえてくる。彼は自分の椅子にもどり、もう一度腰を降ろす。見れば、《タイムズ》は皺くちゃになり、マーマレードのしみまでついて、トースト立てに立てかけてある。するといつもの疑問が、執拗に単調に彼の頭をさいなみだす。「わたしがいったいなにをしたんだ?」

妻ががみがみ屋だというわけではない。義理の母のようながみがみ女房の話なら、寄席のお笑いネタにありがちだ。ところが彼の記憶にあるかぎり、ミッジは一度として、腹を立てたり、喧嘩を吹っかけてきたりしたことがないのだ。ただ、目に見えない非難が、妻が気高くも耐え忍んでいる苦しみと相俟《あいま》って、家全体の空気を損ない、彼をうしろめたい気分にさせるのだった。

たとえば雨降りの日、彼は、書斎に安らぎを求め、電気ストーブをつけ、朝食後のパイプの煙で小さな部屋をいっぱいにして、デスクの前に腰を降ろす。手紙を書くような顔をして、実は四つの安全な壁に囲まれて秘かにくつろいでいたいがために。するとドアが開いて、つばの広いフェルト帽を目深にかぶったミッジが、レインコートを着ようと身をもがきながら、戸口に立ち止まり、鼻に皺を寄せて渋面を作る。

「まあ、いやだ！　すごい臭いね」

彼はなにも言わず、椅子のなかで少し体をずらして、暇つぶしのために本棚から選んできた小説を腕で隠す。

「あなた、町に行く予定はおありじゃない？」ミッジは訊ねる。

「いや、別にないが」

「ああ、そう。ならいいんです」そう言ってミッジはふたたびドアへと向かう。

「なあ、なにかしてほしいことがあるのかい？」

「別に。お昼に魚がいるんだけど。水曜日は魚屋が来ないから。でも、あなたがお忙しいなら、自分で行ってくるからいいの。ただ、もしついでがおありならと……」

彼女は最後まで言わずに部屋を出ていく。

「いいよ、ミッジ」彼は呼びかける。「すぐに車で行って買ってくるよ。なにも濡れることはないさ」

聞こえなかったのだろうと思い、彼は玄関へと出ていく。すると彼女は、吹きこんでくる霧雨に濡れながら、開いたドアの前に立ち、底の平らな長い籠を腕にかけて、庭仕事用の手袋をはめている。

「どっちみち濡れなきゃならないんだから、同じことですよ」とミッジは言う。「あの花を見て。全部杭で支えてやらなくちゃ。それがすんだら、魚を買いにいってきます」

なにを言おうと無駄だった。ミッジの心は決まっているのだ。彼は妻を送り出して玄関を閉め、ふたたび書斎にすわる。ところがどうしたことか、その部屋ももうさほど居心地よくはない。しばらくして窓に目をやると、きちんとボタンをかけずにはおったレインコートをはためかせ、帽子のつばに小さな雨粒をいっぱい載せて、庭仕事用の籠に死んでしおれたアスターを入れた妻が足早に通り過ぎていく。良心がうずき、彼は身をかがめて、電気ストーブのスイッチのひとつを切ったものだ。

あるいは、春や夏、帽子もかぶらず、ポケットに両手を突っこみ、これといった目的もなく、ただ日差しを背に感じ、森や野原や蛇行してゆったり流れる川を眺めつつ、庭をぶらついていると、それまで二階の寝室で甲高い唸りをあげていた電気掃除機が急にモーターの回転を落とし、あえぎ、息絶える。そしてテラスに立っている彼に、ミッジが上から呼びかけるのだ。

「いまお忙しいの?」

もちろん忙しいわけがない。彼を庭に誘い出したのは、春の、あるいは初夏の香りなのだから。退職し、もう都心で働く必要もなく、いくらでも好きなだけ時間を浪費できると思うとなんとも言えずいい気分だった。

「いいや」彼は答える。「こんな気持ちのいい日にあくせくする気はないね。どうしてだい?」

「ああ、別になんでもないの」ミッジは言う。「ただ、キッチンの窓の下にあるあのしょうのない排水管がまた詰まってしまって。誰も直す人がいないんだから、しかたないけど。きょうの午後、自分でなんとかしなくちゃ」

彼女の顔が窓から消える。またもやあえぎ、唸りをあげて、電気掃除機が動きだす。なんと馬鹿らしい。それだけのことで太陽の輝きまで台なしになるとは。やりきれないのは、彼女の要求でも、仕事そのものでもなく——排水管の詰まり取りなど、男の子の楽しむ泥遊びのようなものだ——日当たりのよいテラスを見おろすあのやつれた顔、垂れてくる髪を疲れたようにかきあげるあの手、そして、彼女が窓に背を向ける前に漏らしたあのお決まりのため息だ。ミッジは口には出さずにこう言っている。「わたしにも、なんにもせずにぼーっと日向ぼっこなしている時間があったらねえ、ああ、やれやれ……」

彼は一度、思いきって、どうしてそんなにしょっちゅう掃除をしなくてはならないのか訊いてみたことがある。どうして絶えず全部の部屋をひっくり返さなくてはならないのか。どうしていちいち、椅子をひとつ残らず別の椅子の上に上げ、絨毯を巻きあげ、置物を新聞紙の上にひとまとめにしなくてはならないのか。そして、これが最大の疑問なのだが、どうして絶対に誰も歩かない、果てしなくつづく二階の廊下の両サイドまで、ミッジと通いのメイドとで大昔の奴隷のように代わる代わるよつんばいになって磨き立てねばならないのか。

ミッジはさっぱり理解できないといった表情で、彼をまじまじ見つめたものだ。

「このうちが豚小屋みたいになってごらんなさい。真っ先に文句を言うのはあなたじゃありませんか」彼女は言った。「あなたは居心地いいのがお好きでしょう」

こうしてふたりは、心を通いあわせることもなく、別々の世界で暮らしてきた。最初からそうだったのだろうか？　彼には思い出せない。ふたりは二十五年近くも連れ添い、惰性で同じ屋根の下に住みつづけていたのである。

勤めていたころは、ちがっていたように思える。彼はこうしたことにあまり気づかず、ただ、家に帰って食事をし、眠り、また翌朝電車で出かけていった。だがいったん退職してしまうと、妻の存在は圧迫となった。彼は、彼女の恨み、彼女の非難を日ごとに強く感じるようになっていった。

妻が死ぬ前の最後の年、彼はとうとうその圧迫感に耐えられなくなり、ちょっとした嘘をついては、彼女から逃れようとするまでになった。散髪に行く、歯医者に行く、昔の同僚と食事をするなどと理由をつけてはロンドンへ出かけ、実は、ただクラブの窓際にすわって、人知れず安らいでいたのである。

ありがたいことに、病《やまい》は瞬く間に妻を奪い去っていった。まずはインフルエンザ、そして肺炎にやられ、彼女は一週間足らずのうちに死んだ。どうしてそんなことになったのか、彼にはどうにも理解できない。わかっているのは、妻が例によって、ひどく疲れ、風邪を引いていたこと、にもかかわらずベッドで休んでいようとしなかったことだ。ある日のこと、午後に――その日は十二月の寒さの厳しい日だったので――こっそりロンドンの映画館に行き、愉快なひとときを過ごす気のいい人々のなかで解放感を味わったあと、夜、遅い電車で帰宅してみると、妻は地下室の暖房炉に向かってかがみこみ、コークスの塊をつついたり、掻いたりしていた。

妻は、疲労に青ざめたげっそりした顔で、彼を見あげた。

「いったいなにをしているんだ、ミッジ？」

「暖房炉の具合が悪くて。一日じゅうおかしかったんです。すぐに火が消えてしまってね。明日《あす》、修理の人をたのまなくちゃ。わたしの手にはとても負えないもの」

ミッジの頬には石炭の汚れがひとすじついていた。彼女はずんぐりした火掻き棒を地下室の床に置くと、咳をしはじめ、それとともに痛みに身をすくませた。

「寝てなきゃいけないよ」彼は言った。「こんな馬鹿げた話があるかい。暖房炉なんぞどうだっていいだろうに」

「きょうは早く帰っていらっしゃると思っていたのに」妻は言った。「あなたなら直せるかもしれないと思って待っていたんですよ。一日じゅうひどい天気だったでしょう。ロンドンなんかでいったいなにをしていたんだか」

彼女は、背中を丸めて地下室の階段をのろのろと上ってくると、そのてっぺんに立ち止まって目を閉じ、身を震わせた。

「あなたさえかまわなければ、さっさとかたづくように、すぐあなたの夕食だけ用意します。わたしはなにもほしくないわ」

「夕食なんてどうでもいい。自分でなんとかするよ。きみはすぐベッドに入りなさい。熱い飲み物を持っていってあげるから」

「言ったでしょう、なにもほしくないって。湯たんぽなら自分で入れられるし。ひとつだけお願いしていいかしら。二階に上がってくる前に、忘れずに明かりを全部消してくださいね」彼女は肩を落として、部屋に向かった。

「熱いミルクもいらないのかい?」彼は不安になりながら、コートを脱ぎだした。すると、映画館の十シリング六ペンスの座席の半券がポケットから舞い落ちた。妻はそれを見た。しかし、彼女はなにも言わず、ふたたび咳をして、疲れきった様子で二階へと上がっていった。

翌朝、妻の熱は三十九度四分まで上がった。往診に来た医者は、肺炎と診断した。妻は、小さな病院の個室に入れてもらえないだろうかと言った。彼女はすぐさま家を出た。そして金曜の晩、病院側は彼に、奥さんは朝までもたないだろうと告げた。話を聞いたあと、彼は病室に立って、温かみのない病院用の高いベッドに横たわる妻を見おろしていた。彼の胸は憐れみに締めつけられた。というのも、病院がむやみにたくさん枕を当てがったせいで、妻の体はほとんど垂直になっていて、そんな格好ではとても休めるはずがないからだった。彼は花を持ってきていた。しかし、いまとなっては、それを看護婦に渡して活けてもらったところでなんの意味もなさそうだった。ミッジは具合が悪すぎて、花を見ることもできないのだ。看護婦が妻に向かって身をかがめたとき、彼はついたての陰のテーブルにこっそり花束を載せた。

「なにか入り用なものはないでしょうか?」彼は言った。「いつでもすぐに……」あとは看護婦が察してくれるものと考え、残りの言葉は言わなかった。すぐにでも車を出して、必要なものはなんでも取ってくる——そう言うつもりだった。

看護婦は首を振った。「なにか変化があったら、お電話します」

どんな変化があるというのだろう? 病院の外で我に返り、彼はそう考えた。枕の上のあのやつれきった白い顔が変わることはもうあるまい。あの顔は、もう誰の顔でもないのだ。

ミッジは土曜の朝早く死んだ。

彼は信仰に篤い人間ではなく、霊魂の不滅を信じているわけでもない。しかし葬儀が終わり、ミッジが埋葬されたときは、彼女の哀れな亡骸が、真鍮の取っ手のついた真新しい柩に淋しく横たわっていることを思い、たまらない気分になった。こんなことは許されない、あまりにも乱暴すぎるという気がした。死とはこんなものじゃない。たとえば、長旅を前に駅で誰かに——あのぎこちなさだけはなしに——別れを告げる。死とはそれに類することのはずだ。不運に見舞われさえしなければ、まだ生きて呼吸をしているはずの人間を、こんなにもさっさと土中に埋めてしまうとは、あまりにも無神経だ。柩が墓穴に降ろされるとき、悲しみに沈む彼は、ミッジがため息とともに「ああ、やれやれ」とつぶやくのが聞こえたような気がした。

結局、目には見えない天国とやらに未来はあるのかもしれない。彼は熱心にそう思った。哀れなミッジは、滅びゆく自分の亡骸がどんな扱いを受けているか少しも気づかぬまま、青々した草原のどこかを歩いているのかもしれない。だが、誰といっしょに？　ミッジの両親はずっと昔にインドで死んでいる。仮に天国の門で出会っても、ミッジと彼らの間にはもうそれほど共通点もないだろう。突然、列に並んで順番を待つミッジの姿が目に浮かんだ。彼女は、順番待ちのときはいつもそうだったが、今度も列のうしろのほうにいて、どこへ行くにも持ち歩いていた麦藁で編んだ大きな買い物袋を提げ、あの辛抱強い表情を浮かべている。天国への回転改札《ターンスタイル》を通るとき、彼女はうらめしげな目で彼を見た。

目に浮かぶそうした光景、あの柩や天国への列は、一週間ほど彼につきまとい、やがて少しずつ薄れていった。そして彼は妻のことを忘れた。自由は彼のものだ。日当たりのよい空っぽの家も、からっと晴れた冬の日々も。毎日の日課は自分だけのためにある。彼は、その朝、林檎の木に目を留めるまで、ミッジのことなどまるで思い出しもしなかった。

同じ日、庭をぶらついているうちに、好奇心から彼はいつしか例の木のほうへと引き寄せられていった。やはりあれは馬鹿げた妄想にすぎなかった。その木にはどことい って変わったところはなかった。他の林檎の木と同じただの林檎の木。そして彼は、その木が昔からいつも仲間たちより貧弱だったことを思い出した。実際、半ば死にかけているようなもので、一度は切り倒そうかという話も出たが、結局話だけで終わったのだった。そう、週末にその作業をするのもいいかもしれない。木に斧をふるえば、いい運動になるだろうし、林檎の薪は香りがよい。それを暖炉で燃やすのもなかなかいいものだろう。

だがあいにくなことに、それから一週間近くも雨降りの日がつづき、彼は自らに課したその仕事を成し遂げることができなかった。こんな天気のときに、戸外で濡れそぼり、風邪など引いてもつまらない。寝室の窓からは相変わらず例の木が見えていた。背中を曲げ、ひとり取り残され、雨に打たれて立つ痩せこけたその姿は、いらだちの種となりだしていた。気温は決して低くはなく、庭に降る雨は優しく穏やかだ。他の木はどれも、そんなしょぼくれた様子など見せていない。あの古い木のすぐ右隣には、若木が一本生えており――数年前に植えたのを彼はよく覚えていた――すっくと立って、しなやかな若い枝を空に向かって広げている。まるで雨を楽しんでいるかのような、明るい姿だ。彼は窓からその木を見おろして、ほほえんだ。いったいなぜ、急に何年も前の出来事——戦時中、数カ月だけ隣の農場に手伝いにきていた娘とのことが思い出されたのだろうか？　もう何カ月も、あの娘のことなど考えたこともなかったのに。そのうえ、彼女とはなにもなかったのだ。当時彼は、週末ごとに——一種の戦時ボランティアとして——農場に手伝いに行っていた。そしてそこにはいつも、あの娘がいた。明るく、可愛らしく、笑顔を絶やさずに。黒い髪を男の子のようにくしゃくしゃに縮らせ、若い林檎のような肌をして。

彼は、週末ごとに彼女に会うのを楽しみにしていた。それは、ミッジが始終ラジオで聴いているニュース速報や、絶え間なく話題にのぼる戦争の解毒剤だった。スリムな半ズボンを穿き、華やかなシャツを着たその子は——いや、もう子供ではなく、十九かそこらだったが——彼の目を楽しませた。彼女のほほえみは、あたかも世界を抱きしめているかのようだった。

なぜあんなことになったのか、彼にはどうしてもわからない。いずれにせよ、たいしたことではないのだ。ある日の午後、彼は納屋で、トラクターのエンジンに向かってかがみこみ、なにか作業をしていた。あの娘は彼のすぐかたわらにおり、ふたりは笑っていた。彼はプラグをぬぐうボロ布を取ろうと振り返った。そして気がつくと、娘は彼の腕のなかにいて、彼は彼女にキスしていた。それは、自然で、自由な、喜びに満ちた行為だった。娘の初々しい若い唇は、温かくてすてきだった。そのあとも、トラクターの修理はつづいたが、ふたりの間には一種の親密さが生まれており、それがふたりに陽気な気分と、そして安らぎをもたらしていた。やがて娘が豚に餌をやりにいく時間となり、彼は彼女につづいて納屋を出た。彼の手は、娘の肩に軽く置かれていた。無頓着なしぐさ、ほとんどなんの意味もない、ちょっとした愛撫だ。庭に出たとき、彼は、ミッジがそこに立ち、ふたりを見つめているのに気づいた。

「赤十字の集まりに行かなきゃならないんだけど」ミッジは言った。「車のエンジンがかからないのよ。あなたを呼んだんだけど。でも聞こえなかったようね」

彼の顔は凍りついていた。ミッジはあの娘をじっと見ていた。たちまち彼はうしろめたさでいっぱいになった。娘はミッジに向かって、明るく、ごきげんよう、と言い、豚たちのいるほうへと歩いていった。

彼はミッジといっしょに車のところへ行き、ハンドルを回してなんとかエンジンをかけた。ミッジは感情のこもらない声で礼を言った。彼は、妻と目を合わせることができなかった。では、これは姦淫、罪だったのだ。日曜版の第二面を飾る類《たぐい》の事柄なのだ――「農場の娘と納屋で浮気中の夫を妻が発見」家にもどったとき、彼の手は震えており、それを止めるには一杯飲まねばならなかった。非難や質問はひとことも出なかった。ミッジは一度もその一件を話題にしなかった。意気地のない直感に従い、つぎの週末、彼は農場へは行かなかった。その後、聞いた話では、娘は、母親が病気になったため家に呼びもどされたらしい。

あの娘にはそれっきり会っていない。いったいなぜ、急に、こんな日に、彼女のことを思い出したのだろう？　雨が林檎の木々に降り注《そそ》ぐのを見ていただけなのに？　そうだ、あのがっしりした小さなやつにもっと日が当たるようにするためにも、あの古い枯れ木は絶対切り倒さねばならない。あんな近くに植わっていたのでは、ちゃんと育つ見こみはない。

金曜の午後、彼は裏の菜園へ回った。週に三日来る通いの庭師ウィリスに賃金を渡すためだ。それに、物置をのぞいて、斧と鋸がすぐ使える状態かどうか確認しておく必要もあった。物置の中身はすべてウィリスの手できれいに整頓されており――これはミッジのしつけの成果だ――斧も鋸もいつもの場所にちゃんとかかっていた。

賃金の支払いをすませ、歩み去ろうとしたときだ。いきなりウィリスがこう言った。「あれは妙ですよね、旦那。あの古い林檎の木ですけど？」

予想外の言葉に、彼はぎくりとした。顔色が変わるのが自分でもわかった。

「林檎の木だって？　どの林檎だ？」

「ほら、あのいちばん端のやつですよ。テラスの近くの」ウィリスは言う。「あたしがここに来るようになってから、つまり、もう何年もってことになりますが、実をつけたことなんか一度もなかったでしょう。あいつからは林檎なんぞ取れたためしがなかったし、花を咲かせる枝さえなかったじゃありませんか。以前、冬がえらく寒かった年に、切り倒そうなんて話してて、結局そのままになったの覚えてます？　でもどうやらあいつ、生き返っちまったみたいですね。気づきませんでした？」庭師は、にこにこしながら、意味ありげな目で彼を見つめている。

この男、なにを言っているんだろう？　まさかこいつまでもが、あの不可解で不気味な類似を感じ取ったのか――いいや、それは論外だ。あまりに無礼、あまりに冒瀆的な考えだ。それに自分もあんな妄想はもう頭から閉め出している。あれっきりそんなふうに考えたことはない。

「いや、なんにも気づかんが」彼は弁解がましく言った。

ウィリスは笑った。「じゃあテラスへどうぞ。お見せしますよ」

ふたりはいっしょに斜面になった芝生へと向かった。例の林檎の木の下へ着くと、ウィリスは手を伸ばして、枝を一本引きおろした。それは凝《こ》り固まっているように、かすかにぎいぎい音を立てた。ウィリスは、とがった小枝から乾いた地衣をこすり落とした。「ほら、ここですよ」彼は言った。「芽が出ているでしょう？　見てください。自分で触ってみるといい。ここにはまだ命がある。たっぷりとね。こんなの見たことありませんよ。ほら、こっちの枝も」庭師は最初の枝を放し、伸びあがって別の枝に手を伸ばした。

ウィリスの言うとおり、確かに芽はたくさん出ていた。だが、そんなちっぽけで茶色いものは、芽と呼ぶに値しないように思えた。それはむしろ、埃にまみれ、ひからびた、小枝についた傷だった。彼は両手をポケットに突っこんだ。奇妙なことに、その芽に触れることを思うと、ひどく不快な気分になった。

「あれじゃものにならんだろうよ」

「さあ、どうですかね」庭師は言う。「望みはありますよ。こいつ、冬いっぱい持ちこたえたわけですからね。これっきりひどい霜が降りなかったら、結構いけるんじゃないですか。老木に花なんて笑えますね。こいつ、実だってつけるかもしれませんよ」ウィリスは平手《ひらて》で、なれなれしく、なおかつ、愛情をこめて、軽く幹をたたいた。

林檎の木の持ち主は顔をそむけた。どういうわけか彼はウィリスにいらだちを覚えていた。

このいまいましい木が生きていることは、誰の目にも明らかだ。つまり、週末にこいつを切り倒そうという彼の計画はふいになってしまったのだ。

「こいつは若木に当たる光をさえぎっているよ。始末して、小さいほうにもっと場所を空けてやったほうがいいんじゃないかね？」

彼は若い木のほうへ行き、その枝に手を触れた。こちらは地衣に覆われてなどいない。枝はどれもすべすべだ。そして小枝のひとつひとつに、堅く巻いた芽が出ている。彼が枝を放すと、それはバネのように手を離れていった。

「始末するって？」ウィリスは言った。「まだ生きているっていうのに？　冗談じゃありませんよ、旦那。あたしならそんなことはしませんね。こいつは、若い木の邪魔になんかなりゃしませんよ。もう一度チャンスをやってくださいよ。もし実をつけなかったら、つぎの冬に切り倒すとしましょう」

「わかったよ、ウィリス」彼はそう言い残すと、さっさとその場をあとにした。どういうわけかこの件については、もうそれ以上話したくなかったのだ。

その夜、ベッドに入るとき、彼はいつもどおり窓を開け、カーテンも開いた。朝、閉めきった部屋で目覚めるのには耐えられないたちなのだ。その夜は満月で、テラスとその向こうの芝生には、ぼんやりとした青白い光が静かに降り注いでいた。風はそよぎもしない。あたりはしんとしていた。彼はその静けさを愛《め》でて、身を乗り出した。月はあの小さな林檎の木、あの若い木を照らし出し、それは光に包まれて、妖精物語を思わせる輝きを帯びていた。小さく、しなやかで、ほっそりしたその姿は、まさに両腕を高く上げ、いまにも跳躍しようとつま先立ちになったバレリーナ。無造作で楽しげで、しかも優雅さをも備えている。勇敢な若い木。その左にはちょっと離れて、あの老木が、相変わらず半分陰に覆われて立っている。月の光ですら、あの木に美を与えることはできないのだ。あんなふうに背中を丸め、うなだれているとは、いったいどうしたわけなのだろう？　なぜ光を見あげようとしないのだろう？　老木は、安らぎに満ちた静かな夜を損なっていた。風景はそのせいで台なしだった。ウィリスに譲歩し、あの木を救うことにした自分が馬鹿だった。あんなちっぽけな芽から花が咲くわけがない。仮に咲いたとしても……

思考がさまよいだし、気がつくと彼は、またあの農場の娘と、彼女の楽しげな笑顔を思い出していた。あの娘を思い出すのは、今週に入ってもう二度目だ。彼女はどうしているだろう？　もう結婚しているにちがいない。たぶん若いやつとだ。どこかの男を幸せにしている。これはまちがいない。ああ、やれやれ……彼は笑みを漏らした。おい、幸せな結婚に対して、やれやれだと？　かわいそうなミッジ！　そのとき彼は思わず息を止め、片手をカーテンにかけたまま凍りついた。あの林檎の木、あの左端のやつは、もう陰に覆われてはいなかった。月光のなかに浮かびあがるそのしおれた枝は、まるで、哀願するように差しあげられた骸骨の腕だった。それは凍りつき、痛みにこわばり麻痺していた。風はそよとも吹かず、他の木々は微動だにしない。ところが、その木の梢でなにかが震え、揺れ動いた。かすかな風が、どこからともなく吹いてきて、たちまちやんだのだ。突然、一本の枝が地面に落ちた。それは、小さな黒っぽい芽をつけていたあの下のほうの枝、彼が触れるのを拒んだ枝だった。他の木々からは、葉音ひとつ、そよぎひとつ聞こえない。彼は、草の上で月光に照らされているその枝にじっと見入った。それは、若い木の陰にまで伸び、あたかも非難するように、枝先でそちらを差し示していた。

記憶にあるかぎり生まれて初めて、彼は窓にカーテンを引き、月の光を閉め出した。

ウィリスの仕事は、菜園の世話だ。ミッジが生きていたころは、この庭師が前庭に顔を出すことはめったになかった。花の世話はミッジがしていたからだ。彼女は芝刈りまでやっていた。よく、ハンドルの上に低くかがみこみ、あのポンコツ芝刈り機を押して、斜面を上ったり下ったりしていたものだ。

それは、部屋を掃き清め、磨きあげること同様、彼女が自らに課した務めだった。だがいまでは、前庭の世話をし、ウィリスに分を教えるミッジはいない。そのため彼は、始終前庭にやって来た。庭師はこの変化を喜んでいた。仕事を任されているという気持ちになれるからだ。

「なんだってあの枝が落ちてきたのか、さっぱりわかりませんね、旦那」月曜日、庭師は言った。

「どの枝のことだね?」

「ほら、あの林檎の木の枝ですよ。こないだおいとまする前に、いっしょに見ていたやつです」

「腐っていたんだろうよ。言ったろう、あの木は死んでいるって」

「いいや、腐っちゃいませんよ。まあ、見てくださいよ。きれいに折れているんだから」

またしても林檎の木の持ち主は、庭師について芝生を上っていくはめになった。ウィリスはあの枝を拾いあげた。枝に貼りついた地衣は湿っており、べたっとした毛のように薄汚く見えた。

「週末の間にもう一度枝を見にきて、折っちまったなんてことはありませんよね？」庭師は訊ねた。

「いいや、それは絶対ないね」彼はいらだって答えた。「現に、わたしはこの耳で、夜の間にこいつが落ちる音を聞いている。寝室の窓を開けてあったからね」

「変だなあ。風のない夜だったのに」

「古い木にはよくあることさ。どうしてこんな木のことをそこまで気にかけるのかわからんよ。それじゃまるで……」

彼は口をつぐんだ。どうつづけたものかわからない。

「それじゃまるで、この木が値打ちものみたいじゃないか」

庭師は首を振った。「値打ちの問題じゃないんです。この木が金《かね》になるなんてちっとだって考えちゃいませんよ。でも、あんなに長いこと死んでいると思っていた木が、生きていて、言ってみりゃ元気を出そうとしてるわけでしょう。こりゃあ自然の驚異ですよ。花が咲く前にこれ以上枝が落ちないよう願うばかりですね」

あとになって、午後の散歩に出た主人は、庭師があの木の下の草を刈りこみ、新しいワイヤーを幹の根本に巻いている姿を認めた。なんて馬鹿なことを。あの男に金を払っているのは、半分死にかけた木をいじらせるためではない。あいつは菜園で野菜を育てているべきなのだ。だが言い争う気力はなかった。

家にもどったのは五時半ごろだった。ミッジが死んでからというもの、お茶は省略している。彼は、暖炉のそばの肘掛け椅子にすわって、パイプタバコとウィスキーのソーダ割りと静けさを味わうのを楽しみにしていた。

暖炉はまだ燃えだしたばかりで、煙突は煙っていた。居間には、奇妙な、吐き気を誘う匂いが広がっていた。彼は窓を開け、重たい靴を履き替えに二階へ上がった。ふたたび降りてきてみると、部屋の煙はまだ消えず、匂いも相変わらずだった。なんとも名状しがたい、甘ったるい、変な匂いだ。彼はキッチンにいるメイドを呼んだ。

「変な匂いがするんだがね」彼は言った。「なんの匂いだい?」

メイドは奥の部屋から廊下に現れた。

「どんな匂いですか、旦那様?」彼女は弁解するように言った。

「居間のなかなんだが。ついさっきまで煙が充満していたよ。なにか燃やしたのかい?」

メイドの顔が晴れた。「きっとあの薪ですわ。ウィリスが特別に切ったんです。きっと旦那様がお気に召すだろうって」

「どんな薪なんだね?」

「林檎の木の薪だそうです。枝を切って作ったんですわ。林檎の薪はよく燃えるって言われてますでしょう。それをお好みのかたも多いんですって。別に匂いは感じませんけれど。でもわたしはちょっと風邪ぎみですから」

ふたりはそろって暖炉を見つめた。薪は小さく切られていた。メイドは主人を喜ばせるため、火が長く燃えるようにそれを何段かに積みあげていた。煙はそこから細く哀れっぽく立ちのぼっている。色は緑色っぽい。このむかむかする不快な匂いに気づかないなんて、この女はどうなっているのだろう?

「木が湿っていたんだ」彼はぶっきらぼうに言った。「まったくウィリスのやつときたら。見てごらん。ぜんぜん燃えていないだろう」

メイドの顔が不愉快そうにこわばった。「申し訳ありません。火をつけにきたときは、なんにも気づかなかったんです。最初は具合よく見えたんですけどね。林檎の木は焚きつけにいいんだとばかり思っていたし、ウィリスもそう言っていましたし。あの男が、今夜必ずこの薪を暖炉に入れるよう念を押していったんです。旦那様のために特別に薪を切ったんだからとね。当然、旦那様はご存じで、ご自分でそう指示なさったんだと思っていましたわ」

「まあ、いいさ」彼はそっけなく言った。「そのうち燃えてしまうだろう。きみのせいじゃないよ」

彼はメイドに背を向け、薪の山をくずそうとして暖炉をつついた。この女が家にいる間は、手の下しようがない。本当は、この湿ったくすぶる薪を取り除いて、裏のどこかに捨て、改めて乾いた薪に火をつけたいところだが、そんなことをしようものなら、また面倒なことになる。焚きつけ用の木が置いてある奥の廊下に行くには、キッチンを通らなければならない。そうすればあの女が彼に気づき、進み出て言うだろう。「わたしがいたしますわ、旦那様。やっぱり火が消えてしまったんですね？」そう、やはり夕食がすむまで待ったほうがいい。すべては、あの女がかたづけをすませて帰ってからだ。それまでは、なんとかこの林檎の木の悪臭を我慢しなくては。

彼は飲み物を注ぎ、パイプに火をつけ、暖炉を見つめた。暖炉が少しも熱を出さず、セントラル・ヒーティングも切ってあるため、居間はひどく冷えこんでいた。ときおり、緑がかった細い煙が、薪から小さく吹き出し、それとともにあのいやな甘い匂いも放出されているようだ。こんな臭い煙を出す薪は初めてだ。あのお節介な馬鹿庭師……なんだって薪なんか作ったんだ？　湿っていることくらい気づくべきじゃないか。湿気がしみこんでいることくらい。彼は身を乗り出して、もっとよく薪を観察した。この青白い樹肉から細くにじみ出ているものは、水分だろうか？　いいや、これは樹液、気持ちの悪いべとつくやつだ。

彼は火搔き棒をつかむと、怒りにまかせて薪と薪の間にそれを突っこみ、火を燃えたたせよう、緑の煙をまともな炎に変えようとした。しかしそんなことをしても無駄だった。薪は燃えようとしない。しかもその間じゅう、樹液のしずくは火床に流れ落ちつづけ、あの甘い匂いが部屋を満たして彼の胃袋をよじらせるのだった。彼はグラスと本を持って居間を出、書斎の電気ストーブをつけて、そこにすわった。

まったく馬鹿な話だ。これじゃ昔と同じじゃないか。居間にミッジがいるために、手紙を書くふりをして書斎に逃げこみすわっていたころと。ミッジには、一日の仕事が終わり、夜になると、あくびをする癖があった。本人にしてみれば、まったく無意識の癖だ。彼女は編み物を手にソファに落ち着き、編み針をカチカチと、猛スピードで、狂ったように動かしつづける。そして突然、それは始まる。あのやりきれないあくびが、彼女の体の奥底から、長ったらしく「はあ……ああ……ふわぁああ！」とこみあげてくるのだ。そしてそのあとは、決まってため息が出てくる。それから沈黙を破るものは編み針の音だけになるのだが、本に隠れてすわった彼は、身がまえずにはいられない。数分内に、またあのあくびとため息が襲ってくるのがわかっているからだ。

無力な怒りが胸にこみあげ、彼は本をたたきつけて、こう言いたくなる。「おい、そんなに疲れているんなら、さっさと寝たらどうだ？」

だがそうする代わりに、どうにか自分を抑えつけ、しばらくして耐えきれなくなると、立ちあがって、書斎へと避難するのだった。いま彼はそれとまったく同じことをまたやっている。これもあの林檎の木のせい、あのくすぶる薪のくそいまいましい甘ったるい匂いのせいだ。

彼はデスクのそばの椅子にすわって、夕食を待った。九時近くなって、ようやくメイドはかたづけを終え、ベッドを用意し、帰っていった。

彼は、夕方出て以来足を踏み入れていなかった居間へもどった。暖炉の火は消えていた。いくらかは燃えようと努力したらしく、薪は前より細くなり、バスケット形の火床に沈みこんでいた。灰はわずかしかないが、余燼にはまだあの甘ったるい匂いがしつこく残っている。彼はキッチンに行って、空っぽの石炭入れを見つけると、それを持って居間に引き返し、暖炉のなかの薪や灰をどんどんそこに移していった。石炭入れのなかが湿っていたのか、薪のほうが乾ききっていなかったのか、移された薪は、燃えかすがくっつき、前より黒っぽく見えた。彼は石炭入れを地下へと運び、セントラル・ヒーティング用の炉の扉を開けて、そこに中身を放りこんだ。

大事なことを思い出したのは、そのときだ。春になったため、セントラル・ヒーティングは、二、三週間前からもう使っていないのだった。だから、もう一度火をつけないかぎり、薪はそのままつぎの冬までそこに残ることになる。彼は紙とマッチと灯油の缶を見つけてきて火を熾すと、炉の扉を閉め、炎の轟きに耳を傾けた。これでよし。しばらく待ってから、彼は居間の暖炉の火を熾すべく、階段を上っていった。まずキッチンの奥の廊下で、焚きつけと石炭をさがす。これは時間がかかった。しかし忍耐強くがんばったすえ、ついに新たな火を熾すに至り、暖炉の前の肘掛け椅子に腰を落ち着けた。

読書を始めて二十分ほどしたころだろうか、彼はドアがバタバタ音を立てているのに気づいた。本を降ろして、耳をすます。最初はなにも聞こえなかった。それから、そう、確かに、また音がした。ガタガタという音。キッチンのほうで、ドアが鳴っているのだ。彼は立ちあがり、ドアを閉めにいった。それは地下室の階段を上りきったところにあるドアだった。まちがいなくちゃんと閉めたはずなのだが。なにかの加減で掛け金がはずれたにちがいない。彼は階段の上の明かりをつけ、かがみこんで掛け金を調べた。どこもおかしなところはない。ドアをきちんと閉めようとしたとき、彼はまたあの悪臭に気づいた。むかむかする甘ったるい、くすぶる林檎の薪の匂いだ。それは地下室からじわじわと上ってきて、一階の廊下へ入りこもうとしていた。

突然、彼は理由のない恐怖、パニックに近い恐怖に襲われた。もしもあの匂いが家じゅうに広がったら？　キッチンからその上の階へ、そして眠っている隙に、寝室に忍びこんできて、喉を詰まらせ、息を止めてしまったら？　馬鹿げた考えだ。正気の沙汰ではない――でも……

もう一度、彼は自らを叱咤して地下室へ降りていった。暖房炉からはなんの音もしていない。炎の轟音は聞こえない。細い緑色の煙がいくすじか、炉の閉じた扉の隙間から漏れ出している。上の廊下で気づいたのは、この匂いだ。

暖房炉に近づき、その扉をさっと開く。なかの紙はすっかり燃えつきていた。わずかにあったかんな屑もだ。だが薪は、あの林檎の薪だけは、まったく燃えていなかった。投げこまれたときのまま、焦げた木切れの上に別の焦げた木切れが重なって、黒く、寄り集まり、まるで黒焦げになった焼死者の骨のようだった。吐き気がこみあげてきた。口のなかにハンカチを押しこむと、喉が詰まった。自分でもなにをしているのかよくわからないまま、彼は階段を駆けあがり、空の石炭入れを見つけてくると、シャベルと火箸で炉のせまい口から薪を掻き寄せはじめた。その間じゅう胃はむかついていた。ついに石炭入れがいっぱいになると、彼はそれを持って一階に上り、キッチンから裏口へと向かった。

ドアを開けると、今夜は月がなく、雨が降っていた。彼はコートの襟を立て、どこへ薪を捨てたものかと周囲の闇を眺めまわした。雨がひどいし、暗いから、わざわざ菜園のごみの山のところまで行く気にはなれない。ガレージの向こうの牧場なら、長い草が生い茂っているから、薪はうまく隠れるだろう。彼は、砂利道をザクザク進み、牧場の前の柵に出ると、深いくさむらのなかへと厄介な荷を投げこんだ。こうしておけば、薪は雨に濡れて、腐り、滅び、最後には粘土質の土の一部かなにかになるだろう。もう自分にはなんの責任もない。薪は彼の家の外だ。あとはどうなろうと知ったことか。

家に入った彼は、今度はまちがいなくしっかりと地下室のドアを閉めた。匂いは消え、空気はふたたびきれいになっていた。

彼は居間にもどり、暖炉に当たって温まろうとした。しかし手足は雨に濡れているし、あのいやな林檎の煙のせいで相変わらず胃はむかついている。全身に寒気を覚え、彼はその場にすわって震えていた。

その夜、彼は寝苦しい一夜を過ごし、朝、目覚めたときは、すっかり不機嫌になっていた。頭痛がするうえ、口のなかはいやな味がした。外出はひかえるしかなかった。肝臓が荒れ狂っている。彼は腹立ちまぎれに通いのメイドにきつい口のききかたをした。

「ひどい風邪を引いたよ。昨夜なかなか温まれなかったせいだ。これもあの林檎の薪のおかげだよ。あの匂いで内臓までもがおかしくなった。あしたウィリスが来たら、そう言っといてくれ」

メイドは信じられないといった面持ちで主人を見つめた。

「まあ、ほんとに申し訳ありません」彼女は言った。「昨夜、うちに帰ってから姉にもあの薪の話をして、旦那様がお好きじゃなかったと言ったんですよ。でも姉の話では、そんなことはめったにないらしいんです。林檎の薪は贅沢品で、とてもよく燃えるものだそうですよ」

「とにかくあの薪は燃えなかったんだ」彼は言った。「もう見るのもいやだからな。それにあの匂いときたら……まだ口のなかに残っているよ。あのせいで吐き気がしているんだ」

メイドは口を引き結んだ。「申し訳ありませんでした」彼女は言った。食堂を出るとき、その目がサイドボードの上にあった空っぽのウィスキー・ボトルに落ちた。彼女は少したためらってから、ボトルを盆に載せた。

「これはもうおすみなんですね？」

もちろんおすみに決まっている。見ればわかるではないか。ボトルは空っぽなのだから。だが相手の言いたいことはわかっていた。この女は、林檎の薪の煙で具合が悪くなったなんて馬鹿らしい、単なる飲みすぎだ、とほのめかしているのだ。なんと無礼な。

「ああ。新しいのを一本、そこに置いておいてくれ」

これでこの女も、自分の身のほどを思い知ったろう。

彼は寒気とめまいで数日間具合が悪かった。最後には医者に電話をし、往診に来てもらった。林檎の薪の件は、いざ話してみると馬鹿らしく聞こえ、診察を終えた医者もその点に留意する様子はまるでなかった。

「風邪が肝臓に来ただけですよ」医者は言った。「足を濡らしたことと、あとはなにか食べたものの影響もあるのかもしれません。薪の煙が関係あるとは思えませんね。肝臓が不調なら、もっと運動しないといけません。ゴルフをおやりなさい。わたしなんぞ週末のゴルフがなかったら、とても健康じゃいられませんよ」彼は笑って、鞄を持った。「薬を処方しておきましょう。この雨がやんだら、外の空気を吸いに出ないとね。もう充分暖かですから。あとはもうちょっと日が照って、植物が育つことを願うばかりですね。お宅の庭のものは、うちのより早く育ってますよ。果物の木なんかいまにも花が咲きそうじゃないですか」部屋を去るとき、彼は付け加えた。「忘れちゃいけません。あなたはほんの数カ月前、たいへんなショックを受けたんですからね。ああいったことを乗り越えるには、時間がかかるものなんです。あなたはいまでも奥さんが恋しいんですよ。いちばんいいのは、外に出て、人に会うことです。じゃあお大事に」

患者は服を着て、階下へ降りた。あの医者は、もちろん善意からああ言ったのだろう。だが結局、こんな診察など時間の無駄にすぎなかった。あなたはいまでも奥さんが恋しいんですよ、だと。あいつはなんにもわかっていない。かわいそうなミッジ……少なくとも自分自身には認めざるをえない。自分は少しも妻を恋しがってなどいない。妻が逝ってしまったおかげで、ようやく自由に、息がつけるようになったのだ。肝臓の不調をのぞけば、ここ何年もなかったほど元気なのである。

彼が寝こんでいた数日を利用して、メイドは居間の大掃除をしていた。まったくいらぬことだが、これもミッジの遺していった遺産だと思うしかない。部屋は磨き立てられ、かたづき、整然としすぎているように思えた。彼のガラクタ類は捨て去られ、本や書類はきちんと積みあげられている。まったく迷惑千万だ。遠からず自分は、あの女をクビにし、ひとりでやっていくようになるだろう。なかなか踏みきれないのは、単に料理したり、洗濯したりする煩わしさ、面倒くささのせいなのだ。もちろん理想的なのは、東洋や南の島で純真な妻を娶《めと》った男たちの生活だ。あそこならなにひとつ面倒はない。沈黙、行き届いたサービス、完璧な給仕、うまい料理、以心伝心、そして、それ以上のものを求めたくなれば、若く優しい女がいつも夜伽《よとぎ》をしている。批判を受ける気遣いはない。そこにあるのは、動物が主人に見せる従順さ、子供のような明るい笑いだけだ。そう、あの男たちこそが智恵者だ。因習を打破したあの連中こそが。彼らに幸いあれ。

彼はぶらぶらと窓辺へ寄り、芝生のスロープを眺めた。雨はもうやみかけている。明日は晴れになりそうだ。これなら医者の言っていたとおり、外に出られるだろう。それに果物の木々のことも、あの男の言葉どおりだった。段々のそばのあの小さな若木は、すでに花をつけていた。一羽のクロウタドリがその枝に止まっている。枝は鳥の重みでかすかに揺れていた。

雨のしずくが若木に光る。開きかけのつぼみはまだ堅く、色はピンクだが、明日太陽が輝きだせば、青空を背にいっせいに白く柔らかな花を咲かせるだろう。古いカメラをさがして、フィルムを入れ、あの木を写真に収めなくては。他の木々もみんな今週中に花を咲かせるにちがいない。あの左端の老木はといえば、これまでどおり死んでいるように見える。というより、あのつぼみとやらが遠目には見えないほど黒ずんでいるというべきか。おそらく、枝を落としたのがあの木の最期だったのだろう。それでよかったのだ。

彼は窓に背を向けると、あちこちに物を広げて、好みどおりに部屋の整理をやり直しだした。彼はだらだらやるのが好きだった。引き出しを開け、中身を取り出し、それをふたたびなかへもどす。サイドテーブルのひとつには赤鉛筆が入っていた。本の山のうしろに落ちていたのが、大掃除のとき出てきたのだろう。彼はその鉛筆を削り、先端をすべすべにとがらせた。別の引き出しからは新しいフィルムが見つかり、それは翌朝、カメラに入れるために脇へどけておいた。その引き出しには、それ以外に、大量の書類や古い写真が雑然と詰めこまれていた。スナップ写真も何十枚もあった。かつてはミッジがそれを管理し、アルバムに収めていた。その後、戦争になり、彼女は興味を失ったか他のことに忙しくなったかしたのだった。

こんな屑など全部捨ててもかまわないのだ。これだけあれば、先日の夜、いい焚きつけになったろう。あの林檎の薪だって燃やせたかもしれない。どの写真も取っておいてもしかたのないものばかりだ。たとえば、このミッジのものすごい写真。これはいったい何年前に撮ったものだろう？　この格好からすると、まだ結婚して数年しか経っていないころにちがいない。ミッジは本当にこんな髪型をしていたんだろうか？　ふわっとしたモップ頭。もじゃもじゃと暑苦しくて、当時から細長かった彼女の顔には似合っていない。V字形の低いネックライン、ぶらぶらするイヤリング、それにあのほほえみ。あまりにも一生懸命笑顔を作っているので、実際以上に口が大きく見える。左の隅にミッジはこう書いていた。「わたしの大事なバズへ。あなたの愛するミッジより」この古い愛称のことは、すっかり忘れていた。こんな呼びかたをされたことはもう何年もなかったし、いまにして思えば、昔からこの呼び名は好きでなかったような気がする。彼は、これを馬鹿げた恥ずかしい愛称だと感じていて、人前でそう呼ぶ妻を叱ったものだ。

彼は写真をまっぷたつに引き裂いて暖炉に投げこみ、それが丸まって縮み、燃えていくさまをじっと見守った。最後まで残っていたのは、あの生き生きしたほほえみだった。わたしの大事なバズへ……そのときいきなり、写真に映っていたイヴニングドレスのことが記憶によみがえった。色は緑。ミッジには絶対似合わない色、彼女の血色を悪く見せる色だった。ミッジはそのドレスを、ある盛大な晩餐会で着るために特別に買ったのだ。会はある友人夫婦が本人たちの結婚記念日を祝って開いたもので、だいたい同じころに結婚した友人や近所の人ばかりが招かれていた。ミッジと彼も、そういうわけで出席したのである。

シャンペンがたっぷりふるまわれ、スピーチがひとつふたつあり、あたりは愉快なムードと笑いとジョークに満ちあふれていた。ジョークのなかにはかなりきわどいものもあった。会が終わり、彼とミッジが車に乗りこもうとしたとき、招待主は大声で笑って、こう言ったものだ。「今度やるときは、シルクハットをかぶってみな。そうすりゃ百発百中だと！」彼は、緑のイヴニングを着て、ぴんと背筋を伸ばし、静かにすわっているかたわらのミッジを意識していた。ほろ酔い加減の招待主が夜の空気に投げこんだ言葉の意味もわからぬまま、たったいま燃やしてしまった写真と同じ一生懸命な、しかし自信なさげな笑みを浮かべ、進んだ女に見られたい、気に入られたい、それよりなにより魅力的でありたいと必死に願っているミッジを。

彼が自宅ガレージに車を入れてから家に入ると、ミッジはなんの用もないのに居間で待っていた。イヴニングドレスが見えるようコートは脱ぎ捨てられており、顔にはあの自信なさげな笑みが浮かんでいた。

彼はあくびをし、椅子に腰を降ろして、本を手に取った。ミッジはしばらく待っていたが、やがてのろのろとコートを拾いあげ、二階へ上がっていった。ミッジがあの写真を撮らせたのは、そのあとすぐにちがいない。「わたしの大事なバズへ。あなたの愛するミッジより」彼は乾いた木切れをたっぷりつかんで、暖炉に放りこんだ。木切れはパチパチ音を立て、写真を灰にした。今夜は湿っぽい緑の薪はなしだ……

翌日はよく晴れて暖かかった。太陽は輝き、鳥たちは歌っている。彼は急にロンドンに出かけたくなった。きょうは、人々の往来を眺めつつボンド・ストリートをぶらつくのにもってこいの日だ。仕立て屋を訪ねたり、散髪したり、お気に入りのバーでたっぷり牡蠣を食べるのにうってつけの日。もう風邪はすっかり抜けきった。目の前にはすてきな時間が広がっている。映画を見るのもいいかもしれない。

一日は、計画どおり大過なく、平穏に、退屈することもなく過ぎていった。田舎での決まりきった毎日から解放されるのもいいものだった。酒と食事の待つ我が家へいそいそ帰ってきたのは七時ごろだった。とても暖かな日なので、日の沈んだいまになっても、外套は必要なかった。彼は私道に車を乗り入れながら、ちょうど門を通りかかった農場主に手を振った。

「気持ちいい日だね」彼は叫んだ。
農場主はにっこりしてうなずいて、叫び返した。「これからは、こういう日がつづくだろうよ」なんていいやつ。ふたりは、戦時中、彼がトラクターの運転を手伝ったとき以来、ずっと仲よくやっている。

車をガレージに入れ、一杯やった彼は、夕食まで庭をぶらついて過ごした。ほんの何時間か太陽が照っただけで、そこにはすばらしい変化がもたらされていた。ラッパズイセンがいくつか、それにスイセンも花開き、緑の生け垣は、元気よく新しい芽を吹いている。林檎の木々はといえば、つぼみが開き、一本残らず花を咲かせていた。彼はお気に入りの小さな木のそばへ行き、その花に触れてみた。花びらが手に柔らかい。そっと枝を揺すってみると、それは堅く、しっかりと幹についており、落ちる心配はなさそうだった。香りはまだほのかだ。だが、もう少し日が照り、ひと雨かふた雨あれば、一日二日のうちに花は開き、そこからあふれ出た匂いが優しく空気を満たすだろう。決して鋭くも強くもない、ほのかな匂い。ハチのように努力してさがさねば見つからない匂い。しかしいったん見つかったら、それはずっとそばを離れず、心を魅了し、安らぎを与え、甘く漂いつづける。彼は小さな木をなで、階段を降りて家に入った。

つぎの朝、朝食を食べていると、メイドが食堂のドアをたたき、ウィリスが旦那様と話したいと言って外で待っていると告げた。彼はウィリスに入るよう言った。
庭師は傷ついているようだった。なにかトラブルがあったらしい。

「お邪魔してすいません」彼は言った。「ですが今朝、ジャクソンの旦那とちょっともめたもんで。あのかたから苦情があったんです」

ジャクソンというのはあの農場主で、隣の牧草地を所有している。

「どういう苦情だね？」

「あたしが柵のこっちからあのかたの牧場に木の切れっぱしを投げこんだって言うんです。で、母馬といっしょにそこに放してあった仔馬がそれに躓つまずいて、足を痛めたんだそうで。あたしは柵の向こうに木を投げこんだことなんて一度だってありませんよ。なのにそりゃもういやな態度でね。仔馬の値のことなんぞ持ち出して、もう売れないかもしれないなんて言うんですよ」

「それじゃ自分はやってないと言えばいいだろう」

「そりゃ言いましたとも。でも問題は、誰かが実際柵の向こうに木を投げこんだってことなんです。あのかたにその場所を見せられたんですよ。ガレージのちょうど裏手です。いっしょに行ってみたら、確かにありました。薪がそこに捨ててあったんです。で、メイドさんに言うより、直接お話ししたほうがよかろうと思いましてね。旦那も事情を知っといたほうがいいでしょう。そのうち文句を言われるだろうから」

彼は庭師が自分をじっと見つめているのを感じた。こうなってはしかたない。そもそも責任はウィリスにあるのだ。

「メイドに言うことはないさ、ウィリス」彼は言った。「その薪はこのわたしが自分で捨てたんだ。たのみもしないのに、きみがあれを持ちこんだおかげで、暖炉の火は消えるわ、部屋じゅう煙が充満するわで、せっかくの晩が台なしだった。だからすっかり頭に来て、柵の向こうに放り捨てたんだよ。もしそのせいでジャクソンの仔馬が怪我したなら、わたしの代わりにあやまっておいてくれ。ちゃんと弁償するからってな。ただたのむから、もう二度とああいう薪を家に持ちこまんでくれよ」

「わかりました、旦那。あの薪が具合よくいかなかったのは知ってたんです。ですが、まさか放り捨てるほどだったとは思ってもみませんでしたよ」

「ところがそうだったんだ。この話はもう終わりにしよう」

「わかりました」庭師は行きかけたものの、食堂を出る前に足を止めて言った。「あの薪が燃えなかったってのがどうにも不思議ですよ。小さいやつをひとつ家内のために持ってってたんですが、うちのキッチンじゃよく燃えてましたよ。とっても明るくね」

「ここでは燃えなかったんだ」

「いずれにしろ、あの老木は、だめな枝の分の埋め合わせをしてますよね。今朝、あの木をごらんになりましたか？」

「いや」

「きっと、きのうあんなに日が照ったおかげですよ。それに夜もあったかだったしね。ありゃ大成功ですよ。たくさん花をつけてね。外に出て、ご自分で見てきてください」

ウィリスは出ていき、彼は食事をつづけた。

それからまもなく彼はテラスに出た。しかし最初のうちは、芝生を上っていきはしなかった。彼は、他のものを眺めるふりをしたり、そろそろ気候もよくなってきたからと庭に置く重たいベンチを外へ運び出したりした。それがすむと、今度は植木ばさみを取ってきて、窓の下の薔薇を何本か剪定した。だがとうとう、なにかが彼をあの木へと引き寄せた。

ウィリスの言ったとおりだった。太陽のせいか、暖かさのせいか、風のない穏やかな夜のせいかはわからない。ともかく、あの無数の小さな茶色いつぼみはすっかり開いていた。いまそれは、気味の悪いじとっとした白い花の雲となって彼の頭上に広がっている。雲は木のてっぺんでもっとも厚くなっていて、そこにびっしりついた花は、幾重にも重なりあったびしょ濡れの綿の塊そっくりだ。そして梢の枝からいちばん地面に近い枝まで、花の色はまったく同じ、気持ちの悪いくすんだ白である。

それはまったく木らしくなかった。キャンパーたちが雨のなかに放置していった風にはためくテントか、さもなくば、モップのようだ。層になった毛の部分が、なにかの理由で日にさらされて、白くなった巨大なモップ。花は、幹の細さの割にびっしりつきすぎているし、重たすぎる。さらにそこに貼りついた湿気が、なおさら重みを増している。もう耐えきれないというように、すでに低いほうの花は茶色くなっていた。まだ雨も降っていないというのにだ。

なるほど。ウィリスは正しかったわけだ。この木は確かに花をつけた。だが花開いて、生命や美を生み出したのではなく、どういうわけか完全に方向をまちがえ、化け物と化してしまったのだ。自らの外見、姿も知らず、気に入られようと思っている化け物。まるで自分を意識し、気取った笑いを浮かべてこう言っているようだ——「わたしを見て。みんなあなたのためなの」

突然、彼は背後の足音に気づいた。それはウィリスだった。

「すばらしい眺めでしょう、旦那?」

「悪いが、すばらしいとは思わんね。花がむやみにつきすぎている」

庭師はまじまじと見つめるばかりで、なんとも言わなかった。彼はふと気づいた。ウィリスは自分をひどく気むずかしい、頑固なやつだと思っているにちがいない。いや、それどころか頭がおかしいと思っているかもしれない。きっとあとでキッチンへ行って、メイドと自分の噂をするだろう。

彼は無理に笑顔を作った。

「いやいや、別にきみをがっかりさせようってわけじゃない。だがこの花には興味がなくてね。わたしは、こっちの小さな木みたいな、小さくて軽やかで色のきれいなのが好きなんだ。でもよかったら、あっちのを奥さんに持っていってやるといい。好きなだけ切っていいよ。わたしはちっともかまわないから。ぜひ持っていってほしいんだ」

彼は気前よく手を振ってみせた。いますぐ梯子を取りにいって、あの花を持ち去ってほしかったのだ。

庭師は首を振った。ひどく驚いている様子だ。

「とんでもありません、旦那。そんなこと夢にも思っちゃいませんよ。切ったりしたら木がだめになっちまいます。あたしは実が生《な》るのを待ちたいんです。期待しているのは、実なんですから」

これ以上言うことはなかった。

「わかったよ、ウィリス。なら別にいいんだ」

彼はテラスにもどった。だが日向にすわって、芝生のスロープに目をやると、空に向かって柔らかな花を戴き、階段の上に謙虚に慎み深く立つあの小さな木はまったく見えなかった。あの化け物によって、小さな木は生長を阻まれ、覆い隠されているのだ。しおれ、くすみ、張りを失った白い花びらの巨大な雲が、草の上まで垂れ下がっているせいで。そのうえ、テラスの椅子をどの方向へ向けても、あの老木から逃れることはできないようだった。それは、うらめしげに、また熱心に、彼を見おろし、彼が与えることのできない賞賛を待ちわびているのだった。

その夏、彼は何年ぶりかで長い休暇を取った。いつもミッジと過ごすことになっていた月のうち丸十日をノーフォークの老母のもとで過ごし、八月の残りと九月いっぱいはスイスやイタリアを旅して歩いた。

車だったため、移動は自由自在だった。彼は、観光だの遊覧旅行だのにはほとんど興味がなく、山登りも好きではなかった。いちばん好ましいのは、涼しい夕べに小さな町に偶然行きつき、小さいけれども居心地のよいホテルを選び、そこが気に入ったら、二、三日泊まって、なにもせず、ただのらくらと時を過ごすことだった。

彼は、午前中いっぱい、どこかのカフェかレストランの日当たりのいい席にすわって、ワインのグラスを前に、人々を眺めているのが好きだった。近ごろは、陽気な若い連中が大勢旅をしているようだ。自分が加わらなくていいのであれば、周囲のおしゃべりを聞いているのは楽しい。ときおり、同じホテルの宿泊客が、こちらに笑顔を向け、ひとことふたこと声をかけてくるが、それは別に邪魔にはならない。ただ、自分が人々とともにそこにいること、外国で、ひとり気ままに過ごしている男だということを実感するだけだ。

かつて、ミッジとともに休暇を過ごしていたころ、彼の苦労の種は、彼女がどこへ行こうとすぐによその人、たとえば、彼女が「感じがよい」とか「わたしたちの同類だ」とか感じた他の夫婦と、知り合いになってしまうことだった。それはコーヒーをはさんでのおしゃべりに始まり、何日か行動をともにする計画へと移行する。四人でのドライブ——それは彼にとって耐えがたいものであり、おかげで休暇は台なしになるのだった。

だが、なんてありがたいことだろう、もうそんな必要もなくなった。いまでは自分の時間を自分の好きなように使えばいい。まだワインを前にくつろいですわっていたいのに、「さあ、そろそろ行きましょうか」などと言うミッジはいない。彼にはまったく興味のない、どこやらの古い教会へ行こうと計画を立てるミッジはもういないのだ。

休暇の間に体重が増えたが、そんなことは気にならなかった。こってりした食事のあと健康のために長い散歩をするようすすめ、コーヒーとデザートとともに訪れる心地よい眠気を台なしにしてしまう者はもういない。急にしゃれたシャツや派手なネクタイを着けても、驚いて目を見張る者はいないのだ。

帽子をかぶらず、葉巻をくわえ、陽気な若い連中に笑いかけられながら、小さな町や村をそぞろ歩きしていると、自由気ままな犬になったような気がした。これこそ人生だ。心配事も気がかりもない。「病院の委員会があるから、十五日までにはもどっていなくちゃ」とか「二週間以上家を閉めきっておくわけにはいきませんよ。なにかあるといけませんからね」などというせりふも聞かずにすむ。その代わりが、名前も知らない、また、わざわざ知ろうとも思わない田舎の村の小さな市《いち》に輝く明かり、チリンチリンと鳴る音楽、笑いさざめく少年少女たちだ。彼は、地ワインを一本空けたあと、華やかなハンカチを頭に巻いた若い娘にお辞儀をし、暑いテントの下でのダンスへと誘《いざな》う。娘とステップが合っていないとしても、それがなんだろう──ダンスなどもう何年もしていなかった──これこそがやりたかったことなのだ。曲が終わって解放されると、娘はくすくす笑いながら、若い仲間たちのところへ駆けていく。連中は明らかに彼を笑っているが、そんなことは気にもならない。彼はちゃんと楽しんだのだ。

九月の終わりに天候が変わると、彼はイタリアをあとにし、十月の最初の週に家にもどった。面倒はなにひとつなかった。メイドに一本電報を打って、だいたいいつ帰るか知らせておきさえすればよい。ミッジといっしょだとほんの短い休暇でも、帰宅の前は大騒ぎだった。なにもかも書いて指示しておかねばならない。食料品のこと、ミルクやパンのこと、ベッドを風にさらすこと、暖炉を焚すこと、朝刊がちゃんと配達されるよう連絡すること。帰宅そのものが面倒な雑用と化すのだった。

　ある穏やかな十月の晩、彼は自宅の私道に車を乗り入れた。煙突からは煙が上がり、玄関のドアは開かれ、居心地よい我が家が彼を待っていた。ばたばたと裏手に回り、排水管が壊れてひどいことになっていないか、水はあるか、食料はどうか調べるといった騒ぎはない。メイドは、そんなことで彼を煩わせはしない。ただ「お帰りなさいませ、旦那様。楽しい休暇を過ごされましたか。夕食はいつもの時間ですね？」それだけ言って、あとは沈黙する。彼は酒を飲み、パイプに火をつけて、くつろいだ。溜まった手紙の小さな山など気にすることはない。狂ったように封を破って、あちこちに電話をかけだす妻はもういない。女同士のおしゃべりの一方だけを延々聞かされることもない。「それで？　どんな具合なの？　まあ、ほんとに？　なんてこと……それであなたはどうしたの？……あの人が？……水曜日は無理だけど……」

　彼は満足げに伸びをして、運転でこわばった体をほぐし、誰もいない居心地よい居間をいい気分で眺めまわした。ドーバーから長旅をしてきたため、彼は空腹だった。そのため夕食の厚切り肉は、外国での食事に比べてかなり量が少なく思えた。しかし、ふつうの食事にもどるのも悪くない。肉のつぎにはトーストに載った鯖が出た。そのあと彼は、デザートをさがしてあたりを見まわした。

　サイドボードには、林檎を盛った器が載っていた。彼はそれを取ってきて、食卓に置いた。貧弱な林檎だ。小さくて、しなびていて、艶がなく、色は茶色い。彼はそのひとつにかぶりついたが、舌が味を感じるやいなや、口からぺっと吐き出した。林檎は腐っていた。もうひとつ試してみる。やはり同じだった。その皮は嚙み切りにくく、ごわごわだ。それなら果肉はすっぱくて硬そうなものだが、これは逆にどろどろで、芯は黄ばんでいた。なんというやな味だろう。歯にくっついた切れ端を引っ張りだしてみると、それはよれよれで、汚らしかった……

ベルを鳴らすと、キッチンからメイドがやって来た。

「他になにかデザートはないかね？」彼は訊ねた。

「すみませんが、他にはなにも。旦那様は林檎がとてもお好きでしたでしょう？　それを思い出したとき、ウィリスがちょうどこの林檎を庭から持ってきてくれたんです。これは特においしいのだし、ちょうどいまが食べごろだからと申しておりました」

「ところがぜんぜんちがうんだ。食べられたもんじゃない」

「本当に申し訳ありません。気づかなかったものですから。外にはまだたくさんありますわ。ウィリスが大きなバスケットにいっぱい入れてきたので」

「全部同じ種類のやつか？」

「はい。あの小さな茶色のです。他のはひとつもありません」

「まあ、いい。しかたのないことだ。朝になったらわたしが自分で調べるよ」

彼は席を立ち、居間へ行った。口直しにポートワインを一杯飲んだが、林檎の味は少しも消えず、ワインといっしょにビスケットを食べてみても無駄だった。どろどろの腐った苦みは、舌や口蓋に貼りついて離れず、とうとう彼は二階の浴室へ行って歯を磨かざるをえなかった。なんとも腹立たしい話だ——あの平凡な夕食のあとなら、新鮮なおいしい林檎さえあれば充分満足できたろうに。皮がすべすべしていてきれいで、果肉は甘すぎず、わずかに酸味のある林檎。彼はそういう林檎を知っている。あの歯触りのすばらしさ。もちろん、収穫はぴったりの時期にしなくてはならない。

その夜、彼は、ふたたびイタリアにもどって、丸石の敷かれた広場のあのテントの下でダンスをしている夢を見た。目覚めたときも、チリンチリンという音色はまだ耳のなかに残っていたが、あの農夫の娘の顔や、自分の足につまずくあの娘の足の感触はもう思い出せなかった。朝のお茶を前に、目を開けて横たわったまま、記憶を呼《こ》び覚まそうとしても、思い出はするする逃げていく。

彼はベッドを出、空模様を見ようと窓辺へ歩み寄った。空気がちょっと冷たいが、いい天気だ。

そのとき、彼の目にあの木が映った。それはまるで予想外の、衝撃的な光景だった。これで昨夜の林檎の出所がわかった。木は無数の実をつけ、その重みでたわんでいた。小さな茶色い林檎はすべての枝にぎっしり生っていて、そのサイズは梢に向かってだんだん小さくなっていく。高いほうの枝のまだ育ちきっていない林檎など、まるで胡桃《くるみ》だ。重くのしかかる実のせいで、木は湾曲し、ねじくれ、低いほうの枝などは地面に触れんばかりに垂れさがっている。そのうえ木の根本の草の上にも、さらにたくさん、これでもかとばかりに林檎が落ちている。いちばん先に育ち、怒号する弟たち妹たちに押し出された連中だ。地面は一面、林檎だらけだった。虫の巣くっていた部分がぽっかり割れて腐っている実もたくさんあった。彼はこれまでこんなに多くの実をつけた木を見たことがなかった。重みで倒れてしまわないのが不思議なくらいだ。

朝食の前に彼は――好奇心に勝てず――外に出て、木のそばに行ってみた。まちがいない。これは昨夜食堂にあったのと同じ林檎だ。大きさはオレンジとほとんど変わらず、それより小さいものもたくさんある。みんなくっつきあっているため、ひとつ取ろうとすれば、十数個は落ちてきそうだ。

その光景にはなにか不気味なもの、おぞましいものがあった。その一方で、数カ月の間にこのような苦しみが木にもたらされたかと思うと、痛ましくもあった。そう、これは苦しみだ。それ以外にふさわしい言葉はない。木は自らの実に痛めつけられ、その重みにうめいている。なにより恐ろしいのは、そのなかに食べられる実がひとつもないということだ。実という実がどれも腐っている。彼は草に落ちた実を踏みつぶした。ひとつとして見すごすわけにはいかない。たちまちどの実もぐちゃぐちゃになって踵にへばりつき――彼はその汚れを草の葉でふくはめになった。

その木は、こんなことになる前に、裸のままで、死んだほうがずっとよかったのだ。こんなものが、彼の役に、あるいは、他の誰かの役に立つだろうか？　一面に散らばって、土を汚す、この山のような腐った実が？　木自身も苦痛に背中を曲げている。にもかかわらず、彼にははっきりと、こいつが勝ち誇り、ほくそ笑んでいるのがわかった。

この春、湿っぽくて色のないぼってりした花を山のように咲かせたときとちょうど同じで、視線は否応なしにこの木へと引きつけられた。苦しげに実を背負ったこの木を見ないで過ごすのは不可能だ。家の正面の窓はひとつ残らず、こちらに面している。それがどういうことか、彼にはよくわかっていた。林檎の実は、もがれないかぎり、十月、十一月とずっとそのまま枝にしがみついているだろう。そしてあの実がもがれることは決してない。なぜなら、どんな人間にも、あれを食べることはできないからだ。秋じゅう、あの木に悩まされる自分の姿が目に浮かんだ。テラスに出るたびに、彼はあの木を見なければならない。陰気くさい、不愉快きわまるあの姿を。

あの木に対して彼が覚える嫌悪には、並々ならぬものがあった。あの木は絶えず、なにかを思い出させる……ああ、それがなんなのかわかったら！……彼がなにより忌み嫌い、昔からずっと忌み嫌ってきたものすべて。それになんと名づけたものか、彼にはわからない。そのときその場で、彼は決心した。ウィリスにあの実をもがせ、どこかに持っていかせよう。売ろうが、捨てようが、かまわない。自分が食べずにすむのなら、そして、秋の間、来る日も来る日も、あのたわんだ木を見せつけられずにすむのなら。

その木に背を向けた彼は、そこまで堕落した木が他に一本もないのを見て、ほっとした。他の木々はどれもほどよく実をつけている。老木の右に立つあの若木も、小さいなりにがんばって、中くらいの大きさの、薔薇のような林檎をいくつかつけていた。黒っぽすぎもせず、日差しを浴びて熟れたところが新鮮な赤に色づいた実だ。一個もいで、持っていき、朝食のあと食べようか。ひとつ選んで軽く触れると、それは手のなかに落ちてきた。あまりにもおいしそうなので、思わずひと口かじってみる。そう、これだ。水気があって、甘く匂い、ぴりっとしていて、まだ露を残している。老木のほうなど振り返りもせず、彼は家に入った。すっかり空腹になって、朝食を取るために。

　庭師が老木の実をすっかり取りきるまでには、一週間近くかかった。彼が不承不承作業しているのは明らかだった。

「もいだ実は、どうしようとかまわない」主人は言った。「売って、その金を取っておくなり、うちに持ち帰って豚にやるなり、好きにするといいよ。とにかくわたしは、あの実が生っているところを見るのがいやなんだ。長い梯子を持ってきて、すぐ取りかかってくれ」

　こうして作業は始まったが、彼には、ウィリスが、単なる意地から、わざとぐずぐずやっているように思えた。窓からじっと見ていると、その動きはまるでスローモーションだった。まず梯子をかける。それからぎこちなく上っていき、もう一度降りてきて梯子をかけ直す。それから、ひとつひとつ実をもいで、バスケットへと入れていく。来る日も来る日も同じことがつづいた。ウィリスはいつも芝生の斜面にいた。梯子はいつも木にかかっていて、枝はぎしぎしきしみ、うめいていた。そしてウィリスの下の草の上には、バスケット、バケツ、たらいなど、林檎を入れるあらゆる種類の入れ物が並べられていた。

　それでもとうとう、作業は終わった。梯子は運び去られ、バスケットやバケツも消え、老木は裸になった。その日の晩、彼は満足げにその姿を眺めた。見るも不快な腐りかけの実はもうどこにも見当たらない。林檎はひとつ残らずなくなっていた。

しかし木そのものは、重荷を解かれて身軽そうになるどころか、あろうことか、これまで以上に元気なく見えた。枝は相変わらず垂れさがり、葉は秋の宵の寒さにしおれ、丸まって、震えている。その様子は「これがわたしへのお返しなの？」と言っているようだった。「あんなに尽くしてあげたのに」

日が翳ると、老木の落とす影はじめじめした夜に悲哀をもたらした。まもなく冬が来る。そして、日の短い、陰鬱な毎日が。

彼はもともと秋という季節があまり好きではなかった。かつて、毎日ロンドンへ通勤していたころ、秋は、厳しい寒さのなか朝早く電車に乗ることから始まった。午後は三時にもならないうちに事務員たちが明かりをつけだし、二日のうち一日は陰鬱な霧がたちこめ、帰りは、彼と同じ日々のパンの稼ぎ手たちと五人ずつ並んですわって、のろい電車にガタゴト揺られ、その五人のうち何人かは必ず風邪で頭痛に悩まされている。そのあとは、居間の暖炉の前でミッジと向かい合って過ごす長い夜となり、彼は、彼女の一日がどうだったか、どんないやなことがあったかを聞く、というより聞いているふりをするのだった。

家庭内になんの災厄もなかった場合は、ミッジは時事問題を取りあげて憂鬱を投げかけた。「また電車賃が上がるらしいわ。あなたの定期券はどうなるんでしょうね？」「南アフリカはひどいことになっているようですよ。六時のニュースでずいぶん時間をかけて取りあげていましたからね」あるいは「また三人、ポリオの患者が隔離病院に運ばれたんですよ。いったい医学界はどういう対応を……」

少なくとも、いまはもう聞き役を務める必要はない。しかしあの長い夜の記憶はまだ消えず、明かりが灯され、カーテンが引かれると、彼は、あのカチカチ触れあう編み針の音、無意味なおしゃべり、「ふわぁあぁぁ」というあくびを思い出してしまう。彼は夕食の前やあとに、木道を四分の一マイルほど行ったところにある古いパブ、《グリーンマン》に通うようになった。そこに行けば誰にも煩わされずにすむ。彼は隅にすわって、愛嬌たっぷりの女主人、ミヤス・ヒルに、こんばんは、と声をかけ、タバコとウィスキーのソーダ割りを前に、地元の連中がビールを一杯飲みにぶらっと入ってきて、ダーツをやり、噂話に興じるのを眺めるのだった。ある意味では、それは夏の休暇の延長だった。わずかとはいえ、そこには、あのカフェやレストランの屈託ないムードに似通ったものがあった。それに、労働者たちで混みあう、煙の充満した明るいバーには、なんとなく温かみがある。誰も邪魔しにこないのも、ありがたく心地よい。パブでのひとときは、長く暗い冬の夜を短くしのぎやすくしてくれた。

十二月半ばに頭痛を伴う風邪を引くと、このパブ通いは一週間以上も中断された。彼は家にこもらざるをえなかった。なんて奇妙なんだ、と彼は思った。こんなにも《グリーンマン》が恋しいとは。それに、本を読んだりラジオを聴いたりする以外なにもできずに居間や書斎にすわっていることが、これほど苦痛になってくるとは。風邪と退屈のせいで、彼は気むずかしく怒りっぽくなった。そのうえ、じっとしていなければならないため、肝臓も不調だった。運動が必要だ。ある寒い陰鬱な日の終わりに、彼は決心した。どんな天気であろうと、明日は出かけよう。空は午後の半ばから曇っていて、いまにも雪が降りそうだ。しかし、このうえさらに二十四時間、家にこもっている気にはどうしてもなれない。

　いらだちが最高潮に達したのは、夕食にフルーツタルトが出たときだった。ひどい風邪は最終段階に入っており、味覚はまだ完全にはもどらず、食欲も乏しかったが、胃袋は確かになにか特別なものを求めていた。鳥料理なら満足できたかもしれない。こんがり焼きあがった雉を半分に、チーズスフレ。だがそれは、月をほしがるようなもの。想像力に乏しいメイドは、よりによって鰈《かれい》を出した。魚という魚のなかでいちばん味のない、いちばん油気のないやつをだ。その残りを——彼がほとんど手をつけなかった皿を——運び去ると、彼女はタルトを持ってもどってきた。まったく空腹を満たされていなかった彼は、自分でそれをよそった。

　ひと口でたくさんだった。喉を詰まらせ、むせかえり、口に含んだものを皿に吐き出すと、彼は立ちあがってベルを鳴らした。

　メイドが、思わぬ呼び出しに不審げな顔をして現れた。

「こいつはいったいなんなんだ？」

「ジャムタルトです」

「なんのジャムだ？」

「林檎ジャムですわ。わたしの瓶詰めのジャムで作ったんです」

　彼はテーブルの上にナプキンを放り出した。

「そうだろうと思ったよ。きみは、何ヵ月か前、わたしが受けつけなかったあの林檎をまた使ったわけだ。きみにもウィリスにも、あの林檎はこの家に持ちこむなとはっきり言ったはずだがね」

メイドの顔がこわばり、ひきつった。

「確かに旦那様はあの林檎を料理したり、食後に出したりしてはいけないとおっしゃいましたわ。でも、ジャムを作ることについては、なんにもおっしゃらなかったじゃありませんか。わたしは、ジャムにすればおいしくなるだろうと思ったんです。それに、わたしも自分用に作って食べてみましたが、なんの問題もなくいい味でしたよ。だから、ウィリスがくれた林檎で瓶に数本分ジャムを作ったんです。このうちではいつもジャムを作っておりましたからね。奥様とわたしとで」

「そうか、面倒をかけて申し訳なかったな。だが、わたしにはこれは食べられない。この秋、あの林檎はわたしの口に合わなかったんだ。ジャムにしようが、どうしようが、これからも同じだろうよ。このタルトをかたづけてくれ。こいつも、そのジャムも、二度と見たくない。コーヒーは居間で飲むよ」

彼は身を震わせながら部屋を出た。こんなにつまらないことで、こんなに腹が立つとは不思議だった。まったく、なんて馬鹿な連中だ！　自分があの林檎を嫌い、あの味や匂いを嫌悪していることは、あの女も知っているし、ウィリスも知っている。なのに連中はけちけちして、ホームメイドのジャム、彼が格別に嫌っているあの林檎で作ったジャムを出せば、倹約になると考えたのだ。

彼は強いウィスキーをあおって、タバコに火をつけた。

しばらくすると、メイドがコーヒーを持って入ってきた。盆を置いても、彼女はすぐには出ていかなかった。

「ちょっとお話があるのですが」

「なんだね？」

「わたし、辞めさせていただいたほうがいいんじゃないかと思うんです」

ああ、今度はこれか。なんという一日、なんという夜だ。

「その理由は？　わたしがアップルタルトを食べないからかね？」

「それだけじゃありません。なんだかこのうちは、すっかり変わってしまったようなので。しばらく前から言おう言おうと思っていたんです」

「わたしはそれほど面倒をかけてはいないだろう？」

「はい。でも、奥様が生きていらしたころは、わたしはいつも、自分の仕事が評価されているのを感じていました。いまでは、どんなやりかたをしようと別にかまわないんだという気がします。誰もなにも言わないし、一生懸命やってはいても、自信が持てないんです。ですから、わたしの仕事に気づいてくださる女のかたがいらっしゃるお宅へ行ったほうが、きっと楽しく働けると思うんです」

「きみがそう思うなら、そうなんだろうな。最近、このうちが居心地よくなかったなら、あやまるよ」

「それに旦那様は、この夏、ずいぶん長く留守しておられましたわ。奥様が生きていらしたころは、二週間以上お出かけになっていることなんてありませんでした。なにもかもが変わってしまったみたいに思えるんです。わたしにはもう、自分がなんのためにいるんだかわからなくて。ウィリスもそうですわ」

「するとウィリスもいやになっているというのかい？」

「それはわたしからは申しあげられませんわ。林檎のことで腹を立てていたのは知っていますけれど、それはもうずいぶん前のことですし。たぶん本人がそのうち直接お話しすると思いますが」

「そうだろうな。自分がきみらをそこまで悩ませていたとは、まるで気づかなかったよ。よくわかった。もう充分だ。おやすみ」

彼女が部屋から出ていくと、彼はむっつりとあたりを見まわした。あの連中がそんなふうに感じていたなら、出ていってくれてせいせいする。前と同じじゃないだと。なにもかも変わってしまっただと。くだらない。ウィリスのやつ、林檎のことで腹を立てるなど、生意気にもほどがある。わたしには自分の林檎を好きにする権利がないっていうのか？　風邪も悪天候もくそくらえ。ウィリスや料理女のことを考えながら、暖炉の前にじっとしているなんて、もう我慢ならない。《グリーンマン》へ出かけて、なにもかも忘れよう。

彼は外套と襟巻きと古い縁なし帽を身に着けると、道路をきびきび歩いていき、二十分後には、《グリーンマン》のいつもの隅にすわって、ミセス・ヒルにウィスキーをついでもらっていた。ミセス・ヒルは、彼がまた顔を出したことを喜び、常連の客もひとりふたり、笑顔を向けて、体の具合を訊ねてきた。

「風邪ですかね？　どこもかしこもおんなじだな。みんな風邪を引いてますよ」

「ああ、まったくだ」

「そういう季節だからね」

「用心しないとな。肺に来るとつらいから」

「頭が重たくなるのだって、おんなじくらいつらいでしょうが」

「そうだな。風邪はどれもたいへんだよ。みんなおんなじだ」

感じのいい、気さくな連中だ。くどくど愚痴など言わないし、邪魔にもならない。

「もう一杯ウィスキーをもらうよ」

「さあ、どうぞ。体にいいですよ。風邪を寄せつけなくなるわ」

ミセス・ヒルはカウンターのうしろでにっこりする。大柄で、温かみのある、いい女だ。煙の霞の向こうから、話し声や低い笑い声、ダーツが的に当たる音、命中を讃えるおどけたどよめきが聞こえてくる。

「……これで雪になんかなったら、どうしていいかわからないよ」ミセス・ヒルが言っている。「石炭の配達がひどく遅れていてね。トラクター一台分の薪でもあれば、なんとかなるんだけど、それがいくらだと思う？　一台で二ポンドだって。それじゃ……」

彼は身を乗り出した。自分の声が遠く聞こえる。

「薪ならあげてもいいよ」

ミセス・ヒルは振り向いた。彼女は別の相手と話していたのだ。

「なんですって？」

「薪ならあげてもいいよ」彼は繰り返した。「うちに古い木があってね、もう何ヵ月も前に切り倒さなきゃいけなかったんだよ。あんたのために、明日やってあげよう」

彼は笑みを浮かべてうなずいた。

「いいえ、とんでもない。面倒おかけしちゃ申し訳ない。そのうち石炭が来るでしょうから、大丈夫ですよ」

「面倒なんてことはないさ。喜んでやるよ。あんたのためにやりたいんだ。いい運動になるしね。このごろ太ってきたから。あてにしていてくれよ」

彼は椅子を降りると、ゆっくり狙いを定めて外套に手を伸ばした。

「林檎の薪なんだ。林檎の薪でもかまわないかな？」

「ええ、もちろん」ミセス・ヒルは答えた。「どんな薪だってかまやしません。でもお宅のほうはいいんですか？」

彼は謎めいた顔でうなずいた。これは取引だ。秘密の取引だ。

「明日の夜、トレイラーに載せて持ってくるよ」彼は言った。

「お気をつけて」ミセス・ヒルは言った。「階段がありますよ……」

彼はひとりほくそ笑みながら、冷たくすがすがしい夜のなかを家まで歩いて帰った。どうやって服を脱いだのか、どうやってベッドに入ったのか、彼は覚えていない。しかし翌朝、目を覚まして、真っ先に頭に浮かんだのは、あの木に関して自分が交わした約束のことだった。

その日がウィリスの来る日でないことに気づき、彼は満足を覚えた。これなら自分のプランに邪魔が入る気遣いはない。空は曇っており、夜の間に雪が降っていた。これからもまだ降りそうだが、いまのところは心配ない。彼を妨げるものはなにもないのだ。

朝食のあと、彼は菜園を通って物置へ行き、鋸と楔《くさび》と斧を降ろした。これは全部必要だろう。親指で刃をなでてみる。大丈夫だ。道具を肩に担いで、前庭に引き返しながら、彼はひとり声を立てて笑った。いまの自分は、ロンドン塔に囚われた哀れな囚人の首を切りに向かう、かつての首切り役人そっくりだろう。

彼は林檎の木の下に道具を置いた。実際これは、情け深い行為といってもいい。こんなみじめなもの、悲しみに打ちひしがれたものを彼はこれまで見たことがなかった。このなかに命が宿っているわけはない。葉は一枚も残っていない。ねじれ、たわんだ、醜いその姿は、芝生の眺めを台なしにしている。これがなくなったら、庭全体の様子がすっかり変わるだろう。

雪がひとひら、手に落ちてきた。そしてもうひとひら。彼はテラスの向こうの食堂の窓を見やった。メイドが昼食のセッティングをしている。彼は階段を降りていき、家に入った。「なあ」彼は言った。「昼食はオーブンに入れておいてくれないか。きょうは給仕はいらないよ。忙しくなりそうだから、時間に縛られたくないんだ。それに、もうじき雪になりそうだ。早く帰ったほうがいい。ひどくなるといけないからね。こっちはひとりで大丈夫。そのほうがいいんだ」

メイドは、彼がそんなことを言うのは、昨夜自分に辞めると言われて気分を害しているせいだと思ったかもしれない。だが、どう思われようとかまわない。彼はひとりになりたかった。誰かに窓からのぞかれるのはごめんだった。

メイドは十二時半ごろ帰っていった。彼女が行ってしまうと、彼はすぐさまオーブンへ行って、昼食を取り出した。さっさとすませて、短い午後を全部あの木を倒す作業に当てたかったのだ。

雪はほとんどやんでおり、ちらほら舞い落ちては、そのまま溶け去っていく。彼はコートを脱いで袖まくりをし、鋸をつかんだ。そして、左手で幹の下のほうのワイヤーをむしり取ると、鋸を根本から一フィートほどのところに当て、前へうしろへ挽きはじめた。

最初の十数回はなんの問題もなかった。鋸の刃はしっかり木を捉え、食いこんでいった。ところがしばらくすると、鋸はつかえはじめた。心配していたとおりだ。

彼は鋸を抜こうとしたが、切れこみがせますぎて抜けなかった。木は鋸を捉え、しっかり押さえつけている。彼は最初の楔を打ちこんだ。効果なし。第二の楔を打ちこむ。切れこみが少し広がった。だがまだ鋸は抜けない。

引っ張っても、ぐいぐいやっても無駄だった。彼は、むしゃくしゃしてきて、斧を取りあげ、遮二無二にたたきつけだした。木っ端が飛び散り、草に散らばった。

そうだ、このほうがいい。これしかないんだ。

重たい斧が上がっては下り、幹を砕き、引き裂いていく。樹皮がはがれる。大きな白い肉の切れ端、筋の多い生の繊維が。たたき切れ、やっつけろ、切れない組織をえぐり出せ。斧を捨て、肉を素手でかきむしれ。まだ足りない。もっともっとだ。

鋸が抜け、楔が抜けた。さあ、もう一度斧を取れ。そこに強く打ちおろせ。繊維が頑固にくっついている部分へ。木がうめいている。もう少しで割れようとしている。血を流す皮一枚で持ちこたえ、ぐらつき、揺れ動いている。なら蹴りつけろ。そうだ、蹴っ飛ばせ。もう一度蹴っ飛ばせ。最後の一撃だ。こいつは終わりだ。倒れていく……ついに倒れた——ちくしょうめ。やっつけろ……倒れたぞ。大音響で空気を引き裂き、枝という枝を地面に広げて。

彼は、額から顎から流れ落ちる汗をぬぐいながら、うしろに退がった。残骸は両側から彼をはさんでいる。足もとでは、斧で切り倒された木の切り株が、白いぎざぎざの傷口をぽかんと開けていた。

雪が降りはじめた。

木が倒れると、つぎの作業は、大枝小枝を切り落とし、引いていきやすいように分類して束ねることだった。

まとめてロープをかけられた小さな枝は、焚きつけにちょうどよい。ミセス・ヒルは当然これもありがたがるだろう。彼は、車にトレイラーをつけて、庭の門の、テラスぎりぎりのところまで持ってきた。枝を落とすのは簡単だった。ほとんどの枝は鎌で落とせた。疲労が襲ってきたのは、かがみこんでそれを束ね、テラスを渡り、門をくぐり、トレイラーまで引きずっているときだった。もっと太い枝は斧で処理し、これもロープをかけて、ひと束ひと束、トレイラーまで引きずっていけるよう、三つか四つに分断した。

その間ずっと彼は時間と戦っていた。もともと薄暗かった光は、四時半までにすっかり消え、雪だけが降りつづけた。地面は早くも白く覆われており、ちょっと手を休めて、顔の汗をぬぐうと、薄い凍った雪片が唇に落ちてきて、こっそり襟から流れこみ、首や体を伝っていった。空を見あげると、すぐさまなにも見えなくなった。雪は頭上でくるくる回りながら、どんどん数を増し、スピードを上げて落ちてくる。まるで天が雪の天蓋となり、ぐんぐん降りてきて、近づき、迫り、大地を窒息させようとしているようだ。雪は、裂けた大枝にも、鎌で落とした小枝にも落ちてきて、彼の作業の邪魔をした。ひと息ついて、新たな力を奮い起こそうと、ほんのひととき手を休めると、白い覆いが、木を守るように、すぐさま降りてくるのだった。

彼は手袋をしていなかった。手袋などしていては、鎌や斧をしっかり握れないし、枝にロープを結んで引きずることもできない。寒さにかじかんだ指は、じきにこわばって曲がらなくなるだろう。心臓の下のあたりが痛んでいる。トレイラーまで荷を引きずって、体を酷使したせいだ。運ぶべき荷はいつまでも減らないように思えた。倒れた木のところに何度もどっても、薪の山の高さはそれまでと変わりなく見える。いつもそこには、彼が忘れていた、長い枝、短い枝、焚きつけの塊が、雪に埋まりかけて残っているのだ。

全部の枝の処理が終わり、あとは、すでに三つに分断した幹をトレイラーまで引いていくだけとなったときには、すでに四時半を過ぎ、あたりは暗くなっていた。

そろそろ体力の限界だった。なんとしてもあの木を始末するのだという意志のみが、彼を動かしつづけていた。呼吸は遅く、苦しげだ。その間も、雪が口や目のなかに落ちてくる。周囲のものはほとんど見えない。

彼はロープを取り出して、つるつるすべる冷たい幹を容赦なく縛りあげた。裸の木の堅さ、頑固な抵抗ぶり、彼のかじかんだ手を痛めつけるその幹のごつさは、驚くばかりだった。

「これでおまえは終わりだ」彼はつぶやいた。「もうおしまいだよ」

彼はよろよろ立ちあがり、ロープを肩に、重たい幹を引きずりはじめた。ゆっくりゆっくりスロープを下ってテラスへ、そして庭の門へ。幹は彼のうしろから、ドサッ……ドサッ……とテラスの階段を降りてくる。林檎の木の、重たく、命のない、裸の手足の最後の部分が、濡れた雪のなかを、彼のあとから。

ついに終わった。任務完了。彼は片手をトレイラーにかけ、ハアハアあえぎながら、立っていた。あとは、雪で道が通れなくなる前に、《グリーンマン》まで荷を運んでいくだけだ。車にはもうチェーンがかけてある。その点は抜かりがなかった。

彼は家に入って、体にべったり貼りついた服を着替え、一杯やった。暖炉の準備などどうでもいい。カーテンなんぞ閉めなくていいし、夕食のことも気にするな。いつもメイドがやっている雑用は、全部あとまわしだ。とにかく一杯飲んで、薪を運ばなくては。

手や体と同様、彼の頭は麻痺し、疲れ果てていた。一瞬、こんな考えが頭に浮かんだ。仕事は明日に延ばし、このまま肘掛け椅子に倒れこんで、目を閉じようか。いや、だめだ。明日になれば、雪はもっとひどくなる。明日になれば、道路の積雪は二、三フィートにもなるだろう。すでにその兆しは見えている。そうなれば、トレイラーは、白く凍りついた薪の山ともども、門の外で立ち往生だ。なんとしても今夜やり遂げなくては。

酒を飲み干し、着替えをすませると、彼は外に出て車のエンジンをかけた。雪はまだ降っている。暗闇の訪れにより、外気はなおさら冷たく、清らかに感じられ、凍りつきそうに寒い。くるくる舞い、目を眩ませる雪片は、前よりもゆっくり、着々と落ちてくる。

エンジンがかかると、彼はトレイラーを引いて下り坂を運転していった。重たい荷のことを考え、ゆっくりと、きわめて慎重に。午後のきつい労働のあと、ワイパーを回しながら、降りしきる雪を通して前方を見つづけるのは、きつかった。ついに《グリーンマン》の小さな敷地に車を乗り入れたときほど、その明かりが楽しげに見えたことはない。

彼はなかに入って立ち止まると、ひとり笑みを浮かべ、目をしばたたいた。

「あんたの薪を持ってきてあげたよ」

ミセス・ヒルはカウンターの向こうからまじまじと彼を見つめていた。何人かのお客が振り返って彼を見た。ダーツに興じていた連中がぴたりと静かになった。

「見てきてごらん。ただし、今夜荷を降ろせなんて言わないでくれよ」

彼は、ひとり笑いながら、お気に入りの隅の席へ行った。他の連中はみな、ドアのところに集まり、驚嘆し、しゃべったり笑ったりしている。彼はまさにヒーローだ。みんながまわりに押し寄せてきて、質問を浴びせる。ミセス・ヒルは彼にウィスキーをつぎながら、礼を述べ、笑い、首を振っている。「今夜は店のおごりですからね」彼女は言った。

「いやいや、とんでもない」彼は答えた。「これはわたしのパーティーだからね。ここにいる全員に一、二杯おごるよ。さあ、みんな飲んでくれ」

なんと愉快で、温かくて、楽しいんだろう。みんなに幸あれ。彼は何度もそう繰り返した。ミセス・ヒルに幸あれ。自分にも幸あれ。全世界に幸あれ。クリスマスはいつだ？　来週？　さ来週？　では、クリスマスに乾杯。みんな楽しいクリスマスを。雪のことなぞ気にするな。天気のことなぞ気にするな。初めて彼は、片隅で疎外されているのではなく、仲間のひとりになっていた。初めて彼は、みんなと酒を酌み交わし、笑いあい、ダーツにまで参加した。彼らはみんな、その混みあった煙の充満する暖かなバーの仲間だ。彼は、自分が好かれ、受け入れられ、もう道の先の屋敷に住む「あの旦那」ではなくなったのを感じていた。

時が経ち、お客の何人かは家に帰り、他の連中は自分の席にもどった。彼はまだ、暖気と煙の入り交じる、霞のかかった、居心地のよい店のなかにすわっていた。もうなにを聞いても、なにを見ても、よく意味がわからない。だが、そんなことはどうでもよかった。ここには、カウンターごしに明るくほほえみながら彼の世話を焼いてくれる、陽気で、太った、おおらかなミセス・ヒルがいるのだから。

またひとつ新しい顔が彼の視界に入った。あの農場の使用人のひとり、戦時中、彼と交替でトラクターに乗っていた男だ。彼は身を乗り出して、そいつの肩に触れた。

「あの女の子はその後どうしたね?」彼は訊ねた。

男はジョッキを降ろした。「なんのことですかね?」

「覚えてるだろう。あの農場に働きにきていた女の子さ。ほら、牛の乳搾りをしたり、豚に餌をやったりしていた? 可愛い子だよ。黒い巻き毛の、いつも笑っている?」

他のお客の相手をしていたミセス・ヒルが振り返った。

「旦那さんのおっしゃってるの、メイのことじゃないかしら?」

「そうそう。その名前だ。メイちゃんだよ」彼は言った。

「まあ、ご存じなかったんですか?」ミセス・ヒルが彼のグラスを満たしながら言う。「あのときは誰もがひどいショックを受けたもんですよ。この近辺はその話で持ちきりだったわよね、フレッド?」

「ほんとになあ」

男は手の甲で口をぬぐった。

「あの子は死んだんですよ」彼は言った。「どっかの男のバイクのうしろに乗ってて、振り落とされてね。もうじき結婚ってときでしたよ。もう四年も前かな。ひどい話だよね。いい子だったのに」

「わたしらは、この辺の者だけで花輪を送ったんですよ」ミセス・ヒルが言う。「あの子の母親が感激して、返事をくれたのを覚えてますよ。ほら、地元の新聞の切り抜きを送ってくれたじゃないの、フレッド。お葬式はずいぶん盛大でしたよ。献花もたくさんあって。かわいそうなメイ。わたしたちはみんなメイが大好きでしたよ」

「ほんとだよね」とフレッド。

「なのに、旦那さんはまったくご存じなかったんですねえ！」ミセス・ヒルが言う。

「そうなんだ」彼は言った。「誰も教えてくれなかった。気の毒に。ほんとにかわいそうに」

彼は、半分中身の残っている目の前のグラスをじっと見つめた。

周囲では会話がつづいている。しかし彼は、もうそこに参加してはいなかった。彼はもとどおりいつもの隅にひとりすわって、黙りこんでいた。死んだのか。かわいそうに、あの可愛い女の子は死んだのか。バイクから振り落とされて。もう四年も前に。どこかの不注意な輩《やから》が、あの子をベルトにつかまらせてうしろに乗せ、おそらくあの子の笑い声を耳に、猛スピードで角を曲がり……そしてすべてが終わった。顔のまわりで風に揺れるあの巻き毛も、あの笑いも、もう存在しないのだ。

メイ――それがあの子の名前だった。いまではほっきり思い出せる。呼ばれて振り返る彼女の笑顔が目に浮かぶ。「いま行きます」あの子はそう叫んで、ガチャガチャとバケツを下に置き、口笛を吹きながら、大きな長靴でドスンドスンと歩いていく。彼はほんの一瞬、あの子を腕に抱き、その唇にキスをした。いつも目が笑っているあの農場の娘、メイに。

「もうお帰りですか、旦那さん？」ミセス・ヒルが訊ねる。

「ああ。そろそろ行くとするよ」

彼はよろよろと出口へ進み、ドアを開けた。この一時間の間に戸外はひどく冷えこんでおり、雪はもうやんでいた。重苦しい空の覆いは消え、星が輝いている。

「車を出すのを手伝おうか、旦那？」誰かが声をかけた。

「ありがとう、でもいいんだ」彼は答えた。「ひとりで大丈夫だよ」

彼はトレイラーを切り離し、その先端が地面に落ちるに任せた。薪の束がいくつか、重たげに前へずり落ちた。これは明日まで放っておこう。明日、気が向いたら、またもどって来て、薪を降ろす手伝いをしよう。今夜は終わり。もう充分やった。彼はひどく疲れていた。もうなんの力も残っていなかった。

エンジンはすぐにはかからなかった。そのうえ自宅につづく脇道を半ばまで進んだところで、そもそも車に乗ったのがまちがいだったことがわかった。いたるところに雪が深く積もっている。来るときに彼が残してきた轍《わだち》はすっかり見えなくなっていた。車はぐらつき、ずるずるすべる。突然、右のタイヤが沈み、車体が傾いた。車は吹き溜まりに突っこんでしまったのだ。

彼は外に出て、あたりを見まわした。車は吹き溜まりに深くはまりこんでいて、二、三人の人手がなければ動かせそうにない。助けを求めにいったところで、この雪のなかをこれ以上進んでいけるだろうか。いや、車はこのまま置いていこう。朝、元気を回復してから、もう一度挑戦すればいい。いまここで車を押したり突いたりしながら、夜の半分を費やしてもしかたない。この路肩に放っておいても、こいつは大丈夫だろう。今夜は誰もこっち方面には来そうにない。

彼は自宅の私道めざして道を歩きはじめた。吹き溜まりに車がはまったのは、不運だった。

道路の中央部は、路面の状態は悪くなく、雪はくるぶしの上まで届く程度なのだ。彼は外套のポケットに深く手を突っこみ、両側に広大な白い荒れ地が広がる郊外の丘をせっせと上っていった。

メイドを昼に帰したことを彼は思い出した。帰宅しても、家のなかはもの淋しく、冷え冷えしていることだろう。暖炉はすでに消えていたし、きっと暖房炉の火も絶えているだろう。カーテンの引かれていない窓は、夜の侵入を許しつつ、わびしげに自分を見つめるにちがいない。そのうえ夕食の支度もしなくてはならない。これも全部自業自得。誰を責めることもできない。本当なら、こういうときこそ、誰かが待っていてくれるといいのだが。居間から駆けてきて玄関のドアを開け、ホールを光でいっぱいにして、「大丈夫だったの、あなた？　心配していたのよ」と言ってくれる誰かが。

彼は丘の頂上で足を止め、呼吸を整えた。短い私道の先に、木々に取り囲まれた我が家が見える。窓に明かりのない家は、暗く近寄りがたい感じがした。あんな陰気な家のなかより、星が明るく輝く戸外の、サクサクする白い雪の上のほうがまだ居心地がよさそうだ。

横手の門は開けっぱなしになっていた。彼はそこからテラスに入り、門を閉めた。なんという静けさだろう。庭のなかは物音ひとつしない。まるで精霊がやって来て、この場所が白く静かなままであるよう魔法をかけたようだった。

彼は静かに雪を踏んで、あの林檎の木のほうへ歩いていった。

あの若い木は、もう生長を妨げられることもなく、階段の上にひとりで立っていた。枝を広げ、白く輝くその姿は、精霊の国、幻と幽霊の世界に属するものだ。彼はその小さな木に寄り添い、枝に触れてみたかった。彼女がまだ生きていること、雪に痛めつけられていないこと、春になればもう一度花を咲かせることを確かめたかった。

もう少しで小さな木に手が届くというとき、彼はつまずいて転んだ。足が雪に隠れていたなにかにひっかかってねじれたのだ。動かそうにも、足はしっかりはさまっている。くるぶしの鋭い痛みとともに、彼はハッと気づいた。自分は、その日の午後、自ら切り倒したあの林檎の老木の、ぎざぎざに割れた切り株に捉えられているのだ。

彼は地面を這い進もうと、肘をついて体を前に押し出した。だが、脚はつま先までまっすぐ伸びていて、必死になればなるほど切り株の間に食いこんでいった。彼は雪の下の地面をさぐった。だがどこをさぐっても、手に触れるのは、あの老木の小さく折れた小枝ばかりだった。みんな、木が倒れたときに散らばって、そのあと雪に埋もれたのだ。彼は大声で助けを求めたが、心のなかではわかっていた。誰にも聞こえるわけはない。

「放してくれ」彼は叫んだ。「放してくれ」まるで自分を捉えているものに、自分を解放する力があるかのように。叫んでいるうちに、いらだちと恐怖の涙があふれ出てきた。自分はあの林檎の老木にしっかり捉えられ、夜じゅうこうしていなければならないのだ。朝になって誰かに発見されるまでは、どうにもならない。脱出は不可能だ。だが、もしも見つかるのが遅すぎたら？　誰かが来たとき、すでに自分は息絶えて、凍った雪のなかで硬くなっているとしたら？

彼はもう一度足を抜こうと身をもがいた。もがきながら、悪態をつき、すすり泣いた。もがいても無駄だった。動くことはできない。疲れ果て、彼は腕に顔を伏せて、涙を流した。体はずんずん雪のなかに沈んでいく。一本だけ仲間からはぐれていた折れた小枝が、ひんやりと湿っぽく彼の唇に触れた。あたかも、暗闇をさぐりつつ、おずおずと、ためらいがちに、彼に近づいてくる手のように。

番《つがい》

なあ、あんた、あの爺さんのこと訊いてたろ？　やっぱりそうか、初めて見る顔だもんな。近ごろ、あんたみたいに夏だけここで過ごそうって連中が多いんだよ。で、どういうわけか、そのうちみんな、あの崖っぷちから浜に降りてく。それでそこに突っ立って、海の側からあの湖を眺めることになるんだ。ちょうどあんたがしたようにさ。

あそこ、いいとこだろ？　静かだし人里離れてるし。爺さんがあそこを塒《ねぐら》に選んだのも当然ってもんじゃないか。

爺さんがいつやって来たかは知らないな。誰も知らないんだよ。何十年も前なんだろうが。終戦後だいぶしてあたしが来たときにゃ、もうここに住みついてたんだ。きっとあたしとおんなじで、文明生活から逃げてきたんだろうよ。じゃなきゃ、前いたところで、まわりの連中とうまくいかなくなったとかね。なんとも言えないな。とにかく、はなからこう感じたんだ――こいつはなにかしたかされたかで、世間を恨むようになったんだろうってな。よく覚えてるけど、爺さんをひと目見るなり、あたしは「この年寄りはすごい男だぞ」ってひとり言を言ったもんさ。

ああ、あの爺さん、湖のそばにかみさんといっしょに住んでるんだ。家は変てこな掘っ立て小屋でさ、雨風にいたぶられっぱなしだが、ふたりとも気にしちゃいないみたいだな。

あの爺さんに気をつけろって教えてくれたのは、農場のやつだった。そいつ、にやにやして、あの男には近づかないほうがいい、知らない人間は好かんからって言うんだ。それであたしも退いちまって、挨拶なんかもしなかったたな。たとえしたって無駄だったろう。爺さんの言葉はちんぷんかんぷんだもんな。初めて見かけたとき、爺さんは湖のきわに立って海を眺めてた。そこであたしは、あいつのそばを通らずすむよう、流れにかかってる板を渡るのをやめて、湖の反対側の、浜に近いほうへ行った。で、ハリエニシダの茂みの陰にしゃがみこんで、双眼鏡をのぞきこんだんだ。ちょっと気がとがめたがな。なんてったって他人様《ひとさま》んちに入りこんでるようなもんだし、こっちはそこになんの用もないんだしさ。

でかかったなあ、やつは。肩が盛りあがってて、ごつくてさ――そりゃもういまは年食ってるよ。これは何年か前の話だから――でも、いまだって、見ればやつが昔どんなだったか想像はつくだろう。体じゅうから力と気骨があふれ出てるし、格好のいい頭なんか王様みたいにぐいとそらしててさ。それにこりゃ、ただのたとえじゃないかもしれないんだ。いいや、冗談じゃないよ。爺さんの体にゃ、とてつもなく高貴な血が流れてるかもしれないだろ？　ずっとさかのぼってみればさ。ときどきその血が騒いじまって――こればっかりは本人にもどうしようもないんだが――あいつを圧倒し、荒々しい闘いに駆り立てるんだ。でもあのときのあたしは、そんなこと頭になかったたな。ただ爺さんを眺めてて、やつがこっちを振り向くと茂みの陰に縮こまったもんさ。あいつはなに考えてるんだろう、あたしがここから見てるのに気づいてるんだろうか、なんて思いながらね。

もしも爺さんがあたしをつかまえに湖を渡ってきたら、こっちはなんともまぬけな格好をさらすことになったろうよ。でもあいつは、そこまではしないことにしたらしい。どうでもいいって思ったのかな。あいつはただ海を眺めてた。カモメや、湖の水かさが増してくるのをじっと見てて、しばらくすると岸辺をぶらぶら歩きだした。かみさんのいる家のほうへな。夕めしの時間だったんだろうよ。

その初めの日、かみさんは見られなかった。外に出てこなかったからね。ふたりは、湖の左手の岸辺に住んでるが、家までは道もまともに通ってないんだ。だから、かみさんの顔をおがめるほど近くまで行く度胸なんて、とてもこっちにゃなかったよ。でもそのあと、実際おがんだときは、がっかりしたな。どうってことない女だったんだ。つまり、あの爺さんみたいな個性ってのがなかったんだよ。物静かで穏やかって感じでね。

そのときふたりは、釣りから帰ってきたとこで、浜から湖のほうへ歩いてた。もちろん先に立っていたのは、爺さんのほうさ。かみさんはそのうしろにぴったりくっついててね。どっちもあたしにゃぜんぜん気づいてなかったよ。ま、こっちとしちゃありがたかったがね。あいつが足を止めて、かみさんに、先に帰ってろなんて言って、こっちがすわってる岩のとこまでやって来たっておかしかなかったんだからさ。そうなってたら、どうしたかって？　こっちが知りたいくらいだよ。たぶん口笛でも吹きながら、それとなく腰を上げて、にこにこうなずいてみせたりしたんじゃないかな――そんなことしたって無駄なんだが、まあ、言ってみれば本能的にさ――それから、やあ、こんちはって挨拶して、さりげなくその場を離れたろうよ。あいつは手出しはしなかったと思う。ただ、あの妙な細い目でこっちの背中をにらみつけて、そのままあたしを行かせたろうよ。

それからは冬も夏も、浜辺や岩場へ通いつめたもんさ。あのふたりは、誰ともつきあわず、妙な暮らしをつづけていた。湖とか海に釣りに行くこともあったよ。ときどき河口の波止場でふたりに出くわしたりもした。ふたりはそこに泊まっているヨットや船を眺めてるんだ。あたしは考えたもんさ。どっちが言いだして出かけることになったんだろうって。たぶん爺さんのほうだろうな。波止場のざわめきやら活気やら、自分が考えなしに捨てちまったか、はなから知らなかったかするいろんなものに急に引かれて、かみさんに言ったんだろう――「きょうは町へ行ってみるか」で、かみさんは、あいつの喜ぶことならなんでもしてやろうって、くっついてくのさ。

ひとつはっきりしてたのは――誰だって気づかずにゃいられないほどなんだが――ふたりが互いに崇拝しあってたってことだ。丸一日ひとりで釣りに行ってた爺さんを、あのかみさんが出迎えるとこを見たことがあるよ。夕暮れが近づくと、かみさん、湖ぞいに歩いてって、浜で爺さんを待つんだ。そのうちずっと向こうから亭主の姿が見えてくる。こっちにも、あいつが湾を回って来るのは見えたよ。爺さんがまっすぐ浜に入ってくると、かみさんはやつを出迎え、ふたりは誰が見てようがおかまいなしに抱きあうんだ。あれは、なんていうか、感動的だったよ。ふたりの仲があんなら、あの爺さんにゃどこか愛すべきとこがあるんだろう、そんな感じがしたな。よその人間にとっちゃ悪魔かもしれないが、かみさんにゃやつがすべてなんだ。そんなふたりを見てたら、自然、爺さんに対してあったかな気持ちになったもんさ。

他に家族はなかったのかって？　いまその話をしようと思ってたんだ。ほんとのところ、話したかったのは家族のことでね。というのも、実は悲劇があったからなんだ。あたしだけしか知らないことだよ。人に言ってもよかったけど、そうしてたらどうなってたか……爺さんはしょっぴかれ、かみさんは胸が張り裂けてたかもしれない。それにつまるところ、あたしが口出しすることじゃない。確かに爺さんは相当怪しいが、絶対っていう証拠はないし、やっぱりあれは事故だったのかもしれないしな。どっちみち、あの子がいなくなったって、さがそうって者はひとりもいなかった。なら、このあたしが出しゃばって、密告することもないだろう？

なにがあったからうまく話せりゃいいんだが。まず、これがずいぶん長い間にまたがる話だってのを頭に入れといてくれよ。それに、あたしだって、よそに出かけてたり忙しかったりで、湖のほうに行かないときもあったしな。あそこで暮らしているあの夫婦に興味を持ってたのは、どうやらあたしだけだったらしい。だからこれから話すことは、あたしがこの目で見たことだけだ。人に聞いたことや、ひそひそささやかれてる噂なんかは、ちょっとだって混ざっちゃいないよ。

そうさね、あの夫婦はずっとふたりきりだったわけじゃない。子供が四人いたんだよ。女の子三人に男の子ひとりだ。あの夫婦は、四人みんなを湖の岸辺のあばら家で育てあげた。なんでそんなことがやれたのか不思議だったね。だって、横殴りの豪雨のおかげで湖が小さな海みたいになっちまって、波が住みかのそばの泥岸にぶち当たっちゃ飛沫《しぶき》を撒き散らすような日もあったんだからな。湿地は泥沼になっちまうし、風はびゅんびゅん吹きつけるしね。ちょっとでも常識ってもんがあったら、かみさんと子供を連れて、せめて安心して生きてけるとこへ移るはずじゃないか？　でもあの爺さんはちがってた。きっと自分が耐えられるなら、かみさんや子供だって耐えられるはずだと思ったんだろうよ。ひょっとして、子供たちを厳しく育てたかったのかもな。

あの子ら、可愛い連中でね。とりわけいちばん下の女の子がさ。名前はわからなかったけど、こっちは勝手にチビって呼んでた。元気いっぱいの子だったよ。体はチビでも親父そっくりでね。いまでも目に浮かぶなあ、あのちっちゃな姿。天気のいい朝なんか、さっさか湖に入ってくんだよ。兄貴や姉貴らよりうんと先にね。

で、男の子なんだが、あたしは坊やって呼んでたよ。年はいちばん上だったがね、ここだけの話、ちょっと頭が足りなかった。妹たちとちがって見てくれもよくなくてさ、不器用なやつなんだよ。女の子たちは自分らだけで遊びまわったり釣りに行ったりしてて、坊やはいつも居場所がないみたいに、そのあとにくっついて歩いてた。できりゃずっとお袋さんのいる家のそばにいたかったんだろうな。まったくのお母さんっ子でね。だから、坊やってあだ名をつけたわけさ。といっても、お袋さんのほうは特にその子に手をかけてるわけじゃなかった。見たかぎりじゃ、四人みんな分け隔てなく面倒を見てたよ。だが坊やはでっかい赤ん坊みたいなもんだった。たぶんうすのろだったんだろうな。

親とおんなじで、子供らもよその人とつきあおうとはしなかった。親父によくよく言いきかされてたんだろう。あの子らだけで浜に遊びにくることは絶対なかったよ。夏の真っ盛りに、いろんな人が崖から浜へ降りてきて、水浴びやらピクニックやらしてるときは、我慢するのがつらかったろう。でもあの爺さんは、どういう理由があるのか本人にしかわからないが、子供らに見ず知らずの人間と口をきいちゃならんって釘を刺してたらしいんだ。

子供らはこのあたしには慣れてたよ。あたしは毎日毎日、流木を拾ったりしながらぶらぶらしてた。しょっちゅう足を止めちゃ、あの子らが湖の岸で遊んでるのを眺めたもんさ。話しかけはしなかったがね。うちへ帰って、親父に話されたらまずいからな。あたしが通ると、あの子らは顔を上げるんだが、すぐまたそっぽを向いちまう。きっと恥ずかしかったんだろう。だがチビだけはちがってた。あの子は頭を振りあげて、得意そうにとんぼを切ってみせるんだよ。

ときどき家族で出かけてたな。六人みんなそろって――爺さんとかみさんと、坊やと女の子三人で、釣りをしに海に出るんだ。指揮官はそりゃ爺さんさ。チビは手伝いたがって、一生懸命親父のそばにくっついてた。かみさんは、雲行きを見張るみたいにあちこち眺めまわしてて、チビ以外の女の子らはそのそばにいた。で、坊やは――頭の足りないかわいそうな坊やは、家を出るのもいつもいちばんどん尻だったよ。どんな獲物があったのかこの目で見たことは一度もない。爺さんたちは遅くまで海に出てたから、こっちは連中が帰ってくる前に浜から引きあげなきゃならなかったんでね。でも、うまくいってたんだろうよ。連中はほとんど漁の獲物だけで暮らしてたみたいだし。まあ、魚はビタミンたっぷりだって言うしな。きっとあの爺さん、食い物に関しちゃ独自の考えを持ってたんだろうよ。

そのうち子供らは大きくなった。そのころにゃチビのチビらしいとこも薄れちまった感じがしたな。だんだん姉貴らに似てきてさ。三人はみんなおんなじようにいい子に見えた。おとなしくて、お行儀がよくてな。

坊やはと言えば、そりゃもう馬鹿でかくなってね。大きさはほとんど爺さん並み。でもふたりは似ても似つかなかったよ！　坊やにゃ親父のような貫禄もごつさも味わいもなかった。ただのウドの大木さね。厄介なのは、親父がせがれを恥じてたらしいってことだよ。あの子は家庭での役割をちゃんとこなせてなかった。どう見てもそうさ。おまけに漁に出たって、まるで役立たずでね。女の子たちはまめまめしく働いてるのに、坊やときたら、いっつもうしろのほうでしくじってばかりだ。お袋がいりゃそばにくっついてるだけでね。

あたしにゃよくわかってた。爺さんはせがれが木偶《でく》の坊なんで悩んでたよ。坊やの図体がでかいのも、しゃくの種だったのさ。きっと爺さんの凝《こ》り固まった考えからすると、そりゃ筋の通らないことなんだろう。あいつにしてみりゃ、力と頭の鈍さは並び立つわけないんだよ。ふつうの家庭なら、坊やはもちろん、とっくに家出て仕事を見つける年だった。あたしは思ったもんさ——かみさんとあの爺さん、そのことで夜、言い合ったりしてるんだろうか？　それとも、決して口にゃ出さないながらお互い得心してるんだろうか——坊やが役立たずだって？

とはいえ子供らは、結局のところ家を出たよ。少なくとも娘らはね。

なにがあったか教えてやろう。

秋の終わりのある日のことさ。たまたまあたしは、ここから三マイルくらいの、波止場が見おろせる小さな町で買い物してたんだ。なんの気なしに目をやると、あの爺さんとかみさん、それに三人の娘と坊やとが、ポントのほうへ歩いてくじゃないか――ポントってのは、波止場から東へつづく小川の上流の町でさ、何軒かコテージもあるし、その裏手にゃ農場と教会がひとつずつあるんだ。子供らは風呂あがりって感じで、めかしこんでた。爺さんもかみさんもそんなふうだったんで、連中、誰か訪ねるとこなのかな、と思ったよ。だとしたら、めずらしいことだ。でもまあ、あの町に、こっちのぜんぜん知らない、連中の友人とか知り合いがいたって、別におかしかない。それはともかく、あの子らを見たのはそれが最後だったんだ。晴れあがった土曜の午後、ポントのほうに歩いてくのを見たのがね。

その週末は風が激しくてな。強い東風さ。あたしは一歩も外へ出ず、家にこもってた。浜に打ち寄せる波が相当荒いのはわかってた。あの一家がちゃんと帰ってこられたかどうか心配だったよ。ポントの友達んとこに――ほんとにあそこに友達がいるとしてだけど――泊まったならいいんだがって思ったもんだ。

火曜になるとようやく風がやんだんで、あたしはまた浜へ出かけた。海草や流木や、タールや油の汚れがそこらじゅうにあったよ。東風のあとはいつだってそんなもんだがね。あたしは、湖のほう、爺さんのあばら家のほうに目をやった。そしたらあいつ、かみさんといっしょに、ちゃんと湖の岸にいるじゃないか。でも子供らの姿は見当たらなかった。

なんだか妙だと思って、しばらく待ってみた。そのうちあの子らも出てくるんじゃないかってね。ところがいくら待っても出てこない。で、湖の右手へ回って、反対岸に行った。そこからだと、爺さんの家がよく見えるんでね。双眼鏡までのぞいたよ。でもやっぱり子供らはいないんだ。爺さんは、漁に出ないときはいつもそうなんだが、そのへんをぶらぶらしてたし、かみさんは日向ぼっこしてる。となりゃあ答えはひとつだ。あの夫婦は、子供らをポントの友達んとこに置いてきたんだ。まあ、休暇に送り出したってとこかね。

いやあ、ほっとしたよ。あの連中、土曜の夜に帰ってこようとしてあの強風にやられたんじゃないか、で、爺さんとかみさんはなんとか無事だったけど、子供らはだめだったんじゃないかって、ほんの一瞬、怖くなったんでね。でも、そんなわけないよな。もしそうだったら、噂になるだろ。誰かなにか言うはずだろ。第一、爺さんがいつもとおんなじに呑気な顔してぶらぶらしてるんだって、かみさんがのんびり日向ぼっこしてるんだっておかしいもんな。そうさ、そうに決まってる。子供らは友達んとこに置いてきたんだ。でなきゃとうとうあの子らも、内陸のほうに仕事をさがしに行ったってことだろう。

でもそうなると、なんかこう、ぽっかり穴が開いたような気分でさ。悲しくなっちまったよ。もうずいぶん長いこと、チビや他の子らを見てきたからね。馬鹿みたいだろ？　こんなことで悲しくなるなんて。でもな、あそこにゃいつだって、爺さんとかみさんと四人の子供がいたんだ。で、あたしは、あの子らが育ってくのをずっと見守ってきたようなもんなんだよ。なのに急に、なんのわけもないのに、あの子らがいなくなっちまったんだから。

爺さんの言葉がちょっとでもわかったらって思ったね。そうすりゃいかにもご近所って顔して声をかけられるじゃないか――「ここんとこ奥さんとふたりっきりみたいだけど、なんかあったってわけじゃないよな？」って。

しかしまあ、そんなことしたって無駄だったろうな。あいつはあの妙な目でじっとこっちを見て、とっとと失せろと言ったろうから。

それっきり娘らは見ていない。一度もな。あの子らは帰ってこなかったんだ。一度、河口の近辺で、チビが仲間といっしょにいるのを見かけたような気がしたが、それだって確かじゃない。ほんとにあの子だったとすると、ずいぶん大きくなって変わっちまってたよ。あたしの考えを教えようか。爺さんとかみさんは、あの最後の週末、はっきり腹を決めてたんじゃないかな。ふたりは、子供らを友達んとこにあずけたか、どこへなりと好きなとこへ行けってあの子たちに言いつけたかしたんだろうよ。

確かにずいぶん厳しいやりかたさ。ふつうなら、自分の息子や娘にそんなことはしないよな。でも忘れちゃいけない。あの爺さんは、自分なりの信念を持ってる、タフなやつなんだ。きっとあいつは、それがいちばんいいと思ったんだろうし、たぶんそのとおりなんだろう。娘ら、特にチビが、どうなったのか、確かなことさえわかったら、あたしだってなにも心配なんかしやしないさ。

だけど、ときどき心配になるんだ。あることが坊やの身に起こったせいでね。

そうさ、あの坊や、家に帰ってきちまうくらい馬鹿だったんだよ。あの最後の週末から三週間くらい経ったころかな。あたしはその日、森を抜けて――いつもは使わない道だが――流れにそって湖へ降りてって、爺さんの家から少し離れた、北の湿地ぞいに湖を回ったのさ。そしたらいきなり、あの坊やの姿が目に入ったんだ。

なにをしてるわけでもなかったな、坊やは。湿地のそばに、ただぼーっと突っ立ってるだけでさ。距離があったんで、声はかけられなかったよ。まあ、そんな度胸もなかったけど。それでもあたしは、でかい図体を持てあますみたいに突っ立ってるあの子をずっと見守ってたんだ。あの子は、湖の向こう岸をじっと眺めてた。親父のいるほうを見てたんだよ。

爺さんもかみさんも、坊やにゃまるで気づいてなかった。ふたりは浜のそばの、あの板の橋が渡されたあたりにいた。これから漁に出るところか、ちょうど帰ってきたところかだ。で、こっちにゃ坊やがいる。いつものぼーっとした顔でさ、いや、それだけじゃなく、ひどく怯えてもいたな。

「なあ、大丈夫かい？」って声をかけたかったけど、言葉がわからないだろ。だからあたしは、坊やといっしょになって、ただそこに突っ立って、爺さんを見てたんだ。

それから、坊やとあたしの両方が恐れてたことが起こった。

爺さんが顔を上げて、坊やに気づいたのさ。

かみさんはなんとか命令されたんだろう、そのまま橋のそばに残ってた。でも爺さんは、稲妻みたいな勢いで向きを変えると、反対岸の湿地のほう、坊やのほうへと向かってきた。恐ろしい形相だったよ。あの顔は一生忘れられないね。いつも感心してたあの立派な顔は、怒りでいっぱいになってて、凶悪そのものだった。おまけにあいつ、歩いてる間もずっと坊やをののしってるんだ。ちゃんとこの耳で聞いたんだよ。

不意をつかれて、すっかり怯えちまった坊やは、なんにもできなくて、ただきょろきょろ隠れる場所をさがしてた。そんな場所なんかなかったさ。湿地のまわりに細い葦《あし》が生えてるくらいだ。でもかわいそうに、あの子はひどくおつむが弱いから、そこへ行ってしゃがみこんだ。それで安心だって思ったんだろうな——ありゃあ恐ろしい光景だったよ。

ようやく勇気を出して、あたしが割って入ろうとしたそのときだ。爺さん、いきなり足を止めて、棒みたいに突っ立った。それで相変わらずぶつぶつ悪態つきながら、また向きを変えて、橋のほうへもどってったのさ。坊やは葦の陰からその様子を見てて、しばらくするとまた湿地に出てきた。かわいそうに、馬鹿なあの子は、どうやら家に帰る気になったらしいよ。

あたしはあたりを見まわした。助けを求めようにも誰もいない。力を借してくれそうなやつは誰もな。農場へ助けを呼びにいったって、お節介は焼くなって言われるのが関の山さ。あの爺さんが怒り狂ってるときは放っとくのがいちばんんだ、それに坊やだってもう自分の面倒は自分で見られるはずだ——連中はそう言うだろう。あの子は親父と同じくらいでかいんだ、やられたらやり返せるだろうってな。でもあたしにはわかってた。そうは問屋が卸さない。闘うなんて坊やには無理だ。あの子は闘いかたを知らないんだから。

長いこと湖のそばで待ってたが、なんにも起こらず時間が経っていった。そのうち暗くなりだした。待っててもしかたない。爺さんとかみさんは橋を離れて、家へ向かった。坊やは相変わらず、湖の端の湿地に突っ立ったままさ。

で、そうっと声をかけてみたんだ。「無駄なこったよ。親父さん、おまえを入れちゃくれないだろう。ポントかどっか知らないが、いままでいたとこへ帰りな。どこに行ったっていいさ。でもな、こっからは出てくんだ」

あの子は、いつものぼんやりした妙な顔で、こっちを見あげたよ。あたしがなにを言ったのか、ちっともわかっちゃいなかったんだな。

こりゃもうどうしようもない。そう思って、あたしは家に帰った。だけどひと晩じゅう坊やのことが頭から離れなくてさ、夜が明けるなり、もういっぺん湖に行ってみたんだ。度胸をつけるために、太いステッキ抱えてね。だからって安心はできない。あの爺さんが相手じゃな。

そうさね……たぶん親父とせがれは夜の間になんとか話をつけたんだろう。坊やはお袋さんのそばにいたよ。爺さんのほうは、ひとりでそのへんをぶらぶらしてた。

いやあ、ほっとしたね。結局のところ、こっちとしちゃ、口出しするわけにゃいかなかっただろうからね。爺さんが坊やを家に置きたくないってなら、それはあいつの勝手なんだし、それでも家に帰っちまうくらい坊やが馬鹿なのだって、本人の問題だものな。

しかし、あのお袋はよくないと思ったね。結局のところ、おまえは厄介者なんだってあの子に教えてやるのは、お袋の務めじゃないか。親父は怒ってる、出てけるうちに出てったほうが身のためだって言ってやらなきゃいけないんだよ。でも、あのお袋さん、あんまり利口じゃないようだからな。骨のあるとこなんか見せたこともなかったし。

それからしばらくは、親子は自分らで決めたとおり、うまくやってた。坊やはいつもお袋さんにべったりでね――きっと家の手伝いでもしてたんだろう。爺さんのほうは、母親と子供を家に残して、ひとりでいることがだんだん多くなってってたよ。

爺さんときたら、あの橋んとこに背中を丸めてすわってな、ふさぎこんだ顔をして、じっと海を眺めてるようになっちまった。のけ者にされてるみたいな、淋しそうな様子だったよ。どうも気に入らなかったね。はっきりなにとは言えないが、やつが物騒なことを考えてるのはちゃんとわかったからね。急に、爺さんとかみさんと子供らみんなが、仲よくそろって楽しそうに漁に出てたのが、うんと昔のことみたいに思えてきたもんだよ。爺さんにしてみりゃ、なにもかもが変わっちまったってとこだろう。自分は無視されて、かみさんと坊やはいっつもべったりなんだからな。

ある日、あたしは――夜じゅう風が吹いてたんで――流木を集めに浜へ行った。で、湖のほうを眺めてね、坊やとお袋さんがいっしょじゃないのに気づいたんだよ。あの子は帰ってきた日にいた湿地の端にもどっちまってた。図体は親父とおんなじくらいでかいんだから、力の使いかたさえ知ってりゃ互角に闘えるはずなんだよ。でもそれだけの能がなかったんだな。だから、湿地に逃げてきたのさ。でかい図体して、怯えきってな。親父のほうは家の外にいた。殺気立った目でじっとせがれをにらんでたよ。

あたしは腹んなかでつぶやいた――「あいつ、坊やを殺す気だぞ」とね。だけど、どうやって、いつ、どこでやるのかがわからない。夜なか、寝てるときなのか、昼間、漁に行ってるときなのか。あのお袋はあてにならない。亭主を止めたりしないだろう。あの女に訴えたところで無駄ってもんさ。坊やがほんのちょいと頭を働かせて、出てってくれさえすりゃあなあ……

あたしは日暮れまでずっと様子を見てたよ。でもなんにも起こらなかったんだ。

その日の夜は雨だった。つぎの日は曇りで、寒くて、薄暗くてね。どこを見ても、もう十二月だ。どの木もみんな、葉を落としちまって、丸裸でね。あたしは、午後遅くなるまで湖に行けなかったよ。でも、そのうち空も晴れて、いかにも冬って感じの弱々しいお日様が顔をのぞかせたんだ。海に沈むまぎわの、ほんのひとときの輝きってやつだね。

爺さんとかみさんは、あの古いあばら家のそばで身を寄せあっていた。ふたりともこっちを向いてたから、あたしが行くのは見えたはずだよ。坊やはそこにゃいなかったし、湿地にもいなかった。それに湖の岸にもだ。

あたしは橋を渡って、湖の右手の土手ぞいに歩いてった。双眼鏡を持ってたんだが、坊やは見つからなかったよ。さがしてる間ずっと、爺さんが見てるのは肌に感じてた。

そのうちあの子は見つかったよ。あたしは、土手をよろよろ降りてって、湿地を渡って、葦の陰に倒れてた坊やに駆け寄った。

あの子は死んでた。大きくざっくり切られた跡があって、背中には一面、乾いた血がついてたよ。ひと晩じゅうそこに倒れてたんだろう、亡骸は雨でずぶ濡れだった。

馬鹿なやつって思うだろうが、あたしはおいおい泣きだしちまった。それからあの爺さんに向かってこう叫んだんだ——「人殺しめ、この人でなしの人殺しめ」あの男はなんとも答えなかったし、身じろぎひとつしなかった。ただ、かみさんといっしょに、あばら家の外に突っ立って、こっちを見つめてたよ。

そのあとどうしたか知りたいだろ。あたしはうちに帰って、鋤《すき》を取ってくると、湿地のうしろの葦んなかに墓を掘ってやり、坊やのために祈ったんだよ。あの子の宗教がなんなのかは、わからなかったがね。で、お祈りを終えると、湖の向こうの爺さんに目をやったんだ。

あたしがなにを見たと思う？

爺さんはあの立派な頭を低く下げて、かみさんを抱きしめた。かみさんも、頭をもたげて爺さんを抱きしめた。あれは、鎮魂の祈りでもあり、感謝の祈りでもあった。贖罪でもあり、互いへの賛美でもあったよ。ふたりは、自分らなりに、罪深いことをしたのがわかってたんだよ。でもそれももうすんだことだ。なぜって、このあたしが坊やを埋め、あの子は永遠にいなくなったんだからな。夫婦はもとどおり自由に、ふたりきりになれたんだ。ふたりの仲を引き裂くよそ者はもういないのさ。

夫婦は湖のまんなかへ出てった。爺さんは急に首を伸ばして、羽ばたきをすると、水面から力強く舞いあがった。連れ合いのほうもそのあとを追ってったよ。二羽の白鳥が夕日めざして海のほうへ飛んでくのを、あたしはじっと見守ってた。あとにも先にもあんなほれぼれする光景は見たことがないね。冬の空をたった二羽だけで飛んでく、あの番《つがい》の白鳥ほどのものは。

裂けた時間

ミセス・エリスは几帳面できれい好き、だらしないのは大嫌いだ。彼女にとって、返事を出していない手紙、未払いの請求書、だらしなく散らかった書き物机ほど厭《いと》わしいものはない。きょうの彼女は、いつも以上に、死んだ夫のよく言っていた「かたづけ気分」になっていた。目覚めてみるとそうなっていたのだ。そしてその気分は、朝食後もつづき、午前中いっぱい消えなかった。

それにその日は、新しい月の第一日目で、日めくりカレンダーを破り取ると、「1」という数字がくっきりとまぶしくこちらを見つめ返していた。あたかも彼女の新たなスタートのシンボルのように。

なぜか、これからの数時間は、その日付同様、汚れなきものであるべきだという気がした。なにひとつ、いい加減にはできない。

ミセス・エリスはまず、リネンをチェックした。棚に並ぶ皺ひとつない白いシーツ、その横の枕カバー。うちひと組は、いまも店にあったときそのままに真っ新《さら》な状態で、青いリボンでゆわえられ、決して来ることのないお客を待っている。

つぎは食料戸棚だ。自家製ジャムのストックを見て、ミセス・エリスは満足を覚えた。そこには、ちゃんとラベルが貼られ、彼女自身の手で日付が記入されていた。

その他に、瓶詰めの果物やトマト、特製のチャツネもあった。どれもみんな手をつけずにしまいこんである。スーザンが帰ってくる休暇のために取ってあるのだ。でも、その休暇が来て、戸棚から瓶を降ろし、誇らしげに食卓に載せるときでさえ、ミセス・エリスはちょっとした胸の痛みを覚え、せっかくのご馳走を思う存分楽しめなくなる。食卓に出せば、食料戸棚には隙間ができてしまうのだから。

戸棚を閉め、その鍵を（料理婦のグレースはどうも信用できないので）隠すと、ミセス・エリスは応接間に行き、書き物机の前にすわった。

情け容赦なくやろう。ミセス・エリスは、引き出しの仕切りを調べ、破れるまでは使える（むろん友人にではなく、商人たちに）と取ってあった古い封筒を捨てた。代わりとしては、安物の茶封筒を買うつもりだった。

二年経った領収書もいくつか出てきた。これはもういらない。一年前の領収書はひとまとめにし、綴じ紐で綴じた。

小さな引き出しはなかなか開かなかった。そこには小切手帳の古い控えがつめこまれていた。これは空間の無駄遣いだ。

そこでミセス・エリスは、読みやすい筆跡でこう書いた——「保管すべき手紙」以降、この引き出しは、この用途に使おう。

贅沢だけれど、吸い取り台には、新しい紙を入れることにした。ミセス・エリスはペン皿の埃を払い、新しい鉛筆を一本削った。それから心を鬼にして、すり減った消しゴムのついた、ちびた古い鉛筆を、屑籠に捨てた。

つづいて彼女は、サイドテーブルに載っていた雑誌をきちんとそろえ、暖炉脇の棚の本を前のほうに引き出し——グレースには本を全部奥に押しこんでしまうという、実に腹立たしい癖があるのだ——花瓶にきれいな水を入れた。こうして、グレースがドアの向こうから頭を突き出し、「お昼の支度ができました」と声をかける十分前に、ようやく彼女は少し息を切らしながら腰を降ろし、満足の笑みを浮かべたのだった。実に充実した半日だった。楽しくて、有益で。

ミセス・エリスは、応接間を(グレースはいつもここをラウンジと呼び、ミセス・エリスは始終訂正しつづけている)見まわして、思った——この部屋はなんて居心地よくて、明るいんだろう、かわいそうなウィルフレッドは死ぬ数カ月前、引っ越そうなんて言っていたけれど、そうしなくて本当によかった。彼の健康のためと、毎朝、取れたての野菜を食べたいというあのわがままのために、ふたりは、もう少しで田舎の家を借りるところだったのだ。しかし幸運にも——いやいや、とても幸運とはいえない、あれはミセス・エリスにとって、このうえなく悲しい、衝撃的な出来事だったのだが、ともかく、賃貸契約に署名する前に、ウィルフレッドは心臓発作を起こし、死んでしまった。そんなわけでミセス・エリスは、十年前、花嫁としてやって来た、慣れ親しんだ大好きなこの家に留まることができたのである。

このあたりの住環境は悪化する一方だと人々は言う。郊外より悪くなってしまったと。馬鹿な話だ。道路を少し行った先にあるアパート群は、この家の窓からは見えないし、彼女のと同じように、小さな庭に囲まれて立つどっしりした家々は、少しも損なわれてなどいない。そのうえ彼女は、ここでの生活を気に入っている。腕に籠をかけ、町で買い物する朝を。店の連中はみな彼女を知っていて、親切だ。

本屋の向かい側の《コージーカフェ》で飲む十一時のコーヒーは――グレースはどうしてもおいしいコーヒーを入れることができないのだ――ミセス・エリスが自分に認めている寒い朝のささやかな贅沢。それに夏場は、《コージーカフェ》ではアイスクリームも売っている。まるで子供のように、ミセス・エリスは、紙袋に入ったそのアイスクリームを持っていそいそと家に帰り、昼食のあとそれを食べる。こうすれば、デザートのことを考える手間が省けるのだ。

午後足早に散歩するのは体にいいとミセス・エリスは信じている。それにすぐ近くには、ヒースの原もある。田舎と同じくらいすばらしいのが。夜は、読書したり、縫い物をしたり、スーザンに手紙を書いたりして過ごしている。

よくよく考えてみると――不安になるので、深く考えることはめったにないが――彼女の人生は、スーザン中心に回っている。スーザンは九つ。ミセス・エリスのひとり娘だ。

ウィルフレッドの体の具合が悪かったことと、認めるのはつらいがあの癇癪《かんしゃく》のせいもあって、スーザンはまだ幼いうちに寄宿学校へと送り出された。ミセス・エリスは、その決断を下すすまでに幾夜も眠れぬ夜を過ごしたが、結局、それがスーザンのためと悟ったのだった。スーザンは健康的な元気いっぱいの子供だから、別室にいる気むずかし屋のウィルフレッドの邪魔にならないよう、ひとつの部屋に閉じこめて静かにさせておくことなど、できるはずもなかった。となれば、地下のキッチンにいるグレースのところへやるしかないが、ミセス・エリスにはそれがいいこととは思えなかったのである。

不承不承、ミセス・エリスは三十マイルほど家から離れた、ある学校を選んだ。そこなら、グリーン・ラインのバスに乗って一時間半足らずだ。生徒たちは楽しそうにしているし、よく面倒を見てもらっているようだった。白髪混じりの校長は思いやり深く、学校案内に書かれているとおり、その学校は「もうひとつの我が家」なのだった。

新学期の初日、胸を引き裂かれる思いでスーザンを置いてきたミセス・エリスも、第一週目に校長と絶え間なく電話でやりとりした結果、ようやくこれなら大丈夫と安心した。スーザンは新しい生活にうまくなじんでいた。

夫が死んだとき、ミセス・エリスは、スーザンが家にもどって、ふつうの学校に通いたがるだろうと考えた。ところが驚いたことに、そう提案してみると、スーザンはしょげ返り、涙さえ浮かべて、ミセス・エリスをがっかりさせた。

「だってあの学校が大好きなのに」スーザンは言った。「すごく楽しいのよ。友達だってたくさんいるし」

「友達ならこっちの学校でもたくさんできるわよ」ミセス・エリスは言った。「考えてごらん。

毎晩お母さんといっしょにいられるのよ」

「そうだけど」スーザンは疑わしげに言った。「いっしょになにするの?」

ミセス・エリスは傷ついたが、スーザンにはそんな様子は見せまいとした。

「そうね、あなたの言うとおりかもしれない。あの学校で楽しくやっているんだものね。とにかく、長いお休みはいっしょに過ごせるんだし」

休暇は、ミセス・エリスのスケジュール帳のなかで、ひときわ明るく輝いていて、その他の週をかすませていた。

たった二十八日しかないというのに、あの二月の憂鬱さはなんだろう? それに、三月の陰気で長いこと! 《コージーカフェ》で朝のコーヒーを飲んでみても、図書館で本を選んでみても、友達と地元の映画館に行ってみても、ときにはもっと派手に「町」までマチネを見にいっても、どうにもならない。

そのあと四月が、カレンダーの花道を踊りながらやって来る。イースターに、ラッパズイセン、そして、春風に吹きなぶられて頬を赤く染め、抱きついてくるスーザン。ハチミツ入りのお茶に、グレースの焼いたスコーン。グレースは言う――まあ、また大きくなりましたねえ。ヒースの原での午後の散歩も、前を駆けていくあの子がいると、明るく楽しい。五月はひっそりと静か、そして六月は、大きく開け放たれた窓や、前庭に咲くキンギョソウのおかげで晴れやかだ。六月はゆったりしている。

そのうえ六月は、学校の学芸会があり、親も招かれる。目を輝かせたスーザンは、まちがいなくいちばん可愛い小妖精だ。せりふはひとこともないけれど、動きがとってもいい。

七月は二十四日までが長い。そしてそのあといきなり、九月の最後まで、輝かしい週の連続となる。お茶の時間のスーザン……農場でのスーザン……ダートムア公園でのスーザン……家で、アイスクリームをなめながら、窓から身を乗り出しているスーザン。

「うちの子は年の割に泳ぎがとっても上手なんですよ」ビーチでは、そんなふうにさりげなく、隣の人に言う。「寒いときでも、どうしても水に入りたいって言うんですの」

グレースにはこんな報告をする。「正直言って、わたし自身は、雄牛のいる牧草地を横切るなんてまっぴらよ。でもスーザンはまったく平気なの。動物の扱いがとっても上手でね」

サンダルを履いた、引っ掻き傷だらけの素足。小さくなった夏のドレス。色褪せ、床に投げ出された日除け帽。十月は想像するだに耐えがたい……でも結局、家の用事はたくさんある。十一月のことは考えまい。あの陰鬱な雨も、ヒースの原を白く覆う霧のことも。カーテンを引き、暖炉の火を掻きたて、なにか仕事を始めよう。《週刊家庭の友》。小さな子供のファッション。あんなピンクの服は気に入らないけれど、胸に刺繍の入っている、太い帯のついたグリーンのは、スーザンがクリスマス休暇のパーティーに着るのにぴったりだ。十二月……クリスマス……

クリスマスは家庭内の行事でいちばん楽しい、いちばんすてきなものだ。

花屋の店先に小さな木々が立ち並びだし、ナツメヤシの入ったオレンジ色の箱が食料品店のウィンドウに出されると、ミセス・エリスの胸は浮き立ち、小さく飛び跳ねる。

スーザンが帰ってくるまで三週間。それからは、笑いとおしゃべりの毎日だ。うなずきあう自分とグレース、謎めいた笑み、秘かなラッピング。

まるで風船が破裂するように、すべてはたった一日で終わる。紙テープ、クラッカーから飛び出すおもちゃ、心をこめて選んだプレゼントでさえ、たちまち脇へ放り出される。でもそんなことはかまわない。自分たちはちゃんと楽しんだのだ。

ミセス・エリスは、お人形を腕に、ふとんにくるみこまれて眠るスーザンを見おろすと、明かりを落とし、すっかり疲れ果てて、そっと自分のベッドへ向かう。

スーザンが学校で大急ぎで縫いあげた、鶏をかたどったゆで卵カバーは、ミセス・エリスのベッドサイドのテーブルに載っている。

ミセス・エリスはゆで卵は食べない。けれどもグレースに言ったとおり、その鶏の目にはなんとなく愉快な感じがあった。本当によくできている。

新年の熱気とあわただしさ。サーカスにパントマイム。ミセス・エリスはスーザンばかり見ていて、芸人たちには目もくれない。

「アザラシがトランペットを吹いたとき、あの子がどんなに笑ったか見せたかったわ。あんなになんでも楽しんでしまえる子は、これまで見たことがないわよ」

それに、パーティーで、グリーンのドレスを着たあの子が目立っていたこと！　あの金髪にあの青い目！　他の子たちは、ずんぐりむっくりで不格好だったり、口が大きくてみっともなかったりだ。

「帰るとき、あの子ったら『どうもありがとう。とっても楽しかった』なんて言うのよ。たいていの子はそこまでちゃんとした挨拶はできないわ。それにあの子は、椅子取りゲームで勝ったのよ」

もちろん、いいことばかりではなかった。不安な夜、真っ赤な顔、痛む喉、三十九度近い熱。電話を握りしめ、震える手。心強い医者の声。そして階段を上ってくるその足音。しっかりした、たよりになる男の人だ。

「念のため痰のサンプルを採りましょう」

サンプルを採る？　ということは、これはジフテリア？　それとも猩紅熱なの？

毛布にくるまれ、運び降ろされていく小さな姿、救急車、病院……？

神様、ありがとうございます。それは結局、咽喉《いんこう》カタルだった。ちょうどはやっていたのだ。パーティーが多すぎますよ。しばらく静かに休ませなさい。はい、先生、わかりました。

恐ろしい不安からの解放、そして、スーザンのために、つぎからつぎへと、陳腐きわまるしようのないお話を読んできかせる。「こうしてニッキー・ノッドは宝物を全部なくしてしまったのでした。でも、それが当然の報いですよね？」

「すべては過ぎていく」ミセス・エリスは考える。「歓びも痛みも、幸せも苦しみも。さっとわたしの友人たちは、こんな生活は退屈だ、変化がなさすぎると言うだろう。でもわたしは、この暮らしに感謝しているし、満足している。ときどき、かわいそうなウィルフレッドのために充分なことをしてあげなかったと思うことはある——あの人はほんとにむずかしい人だった。

でも、ありがたいことに、スーザンはあの性格を受け継いではいない——とにかく、わたしがスーザンにいい家庭を与えてやっているのだけは確かよ」月初めのその日、ミセス・エリスはあたりを見まわし、愛と賞賛をこめて、家具や壁の絵や炉棚の置物のひとつひとつを見つめた。十年にわたる結婚生活の間に少しずつ集めてきた品々、彼女にとって自分自身を、家庭を象徴するものだ。

ソファと、もともとあった応接セットの一部である二脚の椅子は、すり切れているけれども、すわり心地はとてもよい。暖炉のそばのクッション。これはミセス・エリス自身がカバーを作ったものだ。暖炉の鉄格子は、きちんと磨かれているとはいえない。グレースにひとこと言ってやらなくては。ひどく憂鬱そうなウィルフレッドの肖像画は、本棚のうしろの暗い隅に掛かっている。なにはともあれ、その姿は立派そうに見える。もちろん、ほんとに立派な人だったし、とミセス・エリスは胸のなかであわててつぶやく。花の絵は、炉棚の上に、夫の肖像画よりもっと引き立つように飾られている。時計の横には、奥方とともに立つスタッフォードシャーの男性の像。その緑の上着に、緑の葉むらがよく調和している。

「そろそろ新しい椅子カバーを作るころだわ」ミセス・エリスは考えた。「それにカーテンも。でもそれはあとまわし。スーザンはこの数カ月ですごく大きくなったもの。あの子の着る物のほうが大事よ。あの子は年の割に背が高いわ」

グレースがドアの向こうから顔をのぞかせた。「お昼の支度ができました」

「ちゃんとドアを開けて入ってくればいいのにね」ミセス・エリスは思った。「もう百回も注意してるのに。いきなり顔を出されたら、ぎょっとするじゃないの。お客様が昼食にいらしていたら、どうするの……」

昼食はホロホロチョウ、デザートはアップル・シャルロットだった。ミセス・エリスは、学校では今学期、ちゃんとスーザンのミルクの量を増やしてくれているだろうか、強壮剤をあげてくれているだろうか、と考えた。あの寮母は忘れっぽいのだ。

突如、なんの理由もなく、ひどい憂鬱に襲われ、ミセス・エリスは皿にスプーンを置いた。胸が重くなり、喉が詰まり、もう食べつづけることもできなかった。

「スーザンになにかあったんだ」ミセス・エリスは思った。「これは、あの子がわたしを求めているという知らせだわ」

ミセス・エリスは、コーヒーを持ってくるようベルを鳴らし、応接間に行った。窓辺に歩み寄って、外を眺めると、向かいの家の裏の壁が見えた。開いた窓からは醜悪な赤いカーテンがだらりと垂れ、トイレ用ブラシが釘から下がっている。

「この地域は品がなくなってきているわ」ミセス・エリスは思った。「じきに近所に下宿屋ができるようになるでしょうよ」

コーヒーを飲んでも、ミセス・エリスの不安な気分、危惧の念は消えなかった。とうとう彼女は、電話のところへ行って、寄宿学校の番号を回した。

電話に出たのは、秘書だった。相手は驚き、明らかに少々いらだっていた。スーザンは大丈夫ですよ。たったいまおいしくお昼を食べたところです。いいえ、風邪なんて引いていません。

いまのところ具合の悪い子はひとりもいないんです。スーザンと直接お話しになりますか？　いま、外で他のみんなと遊んでいますけれど、お呼びしてもかまいませんよ。

「いえ、いいんです」ミセス・エリスは答えた。「ただ急に、スーザンになにかあったようないやな予感がしただけなので。ご面倒をかけてごめんなさい」

ミセス・エリスは電話を切り、寝室に行って外出着に着替えた。散歩すれば気が晴れるだろう。

彼女は満足げに、鏡台に載ったスーザンの写真を見つめた。写真家は、実にみごとに、あの子の目の表情を捉えていた。それに、あの髪のすてきなきらめきも。

ミセス・エリスはためらった。いまの自分に必要なのは、本当に散歩なのだろうか？　それとも、なんとなく憂鬱なこの気分は、疲労のしるし、休んだほうがいいという警告なのだろうか？

彼女は、あこがれのまなざしで、綿入りのベッドカバーを眺めた。湯たんぽは鏡台のそばに掛かっている。湯は入れるのは簡単だ。

ガードルをゆるめ、靴を脱ぎ捨て、温かな湯たんぽを入れて、ベッドにもぐりこんで一時間ほど横になろうか。いいえ。ミセス・エリスは自分に厳しくなることにした。彼女は衣装簞笥に歩み寄ると、ラクダ色のコートを取り出し、頭にスカーフを巻き、長手袋をはめ、階下へ降りていった。

ミセス・エリスは、帰ってきたらすぐ読めるように新聞を折りたたみ、図書館の本のしおりを入れ直した。

「ちょっと出かけてくるわ。すぐもどるから」ミセス・エリスは地下室のグレースに声をかけた。

「わかりました、奥様」と答えが返ってきた。

ミセス・エリスはタバコの匂いに気づき、顔をしかめた。グレースは、地下室でならなにをしてもいいことになっている。そうは言っても、やはり女の使用人がタバコを吸うというのは、穏当ではない。

ミセス・エリスは玄関のドアを閉め、階段を降りた。そして、道路に出ると左に曲がり、ヒースの原へと向かった。

空は陰鬱に曇っていた。気温はこの時季にしては暖かで、息苦しいほどだった。おそらく、もうしばらくすれば霧が出るだろう。いつもどおりロンドンから巨大な壁となって湧きあがってきて、澄んだ空気を覆ってしまうのだ。

ミセス・エリスは、いつも「ひとまわり」と呼びならわしているコースをたどることにした。陸橋の池まで東へ進み、ヒースの谷をぐるっと回って帰ってくるコースだ。

気持ちのよい午後とは言えず、散歩などしても少しも楽しくはなかった。ミセス・エリスは、家に帰りたい、湯たんぽを入れたベッドにもぐりこみたい、とそればかり考えていた。あるいは、応接間の暖炉のそばにすわっているのもいい。カーテンはじきに引かれ、じめじめした陰気な空は部屋から締め出されるはずだ。

彼女は、乳母車を押しながらおしゃべりしている二、三人の乳母たちをさっさと追い越していった。乳母たちがあずかっている子供らが前を走っていく。池の岸辺では犬たちが吠えている。外套を着た男が、ひとり宙を見つめている。ベンチにすわった老婦人が、チュンチュン鳴くスズメたちにパン屑を投げてやっている。ミセス・エリスは足を速めた。ヒースの谷のそばの共進会場は、うらぶれて見えた。メリーゴーランドは冬の間使われるキャンバスのカバーに覆われており、二匹の痩せた猫がその支柱に隠れて互いに忍び寄ろうとしている。

牛乳配達人が、口笛を吹きながら、牛乳瓶のトレイをガチャガチャ鳴らして馬車に載せ、小馬を促し、出発した。

「今度の誕生日には、スーザンに自転車を買ってやらなきゃ」なんの脈絡もなく、急にそんな考えが頭に浮かんだ。「九つだから、最初の自転車をもらうのにちょうどいい年だわ」

助言を求め、ハンドルをなでてみたりしながら、自転車を選んでいる自分の姿が目に浮かんだ。色は赤がいいわ。それとも、きれいなブルーがいいかしら。小さな籠を前につけて、工具を入れる革のバッグをシートのうしろに留めて。ブレーキはしっかりしたのにしなきゃ。でもあんまりきつすぎてもいけない。急に止まると、あの子がハンドルを越えて飛び出して、顔をすりむくことになるもの。

残念ながら、輪まわしはもう時代遅れ。ミセス・エリスの子供時代は、よく弾む輪っかを小さなスティックで上手に突いて、転がしていくのが、最高の楽しみだった。あれにはかなりの技が必要なのだ。スーザンならきっと上手にやっただろうに。

ミセス・エリスは二本の道路の交差点に差しかかり、道の反対側に渡った。そちらの道がミセス・エリスの家の通りで、家はその角のいちばん端にある。

道を渡っているとき、ミセス・エリスは、クリーニング屋のバンが角を曲がって猛スピードで突っこんでくるのを見た。車は脇へそれ、ブレーキがキーッと鳴った。ミセス・エリスは、クリーニング屋の若者の驚愕の表情を見た。

「今度あの子がうちに来たら、ひとこと言ってやらなきゃ」ミセス・エリスはひとりつぶやいた。「あれじゃいまに事故になるわ」

自転車に乗ったスーザンの姿を思い浮かべ、ミセス・エリスは身震いした。

クリーニング屋の店長に手紙を書いたほうがいいかもしれない。

「お宅のバンを運転している人にひとこと注意していただけると、ありがたいのですが。あの人は、角を曲がるとき、スピードを出しすぎています」

自分の名前は伏せておくようたのんだほうがいいだろう。さもないとあの男は、毎回重い籠を階段の下まで運ぶのはいやだと文句を言いだすかもしれない。

ミセス・エリスは自宅の前に着いた。門を押し開けると、腹の立つことに、門扉がはずれかけているのがわかった。クリーニング屋のご用聞きが変なふうにひねって、壊してしまったにちがいない。店長にはもっと厳しい手紙を書いてやらなくては。お茶がすんだら、忘れないうちに、すぐ取りかかるとしよう。

ミセス・エリスは鍵を取り出し、玄関の鍵穴に差しこんだ。動かない。鍵は回らなかった。

なんていまいましい。

ミセス・エリスはベルを鳴らしてグレースを呼んだ。あの娘は地下室からわざわざ上がってくるのを喜ばないだろうが。

声をかけて、わけを話しておいたほうがよさそうだ。

ミセス・エリスは階段のほうに身をかがめ、下のキッチンに向かって呼びかけた。

「グレース、わたしよ。鍵が開かないの。上がってきて入れてもらえないかしら?」

彼女は返事を待ったが、下からは物音ひとつ聞こえなかった。グレースは出かけているにちがいない。なんたる裏切り行為。ふたりの間には、ミセス・エリスが出かけているときはグレースは家にいるという取り決めがある。家を空けてはならないからだ。しかしときどき、ミセス・エリスは、グレースがその約束を守っていないのではないかと疑っていた。いまその証拠があがったのだ。

ミセス・エリスはもう一度、今度はさきほどより強い口調で呼びかけた。

「グレース?」

下で窓の開く音がし、ひとりの男がキッチンから顔を出した。男は上着も着ていなければ、髭も剃っていなかった。

「なにわめき立ててるんだい?」彼は訊ねた。

ミセス・エリスは仰天のあまり声も出なかった。では自分の知らないところでは、こんなことが起きていたのだ。もう三十をすぎた、堅気の女であるグレースが、男をこの家に引き入れていたとは。ミセス・エリスはごくりと喉を鳴らしながらも、怒りをこらえた。

「大変申し訳ないけれど、グレースに上に来てわたしを入れてくれるように言っていただけないかしら？」

もちろん皮肉などまるで通じなかった。男はとまどった様子で目をぱちくりさせた。

「誰だい、そのグレースってのは？」

いくらなんでもひどすぎる。では、グレースはずうずうしくも偽名まで使っているのだ。きっとロマンチックな名前にちがいない。シャーリーとかマーリーンというような。

これで状況ははっきりした。グレースは家を抜け出して、近所のパブにこの男に飲ませるビールを買いにいったのだ。そして男はひとり残って、キッチンでのらくらしている。もしかすると食料貯蔵庫にまで手を出したかもしれない。これで、二日前の肉があんなに減っていたわけがわかった。

「グレースが出かけているなら、あなたがドアを開けてくださらない？」ミセス・エリスはひややかに言った。「裏口を使いたくはないので」

これでこの男も身のほどを知っただろう。ミセス・エリスは怒りに震えた。彼女はめったに怒らない。穏やかで、気分にむらのない女なのだ。でも、自分の家のキッチンの窓から、シャツ姿の無礼者にこんな応対をされては、我慢できるわけがない。

グレースとの話し合いは、不愉快なものとなりそうだ。グレースはまずまちがいなく、いとまごいをするだろう。だが、世の中には見すごせないこともある。今度のことはそのひとつだ。

廊下からパタパタと足音が聞こえてきた。あの男が階上《うえ》に上がってきたのだ。男は玄関のドアを開けると、その場に突っ立ってまじまじとミセス・エリスを見つめた。

「誰に会いたいんだ?」彼は訊ねた。

応接間で、小さな犬が狂ったようにキャンキャン吠え立てている。お客様だ……もうおしまいだわ。なんて恐ろしい、なんて恥ずかしいことだろう。誰かが訪ねてきて、グレースはその人たちを家に入れたんだ。いいえ、悪くすると、この男が、上着も着ていないこの格好で、お客様をなかに入れたのかもしれない。いったい世間様にどう思われるだろう?

「応接間にいるのがどなたか、あなたご存じ?」ミセス・エリスは急いでささやいた。

「ボルトン夫妻じゃないかね。たぶん」男は言った。「犬が鳴いているし。お宅が会いにきたのは、あの人たちなのかい?」

ボルトン夫妻などという知り合いはいない。ミセス・エリスは、いらだたしげに応接間のほうを振り返ると、大急ぎでコートを脱ぎ、手袋をポケットに入れた。

「あなたは地下室に降りててちょうだい」ミセス・エリスは、相変わらずまじまじこちらを見つめている男に命じた。「グレースに、お茶はベルを鳴らすまで持ってこないように言って。お客様はすぐ帰られるかもしれないから」

男は困惑した様子だった。

「わかったよ。下に行く。でも今度ボルトン夫妻を訪ねるときは、ベルは二度鳴らしてくれよ」

彼はパタパタ階段を降りていった。あれはまちがいなく酔っ払っている。わざと無礼な態度を取っているにちがいない。もし手こずるようなら、夕方、暗くなってから、警察を呼ぶとしよう。

ミセス・エリスはそっと玄関ホールに入って、コートを掛けた。お客様が応接間で待っているなら、階上に行っている暇はない。彼女は手さぐりでスイッチをさがして、明かりをつけようとした。ところが電球はなくなっていた。これもいやがらせのひとつか。これでは鏡を見ることもできない。

ミセス・エリスはなにかにつまずいた。かがみこんで見ると、それは男物のブーツだった。それに靴がもう一足と、その脇には、スーツケースと、古い敷物もあった。もしグレースがあの男の持ち物をこの家の玄関ホールに置かせたのなら、あの女は今夜出ていかせよう。これはゆゆしき事態だ。非常にゆゆしき事態だ。

ミセス・エリスは応接間のドアを開け、無理に口もとに歓迎の笑みを浮かべた。ただし、あまり温かい笑みにならないようにだ。小さな犬が、狂ったように吠え立てながら、まっしぐらに突進してきた。

「静かに、ジュディ」暖炉の前にすわっていた男が言った。髪は灰色で、角縁《つのぶち》の眼鏡をかけている。彼はタイプライターを打っていた。

部屋には異変が起きていた。あたりは一面、本や書類だらけだ。雑多なガラクタが床のあちこちに散らばっている。籠に納まった一羽のオウムが、止まり木の上で跳びはねながら、金切り声で歓迎の挨拶をした。

ミセス・エリスはしゃべろうとしたが、声が出てこなかった。グレースは気が狂ったにちがいない。さっきの男だけでなく、もうひとり家に入れたなんて。そして、この見知らぬ男たちは、家をめちゃめちゃにしてしまった。部屋をひっくり返し、意図的に、悪意をもって、ミセス・エリスの財産を破壊しにかかっているのだ。

いいえ、そうじゃない！ これは大規模な犯罪計画の一部だ。以前、似たような話を聞いたことがある。この家はギャングどもに押し入られたのだ。グレースには、おそらく、なんの罪もないのだろう。彼女は、猿ぐつわをかまされ、縛りあげられて、地下室に転がされているのだ。ミセス・エリスは、動悸が激しくなるのを感じ、同時に軽いめまいを覚えた。

「落ち着くのよ」彼女は自分に言いきかせた。「なにが起きたにせよ、落ち着かなくては。電話のところまで行ければ――警察に連絡さえできれば、なんとかなる。この男に、こっちのもくろみを読まれちゃだめ」

小さな犬は、ミセス・エリスの踵の匂いをくんくん嗅ぎつづけている。

「失礼ですが」侵入者は、角縁眼鏡を額に押しあげて言った。「どんなご用件でしょう？ 妻でしたら二階にいますが」

なんと狡猾な企みだろう。なんと落ち着き払ったはったりだろう。タイプライターを膝に載せてすわっているこの男の一味は、ここにある小道具を全部、裏口から運びこんだにちがいない。フランス窓が少し開いている。ミセス・エリスはすばやく炉棚に目をやった。恐れていたとおりだ。スタッフォードシャーの人物たちは、消えていた。花の絵のほうもだ。道の先では、車かバンが待っているにちがいない……ミセス・エリスの頭はめまぐるしく働いていた。この男はまだ、彼女の正体に気づいてはいないようだ。互いにはったりをかけあうとしよう。素人芝居をしていたころの思い出が、ふっと頭をよぎった。なんとかして、警察が到着するまで、この連中を釘付けにしておかなくては。それにしても仕事の速い連中だ。机はもうなくなっている。本棚もだ。肘掛け椅子も見当たらない。

そんな観察をしながらも、ミセス・エリスは、見知らぬ男にしっかりと目を据えていた。この男は、彼女が部屋をすばやく見まわしたのには気づいていない。

「奥さんが二階に？」ミセス・エリスは、緊張した声で、しかし静かに言った。

「ええ」男は言う。「予約があるなら、大丈夫ですよ。スタジオに行けば会えます。いちばん手前の部屋です」

しっかりした足取りで、静かに、ミセス・エリスは応接間をあとにした。しかしあのちっぽけな犬は、彼女の踵をくんくん嗅ぎながら、追いかけてきた。

ひとつだけ確かなことがある。あの男は彼女の正体に気づいていない。連中は、この家の主人は午後いっぱい帰らないと信じている。いま、ドキドキしながら廊下に立ち、耳をすませているこの自分は、予約がどうこういう嘘でごまかせる訪問者にすぎないと。

ミセス・エリスは応接間のドアのそばに静かに立っていた。男はまたタイプを打ちだしている。ミセス・エリスはその冷静さに驚きあきれた。延々つづくその芝居に。

最近、個人宅への大規模な押し込みを報じた新聞記事など見た覚えはない。これは新手の巧妙な手口にちがいない。一味がなぜミセス・エリスの家を選んだのか、その点は不可解だが、きっと連中は彼女がひとり暮らしの未亡人で、家には他にメイドしかいないことを知っていたのだろう。廊下の台に載っていた電話は、すでになくなっている。代わりにそこには、ひと塊のパンが載っていた。すると連中は、食料まで用意してきたのだ……寝室の電話がまだ残っていて、線も切られていない可能性はある。あの男は妻が二階にいると言っていた。これもはったりかもしれない。それとも、共犯の女がいるということだろうか。その女は、いまこの瞬間にも、ミセス・エリスの衣装簞笥をひっくり返し、毛皮のコートをつかみ出したり、養殖真珠の一連の首飾りをポケットに押しこんだりしているのかもしれない。

寝室から足音が聞こえたような気がした。

怒りが恐怖を打ち負かした。あの男と闘う力はミセス・エリスにはない。でも女が相手なら立ち向かえる。最悪の場合、窓に走り、そこから身を乗り出して助けを求めればいい。隣の人たちが聞きつけてくれるだろう。あるいは誰か通りを歩いている人が。

足音をしのばせて、ミセス・エリスは二階へ上がっていった。例の小犬は自信ありげに先に立って上っていく。寝室のドアの外で、ミセス・エリスは足を止めた。まちがいなく部屋のなかには誰かがいる。小犬は利口そうな目で彼女をじっと見あげて、待ちかまえている。

そのとき、スーザンの小さな寝室のドアが開き、太った年配の女が下品な赤ら顔をのぞかせた。女は腕に虎猫をかかえていた。猫を見るなり、小犬は狂ったように甲高く吠えだした。

「ちぇっ、もうおしまいだ」女は言った。「いったいなんだってそいつを階上に連れてくるのさ？　こいつら顔を合わせりゃ喧嘩するのに。ところでもう郵便は来てる？　おや、ごめんよ。てっきりミセス・ボルトンかと思ったよ」

女は、脇にかかえていた牛乳の空き瓶を踊り場に置いた。

「きょうは絶対下まで行く気はないからね。これは誰かに下に持っていかせるとしよう。霧は出てる？」

「いいえ」ミセス・エリスは、驚きのあまりつい機械的に返事をし、そのあと女の視線を感じながら、自分の寝室に入ろうか、下にもどろうか迷った。この凶悪そうな老女も、一味のひとりにちがいない。さっきの男を上がってこさせるかもしれない。

「予約は取ってあるの？」女が訊ねる。「あの人、予約がなけりゃ会ってくれないよ」

ミセス・エリスの口もとに、かすかな笑みが浮かんだ。

「ありがとう。予約はしてあるんです」

ミセス・エリスは自分の気丈さに驚いていた。自分がこれほど冷静沈着に事態に対処していることに。ロンドンの舞台に立つ女優だって、これ以上この役をうまくこなせはしないだろう。

老女は目くばせして、身を寄せ、ミセス・エリスの服の袖をつかんだ。

「まともなやつにするの？　それとも色っぽいやつ？」女はささやく。「男が喜ぶのは、色っぽいやつだよ。わかるだろ！」

女はミセス・エリスをつついて、もう一度目くばせした。

「指輪をしてるところを見ると、あんた人妻だね。きっと驚くよ。どんなにおとなしい旦那だって、色っぽい写真は好きなんだから。大ベテランの忠告を聞くんだね。色っぽいのにしてもらいな」

女は、猫をかかえて、よろよろとスーザンの部屋にもどっていき、ドアを閉めた。

「もしかしたら」またためまいに襲われつつ、ミセス・エリスは考えた。「頭のおかしい連中が病院から脱走したのかもしれない。そして、支離滅裂な妄想にとりつかれて、この家に入りこんだんだ。わたしの財産を盗むためでも、壊すためでもなく、気が狂っていて、ここが自分たちの家だと思いこんでいるから」

このことが世間に知れたら、大騒ぎになるだろう。新聞の見出し。彼女の写真。スーザンがかわいそうだ。スーザン……あの下品ないやらしい老女が、スーザンの寝室にいる。

ミセス・エリスは、度胸を据えて、決然と、自分の寝室のドアを開けた。ひと目見ただけで、状況が最悪なのがわかった。部屋は丸裸だった。なにもかもがなくなっている。コードのついた照明が部屋のあちこちに置かれ、一台のカメラが三脚の上に載っている。壁際には、クッションつきの長椅子がぴったり押しつけられている。そして、豊かな髪をくしゃくしゃに縮らせた若い女が、床に膝をついて、書類を選り分けている。

「誰?」女は言った。「予約のない人には会わないわ。無断で入ってくる権利なんて、あなたにはないはずよ」

ミセス・エリスは、少しも動じず、返事さえしなかった。電話は、彼女のその他の財産と同じく、移動されてはいたものの、まだ部屋にあった。

ミセス・エリスはそこへ行って、受話器を取った。

「わたしの電話に触らないで」縮れ毛の女は叫び、立ちあがろうとした。

「警察を呼んでほしいの」ミセス・エリスはきっぱりした口調で交換に告げた。「エルムハースト・ロード十七番地に大至急来るように言って。わたしはいま、たいへん危険な状況にあるの。すぐ警察にそう伝えてちょうだい」

気がつくと若い女はすぐそばに来ていた。彼女はミセス・エリスの手から受話器を取りあげた。

「誰に送りこまれたの?」女は訊ねた。縮れた髪に囲われた顔が、色を失い青ざめている。「いきなりやって来てスパイできると思っているなら、大まちがいよ。あんたには、なにも見つけられやしない。警察だってそう。わたしはちゃんと免許を取ってこの仕事をしているんだから」

女の声が高くなる。犬が、不穏な空気を感じ取り、いっしょになって甲高く吠えだした。女はドアを開け、下に向かって呼びかけた。

「ハリー?　この女を放り出してちょうだい」

ミセス・エリスは落ち着き払って、両手を組み合わせ、壁を背に立っていた。交換手にはすでに伝言をたのんだ。警察はまもなく到着するだろう。

「いったいどうしたんだ?」男が叫ぶ。「こっちは忙しいんだぞ。自分でなんとかできないのか?　たぶん、その女、特別な写真を撮ってほしいんだろう」

若い女の目が細くなった。彼女はしげしげとミセス・エリスを見つめた。

「うちの夫、あんたになにを話したの？」

「やったわ！」ミセス・エリスは勝ち誇って胸の内で叫んだ。「連中は怯えているんだ。そうやすやすと思いどおりにはならないのよ」

「ご主人とはなにもお話ししてませんよ」ミセス・エリスは静かに言った。「あの人はただ、二階に行けばあなたに会えると言っただけです。はったりはおよしなさいな。もう手遅れなんだから。あなたがここでなにをしていたかは、もうわかっているんですからね」

彼女は手を振って室内全体を示した。若い女はじっとミセス・エリスを見つめている。

「とんでもない言いがかりだわ」女は言う。「このスタジオはまっとうにやってるんだし、誰だってそれは知っている。わたしは子供の肖像写真を撮っているの。それを証明してくれるクライアントは大勢いるわ。うちがその他になにかやってる証拠なんて、あんた持っていないでしょ。ネガを見せてよ。そしたら信じるから」

警察が来るまで、あとどれくらいだろう？　時間稼ぎをしなくては。たぶん、あとになれば、自分を写真家だと信じこんで、寝室をめちゃめちゃにした、この妄想狂の哀れな女性に同情すら覚えるかもしれない。だが、いまこの瞬間は、とにかく冷静に、ひたすら冷静にならなくては。

「それで？」女は言う。「警察が来たら、なんて言うつもり？　どんな話をする気なの？」

精神病の人に逆らってはいけないことは、ミセス・エリスも知っていた。そういう人と接するときは、調子を合わせるべきなのだ。だから警察が来るまで、この娘に調子を合わせなくては。

「わたしがここの住人だということを話すつもりですよ」ミセス・エリスは優しく言った。

「それだけで充分なはずだから。他にはなにも言う必要ないでしょう」

女はわけがわからないといった様子でミセス・エリスを見つめ、タバコに火をつけた。

「じゃあ、写真を撮ってほしいだけなの？　さっきの電話はただのはったり？　どうしてさっさとここに来たわけを言わないのよ？」

ふたりの声は、スーザンの部屋にいたあの老女の注意を引いたらしい。老女は、開きっぱなしになっていたドアを軽くたたいて、戸口に姿を現した。

「どうかしたの、あんた？」老女はいたずらっぽく訊ねた。

「あっちへ行ってて」若い女はいまいましげに言った。「あんたには関係ないでしょ。こっちもあんたに干渉しないから、あんたもこっちに干渉しないで」

「干渉する気なんかないさ」老女は言う。「ただなにか役に立てないかと思ってね。むずかしいお客さんなんだろ？　途方もないことを要求されたってわけ？」

「いいから口を閉じてて」と若い女。

その夫、ボルトンとかなんとかいう、応接間にいたあの角縁眼鏡の男が、階段を上り、寝室に入ってきた。

「いったいなんの騒ぎなんだ？」彼は訊ねた。

若い女は肩をすくめ、ミセス・エリスに目をやった。

「わかんない。でも脅迫らしいの」

「この女、ネガでも持っているのか？」男はすぐさま訊ねる。

「わたしの知るかぎり、持っていないはず。こんな人、見たこともないもの」

「別のお客から手に入れたのかもよ」やりとりを見守りながら、老女が言う。

三人はそろってミセス・エリスを見つめた。ミセス・エリスは怖くなかった。状況はちゃんと掌握しているのだ。

「わたしたちみんな、ぴりぴりしすぎているようよ」彼女は言った。「下に降りて、暖炉のそばに静かにすわって、おしゃべりでもするといいんじゃないかしら。そしたら、あなたがたのお仕事の話も聞かせてもらえるし。教えてちょうだい。あなたがたは、三人とも写真家なんですか？」

しゃべっている間も、ミセス・エリスは頭の半分で、いったいこの連中は彼女の物をどこに隠したのだろうと考えていた。ベッドはスーザンの部屋に放りこんだにちがいない——衣装箪笥はふたつに分かれるし、分解するのは簡単だろう——でも、衣類は……置物は……そういうものはきっと、トラックに隠してあるのだ。彼女の財産すべてを載せたトラックがどこかにある。きっとどこかの道路に停めてあるのだろう。それとも、すでにトラックは、他の共犯者が運転していったのだろうか。警察は盗品の追跡が得意だ。それに、品物は全部、保険に入っている——でも、家のなかはめちゃめちゃだ——保険も、火災保険のほうも、そこまではカバーしないだろう。なにか特別な条項、精神異常者による被害についての但し書きがないかぎり無理だ——保険会社が、これを天災とみなすわけはない……ミセス・エリスの頭はぐるぐると駆けめぐり、この連中のもたらした破壊と混乱を取りこみ、自分とグレースとですべてを修復するには、いったい何日、いや、何週間かかるだろうと考えていた。

かわいそうなグレース。あの娘のことをすっかり忘れていた。グレースはきっと、地下のどこかに閉じこめられ、あのシャツ姿の恐ろしい男に、見張られているにちがいない。あの男は彼女の愛人などではなく、一味のひとりだったのだ。

「さあ」頭のもう半分——実に立派に振る舞っている半分が、ミセス・エリスにそう言わしめた。「下に行って、わたしが言ったようにしましょうか?」

彼女は踵《きびす》を返し、先に立って歩きだした。すると驚いたことに、男とその妻はついてきた。ただし、あの下卑た老女はちがった。彼女は上の階に残り、手すりにもたれていた。

「用があったら呼んでちょうだいよ」老女は言った。

この女が、あの小さな部屋にあるスーザンの持ち物に手を触れる。そう思うとミセス・エリスは耐えられなかった。

「あなたもいっしょにいらっしゃらない?」礼儀正しくしようと心に決めて、ミセス・エリスは言った。「下のほうがずっと楽しいですよ」

老女はにやついた。「そのせりふは、ボルトンさんのご夫婦に言うといいよ。あたしは遠慮しとく」

「三人全員を応接間に連れこめたら」ミセス・エリスは思う。「そしてなんとかドアをロックして、がんばって会話をつづけることができたら、警察が来るまで、この人たちの注意を引きつけておけるかもしれない。もちろん、庭に出るドアはあるけど、そっちへ逃げれば、柵を上らなきゃならないし、お隣の鉢植え小屋の上に転げ落ちることになる。少なくとも、あのおばあさんは、そこまではしないはずだわ」

「さあ」ミセス・エリスは言った。応接間の惨状を目にすると、心臓が胸の内側でドクドク鳴りだした。「腰を降ろして、落ち着くとしましょうよ。その写真のことをすっかり話してくださらない?」

ところがそう言い終わりもしないうちに、玄関のベルが鳴り、有無を言わさぬ感じの、大きなノックの音がした。

ミセス・エリスは、安堵のあまりくらくらして、ドアに寄りかかった。警察だ。男は、もの問いたげな表情で女を見やった。

「入れてやったほうがいいな」彼は言った。「この女は証拠は持っていないんだから」

男は廊下を歩いていって、玄関のドアを開けた。

「どうぞ、おまわりさん」彼が言っている。「おや、ふたりいらしたんですね」

「電話で通報が入ったので」警官の声が聞こえる。「なにか面倒が起きたと聞きましたが」

「ちょっとした誤解があったようです」ボルトンは言う。「実は、人が訪ねてきたんですが、どうもその女性がヒステリーを起こしたようで」

ミセス・エリスは廊下に出ていった。そこにいた巡査も、もうひとりの若い警官も、彼女の知らない男だった。運が悪いが、大きな問題ではない。警官たちはふたりとも、がっちりした体格の持ち主だった。

「わたしはヒステリーなんて起こしていませんわ」ミセス・エリスはきっぱりと言った。「冷静そのものですよ。交換を通して通報したのは、わたしなんです」

巡査は手帳と鉛筆を取り出した。

「問題はどんなことですか?」彼は訊ねた。「まず、お名前とご住所を教えてください」

ミセス・エリスは辛抱強くほほえんだ。この男が馬鹿でないといいのだが。

「その必要もないと思いますけれど」彼女は言った。「わたしはウィルフレッド・エリス夫人です。住所はここですわ」

「部屋をお借りになっているわけで?」巡査が訊ねる。

ミセス・エリスは顔をしかめた。「いいえ。これはわたしのうちなんです」それから、ボルトンが妻にちらっと目をやったのを見て、彼女はすべてをはっきりさせる時が来たのだと悟った。「ふたりだけでお話ししたいんですが」ミセス・エリスは巡査に言った。「急を要することなんです。よくご理解いただけていないようだし」

「なんらかの訴えを起こしたいということでしたら、時を改めて警察署に来ていただければ受け付けますよ」巡査は言う。「われわれは、十七番地に部屋を借りている誰かの身に危険が迫っているという通報を受けてここに来たのです。交換にその連絡をしたのは、あなたなんですか、それともちがうんですか？」

ミセス・エリスは落ち着きを失いだしていた。

「もちろん、連絡したのはわたしです。帰宅してみると、家が泥棒に押し入られていたんですから。この連中は、危険な窃盗犯なんです。精神異常者なんです。何者かは知らないけど、わたしの財産を運び出して、家じゅうをひっくり返して、どこもかしこもめちゃめちゃにしてしまったのよ」

早口にまくしたてたため、舌がもつれた。

地下室にいたあの男もやって来て、廊下のみんなに加わった。彼は目をぎょろつかせて、ふたりの警官を見つめた。

「この人が玄関にやって来るのを見たよ」彼は言った。「イカレてると思ったね。こんなことになるとわかってたら、入れやしなかった」

巡査は、少しいらだって、口出しした男のほうを見た。

「あなたはどなたなんです？」

「アップショーっていうんだ。ウィリアム・アップショー。女房といっしょにここの地下の部屋に住んでる」

「嘘だわ」ミセス・エリスは言った。「この男はここに住んでなんかいません。泥棒一味のひとりなのよ。地下室に住んでいるのは、うちのメイド――というより、家事手伝いと言ったほうがいいかしら――グレース・ジャクソンだけですからね。家じゅうさがせば、たぶんあの娘も見つかるでしょう。きっと、あのごろつきに猿ぐつわをかまされて、縛られているんだわ」

いまや彼女はすっかり取り乱していた。いつもは低く穏やかな自分の声が、甲高くヒステリックになっていくのがわかる。

「イカレてるね」地下室の男が言う。「どう見ても狂ってるだろ」

「お静かに願います」巡査はそう言うと、なにかささやきかけてきた若い警官のほうに耳を寄せた。

「うん、うん」彼は言った。「住所録はここにあるよ。ちゃんと用意してあるとも」

彼は住所録を調べだした。ミセス・エリスは一心にその様子を見守っていた。こんな馬鹿な男は見たことがない。どうして警察は、こういうのろまを送りこんできたのだろう?

巡査は角縁眼鏡の男のほうを向いた。

「あなたはヘンリー・ボルトンさんですか?」彼は訊ねた。

「ええ、そうです」男は熱心に答える。「それから、こっちはわたしの妻です。わたしたちはここの一階に住んでいるんです。妻は二階の一室をスタジオとして使っています。肖像写真を撮っているんですよ」

パタパタと足音をさせて、あの邪悪な老女が階段の下まで降りてきた。

「あたしはバクスターって者です」老女は言った。「昔、舞台に立っていたころは、ビリー・バクスターって呼ばれてました。そういう仕事をしてたもんでね。部屋はこの十七番地の二階の奥です。あたしが証人になりますよ。この女はスパイみたいなもんです。なにかよからぬことを企んでいるんですよ。鍵穴からボルトンの奥さんのスタジオをのぞきこんでましたからね」

「するとこの人は、ここの間借り人ではないんですね?」巡査が訊ねる。「ちがうだろうと思ってはいましたが。住所録に名前がありませんからね」

「わたしたちは、こんな人、これまで一度だって見たことがありません」ボルトンが言う。「アップショーさんは、なにかかんちがいしてこの人をなかへ入れたんですよ。するとこの人は、うちの居間に入ってきました。それから、階上のスタジオにまで押し入って、妻を脅したうえ、ヒステリーを起こして電話で警察を呼んだんです」

巡査はミセス・エリスを見つめた。

「なにか言いたいことは?」

ミセス・エリスはごくりと喉を鳴らした。ああ、冷静でいられさえしたら! 心臓がこんなにドキドキせず、涙で喉が詰まりさえしなければ、なんとかなるのに!

「おまわりさん」ミセス・エリスは言った。「なにか恐ろしいまちがいがあったんです。あなたは、たぶん、この地区に来たばかりなんでしょう。それに、そちらの若いかたも——これまで見かけた覚えがありませんもの——でも、もし本署のほうに問い合わせていただければ、わたしのことはすっかりわかるはずですわ。わたしはもう何年もずっとここに住んでいるんです。メイドのグレースも長いこといっしょです。わたしは未亡人で、夫のウィルフレッド・エリスは二年前に亡くなっています。九歳の小さな娘がいて、その子はいま学校です。きょうの午後、わたしはヒースの原に散歩に出かけました。その留守中に、この人たちがうちに押し入って、わたしの財産を盗み出すか破壊するかしたんです――どっちかはわかりませんけど――家はどこもかしこもめちゃめちゃなんです。どうかいますぐ本署に問い合わせてみて……」

「まあまあ」巡査は手帳をしまいこみながら言った。「ご心配なく。署まで行って、あわてずにすっかり調べてみましょう。ところで、どなたかミセス・エリスを、家宅侵入で訴えたいかたはいますか？」

沈黙。誰もなにも言わない。

「不人情なまねはしたくありません」ボルトンがひかえめに言った。「妻とわたしは、今度のことは喜んで見すごすつもりですが」

「ただこれだけははっきりさせておかなければ」縮れ毛の女が口を出す。「この人がわたしたちについて警察署でなにを言おうと、全部でたらめですからね」

「わかっています」巡査は言った。「必要が生じれば、おふたりにもお越しいただくことになりますが、その可能性はまずないでしょう。さて、ミセス・エリス」巡査はこちらを向いた。「過酷なところはないものの、有無を言わさぬ態度だ。「外に車が待っています。署までお送りしましょう。そこで事情をお聞きします。コートはお持ちですか？」

ミセス・エリスは、やみくもに玄関ホールへ向かった。警察署ならよく知っている。ここから五分足らずのところだ。すぐ行ったほうがいい。この大馬鹿者――この救いようのない役立たずではなく、誰か上のほうの人間に会うのだ。ただし、そうしている間に、一味は逃げてしまうだろう。自分が別の警官たちともどってくるころには、もう姿をくらませているはずだ。ミセス・エリスは玄関ホールの暗がりのなかで手さぐりでコートをさがすうちに、またブーツとスーツケースにつまずいた。

「おまわりさん」彼女はそっと呼んだ。「ちょっとこちらへ」

彼はやって来た。

「なんです？」

「あの連中、電球をはずしたんです」ミセス・エリスは低い声で早口にささやいた。「出かける前はちゃんとついていたんですよ。それにこのブーツと、スーツケースの山。これはみんな連中が持ちこんで、ここに放り出したものなんです。スーツケースには、たぶん、うちの置物が詰まっているんですわ。わたしたちがもどるまで、あの連中が逃げないように、担当警官を見張りに残しておかないと。ぜひともそうしてください」

「いいですとも、ミセス・エリス」巡査は言った。「では、行くとしますか？」

ミセス・エリスは、巡査と若い部下とが目を見交わしたのに気づいた。若いほうは笑いを押し隠そうとしていた。

この男は家に残る気などないのだ。ミセス・エリスの頭に新たな疑惑がひらめいた——このふたりは、本当に警察の人間なのだろうか？　彼らも結局、窃盗団の一味なのでは？　そうならば、見ない顔だというのも道理、対応が悪いのもあたりまえだ。きっとこの連中は自分をアジトに連れ帰るつもりなのだ。自分は、薬を盛られ、おそらくは殺される。

「いっしょに行く気はありません」ミセス・エリスは急いで言った。

「さあ、ミセス・エリス」巡査が言う。「面倒かけないでください。署に行けばお茶が飲めますよ。誰もあなたに危害を加えたりはしません」

巡査が腕をつかんだ。ミセス・エリスはその手を振り払おうとした。若い警官が近づいてくる。

「助けて」彼女は叫んだ。「助けて……助けて……」

誰かに声が届くはずだ。たとえば隣家の人たちに。つきあいはないけれど、そんなことはかまわない。思いきり声を張りあげれば……

「気の毒に」シャツ姿の男が言う。「悲しい話だねえ。どうしてこんなふうになっちまったんだか」

男はぎょろりとした目で憐れむようにこちらを見つめている。ミセス・エリスは息が詰まりそうになった。

「この悪党」彼女は言った。「どうしてこんなまねができるの！　どうして！」しかし彼女は、階段へ、前庭へ、車へと追い立てられていった。運転席には別の警官がすわっていた。ミセス・エリスは、巡査にしっかり腕をつかまれたまま、後部座席に押しこまれた。

車は下り坂に入り、ヒースの原の横手を通過していく。ミセス・エリスは窓の外の景色から方向を見極めようとしたが、巡査の大きな体が邪魔になった。

しばらくくねくね進んだすえ、車は停止した。驚いたことに、そこは警察署の前だった。

すると結局、この男たちは本物の警官だったのだ。彼らは窃盗団の一味などではないのだ。しばらくはぼうっとしていたものの、ほっと安堵し、感謝しつつ、ミセス・エリスはよろよろと車を降りた。巡査はなおもミセス・エリスの腕をつかんだまま、彼女をなかへと導いた。

署のホールには多少なじみがあった。もう何年も前だが、一度、ペットのショウガ色の猫がいなくなったとき、来たことがあるからだ。ここではいつも、誰かが机のようなものの前にすわっていて、すべてはきわめて公式に、かつ、てきぱきと処理されている。ミセス・エリスは、目的地はこのホールなのだと思っていた。ところが巡査は彼女を奥の部屋へ連れていった。そこには、大きなデスクに向かった別の警官がいた。ああ、ありがたい、上のほうの人間だ。それにこの人は聡明そうだ。

ミセス・エリスは、なんとしても巡査の機先を制してしゃべりだすつもりだった。

「大きな誤解があったんです」彼女は始めた。「わたしはミセス・エリス、住まいはエルムハースト・ロード十七番地です。実はわたしの家に泥棒が押し入って、いまこの瞬間も、大規模な窃盗が進行中なんです。連中は必死のようだし、恐ろしく狡猾ですわ。ここにいるおまわりさんもすっかり丸めこまれているし、もうひとりの若い人も……」

腹の立つことに、相手は彼女を見ていなかった。彼が、眉を上げてみせると、帽子を脱いで立っていた巡査は、咳ばらいをして、デスクの前に進み出た。どこからともなく婦人警官が現れて、かたわらに立ち、ミセス・エリスの腕を取った。

巡査とその上官は低い声でなにやら話している。なにを言っているのかは聞き取れない。激しい動揺に脚が震える。彼女はめまいを覚えた。

婦人警官が引き寄せてくれた椅子に、ミセス・エリスはほっとして腰を降ろした。まもなく、お茶も出てきた。しかし彼女は、お茶などほしくはなかった。貴重な時間が失われていく。

「なんとしてもわたしの話を聞いてくださらなきゃ」ミセス・エリスがそう言うと、婦人警官の手がぎゅっと腕を締めつけた。デスクの向こうの警官が、前に出るようミセス・エリスに合図した。彼女は助けられて別の椅子に移った。婦人警官は、その間もずっと、かたわらにいた。

「さてと」彼は口を切った。「なにをお話しになりたいんです？」

ミセス・エリスは両手を固く握りあわせた。いかにも上官らしいその顔つきにもかかわらず、この男も結局、巡査同様、馬鹿なのではないか――そんな予感がした。

「わたしはエリスといいます」彼女は言った。「ミセス・ウィルフレッド・エリス、住所はエルムハースト・ロード十七番地です。この名前は電話帳に載っています。あの地区内では、わたしはよく知られているんです。エルムハースト・ロードにはもう十年も住んでいるので。夫は亡くなり、独り身ですが、九歳の娘がいて、その子はいまは学校にいます。メイドもひとり雇っています。名前はグレース・ジャクソン。料理やその他の家事をしてくれている娘です。きょうの午後、わたしはちょっとヒースの原まで散歩に出ました。陸橋の池やヒースの谷の池をぐるっと回ってきたんです。帰ってみると、うちには侵入者がいて、メイドはいなくなっていました。部屋の物はすっかりなくなっていて、泥棒たちが家を占領し、大芝居を打っているんです。ここにいるおまわりさんまでだまされてしまったほどです。

わたしは交換を通して警察を呼びました。泥棒ども、怯えていましたよ。そのあとわたしは、助けが来るまで連中を応接間に引きつけておこうとがんばったんです」

ミセス・エリスはひと息入れた。警官はちゃんと耳を傾けており、彼女にしっかり目を据えていた。

「ありがとう」彼は言った。「大変参考になりましたよ、ミセス・エリス。ところで、身分を証明するものをなにかお持ちですか?」

ミセス・エリスはまじまじと相手を見つめた。身分を証明するもの? ええ、もちろんありますとも。でも、いまここにはない。身につけてはいないのだ。家を出るとき、ハンドバッグは持たなかった。名刺は書き物机のなかだし、パスポートは――以前、ウィルフレッドといっしょにディエップへ旅行したとき、取ったのだが――記憶にまちがいがなければ、寝室の小さな書き物机の左の小仕切りにある。

そのとき突然、彼女は気づいた――家のなかはめちゃめちゃだ。あれではなにひとつ見つからない……

「あいにくなことに」彼女は警官に言った。「きょうの午後は、ハンドバッグを持たずに散歩に出たんです。寝室の引き出しに入れたまま。名刺は応接間の机のなかですし、パスポートは――主人とわたしは、あまり旅行をしなかったもので、期限は切れてますけど――寝室の小さな机の小仕切りに入っています。でも泥棒どもが、なにもかもひっくり返してしまって。家のなかは、本当にめちゃめちゃなんです」

警官は脇にあったノートになにか書きこんだ。

「身分証明書か配給帳をお持ちでは？」彼は訊ねた。

「いま言ったでしょう」ミセス・エリスは怒りを抑えて言った。「名刺は書き物机のなかです。その配給帳っていうのは、なんなんです？」

警官はノートにメモを取りつづけている。彼は、慣れた手つきでミセス・エリスのポケットを調べはじめた婦人警官に目を向けた。ミセス・エリスは、どの友人に電話すべきか懸命に考えていた。証人になってもらうには、どの人がいいだろう？　すぐ車で飛んできて、このまぬけども、この救いようのない馬鹿どもに、ものの道理をわからせてくれるのは誰だろう？

「落ち着かなくては」ミセス・エリスは自分に言いきかせた。「落ち着かなくては」

コリンズ夫妻は海外だ。あの夫婦がいちばんよかったのに。でもネッタ・ドレイコットなら家にいるにちがいない。あの人はこの時間帯には、子供たちのためにたいてい家にいる。

「さっきお願いしましたでしょ。名前と住所を電話帳か住所録で確認してくださいって。でもそれができないというなら、郵便局長か、うちの取引銀行の店長に訊いてみてください。ハイ・ストリートに支店がありますから。土曜日にそこで小切手を換金してもらったげかりだし。それから、ミセス・ドレイコットに電話してみてもらえません？　彼女、わたしの友人なんです。住所はチャールトン・コート二十一号。チャールトン・アヴェニューのアパートです。彼女なら証人になってくれますから」

ミセス・エリスは疲れ果てて、椅子に背をもたせかけ、胸の内でつぶやいた——どんな悪夢だって、いま自分の陥っているこの苦境ほど恐ろしく、いらだたしく、絶望的ではありえない。些細な事柄がつぎつぎ積み重なってどんどん大きくなっていく。あのときハンドバッグを忘れず持って出てさえいれば、あのなかには名刺だってあったのだ。そして、こうしている間にも、あの泥棒ども、あの悪魔どもは、彼女の家をめちゃめちゃにし、彼女の大切な品々、彼女の財産を持って逃げようとしている……

「ミセス・エリス」警官は言う。「あなたのお話の内容はすでにチェックしたのですが、どうも事実とちがっていましてね。あなたのお名前は電話帳にも、住所録にも載っていないんですよ」

「いいえ、載っていますとも」ミセス・エリスは憤然とした。「電話張を貸してくださいませんか？　お見せしますから」

相変わらず立ったままでいたあの巡査が、ミセス・エリスの前に電話張を置いた。ミセス・エリスは、左のページをエリスという名前があるはずのところまで指でなぞっていった。エリスという名がつづく。しかし彼女の名前は載っていない。それに、彼女の住所や電話番号もどこにもない。ミセス・エリスは、住所録の、エルムハースト・ロード十七番地の住人の名前を調べた。ボルトン、アップショー、バクスター……彼女は電話張と住所録を押しやって、警官を見据えた。

「この二冊はおかしいわ。きちんと更新されていない。偽物よ。わたしのうちにあるのとちがう」

警官はなんとも言わなかった。彼は電話張と住所録を閉じた。

「ねえ、エリスさん。あなたはお疲れなんですよ。ひと休みすれば、すっきりしますよ。お友達は、われわれがおさがしします。こちらの指示どおりにしてくだされば、早急に連絡を取りますからね。まずは医者を呼んであげましょう。その先生とちょっとおしゃべりして、鎮静剤をもらってください。そのあと少し休めば、朝には気分がよくなるでしょうし、われわれも進展をお知らせできるでしょうから」

婦人警官が、手を貸してミセス・エリスを立ちあがらせた。

「どうぞこちらへ」彼女は言った。

「でも、うちはどうなるの？」ミセス・エリスは言った。「あの泥棒どもは？ それにメイドのグレース――グレースは地下室に転がされているかもしれない。うちのことは絶対なんとかしてもらわなくちゃ。あんな悪い連中をそのまま逃がしていいわけはないでしょう。わたしたち、もうすでに貴重な三十分を無駄に――」

「どうかご心配なく、エリスさん」警官が言う。「すべてわれわれにお任せください」

なおも抗議し、しゃべりつづけるミセス・エリスを、婦人警官が外へ連れ出した。いま彼女は廊下を歩かされている。脇では婦人警官が話している。

「どうかお静かに。大丈夫ですから。誰もあなたに危害を加えたりはしませんからね」着いた先は、ベッドのある小部屋だった。なんてこと……これは独房、囚人を入れる独房じゃないの。

婦人警官がミセス・エリスのコートを脱がせ、頭に巻かれたままになっていたスカーフをはずしている。ミセス・エリスは気が遠くなった。すると婦人警官が、彼女をベッドに横たわらせ、ごわごわしたネズミ色の毛布を体にかけ、小さな固い枕を頭の下に押しこんだ。

ミセス・エリスは、婦人警官の両手をつかんだ。この人は少なくとも不親切そうには見えない。

「お願い。ハムステッド四〇七二番に電話をしてみてちょうだい。友達のドレイコット夫人のところよ。あの人にすぐ来るようにたのんで。さっきのかたは、わたしの言うことを信じようとしない、話を聞こうとしないから」

「はいはい、大丈夫ですからね」婦人警官は言う。

別の誰かが部屋に、その独房に入ってくる。きれいに髭を剃った、頭の切れそうな男。手には鞄を持っている。彼は聴診器と体温計を取り出し、ミセス・エリスにほほえみかけた。

「少し動揺なさっているそうですね」彼は言った。「すぐ落ち着きますからね。さあ、手首を出して」

ミセス・エリスは、毛布を引き寄せ、幅のせまい固いベッドの上に身を起こした。

「先生」彼女は言った。「わたしはどこも悪くありません。恐ろしい経験をしたことは認めます。あんな目に遭えば、誰だって動揺しますとも。うちは泥棒に押し入られるし、ここでは誰もわたしの話を信じてくれない。でもわたしはミセス・エリス――エルムハースト・ロード十七番地の、ミセス・ウィルフレッド・エリスです。先生が警察の人たちを説得してくだされば……」

しかし医師は聞いてもいなかった。婦人警官に手伝わせて、彼はミセス・エリスの体温を測った。まるで子供の体温を測るように、口ではなく、腋の下でだ。つづいて医師は、彼女の脈を取り、まぶたを引っ張りあげて瞳孔を調べ、心音を聴いた……ミセス・エリスはなおもしゃべりつづけた。

「これが決まりなのはわかっています。あなたはこうせざるをえないんでしょう？　でも警告しておきますけれど、ここに連れてこられて以来、いいえ、警察がうちに来て以来、わたしが受けてきた扱いは実にけしからぬ、受け入れがたいものです。わたしはこの地区の下院議員を個人的には知りません。でも、その議員だって話を聞いたら、きっとこの件を取りあげるだろうし、あなたがたの誰かが責任を取らされることになりますよ。あいにくわたしは、夫を亡くしていて、肉親もいないし、幼い娘は学校にいる。いちばん親しい友人のコリンズ夫妻は海外です。でも、取引銀行の店長は……」

医師は彼女の腕をアルコールでふいている。注射針が刺しこまれる。思わず小さく声をあげ、ミセス・エリスは固い枕の上に倒れた。医師は彼女の手首をつかんだまま放さない。薬が血管に流れこむにつれて、頭がぐるぐる回り、奇妙にも感覚がなくなっていく。涙が頬を流れた。闘うことなどできない。彼女はあまりにも無力だった。

「気分はどうです？」医師が訊ねる。「よくなったでしょう？」

喉がからからだ。唾液がまったくなくなっている。これは、人を麻痺させ、自由を奪う類《たぐい》の薬なのだ。

だが胸の内に沸き立っていた激情は和らぎ、鎮まった。神経がきりきり引き絞られるほどの怒り、恐れ、いらだちは消え去った。

自分の説明が悪かったのだ。面倒の半分は、うっかりハンドバッグを持たずに家を出てしまったことから起きている。あとは、あの恐ろしい邪悪で腹黒な泥棒どものせいだ。「静かに」彼女は自分の心に向かって言った。「静かに。さあ、落ち着いて」

「さて」医師が手首を放して言う。「もう一度、話してもらえますか？　お名前は、エリスさんでしたね？」

ミセス・エリスはため息をつき、目を閉じた。また全部最初から話さなくてはならないのだろうか？　あの人たちは、なにもかもノートに書き留めたはずではないか？　こんなことをしてなんになる？　システム自体がまるでなっていないのに。まちがった名前、まちがった住所を載せた電話帳や住所録。窃盗、殺人、ありとあらゆる犯罪があとを絶たないのも無理はない。警察が芯まで腐っているのだから。下院議員はなんという人だったろう？　喉まで出かかっているのだけれど。砂色の髪の、人のよさそうな男。ポスターのあの人はいつもたのもしげだ。ハムステッドの議席は、もちろん、安定している。あの人なら、この件を取りあげてくれるはず……

「エリスさん」医師が言った。「ご自分の本当の住所は思い出せそうですか？」

ミセス・エリスは目を開けた。疲れきって、それでも辛抱強く、彼女は医師に目を据えた。

「住所はエルムハースト・ロード十七番地です」彼女は機械的に言った。「わたしは未亡人です。夫は二年前に亡くなりました。娘は九歳で、寄宿学校にいます。きょうの午後、昼食のあと、わたしはほんのしばらくヒースの原に散歩に出かけました。家にもどってみると――」

医師がさえぎった。

「ええ、知っていますよ。散歩のあとなにがあったか、それはわかっています。わたしたちが教えてほしいのは、その前にあったことなんです」

「その前は昼食を取りました」ミセス・エリスは答えた。「なにを食べたかもはっきり覚えています。ホロホロチョウとアップル・シャルロットですわ。そのあとコーヒーを飲みました。それから二階で昼寝をしようかと思ったんです。あまり気分がよくなかったのでね。でも結局、外の空気を吸ったほうがいいだろうと考えたんです」

言ったとたん、彼女は後悔した。医師の目つきが鋭くなった。

「なるほど！　気分がよくなかったわけですね。どんなふうだったか話してもらえますか？」

医師がなにをさぐろうとしているかはわかっていた。この医師も警察署の他の連中も、ミセス・エリスが狂っているという証拠がほしいのだ。彼らは、彼女が精神錯乱を起こしている。彼女の話は全部作り話だということにしたいのだ。

「たいしたことじゃありません」ミセス・エリスは急いで言った。「午前中ずっとかたづけをしていたせいで、疲れていただけなんです。リネンを整理したり、応接間の机をかたづけたり――そういうことにかなり時間がかかってしまったので」

「ご自分のおうちがどんなか説明できますか、エリスさん？」医師は訊ねた。「たとえば、寝室や応接間の家具がどんなふうか」

「できますとも」ミセス・エリスは答えた。「でも、きょうの午後押し入った泥棒どものおかげで、家はめちゃめちゃですからね。もう取り返しがつかないんじゃないかと心配になってきましたよ。ありとあらゆるものが略奪され、どこかへ持っていかれてしまったんです。どの部屋もガラクタだらけですし、二階のわたしの寝室など若い女がいて、写真家になりすましているんですよ」

「なるほど。それについてはご心配なく。ただ家具のことを教えてください。どんなものがどこに置かれていたかなんてことをね」

この医師は、ミセス・エリスが思っていたより同情的だった。彼女は自宅の部屋ひとつひとつの描写にかかり、どんな置物や絵画があるか、椅子やテーブルがどこにあるかを語った。

「それから、料理婦の名前はグレース・ジャクソンでしたね？」

「ええ、先生。もう何年かうちで働いているんです。きょうの午後わたしが出かけるときは、キッチンにいましたわ。地下室に向かって、ちょっと散歩に行ってくる、長くはかからないと声をかけたのを、はっきりと覚えていますから。わたし、グレースのことがひどく心配なんです、先生。あの泥棒ども、あの娘をつかまえたかもしれない。もしかしたら誘拐したかも」

「その件はこっちにお任せください」医師は言った。「よく協力してくれましたね、エリスさん。おかげで家の様子がよくわかりましたから、そう長くかからずにさがし出すことができるでしょう。ご親戚もきっとすぐ見つかりますよ。でも今夜はここに泊まらなくちゃいけません。

朝にはきっといい知らせをお持ちできると思いますよ。ところで、まだ小さな娘さんが学校にいるんでしたよね？　その学校の住所は覚えていますか？」

「もちろんです」ミセス・エリスは言った。「それに電話番号もわかりますわ。学校の名はハイ・クロース校、住所はハッチワース、ビショップス・レーンです。電話番号はハッチワース二〇二番。でも、わたしのうちをさがし出すというのは、いったいどういうことですの？　もうお話ししたでしょう。住所はエルムハースト・ロード十七番地なんですよ」

「なにも心配なさることはありませんよ」医師は言う。「あなたは病気じゃないし、嘘をついているわけでもない。それはよくよくわかっています。あなたは一時的な記憶喪失に陥っているんです。これはよくあること、誰にでも起こりうることで、すぐに治ってしまうんですよ。わたしたちはこれまでも、そういう患者をたくさん診てきましたからね」

医師はほほえみ、鞄を手に立ちあがった。

「でも、そうじゃないんです」ミセス・エリスは、身を起こそうとしながら言った。「わたしの記憶は完璧なんですから。思いつくかぎり、なにもかもお話ししたじゃありませんか。自分の名前も、住んでいる場所も、家がどんなふうかも、娘の学校の住所も……」

「わかっています」医師は言った。「どうかご心配なく。ただリラックスして、少し眠ってください。お友達をさがしてあげますからね」

医師は婦人警官になにやらささやくと、独房を出ていった。婦人警官はベッドのところへやって来て、ミセス・エリスの体を毛布にくるみこんだ。

「さあ、元気を出して」彼女は言った。「先生のおっしゃるようにしましょうね。ちょっと休むんです。いまになにもかも解決しますからね」

休む……でもどうやって？　リラックスする……いったいなんのために？　いまこの瞬間も、彼女の家は略奪されつつある。部屋という部屋が丸裸にされようとしているのだ。泥棒どもは、戦利品を手にまんまと逃げおおせてしまい、あとにはなんの痕跡も残らないだろう。連中はグレースも連れていくにちがいない。だから、かわいそうなあの娘には、警察署に出向いて、ミセス・エリスの身元を証明することなどできない。でも隣の人たち、ファーバー一家なら大丈夫。きっとすぐ来てくれるだろう……もっとあの人たちと親しくしておけばよかった。訪問したり、お茶に招《よ》んだりしておけばよかった。でも結局のところ、田舎に住んでいるのでないかぎり、近ごろでは誰もそんな期待はしていない。そういうつきあいは時代遅れなのだ。もしもネッタ・ドレイコットがつかまらなかったら、すぐにファーバー一家に連絡を取ってもらわなくては……

ミセス・エリスは婦人警官の袖をつかんだ。

「ファーバーさんというご一家が、隣に住んでいるわ。十九番地よ。あの人たちが証人になってくれる。友達じゃないけど、わたしのことはよく見かけて知っているはずなの。もう六年も隣同士なんですから。ファーバーさんご一家よ」

「わかりました」婦人警官は言った。「さあ、ちょっと眠りましょうか」

おお、スーザン、わたしのスーザン。もしこれが休暇の最中だったら、どんなに悲惨だったろう。わたしたちはどうなっていただろう？　午後の散歩から帰って、あの悪魔どもが家に入りこんでいるのを見つけ、それから、あのいやな写真家の女と夫がスーザンを、とても可愛くて、とてもきれいなあの子を気に入って、誘拐したくなっていたら。そうしたら、どんなに恐ろしい、悲惨なことに……でも少なくとも、子供だけは安全だ。あの子はなにも知らずにいる。どうか新聞沙汰になどなりませんように！　あの子に知られませんように！　囚人の独房で一夜を過ごすなんて、ひどく不名誉な、みっともない話だもの。なんてひどい誤解、なんて途方もないまちがいなんだろう……

「よくお休みになったようですね」婦人警官がそう言って、お茶のカップを手渡す。

「なんのことかしら」ミセス・エリスは言った。「ぜんぜん眠ってなどいませんよ」

「いいえ、眠ってましたとも」婦人警官はほほえんだ。「みんな、そんなことはないって言うんですけどね」

ミセス・エリスは瞬きして、せまいベッドの上に身を起こした。ほんの一瞬前まで、この婦人警官と話していたはずなのに。頭はがんがん痛んでいる。彼女はお茶をすすった。まずいお茶。ちっとも元気など出ない。自宅のベッドが恋しい。それに、音もなく入ってきてカーテンを引いてくれるグレースが。

「顔を洗わなくてはね」婦人警官が言う。「髪をとかしてあげましょうね。そのあともう一度、あのお医者様に会っていただきますからね」

ミセス・エリスは、見張りのもとで顔を洗うという屈辱、そして、人に髪をとかしてもらうという屈辱に耐えねばならなかった。そのあとスカーフとコートと手袋が返された。そして彼女は、独房から連れ出され、廊下を進み、ホールを通って、昨夜、事情聴取を受けたあの部屋に連れもどされた。今度デスクに向かっていたのはきのうとは別の警官だったが、そこには例の巡査も、医師もいた。

医師はきのうと同じ如才ない笑みを浮かべて近づいてきた。

「ご気分はいかがです?」彼は訊ねた。「本来の自分にもどったような気がしますか?」

「とんでもない」ミセス・エリスは言った。「とてもひどい気分だし、うちがどうなっているかわかるまで気分は変わらないでしょうよ。あれからエルムハースト・ロード十七番地でなにがあったか、どなたか教えてくださいません? わたしの財産を護る措置はなにか取られたのかしら?」

医師はなんとも答えず、彼女をデスクの前の椅子へと導いた。

「さあ」彼は言った。「この人がある新聞の写真をお見せしたいそうですよ」

ミセス・エリスは椅子にすわった。警官は《ニュース・オブ・ザ・ワールド》――グレースが日曜ごとに買っているが、ミセス・エリス自身は読んだことのない新聞――を一部、手渡した。そこには、頭にスカーフを巻き、白っぽいコートを着た、頬の丸い女の写真が載っていた。写真は赤で丸く囲われていて、その下にはこう書いてあった――

「行方不明者アダ・ルイス、三十六歳。未亡人。住所、ケンティッシュ・タウン、アルバート・ビルディング一〇五」

ミセス・エリスはデスクごしに新聞を返した。

「残念ですけど、お役には立てないようですわ。こんな人は知りません」

「アダ・ルイスという名前に心当たりはありませんか？」警官が訊ねる。

「アルバート・ビルディングという名前にはどうです？」

「いいえ」ミセス・エリスは答えた。「まったくありません」

突如彼女は、この尋問の目的を悟った。警察は、彼女をこの行方不明の女性、アルバート・ビルディングのアダ・ルイスだと思っているのだ。ただ単に、彼女が白っぽいコートを着ていて、頭にスカーフを巻いているというだけの理由で。ミセス・エリスは立ちあがった。

「馬鹿馬鹿しいったらないわ」彼女は言った。「わたしの名前はエリス、ミセス・ウィルフレッド・エリス、住所はエルムハースト・ロード十七番地だと言ったでしょう。なのにあなたは頭から信じようとしない。わたしをここに勾留するのは、不当です。弁護士に、わたしの顧問弁護士に、会わせていただくわ……」でも待って。ウィルフレッドが死んだとき以来、弁護士に仕事をたのんだことはない。あの事務所は移転したか、人手に渡ったかのどちらかだ。弁護士の名は出さないほうがいい。この連中は、また、彼女が嘘をついていると思うだろう。銀行の店長の名前を出したほうが無難だ……

「ちょっとお待ちを」警官が言い、ミセス・エリスはまたしてもさえぎられた。別の誰かが部屋に入ってきたのだ。格子縞のくたびれたシャツを着た、みすぼらしくて品のない男。手にはフェルト製の中折れ帽を持っている。

「この女性はあなたのお姉さんのアダ・ルイスですか?」警官が訊ねる。

男が進み出て、ミセス・エリスの顔をのぞきこんだ。彼女の胸にどっと怒りが押し寄せた。

「いや、ちがいます」男は言った。「これはアダじゃありません。アダはこんなに太ってないし、この人の歯は本物みたいだし。アダは総入れ歯でね。こんな人、いままで見たこともないですよ」

「どうもありがとう」警官は言った。「もう結構です。どうぞお帰りください。お姉さんが見つかり次第、またご連絡します」

むさくるしいなりの男は部屋から出ていった。ミセス・エリスは勝ち誇って、デスクの向こうの警官に目を向けた。

「これで、あなたもわたしを信じてくれるでしょうね?」

警官はしばらく彼女を眺めていたが、やがて医師のほうにちらっと目をやり、それからデスクのノートに視線を落とした。

「信じたいのは山々ですよ」警官は言う。「それによって、みんなの仕事がずいぶん減るわけですからね。しかしあいにくそうはいかない。あなたのお話は、あらゆる点で事実と食いちがっているんですよ。これまでのところはね」

「それはどういう意味です?」ミセス・エリスは訊ねた。

「まず、あなたの住所です。あなたはエルムハースト・ロード十七番地には住んでいません。あの家にはいろんな間借り人がいて、どの人もしばらく前からそこで暮らしているし、われわれはその全員を知っているんです。十七番地はアパートで、各階が別々の貸し部屋になっているんですよ。あなたはあそこの間借り人ではないでしょう?」

ミセス・エリスは椅子の両脇をぎゅっとつかんだ。警官の断固とした傲慢な顔が、少しもひるまず彼女を見つめ返す。

「それはまちがいですわ」ミセス・エリスは静かに言った。「十七番地はアパートなんかじゃありません。あれは個人宅です。わたしの家なんです」

警官はふたたびノートに目を落とした。

「十九番地には、ファーバーという人は住んでいません」彼はつづけた。「十九番地もアパートなんです。あなたは、エリスという名前では、住所録にも電話帳にも載っていません。昨夜あなたの言っていた銀行の支店の顧客名簿には、エリスという名はひとつもありませんでした。そのうえこの地区内には、グレース・ジャクソンという人も見つからなかったんですよ」

ミセス・エリスは、医師を、あの巡査を、そしてまだかたわらに立っていたあの婦人警官を見あげた。

「これはなにかの陰謀なの? どうしてみんな、わたしを信じないのかしら。わからないわ。わたしがいったいなにを……」

声が乱れた。くじけてはならない。断固闘わねば。スーザンのためにも勇気を出すのだ。

「チャールトン・コートの友人のところには電話してくれましたか?」彼女は訊ねた。「あの大きなアパートに住んでいるドレイコット夫人ですけど?」

「ドレイコット夫人は、チャールトン・コートには住んでいませんよ、エリスさん」警官は言った。「理由は簡単です。チャールトン・コートはもう存在しないんですよ。あそこは焼夷弾で破壊されてしまいましたからね」

ミセス・エリスは恐怖に目を見張った。焼夷弾ですって？　恐ろしいこと！　いつ？　どんなふうに？　夜の間のことなのかしら？　災難につぐ災難だわ……いったい誰がそんなことを？　アナーキスト？　ストライキの連中？　失業者？　ギャングども？　もしかして、うちに押し入った連中なの？　かわいそうなネッタ！　それにご主人も、子供たちも。ミセス・エリスは頭がくらくらした……

「ごめんなさい」彼女は力をかき集め、懸命に威厳を保とうとしていた。「そんな恐ろしいことがあったなんて、まるで知らなかった。まちがいなく同じ犯罪計画の一部だわ。うちに押し入った連中が……」

彼女はふっと口をつぐんだ。この連中の話が嘘だということに気づいたからだ。なにもかも嘘だったのだ。この連中は警察の人間などではない。この建物を占拠しているのだ。彼らはスパイだ。政府の転覆を謀《はか》っているのだ。でもそれならなぜ、自分などにかかずらわっているのだろう。自分のような平凡で無害な人間に？　なぜ彼らは内戦を起こさないのだろう？　なぜ、機関銃を持って街に出、バッキンガム宮殿へと向かわないのだろう？　なぜこんなところにすわりこんで、自分を相手に芝居を打っているのだろう？

巡査がひとり、部屋に入ってきて、カチリと踵を合わせ、デスクの前に立った。

「この地域および半径五マイル以内の病院はすべてチェックしました」彼は言った。「精神病院もです。行方不明者はひとりもいません」

「ご苦労」警官は言った。「こうなったらモアトン・ヒルに、たのみこんで引き取ってもらうしかないな。婦長に部屋を空けさせるんだ。一時的措置だと言え。記憶喪失患者だとな」

「やってみましょう」医師が言った。

モアトン・ヒル。ミセス・エリスはたちまち、その意味を理解した。モアトン・ヒルというのは、ハイゲート近辺にある、有名な精神病院だ。その運営のひどさ、恐ろしさは、彼女も常常耳にしている。

「モアトン・ヒルですって？」彼女は言った。「そんなところへは絶対に行きませんよ。恐ろしい噂が立っていますもの。看護婦たちは始終辞めているというし。いいですか、モアトン・ヒルへは行きません。弁護士に会わせてください——いいえ、わたしの主治医のドクター・ゴッドバーがいいわ。ドクターはパークウェル・ガーデンズに住んでいます」

警官は考え深げに彼女を見つめた。

「この人は地元の人にちがいないよ」彼は言った。「名前はどれも合っているんだ。だがゴッドバーはポーツマスに行ったんじゃないかね？　彼のことは覚えているが」

「仮にいまポーツマスにいるとしても」ミセス・エリスは言った。「二、三日すれば帰ってきますよ。あの先生はとても良心的なかたです。わたしのことは、先生の秘書も知っていますわ。前のお休みのとき、スーザンを連れていったから」

だが彼女の話など誰も聞いてはいなかった。警官はまたノートを眺めている。

「ところで」彼は言った。「あなたが教えてくれたあの学校の名称は、正しいものでした。電話番号はちがっていたが、名前は合っていたんです。共学校ですね。昨夜、連絡が取れましたよ」

「残念ですけど」ミセス・エリスは言った。「それなら、ちがう学校ですわ。ハイ・クロース校は絶対に共学なんかじゃありませんから。もしそうだったら、スーザンを入れたりはしなかったでしょうよ」

「ハイ・クロース校は」警官はノートを見ながら繰り返した。「共学校であり、フォスター氏とその夫人によって経営されています」

「あの学校の経営者はミス・スレイターだわ。ミス・ヒルダ・スレイターという人です」

「以前の経営者は、という意味でしょう？　ミス・スレイターは確かにハイ・クロース校を経営していましたが、その後引退し、学校はフォスター夫妻の手に渡りました。そしてそこには、スーザン・エリスという名の生徒はいません」

ミセス・エリスは身じろぎもせずじっと椅子にすわっていた。彼女は人々の顔を見まわした。冷酷そうな顔などひとつもない。不親切そうな顔などひとつも。婦人警官など、はげますようにほほえんでいる。みんながミセス・エリスをじっと見守っていた。ついに彼女は言った。

「あなたがたは、わざとわたしを混乱させようとしているわけじゃないんでしょう？　なにがどうなっているのか、わたしが知りたがっている、なんとしても知りたいと願っているのは、おわかりですよね？　これがなにかのゲームなら、なにかの罰だということなら、わたしにわかるように、理解できるように、ちゃんと話していただけませんか？」

医師が彼女の手を取った。警官は椅子から身を乗り出した。

「われわれはあなたを助けようとしているんです」彼は言った。「あなたのお友達をさがし出そうとあらゆる手を尽くしているんですよ」

ミセス・エリスは医師の手を固く握りしめた。その手は、突然、避難所となった。

「どうなっているのか、さっぱりわからない」彼女は言った。「もしこれが記憶喪失だというなら、なぜなにもかもこんなにはっきりと覚えているんですか？　住所も、名前も、人も、学校も……スーザンはどこにいるんでしょう？　わたしの小さな娘は？」

彼女はパニックに陥ってやみくもにあたりを見まわし、立ちあがろうとした。

「ハイ・クロース校にいないなら、スーザンはどこにいるんです？」ミセス・エリスは言った。

誰かがなだめるように肩をたたいた。つづいて誰かが水の入ったコップを差し出した。

「もしミス・スレイターが学校をそのフォスター夫妻という人たちに譲り渡して引退したなら、そのことがわたしの耳に入るはずです。学校から連絡があるはずだわ」ミセス・エリスは繰り返した。「ついきのう学校に電話を入れたばかりですもの。スーザンはとても元気で、校庭で遊んでいるってことでしたよ」

「つまり、ミス・スレイター本人が電話に出たということですか？」警官が訊ねる。

「いいえ、電話に出たのは秘書のかたです。なぜかけたかというと、なんとなく……なんとなくスーザンの身によくないことがあったんじゃないかといういやな予感がしたからです。秘書のかたは、あの子はおいしくお昼を食べて、いま遊んでいるから大丈夫だと言っていました。作り話じゃありません。ミス・スレイターが学校のやりかたを変えたなら、あの秘書が絶対話してくれたはずですよ」

ミセス・エリスは、自分を見つめる疑わしげな顔を眺めまわした。それから彼女の目は、デスクの上に置いてあったカレンダーの、大きな「2」という数字に吸い寄せられた。

「確かにあれはきのうのことだわ」彼女は言った。「きょうは二日なんでしょう？　きのうカレンダーを破り取ったのを、わたし、はっきり覚えています。その日が一日だったので、午前中、机のかたづけや書類の整理をしようと決めたんですもの」

警官はくつろぎ、ほほえんでいる。

「あなたのお話には確かに説得力があります」彼は言った。「そして、あなたの格好から、つまり、お金を一銭も持っていないことや、よく磨かれた靴を履いていることなどから、あなたがこの地域のかたであることも明らかです。決して遠くから流れついたわけではないということですね。しかしあなたは、エルムハースト・ロード十七番地の住人でもないんです、エリスさん。この点はまちがいありません。その住所は、なんらかの理由により――われわれ一同、その理由が明らかになるよう願っていますが――あなたの頭にこびりついてしまったわけです。その他の住所も同じですね。お約束しますよ。われわれは、あなたの混乱を解消するため、あなたによくなっていただくためにあらゆる手を尽くします。モアトン・ヒルのことなら怖がらなくても大丈夫です。あの病院はわたしもよく知っているんです。患者たちはよくしてもらっていますよ」

陰鬱な場所に立ってヒースの原の彼方の池を睥睨《へいげい》する灰色の堅牢な壁、そのなかに閉じこめられた自分の姿が目に浮かんだ。ミセス・エリスは何度となく、なかの患者たちを憐れみつつ、その壁を迂回してきたのだ。

いつも食料品の配達に来る男には、正気を失った妻がいた。グレースがやって来て、その話をたっぷり聞かせてくれたのを、ミセス・エリスは覚えている。「——で、あの男が言うには、奥さんはモアトン・ヒルに連れていかれてしまったんですって」

一度そこに入ったら、二度と出てはこられないだろう。この警察署の男たちは、それっきり彼女のことなど考えもしないだろう。

そのうえ今度は、スーザンにかかわる忌まわしい誤解が新たに生じている。フォスター夫妻とやらが学校を引き継いでいるとかいう誤解が。

ミセス・エリスは両手を組み合わせて、身を乗り出した。

「どうか安心してください。わたしは面倒を起こそうなんて思っていません。昔から、とてもおとなしくて穏和な人間なんですから。むやみに興奮したりもしないし、喧嘩っぱやくもありません。もし本当に記憶を失っているのなら、お医者様がしろと言うことはなんでもします。薬でもなんでも、ちゃんと効くものなら飲むつもりです。でもわたし心配なんです。娘のことや、いまの学校の話や、ミス・スレイターが辞めてしまったということが、心配でたまらないんですよ。ひとつだけたのみを聞いてもらえませんか？　学校に電話をして、どうすればミス・スレイターと連絡が取れるか訊いてみてください。もしかしたら、ミス・スレイターは近所にある自宅に、何人かの子供たちといっしょに移っているのかもしれない。スーザンもそのなかにいるかもしれません。前に電話に出た人は、その仕事に就いたばかりで、はっきりしたことを知らなかったのかもしれません」

ミセス・エリスの話しかたは、ヒステリックでも感情的でもなく、理路整然としていた。彼らにも、彼女が誠心誠意話していること、この要求が妄想的なものでないことくらいはわかるはずだ。

「わかりました」警官は言った。「やってみましょう。そのミス・スレイターという人に連絡してみます。しかし少しばかり時間がかかるかもしれませんよ。われわれが問い合わせをする間、あなたは別室でお待ちになったほうがいいでしょう」

ミセス・エリスは、今度は婦人警官の助けを借りずに、立ちあがった。精神的にも肉体的にも大丈夫だというところを見せてやるつもりだった。そうすることが許されるなら、人の手など借りなくとも自分のことは自分でできるというところを。

スカーフでなく帽子があったら、と彼女は悔しく思った。スカーフがだらしなく見えることは、本能的にわかっていた。それにハンドバッグなしだと、手のやり場に困る。幸い手袋はしているが、それだけでは不充分だ。

ミセス・エリスは警官と医師とに——なんとしても礼儀正しく振る舞わなくてはならないの

で――軽く会釈し、婦人警官のあとについて待合室へと向かった。今回は、独房に入れられるなどという不名誉は免れた。部屋にはまたしてもお茶が運ばれてきた。

「あの連中の頭にあるのはこんなことばかりなのね」ミセス・エリスは考えた。「お茶、お茶、お茶。ちゃんと仕事をしもしないで」

突然彼女は、気の毒なネッタ・ドレイコットのこと、そして、あの焼夷弾による恐ろしい悲劇のことを思い出した。あの人は家族とともに避難し、友達のもとへ身を寄せているのかもしれない。しかしいますぐそれを確認する方法はない。

「あの事件のことは朝刊に載っているのかしら?」ミセス・エリスは婦人警官に訊ねた。

「どの事件ですか?」彼女は訊き返した。

「上司のかたが話してくださったチャールトン・コートの火事の件よ」

婦人警官はまごついた顔をしてミセス・エリスをじっと見つめた。

「火事の話なんて出たかしら。覚えていませんけれど」

「ええ、出ましたとも」ミセス・エリスは言い張った。「上司のかた、チャールトン・コートが焼け落ちたと言っていたでしょ。爆弾が原因とかで。あの話はほんとにショックだった。あそこに住んでいる友人がいるのでね。すっかり朝刊に載っているんでしょう?」

婦人警官の顔が晴れた。

「ああ、あのことですか」彼女は言った。「あれは戦時中の焼夷弾のことだと思いますよ」

「いえいえ、ちがうの」ミセス・エリスはいらだたしげに言った。「チャールトン・コートは、終戦後ずいぶん経ってから建てられたの。主人といっしょに初めてハムステッドに来たとき、建築中だったのを覚えているわ。事件は昨夜起きたにちがいないのよ。ほんとに怖い話」

婦人警官は肩をすくめた。

「誤解していらっしゃるんだと思いますよ」彼女は言った。「事故や災害の話はひとつも聞いていませんもの」

なんて無知で愚かな娘だろう、とミセス・エリスは思った。警察の採用試験になぜ通ったのか不思議だ。警察に入れるのは頭のいい女性だけかと思っていたのに。

ミセス・エリスは黙ったままお茶を飲んだ。こんな女と話をしたところで、なんの役にも立たない。

ずいぶん長い時間が経ったように思えたが、やがてドアが開き、あの医師が現れた。彼は笑みを浮かべて入口に立っていた。

「少し目標に近づいたようですよ」彼は言った。「ミス・スレイターに連絡がついたんです」

ミセス・エリスは目を輝かせて、立ちあがった。

「おお、先生、ほんとによかった……うちの娘がどうなったかわかりました?」

「まあ、落ち着いて。興奮しちゃいけませんよ。また昨夜と同じことになってしまいますからね。興奮したところでなんの役にも立たないんだし。確かあなたが自分の娘だと思っている人は、スーザン・エリス、というより、かつてのスーザン・エリスですよね?」

「ええ、ええ、そうですとも」ミセス・エリスは急いで答えた。「あの子は無事なんですか?

ミス・スレイターといっしょなんですか？」

「いいえ、いっしょではありません。しかしお元気ですよ。わたしが本人と直接電話で話しました。この手帳には、その人のいまの住所も書いてあります」

医師は胸ポケットをたたいて、ふたたびほほえんだ。

「ミス・スレイターといっしょではない？」ミセス・エリスはわけがわからず目を見張った。

「それじゃ学校は本当に人手に渡ってしまったんですね。フォスターという人たちとは話したんでしょう？　学校はすぐそばなんですか？　遠くに移転したのかしら？　いったいなにがあったんです？」

医師は彼女の手を取り、もう一度椅子にすわらせた。

「いいですか」彼は言った。「冷静に、順序立てて考えてみましょう。絶対にあわてずにね。そうすれば、問題は解決し、頭の混乱も消えるでしょう。昨夜、メイドの名をグレース・ジャクソンだと教えてくれたのは覚えていますか？」

「はい、先生」

「ゆっくり時間をかけていいですからね。グレース・ジャクソンのことを少し話してもらえませんか？」

「あの娘、見つかったんですか？　うちにいるんですか？　無事だったのかしら？」

「とりあえずそのことは置いておきましょう。グレース・ジャクソンがどんな人か話してください」

ミセス・エリスは恐ろしくなった。グレースは殺されて発見されたのではないだろうか？この人たちは自分に死体の確認を求めようとしているのでは？

「グレースは一人前の娘なんです」ミセス・エリスは言った。「とにかくもう女の子とは言えません。わたしと同じくらいの年ですから。でも、使用人のことを話すときは、なんとなくあの娘なんて言ってしまうものでしょう？グレースは、胸が大きくて、足首が太くて、茶色っぽい髪と灰色の目をしています。それから、着ているものは——そうですね、たぶん泥棒どもが押し入ったときはまだ、帽子とエプロンには着替えていなかったんじゃないかしら。たぶんスモックを着ていたと思いますよ。あの娘は、午後遅く着替えることが多かったんです。そのことでは始終注意をしていたんですよ。だって下宿屋じゃあるまいし、だらしないスモック姿で玄関のドアを開けるなんてねえ。グレースは歯がきれいだし、感じのいい顔をしています。でももちろん、あの娘の身になにかあったなら——」

ミセス・エリスはふっと口をつぐんだ。殴打され、殺されたなら、あの娘はほほえんではいないだろう。

医師はそのことに気づく様子もなく、ミセス・エリスをじっと見つめた。

「いいですか」彼は言った。「あなたがいまお話しになったのは、あなたご自身の容貌そのものですよ」

「わたし自身ですって？」

「ええ。体つきや、目や髪の色などですね。つまりあなたの記憶喪失は、アイデンティティを取りちがえるという形で起きているのかもしれないということです。あなたは、自分をミセス・エリスだと思いこんでいるグレース・ジャクソンなのかもしれない。われわれはいま全力を尽くして、グレース・ジャクソンの近親者をさがしているところです」

無礼にもほどがある。ミセス・エリスの喉がごくりと鳴った。踏みにじられたプライドが彼女のなかで頭をもたげた。

「先生」彼女は早口で言った。「失礼にもほどがありますよ。わたしには、うちのメイド、グレース・ジャクソンに似ているところなどひとつもありません。そして、もしあなたがたがあの不運な娘を見つけ出せたら、そのときはあの娘自身が真っ先にそれに賛成するでしょうよ。グレースは、うちで働きだしてもう七年になります。もともとの出身はスコットランドです。両親はきっとスコットランド人でしょう――そうですとも。あの娘はよく休暇にアバーディーンに行っていましたもの。グレースは善良だし、働き者です。わたしとしては、正直な娘だと信じたいと思っていますしね。そりゃあちょっとした波風が立つことはありました。でも深刻ないきちがいなんてひとつもなかったんです。あの娘も片意地なところはありましたよ。それはわたしだっておんなじです――人はみんなそんなものでしょう？――でも……」

ああ、この医者がにこにこと優しげに自分を見るのをやめてくれさえしたら！

「おわかりでしょう？」彼は言う。「あなたはグレース・ジャクソンについて、とてもよくご存じじゃありませんか」

ミセス・エリスはこの男をひっぱたいてやりたくなった。彼はそれほど確信に満ち、自信たっぷりなのだった。

「カッとなってはいけない」彼女は自分に言いきかせた。「だめよ、だめ……」

声に出してはこう言った。「先生、わたしがグレース・ジャクソンについてよく知っているのは、さきほど申し上げたように、あの娘が七年もうちで働いているからです。もしもあの娘が病気で倒れていたり、なんらかの怪我をしたりしていたら、わたしはここの警察が責任を負うべきものとみなしますよ。わたしがあれだけたのんだにもかかわらず、あの人たちは昨夜わたしの家の監視をつづけなかったんでしょうからね。ところで、いくらなんでもあなただって、子供の居所を教えるくらいのことはしてくださるでしょうね。あの子ならわたしがわかるはずだわ」

よくぞここまで感情を抑え、冷静に振る舞ったものだとミセス・エリスは我ながら感心した。これだけじらされても、自分は理性を失わなかったのだ。

「お年は三十五歳だとおっしゃっていましたよね?」医師は話題を変えた。「そしてグレース・ジャクソンもだいたい同じ年ごろだと?」

「わたしはこの前の八月で三十五になりました」ミセス・エリスは言った。「グレースはたぶん一歳下だったと思います。よくは知りませんけど」

「確かにあなたはそれ以上のお年には見えませんね」医師はにこにこと言う。

まさかとは思うが、この男はこんなときに、人をお世辞でなだめようとしているのだろうか?

「しかしね」彼はつづけた。「ついさっきかけた電話でわかったんですが、グレース・ジャクソンは、少なくとも、もう五十五、六にはなっているはずなんです」

「たぶん」ミセス・エリスはひややかに言った。「家事手伝いをしている、グレース・ジャクソンという人間が、何人かいるんでしょうね。ひとりひとりさがしていたら、かなり時間がかかるんじゃないかしら。しつこくて申し訳ないけれど、わたしがなにより知りたいのは、娘のスーザンの居所なんです」

医師は弱気になりつつあるようだ。それはその目を見ればわかった。

「実を言うと」彼は言った。「好都合なことに、ミス・スレイターはそのご婦人の連絡先をご存じだったんです。われわれはすでに電話でその人とお話ししました。その人はほんの目と鼻の先、セント・ジョンズ・ウッドにおられましてね、絶対とは言えないが、グレース・ジャクソンなら見れば思い出せるだろうとおっしゃっているんですよ」

しばらくは言葉も出なかった。いったいぜんたいスーザンは、セント・ジョンズ・ウッドくんだりでなにをしているのだろう？　あの子を電話口まで引っ張り出して、グレースについて問いただすとはいったいどういう料簡だろう？　あの子がまごついたのも無理はない。だから、グレースを「思い出せるだろう」などと言ったのだ。実際には、グレースが学校にもどっていくあの子を、玄関の段々から手を振って見送ったのは、たったの二カ月前なのだが。

そのとき突然、動物園のことが頭に浮かんだ。学校の変革が急に決まったことだとすると、若い女教師のうちの誰かが、邪魔にならないよう子供たちを引率してロンドン動物園に来ているということもありうる。動物園か、マダム・タッソー蠟人形館に。

「あの子がどこにいるかご存じですか」ミセス・エリスは鋭く言った。「誰か責任者はついていました？　ちゃんと面倒を見てもらっていましたか？」

「あの人はハリファックス・アヴェニュー二Aにいました」医師は言った。「でも、人に面倒を見てもらう必要があるとは思えませんね。非常にしっかりした人のようでしたから。電話の途中で、キースという小さな男の子に、静かにするように言っているのが聞こえましたよ。うるさくて自分の声も聞こえないからとね」

ミセス・エリスの口もとにかすかな笑みが浮かんだ。ほんとに賢い子。そんなふうに利発で、元気のいいところを見せるなんて。いかにもあの子らしいわ。あの子は年の割にとても大人だから。小さいけれどたよりになる。でもキースって……どうやら、あの学校が急に共学になったというのは本当のようだ。動物園かマダム・タッソー蠟人形館に連れてこられた子供たちのなかには男の子もいるのだ。子供たちはきっと、ハリファックス・アヴェニューの、ミス・スレイターかフォスターとかいう夫妻の親戚のうちで、昼食を食べているのだろう。でもこんなことはとても許せない。こんなふうにいきなり学校の方針を変えたり、親になんの連絡もよこさずに、子供たちをハイ・クロース校とロンドンの間を勝手に行ったり来たりさせるだなんて。これについては手紙で強く抗議しなくては。それに、もし学校が本当に他の人の手に渡り、共学になったのなら、スーザンは今学期かぎりで転校させなくてはならない。

「先生」彼女は言った。「ここの人たちさえ許可してくれたら、すぐにもハリファックス・アヴェニューに行きたいんですけれど」

「いいですとも」医師は言った。「残念ですが、わたしはごいっしょできません。しかしちゃんと代わりを手配しました。この件をすべて知っているシスター・ヘンダーソンがいっしょに行ってくれますからね」

医師は婦人警官にうなずいた。婦人警官はドアを開け、看護婦の制服を着たいかめしげな中年女をなかへ入れた。ミセス・エリスは抗議こそしなかったものの、ぎゅっと口を引き結んだ。シスター・ヘンダーソンというこの女が、モアトン・ヒルから呼ばれてきたのは明らかだった。

「さてと、シスター」医師は明るく言った。「こちらがそのご婦人です。どこへお連れして、なにをしてさしあげればいいかは、もうおわかりですね。ハリファックス・アヴェニューまでは、ほんの数分でしょう。それですべてかたづくよう祈っていますよ」

「わかりました、先生」看護婦は言った。

彼女は、プロの目で、ミセス・エリスをすばやく眺めまわした。

「せめて帽子があったら」とミセス・エリスは思った。「なにも持たずに家を出たのがまちがいだった。このお粗末なスカーフだけじゃどうしようもない。ああ、髪が首筋にこぼれて、くしゃくしゃになっている。なのに、コンパクトも櫛《くし》もなにもない。きっとひどい姿だろう。だらしのない、卑しい人間に見えるだろう……」

ミセス・エリスは、ポケットに手を入れたいのを我慢して、しゃんと背筋を伸ばし、ぎこちない足取りで開いたドアへと向かった。医師とシスターと婦人警官が付き添っていっしょに警察署の階段を降り、外の車まで彼女を導いた。

制服姿の運転手が運転席にいるのを見て、ミセス・エリスは感謝しつつ、車に乗りこんだ。すぐあとからシスターも乗りこんできた。

そのとき恐ろしい考えが頭をよぎった。独房での一泊、それに、数杯分のお茶に対して、支払いを請求されるのでは？　それに、この婦人警官にチップを渡さなくていいのだろうか？　でも、いずれにせよ、彼女は文無しだ。チップなど出せるわけもない。彼女は、根に持ってなどいないことを示すべく、お愛想に婦人警官に明るくうなずいてみせた。医師のほうに対しては別な感情があった。彼女は彼に、堅苦しく、ひややかにお辞儀をした。車が走りだした。

シスターはいかめしくどっしりと隣にすわっている。この人となにかおしゃべりをすべきなのだろうか。いや、やめておいたほうがよさそうだ。なにか言って、それを精神障害の証拠とみなされてはたまらない。ミセス・エリスは、手袋をはめた手を品よく膝の上で組み合わせて、まっすぐに前を見つめていた。

道はひどく混雑していた。これまで見たこともないほどだ。モーターショーが開かれているにちがいない。道路はアメリカ製の車でいっぱいだ。ラリーでもあるのだろうか……

やがて着いたハリファックス・アヴェニューという通りに、ミセス・エリスはあまり感心しなかった。家々はみすぼらしく、壊れている窓もかなりたくさんあったのだ。

車は、外の柱に二Aと記されている小さな家の前に寄せられた。子供たちを昼食に連れてくるには妙な場所だ。《ライオンズ・カフェ》のほうがずっといいだろうに。

シスターは先に車を降り、ミセス・エリスに手を貸そうと待っていた。

「長くはかからないわ」シスターは運転手に言った。

「それは、あなたの勝手な考えよね」ミセス・エリスは胸のなかでつぶやいた。「でもわたしは、好きなだけスーザンといっしょにいるつもりですからね」

ふたりは、小さな前庭を通り抜け、玄関まで歩いていった。シスターがベルを鳴らす。正面の窓から誰かがこちらをのぞいていて、さっとカーテンの陰に引っこむのが見えた。なんてこと……ウィルフレッドの妹のドロシーだわ。あの人は、バーミンガムで学校の先生をしている。そうか、そういうことか……これですべてはっきりした。フォスター夫妻はドロシーと知り合いなのだ。教育にたずさわる人たちは、みんな互いを知っているから。でもなんて気まずくて、なんて煩わしいんだろう。ドロシーを好きだと思ったことは一度もない。実際、もう手紙すらも書いていない。ウィルフレッドが亡くなったとき、ドロシーはとても感じが悪かったのだ。あの女は、書き物机は自分のものだと言い張った。それに、かなり高価な宝石も。あれは、ウィルフレッドの母親が自分にくれたものであるはずなのに。実際、葬式のあとの午後はずっと、不愉快きわまる話し合いと言い争いに費やされたものだ。結局、ドロシーを、あの宝石と、机と、あの女にはなんの権利もない上等の敷物とともに追っ払ったときは、うれしいくらいだった。

ドロシーほど顔を合わせたくない相手はいない。ことに、シスターに監視され、帽子もハンドバッグもなく見苦しい姿をさらしている、この試練に満ちた状況下では。

気を鎮める間もなく、ドアが開いた。そんな……いいえ、この人はドロシーじゃない。でも……変だわ。とってもよく似ている。薄い鼻も不機嫌そうな表情もまるで同じ。背はあの女より少し高いかもしれないし、髪の色はあれより薄い。でも、不気味なくらいそっくりだ。

「ミセス・ドルーですか？」シスターが訊ねた。

「ええ」若い女はそう答え、それから、奥の部屋から子供が呼んでいるのに答えて、いらだたしげに肩ごしに叫び返した。「静かになさいったら、いいわね、キース？」

五歳くらいの小さな男の子が、廊下の奥から車輪のついたおもちゃを引きずって現れた。

「まあ、可愛い子」ミセス・エリスは思った。「なんてがみがみ屋のいやな母親なのかしら。でも他の子たちはどこなの？　スーザンは？」

「身元の確認をお願いしたいのは、この人なんです」シスターが言う。

「どうぞなかへ」ミセス・ドルーは言った。いかにもいやいやながらという感じだ。「ひどく散らかっていますけど。誰も手伝ってくれないもので。おわかりでしょう？」

ミセス・エリスは、ふたたび怒りがこみあげてくるのを感じつつ、ドアマットの上の壊れたおもちゃをまたぎ越し、シスターを従えて、ミセス・ドルーの居間とおぼしき部屋へ入っていった。確かにそこは散らかっていた。朝食のあとかたづけも、まだすんでいない——それともこれは昼食だろうか？——それに、いたるところにおもちゃが散乱しているし、窓辺のテーブルの上には、これから裁断する服地が広げられている。

ミセス・ドルーは詫びるように笑った。

「キースのおもちゃに、あの服地――わたし、暇を見て、針仕事をしているんです――それに、夜、帰ってくる夫に食事を作らなきゃならなくて。人生薔薇色ってわけにはいかないんですよ」

その声はドロシーそっくりだった。ミセス・エリスは彼女から目を離すことができなかった。この不平がましさ、まるであの女と同じじゃないの。

「お時間を取らせるつもりはないんですよ」シスターが如才なく言う。「ただ、この人がグレース・ジャクソンかどうか言っていただければいいんですの」

ミセス・ドルーという若い女は、考え深げにミセス・エリスを見つめた。

「いいえ」ついに彼女は言った。「この人は別人です。グレースとはもう何年も――結婚してからずっと、会っていませんけど、その前は、ちょくちょくハムステッドに会いにいっていたんです。でもこの人は、ぜんぜん彼女に似ていないわ。グレースはもっと太っているし、色も黒いんです。それにずっと年上だし」

「ありがとうございました」シスターは言った。「では、この人にはこれまで会ったこともないわけですね？」

「ええ、一度も」とミセス・ドルー。

「よくわかりました」シスターは言った。「これ以上、お邪魔はいたしませんわ」

シスターは、帰ろうとするように向きを変えた。しかしミセス・エリスは、こんな茶番にごまかされる気はなかった。

「ちょっといいですか」彼女はミセス・ドルーに言った。「いま大変困った誤解が生じているんですけれど、今朝、ハムステッドの警察署のドクターと話したというのは、あなたかこのうちのどなたかですよね？　こちらでは、ハイ・クロース校の生徒たちをあずかっていて、そのなかにうちの娘もいるということですけど？　あの子がまだここにいるのかどうか教えていただけます？　学校の職員がちゃんと見てくれているのかしら？」

シスターがなにか言いかけたが、ミセス・ドルーは、あの男の子がおもちゃを引きずって入ってきたのに気を取られていて、気づかなかった。

「外にいなさいと言ったでしょう、キース」彼女は叱りつけた。

ミセス・エリスは男の子にほほえみかけた。彼女は子供好きなのだ。

「可愛い坊やねえ」そう言って手を差し伸べると、男の子はその手をつかんでぎゅっと握りしめた。

「普段は知らない人をいやがるのに」ミセス・ドルーが言った。「人見知りが激しくてね。この子がうつむいて黙りこんでいるのを見ると、ときどきものすごくいらいらしてしまうんですよ」

「わたしも子供のころは人見知りでした。この子の気持ち、よくわかるわ」ミセス・エリスは言った。

キースは信頼しきった様子で、ミセス・エリスを見あげた。彼女の胸は、この子への愛情で温かくなった。でも、スーザンのことを忘れてはいけない……

「ハイ・クロース校の生徒たちの話にもどりましょうか」彼女は言った。

「ええ」とミセス・ドルー。「でも、あの警官は頭が鈍いんじゃないかしら。すっかり誤解しているようですよ。わたしは、旧姓をスーザン・エリスといって、ハイ・クロース校にいたこともあります。それで誤解が生じたんでしょうね。ここにはハイ・クロース校の生徒なんてひとりもいないんですよ」

「なんてすごい偶然でしょう」ミセス・エリスはほほえみながら言った。「わたしの名前もエリスなんですよ。それにうちの娘はスーザンというんです。それ以上に不思議なのは、あなたがわたしの亡くなった夫の妹にそっくりだということですわ」

「そうですか」ミセス・ドルーは言う。「でも、まあ、ありふれた名前ですから。この通りの肉屋もエリスさんだし」

ミセス・エリスは顔を赤らめた。気の利かないことを言ってしまった。彼女は、急に不安を覚えた。シスターが進み出て、身を乗り出してきたからだ。腕をつかんで玄関に引きずっていくつもりなのだろうか。ミセス・エリスはてこでも動くまいと決心した。ともかくこのシスターといっしょには行くまい。

「ハイ・クロース校は家庭的でいい学校だといつも思っていたんですけど」ミセス・エリスは早口に言った。「でも、いま行われている変革にはがっかりしているんですよ。これからはずいぶん雰囲気がちがってくるんでしょうね」

「あの学校がそれほど変わったとは思えませんけど」ミセス・ドルーは言う。「どっちみち、小さな子供なんてたいてい乱暴な野獣みたいなものだし、親もとを離れて、いろんな種類の子供のなかでもまれるのはいいことなんじゃないかしら」

「その点は賛成しかねますね」ミセス・エリスは言った。なんて不気味なんだろう。この声の調子、それにこの表情も、ドロシーそのものだ。

「もちろん、スレイターのおばちゃんには感謝していますけどね」とミセス・ドルー。「変なうすのろ婆さんだけど、心のきれいな人だわ。わたしのために精一杯やってくれたわけだし。母が交通事故で死んだあとも、休暇中、置いてくれたりして」

「まあ、ほんとにいい人だこと」ミセス・エリスは言った。「あなたもお気の毒でしたわね」

ミセス・ドルーは笑った。

「わたしは強い人間ですから」彼女は言った。「そのことはあまり覚えていないんです。でも母がとても優しい人だったのは覚えていますよ。それにきれいだったし。キースは母に似たんでしょうね」

男の子はまだミセス・エリスの手を放さない。

「そろそろ行かなくては」シスターが言った。「さあ、いらっしゃい。ミセス・ドルーは、こちらの知りたいことはもう全部話してくださったんですからね」

「わたしは動きませんよ」ミセス・エリスは穏やかに言った。「それに、あなたには、わたしを無理に連れていく権利もないわ」

シスターはミセス・ドルーと目を見交わした。

「申し訳ありません」彼女は低い声で言った。「運転手を呼んできます。本当はもうひとり看護婦をつけてほしかったんですけれど、病院のほうで必要ないと言われてしまって」

「大丈夫」ミセス・ドルーが言う。「近ごろは、頭のおかしい人がいっぱいいますからね。ひとりくらい増えたってどうってことないでしょう。でも、キースはキッチンに連れていったほうがよさそう。誘拐されたりしないようにね」

キースは、いやだいやだと言いながら、抱きかかえられ、連れ去られてしまった。

シスターはふたたびミセス・エリスに目を向けた。

「さあ、行きましょう。聞き分けのないことを言わないで」

「行かないわ」ミセス・エリスはそう言うなり、自分でも驚くほどすばやく、ミセス・ドルーが服地の裁断に使っていたテーブルに手を伸ばし、はさみをつかんだ。

「そばに来たら、刺すわよ」

シスターはあたふたと部屋を飛び出し、運転手を呼び立てながら階段を駆けおりていった。

つぎの数秒は瞬く間に過ぎていった。それでも、ミセス・エリスは、探偵小説のヒーローに勝るとも劣らぬ自分の作戦のすばらしさを充分認識していた。

彼女は部屋の反対側へ行き、裏庭に面する長いフランス窓を開け放っておいて、二階へ上がった。寝室の窓は開いていた。運転手の声が聞こえてくる。

「裏口が開いています」彼は叫んだ。「こっちへ逃げたんですよ」

「勝手に右往左往させておこう」ミセス・エリスはそう考えて、ベッドにもたれた。「どうぞがんばって駆けずりまわってちょうだい。シスターの減量の役に立つでしょうよ。モアトン・ヒルじゃ駆けずりまわることなんてあまりないんでしょうからね。きっとお茶を飲んで、甘いビスケットを食べてばかりで。患者のほうはパンと水しかもらっていないのにね」

ドタバタはしばらくの間つづいた。誰かが電話を使い、またあれこれ話す声がする。やがて、ベッドカバーにもたれてうとうとしはじめたとき、ミセス・エリスは車が出ていく音を耳にした。

あたりはしんと静まり返っている。ミセス・エリスは耳をすませた。聞こえてくるのは、あの男の子が下の廊下で遊んでいる音だけだ。ミセス・エリスはドアに忍び寄り、もう一度耳をすませた。車輪のついたおもちゃが前へうしろへ引っ張られ、廊下を行きつもどりつしている。そして居間からは、別な物音も聞こえていた。猛スピードで回るミシンの音。ミセス・ドルーが仕事をしているのだ。

シスターと運転手はもういない。

あのふたりが行ってしまってから、もう一時間、いや二時間は過ぎているにちがいない。ミセス・エリスは炉棚の上の時計に目をやった。二時だ。それにしても、なんて雑然としただらしない部屋なのだろう。いたるところに物が投げ出されている。床のまんなかには靴、椅子の上にはコート。キースの幼児用ベッドも乱れたままだ。毛布はくしゃくしゃになって、ひん曲がっていた。

「あの娘、ちゃんとした躾《しつけ》を受けてないのね」ミセス・エリスは思った。「態度だって乱暴だわ。でもかわいそうに、お母さんがいなかったなら……」

最後にもう一度部屋を見まわしたとき、ミセス・エリスは、カレンダーにまで誤植があるのに気づいて肩をすくめた。そこには一九三二年ではなく、一九五二年と記されていた。なんていい加減な……

彼女はつま先立って階段へ向かった。居間のドアは閉まっていた。ミシンの音は息つく間もなくつづいている。

「きっとお金に困っているのね」ミセス・エリスは考えた。「針仕事をしなきゃならないなんて。いったいご主人はどんな仕事をしているのかしら」

彼女はそっと階下へ降りていった。音ひとつ立てなかったし、仮に音を立てたとしても、ミシンの音がかき消してくれただろう。

彼女は居間の前を通り過ぎた。すると、そのドアが開いた。あの男の子がそこに立って、ミセス・エリスを見つめていた。男の子はなにも言わず、にっこりした。ミセス・エリスも笑みを返した。そうせずにはいられなかったのだ。この子は自分を裏切ったりしない。そんな気がした。

「ドアを閉めなさい、キース、さあ、いますぐに」なかから母親が叱りつけた。ドアはバタンと閉まった。ミシンの音は遠のき、かすかになった。ミセス・エリスは家を抜け出し、こっそりその場をあとにした……匂いをたどる動物のように、彼女は北に向かった。我が家が北にあるからだ。

まもなくミセス・エリスは車の流れに呑みこまれた。フィンチレー・ロードでは、バスが猛スピードで彼女を追い越していった。彼女は疲れていた。脚も痛みだしていた。それでもバスやタクシーに乗るわけにはいかなかった。彼女は無一文なのだ。

誰も彼女に目を留めない。彼女のことを気にかける者などひとりもいない。出かける人も家に帰る人も、みな自分のことで頭がいっぱいだ。ハムステッドをめざしてせっせと丘を上りながら、ミセス・エリスは、生まれて初めて、寄る辺ない孤独な人間になったような気がしていた。彼女はうちが、自分の家庭が恋しかった。なじみ深い環境のなかで安らぎたかった。いきなり乱暴に中断された正常な日々の暮らしを取りもどしたかった。

解決すべきことは山ほどある。しなければならないことが山ほど。でもミセス・エリスには、どこから取りかかったものか、誰に助けを求めたものか、見当もつかなかった。

「すべてを、きのう散歩に出かける前にもどしたい」ミセス・エリスは思った。背中は痛み、脚はずきずき疼いていた。「うちに帰りたい。スーザンに会いたい」

そしてふたたびヒースの原。ここは、きのう道を渡る前に足を止めた場所だ。あのときなにを考えていたかまで、はっきりと思い出せる。彼女はスーザンの自転車を買う計画を立てていたのだ。軽くて、しかも頑丈で、造りのしっかりした自転車を。

そのことを思い出すと、悩みや疲れは忘れ去られた。このごたごたがかたづき次第、スーザンに赤い自転車を買ってあげよう。

しかし、今度もまた、道を渡ると、ブレーキの悲鳴が聞こえた。クリーニング屋の若者が茫然とした顔で自分を見おろしている。これはどういうわけなのだろう?

The Split Second

動機

メアリー・ファーレンはある日の午前十一時半ごろ、銃器室に行って夫のリボルバーに弾《たま》をこめ、自分を撃った。食料貯蔵室で銃声を聞いた執事は、サー・ジョンが外出していて昼まで帰らないことを知っていた。それに、その時間帯に銃器室に用のある者はいないはずだ。

執事は様子を見にいき、血だまりに倒れているレディ・ファーレンを発見した。彼女は死んでいた。

仰天した執事は、家政婦を呼んだ。相談の結果、彼は医者に電話することになった。医者のつぎは警察、そして最後は、役員会議に出席中のサー・ジョンだった。

数分のうちに前後して到着した医者と警察に、執事は改めて事情を説明した。電話ではとりあえず、つぎのような伝言をたのんでおいたのである。

「奥様が事故に遭われまして。いま、頭に銃創を負って、銃器室に倒れておられます。どうもお亡くなりになっているようです」

サー・ジョンに帰宅を求める伝言のほうはちがっていた。執事はただ、どうか至急家にお帰りください、奥様が事故に遭われましたので、とだけ言っておいた。

そのため、帰宅した彼に、妻の死を知らせるのは、医師の役目となった。

それはつらく悲しい務めだった。医師はずっと昔からジョン・ファーレンを知っていたのだ。サー・ジョンもメアリー・ファーレンも彼の患者だった。あれ以上幸せなカップルなどこの世にはいそうになかった。そのうえ、春には赤ん坊が生まれることになっていて、ふたりはそれをとても楽しみにしていた。問題はなにもないはずだった。メアリー・ファーレンは、健康そのもので、母親になることを大いに喜んでいたのだ。

それゆえこの自殺は筋が通らない。だがそれはやはり自殺だった。その点疑問の余地はない。まちがいなくメアリー・ファーレンは、自ら拳銃を取り出し、弾をこめ、自分を撃ったのだ。

警察も医師と同じ考えだった。銃創は本人の手によるものだ。幸い彼女は即死だった。

サー・ジョン・ファーレンは打ちのめされた。医師や警察との面談の三十分の間に、彼は二十も老けこんだ。「でもどうして妻がこんなことを?」彼は悶々と繰り返した。「ふたりともとても幸せだったのに。お互い愛しあっていたし、赤ん坊ももうすぐ生まれる予定だった。死ぬ理由などなにもない。本当にまったく動機がないんだ」

警察も医師もそれに答えることはできなかった。

通常の手続きとして、形式的な死因審問があり、予想どおりの結論が出た。「自殺。精神状態不明」

サー・ジョン・ファーレンは何度となく医師と話しあったが、納得のいく結論は得られなかった。

「ええ、確かに」医師は言った。「身ごもっている女性が一時的に錯乱状態に陥ることはありえます。しかし、その場合は兆候に気づかれたはずです。わたしのほうも気づいたでしょう。奥様は、前夜も、朝食のときも、まったく変わった様子がなかったということですし。あなたの知るかぎり、奥様には心配事などなにもなかったのでしょう?」

「なにひとつ」サー・ジョンは答えた。「わたしたちはいつもどおり、いっしょに朝食を取って、午後の計画を立てた。わたしが役員会議から帰ったら、ふたりでドライブに行くことになっていたんだ。妻は元気で、幸せいっぱいだった」

レディ・ファーレンが元気だったという点に関しては、使用人たちの証言も一致していた。十時半に寝室に行ったメイドは、奥様が郵便小包で届いたショールを吟味していたのを見ている。その品質に満足したレディ・ファーレンは、メイドにショールを見せ、男の子か女の子かわからないからピンクとブルーの両方を取っておくと言った。

十一時には、庭用家具の製造会社の巡回セールスマンがやって来た。奥様はその男に会い、カタログから大きなベンチをふたつ選んだ。執事は、その男が帰ったあとレディ・ファーレンにそのカタログを見せてもらったため、そのことを知っていた。彼は、運転手になにか用事がないか訊きにいったのだが、奥様の答えはこうだった。「いいえ、お昼すぎにサー・ジョンとドライブに出かけるまでは、どこへも行かないわ」

執事は、ミルクを飲んでいる奥様を残して、退出した。レディ・ファーレンの生きている姿を最後に見たのは、彼だった。

「とすると」とサー・ジョンは言った。「だいたい十一時二十分ごろから、引き金を引いた十一時三十分の間に、メアリーは正気を失ったことになる。それでは筋が通らない。なにかがあったにちがいないんだ。どうしてもそれをさぐり出さなくては。そうしないかぎり、気持ちが休まらない」

医師はなんとか思い留まらせようとしたが、無駄だった。彼自身は、メアリー・ファーレンは、妊娠の影響で突然錯乱状態に陥り、自分がなにをしているのかわからないまま自らの命を絶ったものとみなしていた。

それでいいではないか。そのままにしておこう。やがて時が経てば、ジョン・ファーレンも忘れるだろう。

だがジョン・ファーレンは忘れようとはしなかった。彼は探偵事務所を訪ね、信頼できる口の固い人間として推薦されたブラックという男に会って、事情を説明した。ブラックは抜け目のないスコットランド人で、自分はあまりしゃべらないが、人の話はよく聞いていた。個人的にはブラックも、医師の見解に賛成で、自殺の原因は妊娠の影響による突然の精神錯乱だろうと見ていた。しかし完璧主義者の彼は、郊外まで出かけていって、家の者たちから話を聞いた。そして、警察がしなかったたくさんの質問をし、医師とおしゃべりし、過去数週間の間にレディ・ファーレンに届いた郵便物を調べ、電話のやりとりや友人たちとの行き来について訊ねてまわった。それでも依頼人に報告すべきことはなにも出てこなかった。

ベテランの彼の頭に浮かんだもっともわかりやすい解釈――レディ・ファーレンは愛人の子

供を身ごもっていたのだという解釈――は、成り立たなかった。調べれば調べるほど、それはありえないということがわかるのだ。夫と妻は崇拝しあっており、三年前に結婚して以来、いつもいっしょだった。使用人たちも口をそろえて、ふたりがいかに深く愛しあっていたかを語った。経済的な問題はない。それに抜け目ないブラックにも、サー・ジョン側の浮気の形跡を見出すことはできなかった。使用人も、友人も、近隣の人々も、一様に、彼がいかに高潔な人物であるかを語った。従って、サー・ジョンの妻は、彼の過ちを知ってしまったがために自殺したわけではないのだった。

ブラックは一時途方に暮れた。しかし、くじけてしまったわけではない。いったん仕事を引き受けたら、最後までやり抜くのが彼のモットーだ。それに、めったなことでは心を動かされなくなっている彼も、サー・ジョンの苦悩には同情を覚えていた。

「こういう場合」ブラックは言った。「しばしば、最近のことを知るだけでなく、その人の過去をはるか昔までさかのぼる必要が出てくるものです。わたしは、お許しを得たうえで、奥様のデスクを隈なくさがし、書類や手紙をすべて調べました。しかし、奥様にどんな悩みがあったのか解く鍵になるようなものはなにも見つかりませんでした――仮になにか悩みがあったとして、ですが。

「レディ・ファーレンに――当時のマーシュ嬢に――初めてお会いになったのは、スイスに行っていたときだとおっしゃっていましたね。奥様は、病身の伯母ミス・ヴェラ・マーシュといっしょに暮らしておられた。両親を亡くされたあと、その人に育てられたわけですね」

「そのとおり」サー・ジョンは言った。

「おふたりはジーレに住んでいた。ときにはローザンヌで暮らすこともあった。そしてあなたは、ジーレの友人宅で、ふたりのマーシュ嬢に出会った。あなたと若いほうのマーシュ嬢は親しくなり、休暇が終わるころには、あなたは恋に落ちていた。マーシュ嬢のほうも気持ちは同じで、あなたは彼女に結婚を申しこんだ」

「そうとも」

「ご年配のほうのマーシュ嬢にも異議はなかった。実際、伯母君《おばぎみ》は大喜びだった。あなたは、伯母君が姪の代わりのお相手役を雇う費用を出すことになり、二カ月かそこらのうちにあなたがたはローザンヌで結婚した」

「それもそのとおりだ」

「伯母君がイギリスに来ていっしょに住むという話は出なかったんですか？」

「それはなかったね」サー・ジョンは言った。「メアリーはそうしてほしがっていた――その伯母が大好きだったからね――しかしあの老婦人はことわったんだ。長いことスイスで暮らしてきたから、イギリスの気候にもイギリスの食事にも我慢ならないと言うんだよ。ついでに言えば、わたしたち夫婦は、結婚してから二度、その伯母に会いにいっている」

ブラックは、あの悲劇のあと、その伯母から便りはあったのかと訊ねた。便りはあった。サー・ジョンはもちろんすぐさま知らせの手紙を出したし、伯母は新聞でもその事件を読んでいた。マーシュ嬢はひどくショックを受けていた。メアリーが自殺する理由など見当もつかないというのである。ジーレには、悲劇のほんの二、三日前に、一週間前に書かれた、幸せいっぱいの手紙が届いたばかりで、そこには、母となる歓びばかりが書きつづられていたのだ。マーシュ嬢は、サー・ジョンのためにその手紙を同封してきていた。サー・ジョンはそれをブラックに手渡した。

「三年前に初めてお会いになったとき、おふたりのご婦人は、かなり静かな生活を送っていたわけですね？」ブラックは訊ねた。

「前に話したように、ふたりは田舎に小さな屋敷を持っていたんだ」サー・ジョンは言った。「そして年に二回ほど、ローザンヌに出てきて、ペンションに部屋を借りていた。老婦人は肺の病をかかえているが、病状はサナトリウムに入るほど悪くはない。メアリーは伯母さんにとても献身的に仕えていたよ。最初にわたしが惹かれたのは、彼女のそんなところだったんだ。年取った伯母さんに接するときの穏やかさと優しさだね。病身の年寄りの例に漏れず、あの人もときどきかなり気むずかしくなるんだが」

「つまり、奥さんは――若いほうのマーシュ嬢は、あまり外に出かけたりはしなかったわけですね？同じ年ごろの友達もあまりいなくて？」

「たぶんそうだろう。妻はそんなことは気にしていないようだった。とてもつつましい性格だからね」

「そしてごく小さいころから、そういう生活を送ってきたわけですね？」

「そうだよ。マーシュ嬢は妻のただひとりの身内でね。両親を失ったメアリーを養子として引き取ったんだ。そのころ妻はまだ小さかった」

「結婚したときはおいくつだったんです?」

「三十一だった」

「その前に、婚約者や恋人などはいなかったんでしょうか?」

「ひとりも。そのことでよくメアリーをからかったものだよ。だが妻は、心を惹かれる相手にはそれまで一度も出会ったことがないと言っていた。これはあの伯母も認めていたことなんだ。わたしたちが婚約したとき、マーシュ嬢はこんなことを言っていたよ――『メアリーみたいに無垢な娘はめったにいませんよ。あんなにきれいな顔をしているのに、ちっともそれに気づいていない。このうえなく優しい性格なのに、それも意識していない。あなたはとても幸運な男性です』実際、わたしは幸運だったたな」

サー・ジョンは椅子にかけ、じっとブラックを見つめていた。その苦痛に満ちたまなざしを見てしまうと、さすがのタフなスコットランド人も、それ以上この人を追及する気にはなれなかった。

「では、あなたがたは本当に相思相愛だったわけですね?」ブラックは言った。「奥様はあなたの称号や地位に惹かれたわけではないのですね? 伯母君から、こんな男性にはめったにめぐり会えないのだから、このチャンスを逃しちゃいけないと言われていたかもしれないんですが? 結局、ご婦人がたはその種のことを考えるものですからね」

サー・ジョンは首を振った。

っていたよ。

「マーシュ嬢は確かに利に聡《さと》い人かもしれない」彼は言った。「しかしメアリーのほうはちがっていたよ。

「出会った当初から、追いかけていたのはわたしのほうで、その逆ではなかったんだ。もしもメアリーが結婚相手をさがしていたなら、会ったとたんにわかったはずだよ。それに女っていうのは噂好きなものだろう？　メアリーに本当にそんな気持ちがあったなら、あのふたりに初めて出会った別荘の女主人が警告してくれていたはずだ。結婚相手をさがしている三十すぎの娘が来ていますとね。ところが、そんな話はひとつも出なかった。彼女はただこう言ったんだ――『とてもすてきなお嬢さんがいるので、ぜひ会ってください。わたしたちみんな、そのかたを崇拝していて、淋しい生活を送っているのをお気の毒に思っているんです』」

「でも、あなたには奥さんは淋しそうには見えなかった？」

「まったく見えなかったね。彼女は満ち足りているようだった」

ブラックはマーシュ嬢の手紙をサー・ジョンに返した。

「まだ調査をつづけますか？」彼は訊ねた。「やはりドクターの言うとおり、奥さんは精神錯乱のすえ、自ら命を絶ったものと判断したほうが、簡単でいいとは思いませんか？」

「いいや」サー・ジョンは言った。「この悲劇の謎を解く鍵は必ずどこかにあるはずだよ。それを見つけるまで、わたしはあきらめない。というより、きみがわたしのためにそれを見つけ出すんだ。わたしはそのためにきみを雇ったのだからね」

ブラックは立ちあがった。

「いいでしょう」彼は言った。「そういうお気持ちなら、引きつづき調査を進めます」
「これからどうする？」
「明日《あす》、スイスに飛びますよ」

ブラックは、ジーレのボン・レポ荘にて、名刺を出し、ローヌ渓谷を見晴らすバルコニーに面した小さなサロンに通された。

マーシュ嬢のお相手役とおぼしき女性が、サロンからバルコニーへと彼を導いた。その間に、ブラックは、部屋が趣味よくきちんとしつらえられていること、しかし、とんでもなく贅沢というわけではないことを見て取った。それはいかにも、つましく外国暮らしをするイギリス人の老嬢らしい部屋だった。

炉棚の上には大きな写真が載っていた。レディ・ファーレンの近影、サー・ジョンの書斎で見たのと同じものだ。もう一枚、書き物机の上にもレディ・ファーレンの写真はあった。こちらは二十歳ごろのものだろうか。美しい内気そうな娘。最近の肖像よりも髪を長く伸ばしている。

バルコニーに出ると、そこには車椅子の老婦人がいた。ブラックはその婦人に、サー・ジョン・ファーレンの友人だと自己紹介した。

マーシュ嬢は白髪で目は青く、きりっとした口もとをしていた。ふたりを残してすぐ退出したお相手役に対する口のききかたから判断すると、この婦人は自分に仕える者には相当厳しい人らしい。とはいえ彼女は、ブラックのことは心から歓迎しているらしく、すぐさま心配そうにサー・ジョンの様子を訊ね、なにか新たにわかったことはないのか知りたがった。

「残念ですが、まだなにも」ブラックは言った。「実は、わたしがここに来たのは、伯母君にいろいろお訊きするためなんです。あなたは他の誰よりも、あの人のご主人以上に、レディ・ファーレンをよくご存じなわけですから。サー・ジョンはこの件に関して、伯母君がなにかご意見をお持ちじゃないかと考えているのです」

マーシュ嬢は驚いたようだった。

「でもわたくし、サー・ジョンに手紙をお出ししたんですよ。たいへんショックを受けているし、なにがなんだかわからないと。メアリーの最後の手紙も同封しました。サー・ジョンからお聞きになったかしら?」

「ええ」ブラックは言った。「その手紙は拝見しました。他にも手紙はあるんでしょうか?」

「あの娘の手紙は全部取ってありますわ」マーシュ嬢は言う。「結婚してから、毎週、きちんきちんと手紙をくれておりましたからね。サー・ジョンがそれも送ってほしいとおっしゃるなら、喜んでそういたしますよ。どれも、あのかたへの愛情や、新家庭を持った誇りと歓びでいっぱいのものばかりですから。ただひとつ残念がっていたのは、わたくしが訪ねていく気にならないことでした。でもおわかりでしょう? わたくしはこんな体ですのでね」

「あんたは充分元気そうだよ」ブラックは胸の内でつぶやいた。「たぶん行くのがいやなだけだったんだろ」

「あなたと姪御さんとはとても仲がよかったんですね?」彼は言った。

「わたくしはメアリーが大好きでした。あの娘のほうも同じくらいわたくしを好いてくれていたと思いますよ」マーシュ嬢は即座に答えた。「わたくしはときどき怒りっぽくなったりもします。でもメアリーは気にしていないようでした。本当に気だての優しい娘でしたよ」

「手放すのはつらかったんじゃありませんか?」

「ええ、もちろん。ひどく淋しかったし、いまでもそうです。でも、いちばん大事なのは、あの子の幸せですからね」

「サー・ジョンから聞いたんですが、彼はあなたに、いまのお相手役を雇う金を支払っているそうですね」

「ええ。本当に気前のいいかた。今後もつづけてくださるのかしら?」

その声は鋭くなっていた。ブラックの第一印象にまちがいはなかったようだ。マーシュ嬢は金というものを蔑視するタイプの人ではないらしい。

「サー・ジョンからはなにも聞いていませんが。でも、打ち切るのであれば、必ず本人か弁護士から連絡が入ると思いますよ」

ブラックはマーシュ嬢の手に目をやった。それは車椅子の両脇をコツコツとたたいている。少し神経質になっている証拠だ。

「姪御さんの過去には、自殺の原因となるようなことはなにもなかったんでしょうか?」彼は訊ねた。

マーシュ嬢はぎくりとした。「それはいったいどういう意味です?」

「前に婚約者か恋人がいて、結局うまくいかなかったというようなことはありませんでしたか?」

「まあ、ありませんとも」

おもしろい。この老婦人は、こういう方向に話が進んでほっとしているようだ。

「メアリーが愛した男性は、サー・ジョンただひとりでした。あの娘はわたくしといっしょに引きこもりがちな生活を送っておりましたからね。この地域はあまり若い人も多くないし。ローザンヌへ出かけても、同じ年ごろの友達をさがしたりはしていないようでした。特に内気だったとか、無口だったとかいうことじゃありませんよ。ひとりが好きだったんです」

「学校の友達は?」

「小さいうちはわたくしが自分で勉強を教えていました。大きくなると、ローザンヌの学校で何学期か過ごしましたが、それも通学生としてです。女の子がひとりかふたりお茶に来たような記憶はありますが、特別仲のいい友達というのはおりませんでしたよ」

「そのころの姪御さんの写真をお持ちじゃありませんか?」

「ええ、何枚かは。全部アルバムに入っています。ごらんになりますか?」

「お願いします。サー・ジョンも何枚か写真を見せてくれましたが、結婚前の写真はないようなので」

マーシュ嬢はサロンの奥の書き物机を指差して、二番目の引き出しからアルバムを出すよう彼に命じた。ブラックがアルバムを取ってくると、彼女は眼鏡をかけてそれを開き、ブラックはそのかたわらに椅子を引き寄せた。

　ふたりはざっとアルバムを見ていった。たくさんのスナップ写真があったが、特に興味を引かれるようなものはなかった。レディ・ファーレンがひとりで映っているもの。マーシュ嬢がひとりで映っているもの。レディ・ファーレンとマーシュ嬢が他の人たちといっしょに映っているもの。屋敷のスナップ。ローザンヌのスナップ。ブラックはページを繰っていった。謎を解く鍵は皆無だ。

「これで全部ですか?」彼は訊ねた。

「ええ、残念ですけど」マーシュ嬢は答えた。「とってもきれいな娘でしょう? あの温かな茶色い目。なのに、なんてひどいことでしょう……お気の毒なサー・ジョン」

「子供時代のスナップ写真は一枚もないんですね。このアルバムは姪御さんが十五くらいのころから始まっているようですが」

　一拍間があって、マーシュ嬢はこう答えた。「ええ……そうですね。それより前はカメラを持っていなかったんだと思います」

　ブラックは熟練した耳を持っている。嘘を聞き分けるくらいは朝めし前だ。マーシュ嬢はなにか隠している。いったいなにをだ?

「残念だな」彼は言った。「大人の顔のなかに子供のころの面影をさがすのが趣味なものでね。わたしも結婚しているんですが、妻もわたしも、うちの子たちの最初のアルバムなしじゃとても生きていけません」

「ええ、わたくしったらほんとに馬鹿でしたわね」マーシュ嬢は言った。

彼女は前のテーブルにアルバムを置いた。

「スタジオで撮った肖像写真ならお持ちでしょう?」ブラックは訊ねた。

「いいえ」マーシュ嬢は言った。「というより、あるにはあったんですが、どこかへ行ってしまったんです。引っ越しのときにね。わたくしたちがここに移ったのは、メアリーが十五のときだったんです。それまではローザンヌにいたんですよ」

「で、確かサー・ジョンの話だと、あなたは姪御さんを五つのときに引き取ったんですよね?」

「ええ。五つくらいのときでした」

またしても一瞬のためらいがあり、声が変わった。

「レディ・ファーレンの御両親の写真はありませんか?」

「いいえ」

「でもあの人のお父上はあなたのたったひとりの弟君なんでしょう?」

「ええ、そうです」

「どうしてレディ・ファーレンを引き取ろうと思われたんです?」

「母親が死に、弟にはどうやってあの子を育てればいいのかわからなかったからです。あの子は繊細な子供でした。わたくしたちはふたりとも、それがいちばんいい解決法だと思ったんです」

「もちろん弟君は養育費を支払っていたわけですね？」

「ええ、もちろん。そうでなければ、わたくしはやってこられなかったでしょう」このときマーシュ嬢はミスを犯した。このたったひとつのミスさえなければ、ブラックはすべてを見過ごしたかもしれない。

「あなたは見当ちがいの質問ばかりなさっていますよ、ブラックさん」彼女は堅苦しく小さく笑って言った。「メアリーの父親が払っていた養育費なんかにどうして興味がおありなのかしら？　あなたが知りたいのは、かわいそうなメアリーがどうして自殺したかでしょう？　あの娘の夫が知りたいのもそのことだし、わたくしもそうです」

「わたしは、レディ・ファーレンの過去に関することなら、どんな些細なことにでも興味があるんです」ブラックは言った。「サー・ジョンはそれをさぐるためにわたしを雇ったわけですから。そろそろお話ししておいたほうがいいでしょう。わたしはサー・ジョンの友人ではありません。私立探偵なんです」

マーシュ嬢の顔が灰色になった。平静さは失われた。彼女は急に、怯えきった老女となっていた。

「いったいなにをさぐり出しにきたんです？」

「すべてをです」ブラックは答えた。

このスコットランド人の考えによれば、隠し事のない人間などめったにいない。彼は探偵事務所の所長の前でも、お気に入りのこの自説をちょくちょく披露している。証言台に立たされ、反対尋問を受ける男や女を、彼は幾度となく見てきた。その全員が怖がっていた。彼らは質問に答えなくてはならない。それが審理中の事件に新たな光明を投じるかもしれないからだ。しかし彼らが恐れているのは、質問そのものではない。それに答えるうちに、なにかのはずみで、あるいは、口をすべらせたがために、自らの不名誉な秘密が表沙汰になることなのだ。

いまマーシュ嬢がそれと同じ立場にあることを、ブラックは確信していた。メアリー・ファーレンの自殺について、あるいはその原因について、彼女はなにも知らないかもしれない。しかし彼女には、なにか長い間隠しつづけてきたうしろ暗い秘密がある。

「サー・ジョンは、その養育費のことを知って、わたくしがいままでずっとそれを着服してきたと思っていらっしゃるわけですか？　それなら、探偵など雇わずに、直接そう言ってくだされればいいのにね」彼女は言った。

「そうら来た」ブラックは思った。「適当なロープをくれてやれ。そうすりゃこのばあさん、ひとりで勝手に首をくくるだろうよ」

「サー・ジョンは着服などとは言っていませんでしたよ」彼は言った。「ただ少し妙だと思われただけです」

これは賭けだ。しかし、そこから得られるものには、それだけの価値があるはずだった。

「確かに妙かもしれません」マーシュ嬢は言った。「でもわたくしは最善を尽くそうとしてきたし、実際ちゃんとやったと思っています。誓って申し上げますが、わたくしが自分のために使ったお金はほんのわずかなものですよ。お金の大部分は、メアリーの父親との約束どおり、養育費に当てたんです。あの娘は結婚し、相手はたまたまお金持ちだった。だからわたくしは、元金はもらっておいてもよかろうと思ったんです。サー・ジョンは裕福なかただし、メアリーがそのお金をほしがるとは思えなかったのでね」

「レディ・ファーレンは金銭的なことはなにもご存じなかったわけですね？」ブラックは訊ねた。

「ええ、なんにも」マーシュ嬢は言った。「あの娘はお金のことにはまるで関心がありませんでした。自分が、完全にわたくしに依存しているものと信じこんでいましたよ。サー・ジョンはわたくしを訴えるつもりでしょうか、ブラックさん？　もしも裁判で負けたら、もちろん負けるに決まっていますが、わたくしは路頭に迷うことになります」

ブラックは顎をなでて、考えこむふりをした。

「いや、サー・ジョンがそのようなことをするとは思えませんね、マーシュ嬢。しかし、なにがあったのか本当のところを知りたがってはおられますよ」

マーシュ嬢は車椅子の背にぐったりともたれた。ついさきほどまでぴんと背筋を伸ばしていたのが嘘のようだ。いまの彼女は、ただの疲れた老婦人にすぎなかった。

「もうメアリーは死んでしまったのだから、このことで傷つきはしないでしょう。たとえ真実が明るみに出ても」彼女は言った。「実を言いますとね、ブラックさん、あの娘はわたくしの姪などではないんです。わたくしは、多額のお金を支払われて、あの娘の面倒を見ていたんですよ。そのお金は成人すると同時にあの娘の手に渡ることになっていました。でもわたくしはそれをもらっておいたんです。わたくしと契約したメアリーの父親は、そのときはすでに死んでいましたし、スイスには、事情を知っている人はひとりもいませんでしたのでね。秘密にしておくのは簡単でした。悪気はなかったんですよ」

いつだってこれだ、とブラックは思った。男も女も誘惑に駆られ、それに身を委ねる。決して「悪気はない」のだ。

「なるほど」彼は言った。「あなたがなにをなさったか、本来レディ・ファーレンのものである金をどんなふうに使ったか、詳しく調べようとは思いません。わたしが知りたいのは、ただひとつ——あなたの姪でないとしたら、いったいあの人は誰なんです？」

「あの娘は、ヘンリー・ワーナーという人のひとり娘です。それ以外のことは、わたくしはなにも知りません。その人は住所も、どのあたりに住んでいるかも言いませんでしたから。知らされたのは、その人の取引銀行の本店とロンドン支店の住所だけでした。その支店から四回にわたりわたくし宛に小切手が支払われました。わたくしがメアリーを引き取ったあと、ミスター・ワーナーはカナダへ行き、五年後にそこで亡くなったんです。

「銀行はそのことを知らせてよこし、それっきりなんとも言ってきませんでした。だからわたくしは、なにも心配ないと思って——あの娘のお金で——いろいろとしたわけです」

ブラックはヘンリー・ワーナーという名を書き留めた。マーシュ嬢は彼に銀行の住所を教えた。

「ミスター・ワーナーはあなたのお友達ではないんですね？」ブラックは訊ねた。

「ええ。たった二度しか会ったことがありませんしね。最初に会ったのは、養育者求む、女の子、きわめて繊細、無期限、とのミスター・ワーナーの匿名広告に応じたときでした。当時のわたくしはとても貧乏でしたし、ちょうどイギリス人宅での家庭教師の職を失ったばかりでもありました。その一家はイギリスに帰ることになっていたんです。

「わたくしは学校に勤めたくはありませんでした。だからその広告は天の恵みだったんです。ことに、子供の養育費としてその父親が出すという金額がかなり大きかったのでね。いい暮らしが送れそうだと思いましたよ。正直言ってこれまで経験したことのないような暮らしがです。わたくしを責めることなど誰にもできないはずですよ」

さきほどまでの自信がいくらかもどってきたようだ。彼女は鋭くブラックを見た。

「あなたを責めてなどいませんよ」彼は言った。「ヘンリー・ワーナーについてもっと詳しく教えてください」

「お話しできることはほとんどないんですよ」マーシュ嬢は言う。「その人は、経歴などのわたくし個人のことについては、ほとんどなにも訊きませんでした。ただ、メアリーをずっと手もとに置いてほしいということだけは、はっきり言っていましたよ。もう二度とあの娘を引き取るつもりはないし、連絡を取りあうつもりもないというわけです。すべてのしがらみを断ち切って、カナダへ行く予定だそうでね。娘はどうなりと好きなように育ててくれと言うんです。要するに、縁を切るということですね」

「冷酷なやつですね」ブラックは言ってみた。

「冷酷というのとはちょっとちがいますね」マーシュ嬢は言った。「心労でやつれているようでしたよ。子供を世話する責任に耐えかねている感じでした。奥さんは亡くなっていたんでしょう。わたくしは、その娘がどんなふうに繊細なのかと訊ねました。看護の経験などほとんどありませんし、病弱な子供が好きとは言えませんのでね。

「その人は、娘は体が弱いわけではないが、数ヵ月前にひどい列車事故を目撃し、そのショックで記憶をなくしてしまったのだと言いました。

「その他の点では、娘は正常そのもの、正気そのものだということでした。ただ、ショックを受ける前のことはなにも覚えていない、その人が父親だということさえわからない、だから、まったく別の国で新しい生活を始めさせたいのだ――あの人はそう言っていました」

ブラックはいくつかメモを取った。ようやく謎解きの糸口がつかめた。

「では、あなたは喜んで、その子を――精神的ショックに苦しんでいるその子を――一生引き受ける危険を冒したというわけですか？」彼は訊ねた。

皮肉のつもりではなかったのだが、マーシュ嬢はその質問にトゲを感じ取ったようだ。彼女は顔を赤らめた。

「わたくしは教えることに慣れていましたし、子供にも慣れていました。それに人にたよらず生きていけるのも魅力でした。わたくしは、ミスター・ワーナーの申し出を、自分がその子を気に入り、その子も自分を気に入ってくれるならという条件つきで受け入れたんです。一度目に会ったとき、ミスター・ワーナーはメアリーといっしょでした。ひと目見たとたん、いとおしさを感じたものです。あの可愛い小さな顔、あの大きな目、それに静かで優しい立ち居振舞い。おかしなところなんてひとつもありませんでしたよ。年の割に幼いという点をのぞけばね。わたくしはおしゃべりし、うちに来ていっしょに暮らしたいかと訊ねました。するとあの娘はそうしたいと言ったんです。信頼しきった様子で自分の手をわたくしの手にあずけてね。わたくしはミスター・ワーナーに『お引き受けします』と言い、取引は成立しました。その夜、あの人はメアリーを置いて立ち去り、わたくしたちはそれっきりあの人に会っておりません。あの娘に、わたくしを本当の伯母だと思いこませるのは、たやすいことでした。自分の過去についてはなにひとつ覚えていませんでしたから。わたくしがなにを話しても、あの娘はそれを絶対的真理として受け入れたんです。厄介なことはなにひとつありませんでした」

「そして、レディ・ファーレンの記憶がよみがえったことは一度もなかったわけですね？」

「ええ、一度も。あの娘にとって人生は、父親がローザンヌのあのホテルでわたくしに自分を引き渡したときに始まったんです。わたくしにとってもそれは同じでした。メアリーが本当の姪だったとしても、わたくしにはあれ以上愛することはできなかったでしょう」

ブラックは手帳に目を走らせ、それをポケットにしまった。

「つまり、ミスター・ヘンリー・ワーナーの娘だという点をのぞけば、あなたは彼女の経歴についてまったくなにも知らないわけですね？」

「ええ、なんにも」

「彼女は、記憶を失った五歳の女の子にすぎなかったわけですね？」

「十五です」マーシュ嬢が訂正する。

「どういうことです？　十五というのは？」

マーシュ嬢はふたたび顔を赤らめた。

「忘れていました」彼女は言った。「さきほどは嘘をついていたんです。わたくしはずっと、メアリーにも、他の人たちにも、引き取ったのは五つのときだと言いつづけてきたんです。わたくしにしてみれば、そうしておいたほうが楽でしたし、メアリーにとってもそうでした。わたくしのもとへ来る以前のことはなにも覚えていないわけですから。でも実はあの娘は十五だったんです。これで、わたくしがメアリーの子供のころの写真をひとつも持っていないわけがおわかりになったでしょう」

「なるほど」ブラックは言った。「いろいろご協力いただいて、ありがとうございました。サー・ジョンが金の件を問題にするとは思えませんし、とりあえず、きょううかがったことはすべて秘密にしておきます。つぎに調べるのは、レディ・ファーレンが――メアリー・リーナーが――人生の最初の十五年をどこで過ごしていたのか、その生活がどんなものであったか、ですね。それが今度の自殺になんらかの影響を及ぼしているのかもしれませんから」

マーシュ嬢は、ブラックを玄関まで送らせるため、ベルを鳴らしてお相手役を呼んだ。マーシュ嬢の動揺はまだ収まりきってはいないようだった。

「ひとつだけ、ずっと不思議に思っていたことがあるんです」彼女は言った。「あの娘の父親、ヘンリー・ワーナーは、どうも本当のことを言っていなかったような気がするんですよ。メアリーは一度だって列車に怯えたことなどありませんでしたから。それにいろんな人に訊いてみましたが、イギリスでも他のどこでも、わたくしがメアリーを引き取る前の何カ月かの間には、ひどい列車事故なんてなかったはずなんです」

ブラックはロンドンにもどったが、サー・ジョンには連絡を入れなかった。なにか具体的なことがわかるまで待ったほうがいいと思ったのだ。

マーシュ嬢の秘密や養子縁組の件を暴露する必要はなさそうだった。そんなことをすれば、サー・ジョンの心はますます乱れるだけだ。それに、彼の妻が、なにかのはずみでこの事実を知り、それを苦にして自殺したなどということは、まずありそうにない。

それよりは、なんらかのショックが十九年もの間、レディ・ファーレンを包んでいた記憶のベールを貫いたのだと考えたほうがよさそうだ。

そのショックがなんだったのかを明らかにするのが、ブラックの仕事だ。ロンドンにもどると、彼はなによりもまず、ヘンリー・ワーナーの口座があった銀行を訪ね、支店長に会って自分の職務を説明した。

どうやらヘンリー・ワーナーは本当にカナダへ行き、そこで再婚し、やがて死を迎えたようだった。彼の未亡人は銀行に手紙をよこし、イギリスの口座を閉じていた。支店長は、ヘンリー・ワーナーの第二の家族がカナダにいるのかどうかも知らなかったし、彼の未亡人の住所も知らなかった。ヘンリー・ワーナーの最初の妻は、それより何年も前に死んでいた。最初の奥さんとの間の娘さんのことは知っている、と支店長は言った。その娘さんはスイスにお住まいのマーシュ嬢というかたに引き取られたのです。マーシュ嬢には小切手が支払われていましたが、ワーナー様が二度目に結婚したときにその支払いは終了されました……。結局、支店長から得られた情報のうち役に立ちそうなのは、ヘンリー・ワーナーの昔の住所と、もうひとつ、これもワーナーがマーシュ嬢に言わなかったことだが、彼が聖職者であり、当時、ハンプシャー、ロングコモンの諸聖人教会で牧師を務めていたという事実だった。

ブラックは、期待に胸を躍らせながら、ハンプシャーへと旅立った。謎の糸がほぐれだすと、彼はいつも楽しくなる。それは子供のころのかくれんぼを思い出させた。そもそも彼が私立探偵という仕事に惹かれたのは、意外なものと出会うおもしろさが味わえるからなのだ。そして彼は、この仕事に就いたのを後悔したことは一度もない。

調査に思いこみは禁物というのが、ブラックの信条である。しかし、この物語における悪役は、どう考えてもヘンリー・ワーナー師としか思えない。心を病んでいる娘をいきなり外国に住む赤の他人の手に委ね、自分はその娘と縁を切って、カナダへ行くなど、聖職者にあるまじき非情な行いではないか。

スキャンダルの匂いがする。ロングコモンにその傷跡がまだ残っているなら、そのスキャンダルがどんなものなのかさぐり出すのはむずかしくはないだろう。

ブラックは、ハンプシャーの古い教会について執筆中の物書きとして、地元の旅館に宿を取った。そして同じ口実のもとに、現職の牧師に、訪問させてはいただけまいかという礼儀正しい手紙を書き送った。

彼の願いはかなえられた。まだ若く、建築の研究に熱を上げている牧師は、十五世紀の彫刻に関する膨大な知識を披露しながら、自らの教会を身廊から鐘楼まで隈なく彼に見せてまわった。

ブラックは自分の無知を押し隠して礼儀正しく耳を傾け、ついには牧師の前任者のことに話を持っていった。

あいにく、いまの牧師はロングコモンに来てまだ六年で、ワーナーについてはほとんどなにも知らなかった。ワーナーのあとを引き継いだのは他の誰かで、その人はもうよそへ移っていた。しかしワーナーが十二年にわたってこの教会の牧師を務めていたことはまちがいなく、彼の妻もここの墓地に埋葬されていた。

ブラックはその墓を見にいき、墓石に目を向けた。「エミリー・メアリー、ヘンリー・ワーナーの最愛の妻、イエスの腕に抱かれ安らかに眠る」

彼は日付にも注目した。娘のメアリーは、母親が死んだとき、まだ十歳だった。

そう、ワーナー師がひどく急いで聖職禄を捨てたという話は聞いています、といまの牧師は言った。確かカナダへ行ったとか。村の人も何人かはその人を覚えているでしょう。ことにお年寄りたちは。うちの庭師がいちばんよく覚えているかもしれません。彼は牧師館の庭師を三十年もやっているので。ですがわたしの知るかぎり、ワーナー師は歴史学者でも蒐集家でもありません。教会に関する研究などしていなかったはずです。よかったら牧師館にいらしては？うちには興味深い本がたくさんありますよ。

ブラックは遠慮しておいた。この牧師から聞き出したかったことは、もうすべて聞き出したのだ。彼の勘では、旅館のバーで宵を過ごしたほうが、収穫は大きいはずだった。そしてその勘は当たった。

十五世紀の彫刻についてはそれ以上学べなかったが、ヘンリー・ワーナー師については多くのことがわかったのだ。

牧師は教区内で尊敬されてはいたものの、その厳格さと偏狭さゆえに、好かれていたとは言いがたかった。彼は、教区民が困ったときに相談に行けるようなタイプの人物ではなく、なぐさめを与えるより非難を浴びせがちだった。旅館のバーなどには決して足を踏み入れなかったし、卑しき者たちと親しく交わることもなかった。

彼は資産家として知られており、聖職禄だけで暮らしているわけではなかった。また、社会的評価を重んじる人で、近隣にいくつかある大邸宅に招かれるのが好きだったが、その人々の間でも特に好かれてはいなかった。

要するに、ヘンリー・ワーナー師は、不寛容、狭量、高慢ちき、と聖職者にふさわしからぬ三つの特質を兼ね備えた俗物だったわけだ。それにひきかえ彼の妻は、あらゆる人に愛されており、癌の手術のあと死んだときは、誰もが悲しんだという。彼女はこのうえなく気だての優しい婦人で、思いやり深く、親切だった。そして彼女の小さな娘もその性格を受け継いでいた。

その子は、母親の死に大きな影響を受けたのだろうか？

その点は誰も覚えていなかった。しかしみんなは、さほどの影響はなかったろうと考えていた。娘は寄宿学校に入っていて、家にいるのは休暇のときだけだった。自転車を乗りまわすその子を見たことをひとりかふたりが覚えていた。可愛らしくて、人なつこい子だったよ。ヘンリー・ワーナー師のところじゃ、庭師とそのかみさんが夫婦で働いていたな。いま牧師館に勤めているのと同じやつ、ハリス爺さんだ。いや、あの男はパブになんか来ないさ。こちこちの禁酒主義者だからね。家は教会のそばのコテージだ。いや、かみさんはもう亡くなってる。いまは嫁に行った娘といっしょに暮らしてるんだ。あいつは大の薔薇好きでね、毎年地元の品評会で賞を取っているよ。

ブラックはビールを飲み干すと、バーを去った。まだ宵の口。彼は、ハンプシャーの古い教会について執筆中の物書きの仮面を脱ぎ捨て、今度はハンプシャーの薔薇の蒐集家になりすました。ハリス爺さんは、コテージの外でパイプをやっていた。ブラックは足を止め、家の柵にからみついている薔薇を賞賛した。こうして会話が始まった。

薔薇の話からかつての牧師たちの話へ、かつての牧師たちの話からワーナーの話へ、ワーナーの話からワーナー夫人の話へ、ワーナー夫人の話からメアリー・ワーナーの話へ、ハリスを誘導するには、たっぷり一時間近くもかかったが、とにかく絵は展開された。しかし、そこには特に目新しいものはなく、村で聞いたのと同じ物語が繰り返されただけだった。

ワーナー師は、打ち解けない厳格な人でしたよ。人を褒めることなんぞめったにないし、庭にもぜんぜん興味を見せない、取りすました人でね。なのになにかことがあると、すさまじい勢いで食ってかかるんだ。奥様のほうはまるでちがっていた。あのかたが亡くなったときは、ほんとにお気の毒だったな。メアリーさんもいい子だった。うちの女房はあのお嬢さんをとても可愛がっていてね。あの子には取りすましたところや偉ぶったところはちっともなかった。

「ワーナー牧師は、夫人が亡くなったあと、淋しさのあまり教会の職を辞したんだね？」ブラックは、ハリスに自分のタバコを差し出しながら言った。

「いや、そりゃ関係ないですよ。あれは、メアリーさんの体のためでね。お嬢さんがひどいリウマチ熱を患ったんで、外国暮らしをしなきゃならなくなったんです。おふたりはカナダへ行きました。それっきりあの人たちからは音沙汰がなくてね」

「リウマチ熱？」ブラックは訊き返した。「そりゃあいやな病気だね」

「牧師館のベッドのせいじゃないですよ」ハリス爺さんは言った。「うちの女房はいつも家に風を入れてたし、奥様が生きてらしたころと同じように、なにもかもちゃんとやっていたからね。お嬢さんは学校で病気にかかったんだ。あたしゃ女房に言ったもんです。牧師様は職務怠慢で教師どもを訴えてやるべきだってね。お嬢さんはもうちっとで死ぬとこだったんだから」

ブラックは、ハリスが摘んでくれた薔薇をなで、ボタン穴にきちんと差した。

「どうして牧師さんは学校を訴えなかったのかな？」彼は訊ねた。

「訴えなかったかどうかは知りません」庭師は言った。「あのかたに言われたのは、メアリーさんの荷物をまとめて、コーンウォールのある住所に送れってことだけなんで。それから、牧師様ご自身の荷物もまとめろ、埃よけで家具を覆えって指示があって、なにがなんだかわからないうちに、でっかいバンが家具を積みこんで、どっかへ持っていっちまったですよ。あとになって、家具は売り払われたって聞きました。それから、牧師様が教会を辞めたことや、おふたりがカナダへ行ったことがわかったんです。女房は、メアリーさんにずいぶん腹を立ててたな。お嬢さんからも牧師様からも、なんの連絡もなかったもんでね。おれたち何年もあの人たちに仕えてたってのに」

ブラックは、それはずいぶんな仕打ちだと同情した。「じゃあその学校は、コーンウォールの学校だったんだね？　コーンウォールでリウマチ熱にかかったとしても驚かないよ。あの地方はすごく湿っぽいんだ」

「いやいや。メアリーさんがコーンウォールへ行ったのは療養のためでね。確かカーンリースってとこだったな。学校はケント州のハイスでしたよ」

「うちの娘の学校もハイスの近辺だよ」ブラックはすらすらと嘘をついた。「同じ学校じゃなきゃいいが。メアリーさんの学校はなんて名前かな？」

「さあてねえ」ハリス爺さんは首を振った。「もう大昔のことだから。でもメアリーさんは、海が見晴らせるすてきな学校だと言ってたっけ。とっても楽しいとこで、ゲームやなんかが大好きだって」

「ああ」とブラックは言った。「それじゃ同じところじゃないな。うちの娘の学校は内陸のほうだから。しかし人のかんちがいというのはおもしろいね。さっきワーナー師の名前を耳にしたんだが——不思議だね、よく、ある日ある名前を耳にすると、同じ日にまたその名前を聞くことがあるだろう？——誰かが、あの人たちがカナダへ行ったのは、娘さんが列車の事故で大怪我したせいだって言っていたよ」

ハリス爺さんは鼻で笑った。

「パブの連中は、一滴でもビールが入ってりゃどんなデタラメだって言いますわな。列車事故が聞いてあきれる。あの当時は村じゅうが、理由はリウマチ熱だって知ってましたよ。牧師様が、いきなり学校に呼ばれて、心配のあまり気が変になりかけてたのもね。いや、男があんなに取り乱すのは、初めて見たね。実を言うと、女房もあたしも、あのときまで、あのかたがそこまでメアリーさんを可愛がっていたとは思ってもいなかったんです。娘になんか目もくれない感じでしたからね。お嬢さんは、まったくのお母さん子でしたよ。でも学校からもどったときの、牧師様の形相ときたらすごかったね。あのかたはうちの女房に、あそこの学校長は刑事過失を犯した罪人として神に罰せられるだろうと言ったんですよ。いいですか、刑事過失ですからね」

「たぶん彼自身なにかやましいところがあったんじゃないかな」ブラックは言った。「きっと心のなかでは自分のせいだとわかっていながら、学校の過失だと言い張っていたんだろう」

「かもしれませんな」ハリス爺さんは言った。「確かにね。あのかたはいつも他人の落ち度ばかりさがしてたから」

そろそろ話を薔薇のことにもどすころだった。ブラックはさらに五分ほどそこに留まり、彼のようなアマチュアでもすぐ花を咲かせられるという花の種類を教わってメモすると、おやすみの挨拶をして、宿にもどった。その夜ぐっすり眠った彼は、翌朝、朝いちばんの列車でロンドンへ帰った。それ以上ロングコモンにいても収穫はなさそうだからだ。その日の午後、彼は列車でハイスに向かった。今度の旅で彼が煩わせたのは地元の牧師ではなく、ホテルの女主人だった。

「うちの娘をやれるような学校がないか海ぞいの地域をさがしているんだけど」彼は言った。「このあたりにはとてもいい学校があるそうだね。どこかおすすめのところはない?」

「ありますとも」女主人は言った。「ハイスにはふたつ、とってもいい学校があるんです。ひとつは丘の上にあるミス・ブラドックの学校、もうひとつは海辺にある大きな共学の学校で、セント・ビーズというんです」

「共学だって?」ブラックは訊き返した。「昔からそうなの?」

「設立当時からです。もう三十年も前ですけど。校長はいまでもジョンソン夫妻です。もちろんふたりとも、もうお年ですけれどね。とてもきちんとした学校で、校風がすばらしいんですよ。共学に対する偏見があるのは知っています。女の子が男っぽくなって、男の子が女っぽくなるなんて言う人がいますからね。でもわたしには、ちっともそんなふうには見えません。子供たちはいつも楽しそうにしているし、他の学校の子たちと少しも変わりはないんです。それに、どのみち、あの学校には十五以上の子はいませんしね。ジョンソン夫妻のどちらかにお会いになれるようにアポイントをお取りしましょうか?　あのかたたちのことはよく存じあげていますのよ」

この女は学校から生徒の斡旋料でももらっているのだろうか、とブラックは思った。

「それはどうもありがとう。そうしてもらえると助かります」こうして翌朝十一時半に、彼は学校を訪ねることになった。

セント・ビーズ校が共学だと知って、ブラックは驚いていた。ヘンリー・ワーナー師が男女共学を認めるとは思っていなかったからだ。しかし、庭師のハリス爺さんの話からすると、メアリー嬢が行っていたのは、セント・ビーズ校にちがいない。セント・ビーズ校は、海に面しており、周囲の環境にも恵まれているのだ。もうひとつの、ミス・ブラドックの経営する学校は、町全体を見おろす丘の向こうに埋もれていて、見晴らしはきかず、校庭もなかった。ブラックは、ぬかりなく、セント・ビーズへ行く前にちゃんとその学校を外から眺め、その点を確かめておいたのだ。

階段を上りきったところにある玄関に入ると、ぴかぴかのリノリウム、磨きあげられた床、ニスの匂いが彼を迎えた。ベルを鳴らすと住みこみのメイドが現れ、彼をホール右手の大きな書斎に案内した。

年配の男が立ちあがって彼を迎えた。角縁《つのぶち》の眼鏡をかけ、大仰な笑いを浮かべた、禿頭《はげあたま》の男だ。

「ようこそいらっしゃいました、ブラックさん」男は言った。「お嬢さんのためにいい学校をおさがしだそうですね？　目的のものが見つかったという確信とともに我が校をあとにしていただけるよう願っておりますよ」

この男ならひとことで要約できる。「セールスマンめ」――胸の内でそうつぶやくと、ブラックは、むずかしい年ごろに差しかかりつつある自分の娘フィリスについて、まことしやかに語った。

「むずかしい年ごろですと?」ジョンソン氏は言った。「ではセント・ビーズ校こそ、フィリスさんにぴったりの学校です。我が校にはむずかしい子供などひとりもいません。問題点はすべてこすり落とされます。我が校の幸せで健全な少年少女は、われわれの誇りなのです。どうか彼らを見てやってください」

ジョンソン氏は、ブラックの背中をたたき、学校見学に連れ出した。共学であろうとなかろうと、ブラックは学校に興味などない。興味があるのは、十九年前のメアリー・ワーナーのリウマチ熱の件のみだ。しかし彼は忍耐強い男だ。案内されるままに、すべての教室、すべての寮(これは男の子用と女の子用の二棟に分けられていた)、体育館、プール、講堂、校庭、厨房、とあらゆる場所を見てまわった。

全部見終わると、彼は、勝ち誇ったジョンソン氏とともに書斎にもどった。

「いかがです、ブラックさん?」校長は角縁眼鏡の向こうでほほえんだ。「我が校にフィリスさんをあずけていただけますか?」

ブラックは椅子に背をもたせかけ、両手を組み合わせた。これぞよき父親の像だ。「こちらは実にすばらしい学校です」彼は言った。「しかし、申し上げておきたいのは、フィリスの健康には充分気をつけてやる必要があるということです。頑健な子ではないのでね。あの子は風邪を引きやすいんですよ。唯一気がかりなのは、あの子にはここの空気がきつすぎるんじゃないかということです」

ジョンソン氏は笑って、デスクの引き出しを開け、一冊の記録簿を取り出した。

「親愛なるブラックさん。セント・ビーズ校は、イギリス一すばらしい健康記録を持つ学校なんですよ。ひとりの生徒が風邪を引いたら、その子はただちに隔離されます。ですから風邪は広まらないんです。冬期は、必ず鼻と喉のスプレーを行うことになっています。夏期は、子供たちを開け放った窓の前に立たせて、肺を鍛える運動をさせています。我が校ではここ五年、インフルエンザの流行がありません。二年前に麻疹《はしか》が一件、三年前には百日咳が一件出ましたがね。ここに我が校の歴代の生徒の病気の記録があります。どの親御さんにも誇りをもってお見せしている記録ですよ」

ジョンソン氏はブラックに記録簿を渡した。ブラックは喜びもあらわにそれを受け取った。彼が見たかったのはまさにこれなのだ。

「なるほど、すばらしい」彼はページを繰った。「もちろん、この優れた記録には近代的な衛生管理法が大いに貢献しているんでしょうね。何年か前まではこうはいかなかったでしょう」

「いやいや、昔からずっとこうでしたよ」ジョンソン氏は立ちあがって、棚に載った別の一冊に手を伸ばした。「好きな年を言ってみてください。嘘ではありませんから」

ブラックはなんのためらいもなく、メアリー・ワーナーが父親の手で学校から連れ去られた年を選んだ。

ジョンソン氏は、一列に並んだ記録簿の背表紙をなぞっていき、問題の年の記録簿を取り出した。ブラックは、リウマチ熱の記録をさがしてページを繰っていった。風邪が数件、脚の骨折が一件、風疹が一件、足首の捻挫が一件、乳突炎が一件――しかし彼のさがす病はどこにもなかった。

「リウマチ熱が出たことはありませんか?」彼は訊ねた。「妻は特にそのことを心配しているんですが」

「一度もありません」ジョンソン氏はきっぱり言った。「とても用心していますからね。子供たちはいつも遊んだあとに乾布摩擦をしているんです。シーツ類や衣類は念入りに風に当てていますしね」

ブラックは記録簿を閉じた。ここからは単刀直入に行こう。

「これまで見たところでは、こちらは確かにいい学校です」彼は言った。「でも率直にお話ししなくてはいけませんね。実は、妻が知人から学校のリストをもらったんですが、こちらの学校はすぐさま棒で消してしまったんです。というのも、何年も前に友人からいやな話を聞いたのを思い出したからでしてね。その友人には友人がいて――おわかりでしょう?――とにかくその友人は、娘をセント・ビーズ校から連れ去らざるをえなくなり、学校の刑事過失を問うとまで言っていたそうなんですよ」

ジョンソン氏の笑みが消えた。角縁眼鏡の向こうの目が細くなった。

「そのご友人の名前をお聞かせ願えないでしょうか」彼はひややかに言った。

「いいですとも」ブラックは答えた。「その人はその後国を出て、カナダへ行ってしまいました。牧師でしたよ。ヘンリー・ワーナー師というかたですが」

角縁眼鏡も、ジョンソン氏の目に浮かんだ油断のない奇妙なきらめきは隠せなかった。

「ヘンリー・ワーナー師ね。ちょっと待ってくださいよ」彼は椅子に背をもたせかけ、考えこむような顔をした。ブラックはそれでごまかされるほど未熟ではない。校長が懸命に頭を働かせ、時間を稼いでいることくらい、すぐわかった。

「なにしろ刑事過失とまで言ったわけですからね、ジョンソンさん」彼は言った。「それに不思議なことに、つい先日、わたしはワーナーのたったひとりの身内に偶然出会ったんですが、その人がたまたまその件を話題にしましてね。メアリー・ワーナーはもう少しで死ぬところだったそうじゃありませんか」

ジョンソン氏は角縁眼鏡をはずし、ゆっくりとレンズを磨いた。その表情はさきほどとはまるでちがっていた。愛想を振りまく学校長は、抜け目ない実業家に変身していた。

「当然ながら、あなたはそのお身内側の話しかお聞きになっていないわけです」彼は言った。「なんらかの刑事過失があったとしたら、責めを負うべきなのは、わたしたちではなく、父親のヘンリー・ワーナーのほうなんです」

ブラックは肩をすくめた。

「親としては心配せざるをえないでしょう?」彼はつぶやいた。

それは校長を駆り立てるべく計算された言葉だった。

「心配せざるをえないですと？」ジョンソン氏は愛想よさなどかなぐり捨てて、デスクをバシンとたたいた。「それならお教えしましょう。メアリー・ワーナーのケースは、きわめて特殊で、あとにも先にも一度として同じことは起きていないんです。

「われわれは充分用心していました。いまだって用心しています。わたしは父親に、それは休暇中に起きたことだろうと言ってやりました。学校でということは絶対に、断じてありえないとね。しかしあの男はわたしを信じようとせず、我が校の男子生徒のしたことだ、われわれの監督不行き届きが原因だと言い張ったんです。わたしはある年齢以上の男子を全員、ひとりずつこの部屋に呼んで、問いただしました。うちの男の子たちは本当のことを言っていましたよ。あの子たちはなんにもしていません。娘自身からは、なにを聞き出そうとしても無駄でした。あの子はわれわれがなんのことを言っているのか、なにを訊ねているのか、まるでわかっていなかったんです。言うまでもありませんが、ブラックさん、わたしも、妻も、その他の教職員たちも、あの一件にはひどいショックを受けました。あれは、われわれがすでに忘れ去った出来事、忘れ去られるよう願っている出来事なんです」

その顔には疲労と緊張が表れていた。みなが忘れ去ったというその一件を、この校長が忘れていないのは確かだった。

「なにがあったんです？」ブラックは訊ねた。「ワーナーは娘をやめさせると言ったわけですか？」

「あの男が言ったかですと?」ジョンソン氏は言った。「いいや、こちらから言ったんですよ。われわれがあの娘を置いておけるわけがないでしょう? メアリー・ワーナーは妊娠五カ月だったんですからね」

ジグソーパズルがきれいに埋まりはじめたぞ、とブラックは思った。作業に集中すれば、ひとつひとつのピースは、まるで魔法のように、進んで手もとにやって来る。人々の嘘から真実を見出す過程は、常に刺激的だ。最初はマーシュ嬢。彼はあの老婦人の鉄のカーテンを打ち破らねばならなかった。ヘンリー・ワーナー師もまた、苦労して嘘の障壁を作りあげていた。そのひとつが列車事故、もうひとつがリウマチ熱だ。哀れなやつ。どんなにショックだったろう。彼が秘密を守るために娘をコーンウォールに送り出し、家を閉めきり、住んでいた土地を離れたとしても、なんの不思議もない。

それにしても、なんという冷酷な男だ。すべてがかたづくなり、娘と手を切ってしまうとは。記憶喪失は本物だったにちがいない。しかし、その原因はなんなのだろう。ほんの十四か十五の少女が、子供の世界からいきなり悪夢のなかへ突き落とされた。だから自然がその役割を果たし、慈悲深くも記憶を消してくれたのだろうか。

おそらくそうにちがいあるまい。しかしブラックは完璧主義者だ。時間をかけて調査をするだけの報酬は充分もらっているのだし、中途半端な話を持って依頼人のもとへもどるつもりもなかった。報告は一部始終でなくてはならない。ブラックは、いわゆるリウマチ熱のあと、メアリー・ワーナーが療養のため送られた地がカーンリースだったのを覚えていた。彼はそこへ行ってみることにした。

　探偵事務所の車を借りて、ブラックは出発した。あのハリス爺さんともう少し話をすれば、なにか収穫があるかもしれない。彼はふとそう思いつき、途中、訪問の口実に市場で小さな薔薇の木を買って、西部地方への道すがらロングコモンに立ち寄った。庭師には、その木は、この前受けたアドバイスへのささやかなお礼として、自分の庭から持ってきたと言うつもりだった。

　ブラックが庭師のコテージの外に車を寄せたのは正午だった。その時間帯なら食事どきだから、ハリス爺さんも家にいるだろうと思ったのだ。

　あいにくとハリスは、オルトンの花の展示会に出かけていて不在だった。すでに嫁《とつ》いでいる彼の娘が、赤ん坊を抱いて戸口に出てきたが、父親はいつもどるかわからないとのことだった。彼女は感じのよい気さくそうな女だった。ブラックは、薔薇の花を手渡して、タバコに火をつけると、赤ん坊を誉め讃えた。

「うちにもちょうどそれくらいの子がいるんですよ」彼は、例によって巧みに架空の人物になりすまして言った。

「まあ、そうですか」女は言った。「うちは他にふたり子供がいるんですけど、このロイは家族みんなの赤ちゃんなんですよ」

　ブラックはタバコを吸いながら、女を相手に赤ん坊の話に花を咲かせた。「一日二日前、ハイスに行ってきたとお父さんに伝えてください。あそこの学校にいる娘に会ってきたんです。

そうしたら、おもしろいことに、メアリー・ワーナー嬢が行っていたというセント・ビーズ校の校長に出会ったんですよ——お父さんがそのことを話してくれたんです——娘がリウマチ熱にかかったことで牧師さんがひどく腹を立ててたなんてこともね——校長はワーナー嬢のことをよく覚えていましたよ。あんな昔のことなのに、いまだにあれはリウマチ熱じゃなくて、あの子が帰省中に感染したなにかのウィルスだと言い張っていました」

「まあ」女は言った。「たぶんそうでも言わなきゃ学校にとってまずいんでしょうね。そうそう、確かに名前はセント・ビーズでした。メアリーさんがよくその学校のことを話してましたっけ。わたしたち年が近くてね。お嬢さんは家に帰ってくると、よくわたしを自転車に乗せてくれました。当時はそれがとっても楽しみだったもんです」

「すると牧師さんよりは気さくな人だったわけだ」ブラックは言った。「お父さんは牧師さんのことがあまり好きじゃなかったようですね」

女は笑った。

「そうなんです。残念ながらあのかたを買ってる人はひとりもいなかったみたいですよ。たいへん立派なかたではあったんですけどね。メアリーさんはほんとに可愛らしいかたでした。あのかたはみんなから好かれていましたわ」

「では、メアリー嬢がコーンウォールへ行ってしまって、さよならを言いにも来なかったときは、がっかりしたでしょうね」

「ええ、ほんとに。どうしてなのかさっぱりわかりませんでしたし。それにコーンウォールに手紙を書いても、返事は一度も来なかったんです。わたし、ずいぶん傷つきましたわ。うちの母もそうでした。メアリーさんらしくないんですもの」

　ブラックは、赤ん坊の靴の房飾りをもてあそんだ。赤ん坊の顔がいまにも泣きだしそうにゆがんでいたので、なんとか機嫌を取ろうとしたのだ。いまハリスの娘にコテージに引っこまれては困るのである。

「牧師館にひとりぼっちでいるのは淋しかったでしょうね」ブラックは言った。「メアリー嬢は休暇中あなたがいてくれてうれしかったんじゃないかな」

「メアリーさんが淋しがっていたとは思いませんけど」女は言う。「誰とでもおしゃべりする人なつこいかたでしたから。牧師様とはちがって、お高くとまったとこなんてちっともなくてね。よくいっしょに遊んだもんだけど、楽しかったわ。インディアンごっことかそんなことをしてね。ほら、子供ってそんなことをやるでしょう？」

「デートしたり、映画に行ったりは？」

「とんでもない。メアリーさんはそういうタイプじゃありませんでした。近ごろの女の子たちってすごいですよね？　まるで一人前の女みたい。男を追いかけまわしたりして」

「でも、崇拝者はたくさんいたはずですよ。おふたりともね」

「いいえ、ほんとにいなかったんです。メアリーさんは男の子を特別な目で見るようなことはありませんでした。セント・ビーズ校で慣れていましたからね。それに、牧師様は、崇拝者なんてものはお許しにならなかったでしょう」

「そうでしょうね。メアリー嬢はお父さんを怖がっていました？」

「怖がっていたかどうかはわかりませんけど、機嫌を損ねないように注意はしていました」

「暗くなる前には必ず家に帰るとか？」

「ええ。メアリーさんが暗くなるまで外にいることは絶対ありませんでした」

「うちの娘も夜は早めに帰ってきてくれるといいんですがね」ブラックは言った。「夏になると、十一時近くまで帰らないことがあるんですから。よくありませんよ。特に近ごろは、いろいろ新聞沙汰にもなってることだし」

「ほんとに怖いわ」庭師の娘も同意する。

「でもこの近隣は静かだし、悪いやつなんか出ないでしょう。昔からそうだったんでしょうね」

「ええ。もちろん、ホップ摘みの連中がやって来るとちょっとにぎやかになりますけど」

ブラックはタバコを投げ捨てた。彼の指はいつのまにかその火に焼かれていた。

「ホップ摘みの連中？」彼は訊き返した。

「ええ。この地方はホップの栽培がさかんなんです。夏になると、ホップ摘みの連中がやって来て、このあたりにキャンプするんですよ。それが、ロンドンでもいちばん柄の悪いところから来ている、かなり乱暴な連中なんです」

「おもしろい。ハンプシャーでホップが栽培されているなんて、ちっとも知りませんでしたよ」

「ところがそうなんです。ずっと昔から、地元の産業なんですよ」

ブラックは赤ん坊の目の前で花をぶらぶらさせた。

「若いころ、その連中には近づいちゃいけないと言われていたんじゃありませんか？　あなたも、メアリー嬢も」

女はほほえんだ。

「いけないことにはなっていましたけど、わたしたち、近づいていました。見つかったら大騒ぎになったでしょうね。一度なんか——どうしたの、ロイ？　おねんね？　この子、眠くなってきたようですわ」

「一度なんか、どうしたんです？」ブラックは促した。

「ああ、ホップ摘みの連中ね。一度なんか、わたしたち夕食のあとその人たちに会いにいったんですよ——ある一家と仲よくなったもので——その日はお祝い事があったんです。なんのお祝いだったのかは覚えていませんけど——誰かの誕生日だったのかしら——その人たち、わたしとメアリーさんにビールをくれて、ふたりともそれまで一度もビールなんて飲んだことがなかったもので、すっかり酔っ払ってしまったんですよ。

「メアリーさんはわたしよりひどかったみたい。あとで、その夜のことはまるで覚えていないと言っていましたもの——わたしたち、連中が住んでいるテントのそばにずっとすわっていたんです。家に着いたときは、ふたりとも目の前がぐるぐる回るんで、すっかり怯えていましたわ。よく考えるんですよ。もしそのことを知ったら、牧師様はなんておっしゃったろう、うちの父さんはなんて言ったろうって。わたしは鞭で打たれただろうし、お嬢さんはお説教されたでしょうね」

「当然の報いですよ」ブラックは言った。「そのとき、おふたりはいくつだったんです？」

「そう、わたしは十三くらいでした。メアリーさんは十四になったばかり。あれが、あのかたが牧師館で過ごした最後の夏休みでしたわ。お気の毒なメアリーさん。その後どうなっただろうってしょっちゅう考えるんですよ。もう結婚していますわね、カナダで。あそこは美しい国だそうですね」

「ええ、カナダはいいところですよ。さてと、いつまでもおしゃべりしていちゃいけませんね。お父さんに薔薇の木を渡すのをお忘れなく。だっこされたまま眠りこむ前に、坊やをベッドに入れておやりなさい」

「ええ、そうします。ごきげんよう。ありがとうございました」

「ありがたいのはこっちだよ」ブラックは思った。これでここへ来たかいがあったというもの。ハリス爺さんの娘は、爺さんより値打ちがある。ホップ摘みの連中にビール。どうやらまちがいなさそうだ。セント・ビーズ校のジョンソン氏なら絶対これだと言うだろう。時期的にもぴったりくる。セント・ビーズ校の少年たちは無罪放免だ。それにしても、なんと忌まわしい話だろう。ブラックはクラッチを入れ、ロングコモンの村を抜けて、西をめざした。メアリー・ワーナーがどの時点で記憶を失ったのか、彼の勘ではそれがわかればすべてがわかるはずだった。ホップ摘みの祝いのときなにがあったか、彼女がまったく覚えていないのは明らかだ。日を回し、意識を失い、そのあと、ふたりの怯えた子供たちは、見つかる前にと大急ぎで家に帰ったのだ。

あのあと、セント・ビーズ校のジョンソン氏が、なおも懸命に学校を擁護しつつ、ブラックに語ったところによれば、メアリー・ワーナーは自分がどんな状態にあるか、まるでわかっていなかったらしい。

ことの次第に気づき、仰天した寮母に叱責されると、メアリー・ワーナーはとまどった。彼女は寮母の頭がおかしくなったものと思ったらしい。「どういうことですか？」彼女は言った。「わたしはまだ大人じゃないし、結婚もしていないでしょう？　聖書のマリア様と同じだって言うんですか？」

彼女は生命の真理にまったく気づいていなかったのだ。

校医は、彼女を問いつめないよう忠告した。父親が呼び出され、メアリー・ワーナーは学校から連れ去られた。ジョンソン氏とセント・ビーズの教職員にしてみれば、それで一件落着だった。

牧師は娘になにを言ったのだろうか。髄膜炎を起こすほど哀れな子供を問いただしたのではないだろうか。そのショックは、どんな子供でも一生おかしくなってしまうほど大きかったにちがいない。おそらく謎の答えは、カーンリースで得られるはずだ。ブラックにとって唯一の問題は、そこでなにをさがせばよいのかはっきりしないということだ。ともかくワーナー師が偽名を使っていたことはまちがいない。

カーンリースは南海岸の小さな漁港の町だった。おそらくこの十九年の間に、町は発展したのだろう。かなり大きなホテルが三、四軒建っており、別荘もいくつかある。地元住民が、いまでは魚より観光客を捕まえることに熱心なのは明らかだった。

ブラックの家族、娘のフィリスや赤ん坊の息子は、自分たちの生まれた架空の国へと帰っていった。いまのブラックは新婚の男性だ。妻はまだ十八、初めての出産を控えている。私立病院について問い合わせをしながらも、ブラックはあやぶんでいた。しかし結果は上々だった。カーンリースには私立病院が一軒あり、しかもそこは産院だったのだ。名前は《シー・ヴュー》。港を見おろす崖っぷちに立っている。

ブラックは建物の前に車をうしろ向きにつけると、玄関に行って、ベルを鳴らした。婦長に会いたいと彼は言った。ええ、部屋の予約の件です。

彼は、婦長個人の応接室に通された。彼女は小柄でちょっと太った楽しげな人だった。この有能そうな婦長のもとなら、架空の妻を――彼がふと思いついて決めた名前で呼ぶなら、パールを――あずけても、なんの心配もないだろう。

「で、おめでたい日はいつごろなんです？」

この人はコーンウォールの人間ではない。親切で、威勢のいいロンドン子だ。ブラックはたちまち気が楽になった。

「五月です。妻はいま実家にいるので、わたしがひとりで出てきたわけです。妻は、その大事な瞬間はなんとしても海辺で迎えたいと言っていましてね。そのうえハネムーンがここだったもので、この土地にセンチメンタルな愛着があるんですよ。わたし自身もそうですが」ブラックは、決まり悪そうな、未来の父親の笑みらしきものを浮かべてみせた。婦長は少しも動じなかった。

「それに、犯行現場にもどるってのもいいもんですからねえ、ブラックさん？」彼女はそう言って、温かく笑った。「でも、ハネムーンを振り返りたがらない患者も結構いるんですよ。きっと驚かれるでしょうがね」

　ブラックは婦長にタバコをすすめた。彼女はそれを受け取り、うまそうに吸った。

「わたしの夢を壊さないようにお願いしますよ」彼は言った。

「夢ですって？」婦長は言った。「ここにゃ夢なんてないに等しいですよ。夢は一切合切、分娩室で消えていくんです。男どものお楽しみの結果、女は痛い思いをするわけですから」

　ブラックは架空の妻パールがかわいそうになりだした。

「大丈夫。わたしの妻は勇敢なんです。怖がってなどいません。ただ、妻はわたしよりかなり年下でね、まだ十八になったばかりなんです。その点だけが気がかりなんですよ。子供を産むには若すぎるでしょう？」

「若すぎるなんてことありませんよ」婦長は、空中に煙の雲を吐き出しつつ言う。「若けりゃ若いほどいいんですから。骨が固まっていないし、筋硬直にもなっていない。頭が痛いのは、年のいった連中なんです。三十五にもなって、ピクニック気分でここへ来るんですから。まあ、すぐわからせてやりますがね。奥さんはよくテニスをやりますか？」

「いや、ぜんぜん」

「そりゃあよかった。先週ある娘がここに来たんですが、その娘、ニューケイの地元チャンピオンでね。筋硬直がすごくて、分娩に三十六時間もかかったんですよ。しまいにゃシスターもあたしも、もうへとへとでした」

「その人はどうなったんです?」

「ああ、縫合がすんだらすぐよくなりましたよ」

「これまでにも、十八くらいの若い患者を扱ったことはありますか?」

「もっと若い患者もね」婦長は言う。「ここじゃ、十四から四十五まであらゆる年齢の患者を扱っているんです。その全員が楽しいハネムーンを送ったわけじゃないんですよ。ところで赤ん坊をお見せしましょうか? 一時間前にもひとり男の子が生まれて、シスターがちょうど、お母さんとのご対面に備えて、きれいにしてるとこなんですよ」

ブラックは試練に向けて、覚悟を固めた。たった一本のタバコで、ここまで協力的になるのなら、ダブルのジンを二杯飲ませたら、この婦長はどうなるだろう? これはぜひ食事に誘わなくては。彼は病院をひと通り見学した。ひとりふたり妊婦に会い、すでに夢を打ち砕かれた何人かにも会った。つづいて、赤ん坊たち、分娩室、洗濯場と見てまわっている間に、ブラックは、一生子供は持つまいと心秘かに誓った。

彼は、五月のある日付を指定して、パールのために海の見える部屋を予約し——前金まで支払い——そのあと婦長を食事に誘った。

「ご親切にどうも」彼女は言った。「喜んでごいっしょしますよ。《スマグラーズ・レスト》って店があるんです。小さいし、外見《そとみ》はたいしたことはないけど、そこのバーはカーンリースーでね」

「ではぜひその店に」ブラックは言い、ふたりは七時に会うことにした。

ダブルのジンを二杯やり、ロブスターを食べ、シャブリのボトルを空け、ブランデーを飲みだして、九時半になるころには、婦長はしゃべらせるよりも黙らせるほうがむずかしい状態となっていた。

婦長は助産術の闇の部分を、ブラックがめまいを覚えるほど微に入り細を穿って語りだした。彼が回想録を書くべきだとすすめると、婦長は退職したらそうするつもりだと言った。

「もちろん、名前は全部伏せないとね」ブラックは言った。「患者が既婚婦人ばかりだなんて言わないでくださいよ。言ったって信じませんからね」

婦長は一杯目のブランデーをぐいとあおった。

「言ったでしょう。《シー・ヴュー》ではあらゆる種類の患者を扱っているって。でも、ショックを受けることはありませんよ。うちは秘密厳守だから」

「わたしはそう簡単にはショックなんか受けませんよ」ブラックは言った。「パールもそうです」

婦長は笑みを浮かべた。

「お宅は自分の役目ってものを心得ているでしょ。世の亭主どもがみんなそうならいいのにね。

そうすりゃ《シー・ヴュー》もこんなにたくさん涙を見ずにすむのに」婦長は秘密を打ち明けるように身を寄せてきた。「すごい大金を払う連中もいるんですよ。お宅なんかくらくらしちまうほどの額をね」彼女は言った。「お宅みたいにきちんと結婚しているまっとうな人たちのことじゃありませんよ。道を踏みはずしちまった連中です。そういうのが、始末をつけにうちにうちに来るんです。やましいところなんかなにひとつない、なにもかも順調ってような顔をしてね。でも、あたしゃだまされません。この仕事は長いんだから。《シー・ヴュー》には上流の連中も来るんです。そこらの主婦みたいな顔をしてね。旦那がたは、自分の奥さんが南フランスで休暇を過ごしてると思ってますが、とんでもない。奥様がたは、まちがってできちまったものを、産み落とそうとしてるってわけです——この《シー・ヴュー》でね」

ブラックはもう一杯ブランデーをオーダーした。

「望まれなかった赤ん坊はどうなるんです？」彼は訊ねた。

「そりゃあ、あたしにゃコネがありますから」婦長は言った。「このあたりには、山ほど里親になろうって女がいるんです。週二十五シリング出しゃ、学校に行く年になるまで子供をあずかってくれるんですよ。なんにも訊かずにね。ときどき、実の母親の顔を新聞で見かけることもありますよ。あたし、シスターにそれを見せて、いっしょにこっそり笑ってやるんです。『分娩室じゃこんなきれいな笑顔はしちゃいなかったね』なんて言って。ええ、そのうち、回想録を書きますよ。結構おもしろい話だし、飛ぶように売れるでしょうからね」

婦長はまた一本、ブラックのタバコを取った。

「妻の年のことがまだ気がかりですよ」ブラックは言った。「そちらの病院で扱ったいちばん若い患者はいくつでした?」

「十六、いえ、十七かしら」婦長は言う。「そうそう、一度、十五の娘が来たことがありましたっけ。あたしの記憶にまちがいなけりゃ、十五になったばかりでしたよ。あれは悲しい話でした。もう大昔のことですけどね」

「その話を聞かせてください」

婦長はブランデーをすすった。

「その娘も裕福な家の出でね」彼女は話しだした。「あの父親は、言えば言うだけ払ったでしょうよ。でもあたしゃ欲張りじゃありませんからね。適当と思う額だけ言ったんです。でもその男は、娘をこっちに押しつけられたのがよほどうれしかったんでしょう、いくらか余分にくれました。あたしはその娘を五カ月間あずかりました。ふつうはしないことなんですがね。でも父親がそれがだめなら、感化院送りだって言うし、その子があんまりかわいそうなんで引き受けてやったんです」

「どういう事情だったんですか?」

「共学のせいだって父親は言ってました。でもそんな作り話、あたしには通用しませんよ。驚いたのは、そのお嬢ちゃんが、なにがあったか誰にも説明できなかったってことなんです。たいていあたしは患者からほんとのことをさぐり出してしまうんですよ。でもその子だけはだめでした。なんせこう言うんですから——お父さんは女の子にとってこれほど恥ずかしいことはないって言うけど、自分にはそれがなぜなのかどうしてもわからない、お父さんは牧師だし、いつもお説教で、マリア様の身に起きたことはこの世のなによりすばらしいことだと言っているのに、とね」

ウェイターが勘定書を持って近づいてきたが、ブラックは手を振って彼を追い払った。

「するとその娘は、自分の身に起きたことは奇跡だと思っていたわけですね」

「まさにそのとおり。そして、その信念は決して揺るぎませんでした。あたしたちは真実を教えてやりました。でもその子は信じようとしないんです。シスターに、世の中にはそういう忌まわしいこともあるのかもしれないけれど、自分の場合は絶対ちがうと言ったそうですよ。天使たちの夢をときどき見ていたから、たぶんそのひとりが夜、眠っている間に降りてきたんだろう、というわけです。赤ちゃんが生まれたら、お父さんが真っ先にすまなかったと言うにちがいない、その子は新しい救世主なんだから、とまで言ってましたよ。

「あの娘がそんなことを言うのを聞くと、痛ましくてね。ほんとに信じきっているんですから。子供は大好きだし、少しも怖くない、ただ、自分がその子にふさわしい母親であることを祈るばかりだ。そうあの娘は言うんです。今度こそ彼は世界を救うのだから、とね」

「実に悲惨な話だな」ブラックは言った。彼はコーヒーをたのんだ。

婦長は、それまでより人情味と思いやりを見せており、舌鼓を打つのも忘れていた。

「あたしたちは、あの子が大好きになりましたよ。シスターも、あたしも」彼女は言った。

「そうならずにはいられませんよ。そりゃあ気だての優しい子でしたからね。それに、あたしたち自身、あの子の説を信じかけていたんです。あの子は、イエスを産んだときマリアは自分よりひとつかふたつ若かっただけだと指摘しました。それから、ヨセフが、マリアが身ごもったことにショックを受けて、彼女を隠そうとしたことも。『ほらね』あの子は言うんです。『わたしの赤ちゃんが生まれる夜は、大きな星が空に輝くにちがいないわ』そして、ほんとにそうなったんです。もちろん、ただの金星でしたけど、シスターもあたしも、あの子のために、星が出たことを喜んだもんです。それでお産が少し楽になりましたから。目の前のことから気をそらしてやれましたからね」

婦長はコーヒーを飲み、時計に目をやった。

「もう行かなくては。明日の朝八時に帝王切開をやるんでね。よく眠っておかないと」

「その前に、いまの話を終わりまで聞かせてください」ブラックは言った。「最後はどうなったんです?」

「あの子は赤ちゃんを産みました。男の子でしたよ。あの子が赤ちゃんを抱いて、ベッドにすわっている姿ほど、可愛らしいものはあとにも先にも見たことがありません。まるでお誕生日にお人形をもらった女の子でした。あの子は言葉も出ないほど喜んでいましたよ。ただ『おお、婦長さん、おお、婦長さん』と繰り返すばかりなんです。あたしゃ涙もろいほうじゃないんですけど、あのときは泣きそうでした。シスターもそうでしたよ。

「でも、ひとつだけ確かなのは、子供の父親が誰であれ、そいつは赤っ毛だってことです。あたし、あの子に言ったもんです。『この坊やときたら、まさしくチビのにんじん坊主ですね』

そして、みんながその赤ん坊を、にんじんと呼ぶようになったんです。かわいそうなあの娘もそうでした。あの子と赤ん坊を引き離したときみたいなつらい思いは、二度としたくありませんよ」

「引き離した？」ブラックは訊き返した。

「そうせざるをえなかったんです。父親は、あの子を連れ去って、新しい人生を送らせようとしていましたし、もちろん、赤ん坊がいちゃそれもできませんからね。あの子の年じゃ無理ですよ。あたしたちは、あの子とにんじんを四週間あずかりました。それだって長すぎたくらいです。あの子は、赤ん坊にすっかり情が移ってましたから。でもね、手はずは整っていたんです。父親があの子を迎えにくる、赤ん坊は孤児院へ行くというふうにね。シスターとあたしはよくよく話しあったすえ、あのかわいそうな子には、にんじんが夜のうちに死んだと言うしかないと決めました。で、そういうふうに話したんです。ところが、思っていた以上に悲惨なことになっちまって。あの子は蒼白になって、それから叫びだしたんです……あの声は、死ぬ日まで耳から離れないでしょうよ。

「恐ろしい叫び声でしたよ。甲高くて、異様な。それからあの子は、気を失ってしまったんです。あたしたちは、もう二度と意識を取りもどさないだろうと思いました。きっとそのまま死んでしまうだろうとね。医者も呼びましたよ。ふつうはそんなことはしないんですがね――いつも患者の面倒は自分たちで見てますから――医者は、実に恐ろしいことだ、赤ん坊を失ったショックでこの子は気が狂うかもしれないと言いました。やがて、あの子は意識を取りもどしました。それでどうなったと思います？　あの子は記憶を失っていたんです。あたしたちのこともわからなければ、やがて迎えにきた父親のこともわからない。他の誰のこともです。それまでのことは、なにひとつ覚えていませんでしたよ。記憶がすっかり消えていたんです。その点をのぞけば、あの子は心身ともに元気でした。医者は、本人のためにはこれがいちばんいいんだと言っていました。ただし、記憶がもどるようなことがあったら、それはあのかわいそうな娘にとって、地獄で目覚めるようなものだろう、とね」

ブラックはウェイターに合図し、勘定を払った。

「せっかくの夜を悲しい気分で終えることになったのは、残念ですが」彼は言った。「でも、話してくださってほんとにありがとう。いまの話も、そのときが来たら、回想録に入れるべきだな。ところで、その赤ん坊はどうなったんです？」

婦長は手袋とバッグに手を伸ばした。

「ニューケイのセント・エドマンズ孤児院に引き取ってもらいました。理事のひとりが、あたしの友人なんでね。でもなかなかたいへんでしたよ。あたしたちは、赤ん坊にトム・スミスという名前をつけました──絶対安全そうな名前なんで──でも、あたしにとっちゃ、あの子はずっとにんじんなんです。かわいそうにね。あの子は、お母さんが自分を救世主だと思っていたことを一生知らずに過ごすんだから」

ブラックは《シー・ヴュー》まで婦長を送っていき、家に着いたらすぐ手紙で部屋の予約を確認すると約束した。それから彼は、手帳に書き留めておいたチェック項目の、婦長とカーンリースのところに「済み」の印を入れ、その下に「ニューケイ、セント・エドマンズ孤児院」と書きこんだ。せっかくはるばる南西部までやって来たのだ。もう数マイル足を延ばして型どおりの作業をかたづけてしまおう。ところがこの型どおりの作業は、予想していたほど簡単にはいかなかった。

　未婚の母の子をあずかる孤児院は、ふつう、子供たちの所在を明らかにしたがらない。セント・エドマンズ孤児院の院長も例外ではなかった。

「よくない影響があるので」彼は言った。「子供たちは、自分の育った孤児院のこと以外なにも知らないわけですから。ずっとあとになって親が連絡を取ろうなどとすると、動揺してしまうでしょう。いろいろ厄介なことが起こりかねないのですよ」

「よくわかります」ブラックは言った。「でもこの場合、厄介なことになる気遣いはありませんよ。父親は誰かわからないし、母親はもう亡くなっているんですから」

「しかし、あなたのお言葉を証明するものはないわけですし」院長は言った。「申し訳ありませんが、当院では秘密を漏らすことは固く禁じられているのです。ひとつだけお教えしましょう。わたしどもが最後に聞いた話では、その少年は、きちんと巡回セールスマンの職に就いて、まじめにやっているということです。残念ながら、それ以上はお話ししかねます」

「いや、それで充分ですよ」

　ブラックは車にもどって、手帳を見た。

　院長の言葉でピンと来た点は、メモの内容とも合致していた。

レディ・ファーレンに最後に会った人物は、執事を別にすれば、庭用家具の売りこみに訪れた巡回セールスマンなのだ。

ブラックは北へ、ロンドンへと向かった。

庭用家具を製造しているその会社の本社は、ミドルセックスのノーウッドにあった。ブラックはサー・ジョンに電話して、その住所を手に入れた。例のカタログは、レディ・ファーレンの遺していった他の書類や手紙といっしょに取ってあったのである。

「どういうことだね？　なにかわかりそうなのか？」サー・ジョンは受話器の向こうから訊ねた。

ブラックは慎重だった。

「ただの最終確認ですよ。徹底的にやる主義なんです。できるだけ早くまた連絡を入れます」

ブラックは会社の経営者に会いにいったが、今回は身元を偽りはしなかった。彼は経営者に名刺を渡し、サー・ジョン・ファーレンに雇われて——その経営者ももちろん新聞で読んでいるにちがいないが——一週間前、銃弾を受けて死んでいたレディ・ファーレンの最後の数時間について調べているのだと話した。死んだ日の午前中、レディ・ファーレンは、巡回セールスマンに庭に置くベンチを注文した。その男に会わせてはもらえないだろうか？

経営者は大いに恐縮しながら、三人のセールスマンはいずれも営業旅行中で、その間は連絡が取れないのだと言った。あいにく彼らの受け持ち範囲はとても広いので。ですが、よかったらそのセールスマンの名前を教えてもらえませんか？ ええ、トム・スミスです。経営者は記録簿を調べた。トム・スミスはごく若く、今回の巡回セールスが初仕事だった。ノーウッドにもどるのは五日後だ。一刻も早く会いたいということなら、四日後の夜に彼の下宿に会いにってはどうか、と経営者はすすめた。そのころにはもう、もどっているかもしれませんよ。そして彼は、ブラックに下宿の住所を教えた。

「ひとつ教えてもらえませんか」ブラックは言った。「その若者は赤毛なのでは？」

経営者はにっこりした。

「おや、シャーロック・ホームズですか。ええ、トム・スミスの髪は真っ赤です。あの髪で手を温めることだってできますよ」

ブラックは礼を言って、事務所をあとにした。

すぐにサー・ジョンに会いに車を走らせたものかどうか、彼は迷った。四、五日待って、スミスというその若者から話を聞いたところで、なんの意味もないのでは？ ジグソーのピースはぴたりと合わさった。もう結論は出ている。レディ・ファーレンは自分の息子に気づき、そのショックで、ということだ。しかし……本当に彼女は気づいたのだろうか？ セールスマンが帰ったあと応接間にミルクを持っていった執事は、レディ・ファーレンの様子に変わったところはなかったと言っている。ピースは合わさったが、奇妙な形の小さいのがまだひとつだけ欠けている。ブラックは待つことにした。

四日目の晩、彼は、トム・スミスがもどっている可能性に賭けて、七時半ごろノーウッドに行った。彼の運は尽きていなかった。ドアを開けた家主の女性は、スミスさんはちょうど食事をしているところだから、どうぞお入りくださいと言った。案内されて小さな居間に入っていくと、まだ少年と言ってもいいくらいの若者がテーブルについて、魚の薫製を食べていた。

「お客様ですよ、スミスさん」家主はそう言って、出ていった。

スミスはナイフとフォークを置いて、口をぬぐった。その顔は細く、フェレットのようにとがっていた。目は薄いブルーで、眉間がひどくせまい。赤い髪はブラシのように突っ立っている。体つきはかなり小柄だった。

「ブラックといいます」探偵は愛想よく言った。「探偵事務所の者です。よろしければ、二、三うかがいたいことがあるんですが」

トム・スミスは立ちあがった。その目はそれまで以上に小さく見えた。

「目的はなんなんだよ?」彼は言った。「おれはなんにもしちゃいないぜ」

ブラックはタバコに火をつけ、腰を降ろした。

「別に、あなたがなにかしたとは言っていませんよ。それに、注文帳を調べにきたわけでもありませんから、そのことならご心配なく。しかし、あなたがつい最近、セールスに回っているとき、レディ・ファーレンという人を訪ね、その人から注文をもらっていることが、たまたまわかりましてね」

「だからなんなんだよ?」

「それだけです。そのときなにがあったか教えてください」

トム・スミスは疑わしげにブラックを見つめつづけた。「わかったよ」彼は言った。「レディ・ファーレンという人のとこへ行ったとしよう。そしてその人が二件注文をくれたとしよう。会社が嗅ぎつけたってなら、行ってちゃんと始末をつける。ついうっかり、小切手をおれ宛に振り出すようにたのんじまったわけだけど、そんなことは二度とやらない」

ブラックは、マーシュ嬢のこと、ヘンリー・ワーナー師のことを思い出した。そして、ジョンソン氏と彼の哀れを誘う自己弁護のことも。なぜ人はみな、他のことを問われているときに、自らの嘘を暴露してしまうのだろう？

「思うに」ブラックは言った。「きみのためにも、きみと会社との関係のためにも、正直に本当のことを話したほうがいいんじゃないかな。そうしてくれれば、きみについて報告するのはやめておこう。会社にも、セント・エドマンズ孤児院の院長にもだ」

若者はそわそわと一方の足からもう一方の足へ体重を移した。「セント・エドマンズの連中があんたをよこしたのかい？　もちろんそうだよな。いつだっておれを疑っている。そもそもの初めからだよ。チャンスなんてくれないんだ。このおれには絶対にな」声に自己憐憫が混ざりだす。彼はほとんど泣き声になっていた。世界を救う運命の子は、どうやらこれまでのところ、その方面で華々しい成果をあげてはいないようだ。

「きみの子供時代に興味はないよ」ブラックは言った。「わたしは最近のことが知りたいんだ。レディ・ファーレンと会ったときのことをね。きみは知らないかもしれないが、その人は亡くなったんだよ」

若者はうなずいた。

「新聞で読んだ。それで決心がついたのさ。ばれる心配がなくなったから」

「なにをしたんだ?」ブラックは訊ねた。

「金を使っちまったのさ。でもって、注文帳から注文を消しちまって、だんまりを決めこんだ。簡単だったよ」

ブラックはタバコを吸った。すると突然、ある光景が目に浮かんだ。混みあったテント、トラック、野原に投げ出されたマットレス、高い支柱を伝って育つホップ、どっとあがる笑い、ビールの匂い、そして、トラックの陰に潜む、目をきょろきょろさせた、この若者そっくりの赤毛の男。

「なるほど」ブラックは言った。「簡単だったろう。もっと詳しく話してくれ」

トム・スミスは緊張をゆるめた。この探偵は告げ口する気はないらしい。本当のことを話しても、大丈夫だ。

「レディ・ファーレンは、あの地域の大物リストに載ってたんだ」彼は言った。「たんまり金を持ってるって教わったんだよ。きっと注文するだろうってさ。で、家に行ってみた。そしたら執事がなかに入れてくれたんだ。カタログを渡したら、あの人はベンチをふたつ選んだ。だから小切手を書いてくれって言ったんだ。あの人は小切手を書き、おれはそれを受け取った。それだけのことさ」

「ちょっと待ってくれ」ブラックは言った。「レディ・ファーレンは、感じがよかったかい?

きみに気がついた様子はなかったかな？」

若者は驚いた顔をした。

「おれに気がつくって？　そんなことあるわけないだろ？　だっておれは、ベンチを売りにきた、ただのセールスマンだぜ」

「あの人はきみにどんなことを言った？」ブラックはなおも訊ねた。

「ただカタログに目を通しただけだよ。おれはそばに立っていた。あの人が鉛筆で商品のふたつに印をつけたんで、おれは、持参人払いの小切手を振り出してくれませんかってたのんだ。あの人はペテンにかけようと思ったのさ。簡単にカモれそうな、ぼけっとした顔をしてたから。あの人はまばたきひとつせず、デスクのとこへ行って、小切手を書いたよ。

「金額は二十ポンド。ベンチ一個につき十ポンドだ。おれはごきげんようって言った。あの人はベルを鳴らして執事を呼んだ。執事はおれを玄関まで送った。おれはすぐさま小切手を金に換えて、そいつを財布にしまったが、それでもまだ、金を使っちまう決心はつかなかった。でも、新聞にあの人が死んだって書いてあるのを見て、『よし、行け』って思ったんだ。当然だろ。ちょっとした秘密の金を手に入れる、初めてのチャンスだったんだから」

ブラックはタバコを消した。

「初めてのチャンスか。きみはそれを不正に利用したわけだ。まあ、好きにするさ。きみの将来だ。だが恥ずかしくないのか？」

「捕まらないかぎり恥ずかしくなんかないさ」トム・スミスは言った。それから彼は急に笑顔になった。笑うと、青白いフェレット顔が輝き、薄いブルーの目の色が深まった。不安げな様子は消え、代わって、不思議と人を惹きつける無邪気さが輝きだした。

「とにかく、ああいうペテンがうまくいかないってことだけはわかった」彼は言った。「今度は、別のことをやってみるさ」

「世界を救ってみろよ」ブラックは言った。

「はあ？」

ブラックは別れを告げ、幸運を祈ると言った。彼は通りを歩きだしながら、戸口の段々に出てきた若者が、じっと自分のうしろ姿を見送っているのを背中に感じていた。

ブラックはその日のうちにサー・ジョンを訪ねたが、執事が図書室に案内しようとすると、その前にふたりだけで話せないだろうかと言った。彼らは応接間へ移った。

「きみは、ここにセールスマンを連れてきて、その男とレディ・ファーレンを残して部屋を出た。それから五分ほどして、レディ・ファーレンがベルを鳴らし、きみはセールスマンを送り出した。そしてそのあと、もう一度、レディ・ファーレンのためにミルクを持って入ってきた。そうだったね？」

「そのとおりです」執事は言った。

「ミルクを持ってきたとき、奥様はなにをしていた？」

「ただ、ちょうどいまあなたのいるあたりにお立ちになって、カタログを見ていらっしゃいました」

「特に変わった様子はなかったんだね？」

「はい」

「そのあとは、なにがあった？　前にも訊いたが、サー・ジョンに報告する前にもう一度確認しておきたいんだ」

執事は考えこんだ。

「わたしは奥様にミルクをお渡しし、運転手になにかご用がないかお訊ねしました。奥様は、なにもないとおっしゃいました。午後、サー・ジョンにドライブに連れていってもらうとのことで。奥様はわたしに、ベンチをふたつ注文したとおっしゃって、カタログの印のしてあるところを見せてくださいました。わたしは、これは役に立つでしょうと申しました。そのあと奥様は、カタログをデスクに置いて、ミルクを持って窓辺に歩いていかれました」

「他にはなにもおっしゃらなかったかな？　カタログを持ってきたセールスマンについて、なにか言わなかったかい？」

「いいえ。奥様はなにもおっしゃいませんでした。でも、そう言えば、部屋から退がるとき、わたしがちょっとした感想を申しました。でも奥様には聞こえなかったようです。ご返事をなさいませんでしたからね」

「きみはなんて言ったんだ？」

「奥様はユーモアがおありなので、冗談めかして、あのセールスマンがもう一度来たら、あの髪の色ですぐわかるだろうと言ったのです。

「『あの男ときたら、まさしくチビのにんじん坊主ですね』そうわたしは申しました。そのあとはすぐドアを閉めて、食料貯蔵室にもどったのです」

「どうもありがとう。もう行っていいよ」

ブラックは庭を眺めながら立っていた。しばらくするとサー・ジョンが入ってきた。

「図書室に来てくれるものと思っていたよ」彼は言った。「長く待たせてしまったかな?」

「いいえ、ほんの数分です」ブラックは言った。

「で、結論は?」

「前と同じです、サー・ジョン」

「つまり、振り出しにもどったということか? 妻の自殺の理由などなにも見つからないというのかね?」

「ええ、まったくなにも。わたしは、やはりドクターの意見が正しかったのだという結論に達しました。レディ・ファーレンは、妊娠中の精神の不安定から、急に衝動的に銃器室へ行き、あなたのリボルバーを手に取り、ご自分を撃ったのです。奥様は幸せで、満ち足りていらっしゃった。あなたや他の誰もが知っているように、非の打ちどころのない人生を送ってこられたのです。

「レディ・ファーレンのなさったことには、まったくなんの動機もありません」

「よかった」サー・ジョンは言った。

ブラックは、自分をセンチメンタルな男だと思ったことは一度もない。だが、もはやその点には、さほど自信が持てなくなっていた。

No Motive

解説

千街晶之

ダフネ・デュ・モーリアなる作家の全貌を正しく捉えている読者が、この日本に果たしてどれだけいるのだろう。私はこの作家の名を目にする度に、そんな疑問を抱かざるを得なかった。少なくとも、これまでは。

確かに知名度だけは高い。だがそれは、アルフレッド・ヒッチコックの映画『レベッカ』『鳥』の原作者としての知名度にすぎず、いざ読もうとしても、現在容易に入手可能なのは『レベッカ』（新潮文庫）ぐらいだ。過去にほとんどの長篇が翻訳されたことがあり、その意味では邦訳に恵まれた作家と言って言えなくもないが、ロマンス小説的な売り方をされたせいだろう、それらの作品はミステリファンのあいだでは継子《ままこ》扱いされ、正当な評価を受けることはなかった。大体、かつての邦訳につけられた題名はどれも無闇に似通っていて紛らわしいし、あまつさえ同じ作品が何度も邦題を変えて出版されているため（Frenchman's Creek という長篇に至っては三つの出版社にまたがって五種類の邦題が存在する）、邦訳の数を正確に把握することさえ困難なのだ。

このままではいけない——デュ・モーリアの作品にある程度目を通し、その魅力に触れたことのある読者なら、きっとそう思っていたはずだ。しかし、冬来たりなば春遠からじとはよく言ったもので、どうやら日本におけるデュ・モーリアの不遇も終わりが近いらしい。というのも、本書の刊行を手始めに、東京創元社がデュ・モーリア作品の復刊・改訳に取りかかることになったからで、彼女の小説とこれまで無縁だった読者も、是非ともこの稀有の物語作家の芳醇な作品世界を認識し、その魅力を堪能していただきたい。

ダフネ・デュ・モーリアは、一九〇七年五月一三日にロンドンで生まれた。祖父ジョージ・デュ・モーリアは高名な小説家・画家、父ジェラルドはこれまた名の知られた舞台俳優兼演出家、母ミュリエルは舞台女優——という芸術家一族（ちなみに、姓から推測される通り祖先はフランスの亡命貴族《エミグレ》である）に生まれた彼女は、正規の学校教育を受けることなく、二人の姉妹とともに家庭教師から教育を授かった。十八歳の時にフランスに留学したことをきっかけに英語やフランス語のさまざまな書物に読み耽り、自分でも小説や詩を書くようになったという。

若き日には映画監督キャロル・リードと恋に落ち、一九三二年には美男で知られた英国近衛歩兵第一連隊の陸軍中佐フレデリック・アーサー・モンタギュー・ブラウニングと結婚するなど、彼女の青春は華やかなロマンスで彩られた印象があるが、本人は都会での社交生活を苦手とし、コーンウォールの荒々しい自然に囲まれた田園生活をこよなく愛した。一九六五年に死去した夫とのあいだに三人の子供を儲けている。

一九三一年に『愛はすべての上に』で作家デビューし、世界的ベストセラーになった『レベッカ』で、その名声を不朽のものとした。十七篇の長篇小説（アーサー・キラークーチの作品を完成させたものを含む）、十数冊の短篇集、また戯曲や伝記などを遺して、一九八九年四月一九日にこの世を去った。

彼女の長篇小説は広義のミステリに分類されるものと一般小説（歴史小説・時代小説を含む）とに分けられる。ミステリ的要素が含まれた作品には、叔母の邪悪な夫のもとに引き取られた若い娘の冒険と恋を描く『埋もれた青春』、富豪と結婚した女性が、夫の屋敷に漂う死んだ先妻の気配に怯える『レベッカ』、従兄と結婚した謎めいた美女の正体を巡って疑惑に苛まれる青年の葛藤を描く『愛と死の記録』、互いに瓜二つの顔の男たちが身分を取り替える『美しき虚像』、イタリアを舞台に選んだ絢爛たる巻き込まれ型サスペンス『愛と死の紋章』、友人の開発した幻覚剤を飲んだ主人公が一四世紀にタイム・トリップする『わが幻覚の時』などがある。『レベッカ』のみが人口に膾炙《かいしゃ》しているため他の作品は等閑視されがちだが、ヒッチコックの映画『巌窟の野獣』の原作である『埋もれた青春』、ロマンティシズムとサスペンスが融合した『愛と死の記録』、異様なまでにハイテンションな『愛と死の紋章』あたりは、今なお鑑賞に堪える傑作・秀作だと思う。

一方、短篇の作風はまたがらりと変わっている。彼女の長篇が基本的にメロドラマ性を重んじ、よく言えば悠揚迫らぬ筆致、悪く言えば時として悠長な印象を与えるのに対し、短篇は神秘なるものへの憧憬と畏怖、平穏な人生を突如遮断する不条理な恐怖、人間の皮肉な心理などを鋭利な筆致で過不足なく切り取っていずれも完成度が高い。短篇集は本書『鳥』の他に『破局』と『真夜中すぎでなく』が邦訳されているが（ただし『破局』は全訳ではない）、二冊とも現在入手困難な状態にあるのは、秀作揃いの作品集であるだけに残念でならない。

本書『鳥』は一九五二年刊行の短篇集 The Apple Tree（米題 Kiss Me Again, Stranger）の邦訳で、収録作はいずれも過去に旧訳が存在するが、そのほとんどは入手困難な状態であり、八篇すべてがまとまったかたちで訳されるのはこの創元推理文庫版が初めてである。

まず、収録された各篇に目を通してみよう。

「恋人」

旧訳はダヴィッド社刊『林檎の木』に収録（邦題『接吻して』）。

軍隊帰りの青年と映画館の案内嬢との短い恋の、意外で恐ろしい結末を描く哀切な物語。デュ・モーリアは時に驚くほど辛辣で皮肉な人間描写をすることがあるが、一方でこういう純愛の物語を書かせても圧倒的に巧い。その変幻自在ぶりも彼女の小説の大きな魅力である。

「鳥」

旧訳はハヤカワ・ミステリ刊『鳥』、鷹書房刊『鳥』などに収録。

ある日突然に鳥類が人間を襲いはじめ、文明そのものが破滅の危機に瀕する不条理な恐怖を、海辺の農場に住む一家の視点から描いた有名な作品。といっても、原作よりもヒッチコックの映画の方が遙かに知名度が高いのだが。同じデュ・モーリアの短篇の映像化作品でも、『真夜中すぎでなく』所収の「今見てはだめ」をもとにしたニコラス・ローグ監督の『赤い影』が原作にほぼ忠実であるのと較べ、こちらは鳥の大群が人を襲うという原作のメイン・アイディアを借りた全く別のストーリーだ（ちなみに脚本はエヴァン・ハンター）。ラストに救いを感じさせる映画と異なり、小説は最後までひたすら絶望に覆われている。白い波頭と見えたものがカモメの群れだった……というくだりは、映画版におけるジャングル・ジムのシーンに匹敵する、戦慄の名場面だ。

「写真家」

旧訳はダヴィッド社刊『真実の山』に収録（邦題「写真屋」）。

退屈な夫から離れ、安逸な海辺のリゾートで羽を伸ばしている美しい侯爵夫人。ちょっとした出来心による情事が、彼女の人生を思いがけない方向に変えてしまう皮肉な味わいの作品。前記『美しき虚像』や「今見てはだめ」、本書収録作で言えば「モンテ・ヴェリタ」など、デュ・モーリアの小説には、旅先での出来事によって人間の運命が暗転する話が多い。平穏退屈な日常からの解放感、見知らぬ異邦での不安感などといった非日常的感情が人間を昂らせ、突飛な行動をとらせることを、デュ・モーリアは冷徹に観察して綴っている。

「モンテ・ヴェリタ」

旧訳はダヴィッド社刊『真実の山』（邦題「真実の山」）、鷹書房刊『鳥』（邦題「モンテ・ヴェリタ」）などに収録。

これはまたなんとも異様な物語だ。モンテ・ヴェリタと呼ばれる山の頂に佇む謎の僧院。そこで暮らす人々の神秘的な力に引き寄せられた女性たちは、二度と下界には戻って来ない……。普通なら物語の最後に語られるべき、山頂の僧院が迎えた結末がまず冒頭に置かれ、それに対する解釈が三種類提示されたあと、モンテ・ヴェリタに消えた女性とその夫、そして夫の旧友である語り手の三人をめぐる、純度の高い悲恋物語が展開される。倒立した幻想ミステリ、とでも言うべき風変わりな構成だが、この構成の故にこそ、ラストで嫋々たる余韻が尾を曳いて、三人の男女の悲痛な純愛と、モンテ・ヴェリタの神秘が読者の心に強烈に刻み込まれるのだ。デュ・モーリアの短篇の中でも一、二を争う傑作、あえて言うなら〝神品〟だと思う。

「林檎の木」

旧訳はダヴィッド社刊『林檎の木』、鷹書房刊『鳥』、新風舎刊『化けて出てやる』（山内照子編のアンソロジー）などに収録。

鬱陶しい妻の死によって漸く自由を得たはずの男が、庭に佇む林檎の木に対して被害妄想的な敵意を燃やすようになるプロセスを描いたニューロティックな作品。まるで死んだ妻の転生の姿であるかのように、読者の目にも次第に林檎の木が意志を持つ存在のように見えてくるあたりの筆の冴えに注目したい。

「番」

旧訳はダヴィッド社刊『真実の山』（邦題「爺さん」）、〈ミステリマガジン〉一九八〇年八月号（邦題「オールド・マン」）に収録。

最後のオチが眼目の小品なので多くは語るまい。再読によって内容ががらりと一変する騙し絵的な語りの技巧を愉しむべし。

「裂けた時間」

旧訳はハヤカワ・ミステリ刊『鳥』に収録（邦題「瞬間の破片」）。

ある日外出から帰ってみると、ヒロインの家は見知らぬ連中に占拠されていた……。何が起こったのかは読者にはうすうす推測出来る仕組みになっているが、誰にも自分の言うことを信じてもらえないヒロインの絶望的な孤独感の描写は、ちょっとリチャード・マシスンの小説を連想させるものがある。

「動機」

旧訳はハヤカワ・ミステリ刊『鳥』に収録（邦題「動機なし」）。

愛情にも富にも恵まれ、しかも出産を間近に控えた幸福な女性が、ある日突然拳銃自殺を遂げた。彼女の自殺の動機を突き止めようとする探偵が知った真実は？　本書収録作の中では最もミステリとしての体裁を整えた作品であり、人生の皮肉な巡り合わせを抑えた筆致で描いている。

……こうして全八篇を通読してみると、恐ろしい物語は恐ろしく、哀しい物語は哀しく、美しい物語は美しく……と、各篇ごとにトーンを自在に変化させる、いわば万能の筆力をデュ・モーリアが持っていたことが判明するはずだ。

デュ・モーリアは同じテーマを繰り返して描くことはあるけれども、それに必要以上の固執を見せることはない。彼女は天性の物語作家だったのであり、物語のあらゆる面白さを自らの筆で表現することに、こよなき喜びを感じていたのだろう。その涸れることのない泉のような旺盛な発想力、淀むことを知らぬ水の流れのような自由自在の描写力には、難解さとは無縁なだけに見過ごされがちだが尋常ではない凄味が秘められており、かつて現代歌壇の雄・塚本邦雄が、彼女を岡本かの子やマルグリット・ユルスナールと並べて「紛れもなく女怪」と評した(「もの書き沈む」人文書院刊『非在の鴫』所収)のも、もっともなことだと思う。その作品群が、今なお色褪せない物語の醍醐味を多くの読者に伝えるであろうことを、私は信じて疑わない。

(二〇〇〇年)

ダフネ・デュ・モーリア著作一覧

《長編小説》

1 Loving Spirit (1931)
「愛はすべての上に」大久保康雄訳　評論社（一九五〇）→三笠書房（一九六六）
2 I'll Never Be Young Again (1932)
「青春は再び来らず」大久保康雄訳　評論社（一九五一）→三笠書房（一九五三）
3 Julius (1933)
「ジュリアス――愛と野望の果て」御影森一郎訳　三笠書房（一九七三）
4 Jamaica Inn (1936)
「ジャマイカ・イン――埋もれた青春」山本恭子訳　三笠書房（一九五二）
「埋もれた青春」大久保康雄訳　三笠書房（一九六六）
5 Rebecca (1938)
「レベッカ」大久保康雄訳　ダヴィッド社（一九四九～五〇）→三笠書房（一九六五）→新潮文庫（一九七一）他「レベッカ」茅野美ど里訳　新潮社（二〇〇七）
6 Frenchman's Creek (1941)

「若き人妻の恋」大久保康雄訳　評論社（一九五〇）
「情炎の海」大久保康雄訳　東京創元社（一九五六）
「燃える海」（改題「燃えるドーナ」「愛は果てしなく」）大久保康雄訳　三笠書房（一九六六）
7　Hungry Hill (1943)
8　The King's General (1946)
「愛すればこそ」大久保康雄訳　評論社（一九五〇）→三笠書房（一九五二）
9　The Parasites (1949)
「パラサイト――愛の秘密」（改題「愛の秘密」）大久保康雄訳　三笠書房（一九五〇）
10　My Cousin Rachel (1951)
「レーチェル――愛と死の記録」大久保康雄訳　ダヴィッド社（一九五二）
「愛と死の記録」大久保康雄訳　三笠書房（一九六六）
「レイチェル」務台夏子訳　創元推理文庫（二〇〇四）
11　Mary Anne (1954)
「メアリ・アン　その結婚」「メアリ・アン　その復讐」中村佐喜子訳　新潮社（一九五六）
12　The Scapegoat (1957)
「犠牲」（改題「美しき虚像」）大久保康雄訳　三笠書房（一九五七）
13　Castle Dor (1962)　アーサー・キラ－クーチの遺稿を補綴

14 The Glass Blowers (1963)

15 The Flight of the Falcon (1965)

「愛と死の紋章」大久保康雄訳　三笠書房（一九六七）

16 The House on the Strand (1969)

「わが幻覚の時」南川貞治訳　三笠書房（一九七〇）

17 Rule Britannia (1972)

「怒りの丘」浅川寿子訳　三笠書房（一九七四）

《短編集・短編小説》

1 Happy Christmas (1940)

2 Consider The Lillies (1943)

3 Escort (1943)

4 Nothing Hurts For Long (1943)

5 Spring Picture (1944)　別題 The Closing Door

6 Leading Lady (1945)

7 London And Paris (1945)

8 The Apple Tree (1952)　別題 Kiss Me Again, Stranger (1953), The Birds and Other Stories (1963)

「鳥――デュ・モーリア傑作集」務台夏子訳（本書）
※日本で独自に再編されたものとして、次の四点が刊行されている。
「真実の山」吉田健一訳　ダヴィッド社（一九五二）
「林檎の木」吉田健一訳　ダヴィッド社（一九五三）
「鳥」鳴海四郎訳　早川書房（一九六七）
「鳥――デュ・モーリエ短編集」星新蔵訳　鷹書房（一九六七）

9 The Breaking Point（1959）別題 The Blue Lenses（1970）
「破局」吉田誠一訳　早川書房（一九六四　新装版二〇〇六）＊原書より三編を略す

10 The Treasury of du Maurier Short Stories（1960）

11 The Lover（1961）

12 Not After Midnight（1971）別題 Don't Look Now
「真夜中すぎでなく」中山直子訳　三笠書房（一九七二）

13 Echoes From The Macabre（1976）

14 The Rendezvous And Other Stories（1980）

15 Classics Of The Macabre（1987）

《戯曲》

1 Rebecca（1939）＊自作の戯曲化

2 The Years Between (1945)
3 September Tide (1949)

《ノンフィクション》

1 Gerald - A Portrait (1934)
2 The du Mauriers (1937)
3 The Young George du Maurier (1951) ＊編著。書簡集
4 The Infernal World of Branwell Bronte (1960)
5 Vanishing Cornwall (1967)
6 Golden Lads (1975)
7 The Winding Stairs (1976)
8 Growing Pains (1977) ＊自伝
9 The Rebecca Notebook and Other Memories (1981)

《アンソロジー》

1 Come Wind, Come Weather (1940)

The du Maurier Companion (Compiled by Stanley Vickers, Edited by Diana King.

Fowey Rare Books）を参考にしました。

（編集部　ＫＭ）

訳者紹介　英米文学翻訳家。訳書にオコンネル「クリスマスに少女は還る」「氷の天使」「アマンダの影」「死のオブジェ」「天使の帰郷」「愛おしい骨」、デュ・モーリア「鳥」「レイチェル」、キングズバリー「ペニーフット・ホテル受難の日」などがある。

鳥
デュ・モーリア傑作集

2000年11月17日　初版
2025年1月10日　9版

著　者　ダフネ・デュ・モーリア

訳　者　務《む》台《たい》夏《なつ》子《こ》
発行所　(株)東京創元社
代表者　渋谷健太郎

162-0814 東京都新宿区新小川町1-5
電　話　03・3268・8231-営業部
03・3268・8201-代　表
URL　https://www.tsogen.co.jp
組　版　暁　印　刷
印刷・製本　大日本印刷

ISBN978-4-488-20602-4　C0197

もうひとつの『レベッカ』

MY COUSIN RACHEL◆Daphne du Maurier

レイチェル

ダフネ・デュ・モーリア
務台夏子 訳 創元推理文庫

◆

従兄アンブローズ——両親を亡くしたわたしにとって、彼は父でもあり兄でもある、いやそれ以上の存在だった。

彼がフィレンツェで結婚したと聞いたとき、わたしは孤独を感じた。

そして急逝したときには、妻となったレイチェルを、顔も知らぬまま恨んだ。

が、彼女がコーンウォールを訪れたとき、わたしはその美しさに心を奪われる。

二十五歳になり財産を相続したら、彼女を妻に迎えよう。

しかし、遺されたアンブローズの手紙が想いに影を落とす。

彼は殺されたのか？　レイチェルの結婚は財産目当てか？

せめぎあう愛と疑惑のなか、わたしが選んだ答えは……。

もうひとつの『レベッカ』として世評高い傑作。

天性の語り手が人間の深層心理に迫る

DON'T LOOK NOW◆Daphne du Maurier

いま見てはいけない

デュ・モーリア傑作集

ダフネ・デュ・モーリア

務台夏子 訳 創元推理文庫

◆

サスペンス映画の名品『赤い影』原作、水の都ヴェネチアで不思議な双子の老姉妹に出会ったことに始まる夫婦の奇妙な体験「いま見てはいけない」。

突然亡くなった父の死の謎を解くために父の旧友を訪ねた娘が知った真相は「ボーダーライン」。

急病に倒れた司祭のかわりにエルサレムへの二十四時間ツアーの引率役を務めることになった聖職者に次々と降りかかる出来事「十字架の道」……

サスペンスあり、日常を歪める不条理あり、意外な結末あり、人間の心理に深く切り込んだ洞察あり。

天性の物語の作り手、デュ・モーリアの才能を遺憾なく発揮した作品五編を収める、粒選りの短編集。